Knaur

Über den Autor:

Phillip M. Margolin ist Absolvent der angesehenen Law School der New York University. Als prominenter Anwalt übernahm er bei vielen spektakulären Prozessen erfolgreich die Verteidigung. Er ist verheiratet und lebt mit Frau und Kindern in Portland, Oregon. Von Phillip M. Margolin sind als Knaur Taschenbücher erschienen: *Die Witwe des Leichenbestatters, Auf glühenden Kohlen, Nach Einbruch der Nacht, Das Gift der Erinnerung* und *Der letzte Unschuldige.*

PHILLIP M. MARGOLIN

Auf ewig unvergessen

Roman

Aus dem Amerikanischen von
Werner Wolf

Knaur

Die amerikanische Originalausgabe erschien unter dem Titel
»Gone But Not Forgotten« bei Doubleday, New York.

Besuchen Sie uns im Internet:
www.knaur.de

Vollständige Taschenbuchausgabe 2002
Droemersche Verlagsanstalt Th. Knaur Nachf., München

Umschlaggestaltung: ZERO Werbeagentur, München
Umschlagabbildung: Zefa, Düsseldorf
Druck und Bindung: Clausen & Bosse, Leck
Printed in Germany
ISBN 3-426-62178-9

2 4 5 3 1

Teil 1

Weckanruf

Kapitel eins

1

»Sind Sie zu einem Urteil gekommen?« fragte Richter Alfred Neff die acht Männer und vier Frauen, die auf der Geschworenenbank saßen.

Ein massiger Mann mit breiter Brust Mitte sechzig stand schwerfällig auf. Betsy Tanenbaum warf einen Blick auf die Karteikarte, auf der sie sich bei der Auswahl der Geschworenen vor zwei Wochen Notizen gemacht hatte. Es war Walter Korn, ein pensionierter Schweißer. Walter war der Sprecher der Geschworenen, und Betsy war nicht ganz wohl bei diesem Gedanken. Sie hatte ihn auch nur deshalb als Geschworenen akzeptiert, weil ihr die Kandidaten ausgegangen waren.

Der Gerichtsdiener holte den Zettel mit dem Urteilsspruch von Korn und gab ihn dem Richter. Betsys Augen folgten dem zusammengefalteten weißen Papier. Als der Richter das Blatt auseinanderfaltete und es still für sich las, suchte sie in seinem Gesicht nach einer verräterischen Regung, aber es gab keine.

Betsy warf einen verstohlenen Blick auf Andrea Hammermill, die plumpe, matronenhafte Frau, die neben ihr saß. Andrea starrte stur geradeaus, genauso ergeben und niedergeschlagen wie sie während des gesamten Prozesses, in dem man sie des Mordes an ihrem Ehemann angeklagt hatte, gewesen war. Das einzige Mal, daß Andrea eine Gefühlsregung gezeigt hatte, war bei ihrer Aussage, in der sie erklärte, warum sie Sydney Hammermill erschossen hatte. Als sie den Geschworenen beschrieb, wie sie immer und immer wieder abgedrückt hatte, bis ihr an dem dumpfen Klicken bewußt geworden war, daß sich keine Kugel mehr in der Waffe befand, hatten ihre Hände gezittert, ihr Körper sich zusammengekrampft, und sie hatte herzerweichend geschluchzt.

»Die Angeklagte möge sich bitte erheben«, verkündete Richter Neff.

Andrea stand unsicher auf, Betsy neben ihr, die Augen nach vorne gerichtet.

»Wir, die ordnungsgemäß ernannten und vereidigten Geschworenen, erklären die Angeklagte, Andrea Marie Hammermill, für nicht schuldig ...«

Den Rest des Urteilsspruchs konnte Betsy durch den Lärm im Gerichtssaal nicht verstehen. Andrea brach auf ihrem Stuhl zusammen und schlug die Hände vors Gesicht.

»Es ist gut«, sagte Betsy, »es ist ja alles gut.« Sie fühlte, wie ihr selbst die Tränen übers Gesicht liefen, als sie den Arm schützend um Andreas Schultern legte. Jemand tippte sie an. Sie schaute auf. Randy Highsmith, der Staatsanwalt, stand neben ihr und hielt ihr ein Glas Wasser hin.

»Ich denke, das kann sie jetzt gebrauchen«, sagte er.

Betsy nahm das Glas und gab es ihrer Klientin. Highsmith wartete einen Moment, bis Andrea ihre Fassung wiedergefunden hatte.

»Mrs. Hammermill«, hob er an, »ich möchte, daß Sie wissen, daß ich Sie angeklagt habe, weil Sie das Gesetz in die eigene Hand genommen haben. Aber ich möchte Ihnen auch sagen, daß Ihr Mann kein Recht hatte, Sie so zu behandeln, wie er es getan hat. Wenn Sie zu mir gekommen wären, anstatt ihn zu erschießen, hätte ich alles getan, ihn hinter Gitter zu bringen. Ich hoffe, Sie können das alles vergessen und ein neues Leben anfangen. Sie scheinen ein guter Mensch zu sein.«

Betsy wollte dem Staatsanwalt für seine anteilnehmenden Worte danken, doch sie war zu aufgewühlt, um zu sprechen. Als Andreas Freunde und die, die sie unterstützt hatten, sich um sie versammelten, drängte sich Betsy aus der Menge, um endlich wieder tief durchatmen zu können. Über die Menschen hinweg konnte sie Highsmith allein über seinen Tisch gebeugt stehen sehen, wo er seine Gesetzbücher und Akten zusammensuchte. Als der stellvertretende Bezirksstaatsanwalt in Richtung Tür ging, bemerkte er Betsy am Rande der Menschentraube und nickte ihr zu.

2

Den Rücken durchgebogen, die glänzenden Muskeln angespannt und den Kopf zurückgelegt, sah Martin Darius aus wie ein Wolf, der seine Beute anheult. Die Blondine, die unter ihm lag, klammerte ihre Beine fester um seine Hüften. Darius erzitterte und schloß die Augen. Die Frau keuchte vor Anstrengung. Darius' Gesicht verzerrte sich, dann brach er über ihr zusammen. Sein Kopf fiel auf ihre Brust. Er hörte den Herzschlag der Blondine und roch Schweiß, der sich mit einer Spur von Parfüm vermischte. Die Frau legte den Arm über ihr Gesicht. Darius ließ seine Hand nachlässig an ihrem Bein entlanggleiten und blickte über den flachen Bauch der Frau zu der billigen Digitaluhr auf dem Tisch des Motelzimmers. Es war 14.00 Uhr. Darius setzte sich langsam auf und schwang seine Beine über den Rand des Bettes auf den Boden. Die Frau bemerkte die Bewegung und sah dann zu, wie Darius den Raum durchquerte.

»Ich wünschte, du müßtest nicht weg!« sagte sie, ohne dabei ihre Enttäuschung verbergen zu können.

Darius nahm seine Kleider von der niedrigen Kommode und tappte in Richtung Bad.

»Ich habe um drei einen Termin«, antwortete er, ohne sich umzusehen.

Darius wusch den Schweißfilm ab, der sich während des Beischlafs auf seinem Körper gebildet hatte, dann rubbelte er sich in der Enge des Motelbadezimmers mit dem Handtuch ab. Der Dampf der Dusche hatte den Spiegel beschlagen lassen. Er wischte das Glas frei und sah in sein hageres Gesicht mit den tiefliegenden blauen Augen. Sein kurzgetrimmter Vollbart umrahmte einen teuflischen Mund, der so betörend, aber auch erschreckend wirken konnte. Darius nahm einen Reisefön und trocknete sich die Haare. Dann kämmte er sein glattes schwarzes Haar und den Bart. Als er die Tür des Badezimmers öffnete, lag die Blondine immer noch auf dem Bett. Einige Male schon hatte sie versucht, ihn, nachdem er geduscht und angezogen war, wieder ins Bett zu locken. Sie bildete sich wohl ein, mit Hilfe ihres Körpers Kontrolle über ihn erlangen zu können, und sie war nicht bereit, diese Versuche aufzugeben, obwohl sie keinen Erfolg damit hatte.

»Ich habe beschlossen, daß wir uns nicht mehr treffen werden«, erklärte Darius beiläufig, als er sein weißes Seidenhemd zuknöpfte.

Die Blondine richtete sich im Bett auf; ihr ansonsten selbstsicheres Puppengesicht hatte plötzlich einen entsetzten Ausdruck. Sie war es nicht gewohnt, aufs Abstellgleis geschoben zu werden. Darius drehte sich etwas zur Seite, damit sie sein Lächeln nicht sehen konnte.

»Warum?« brachte sie hervor, als er in seine anthrazitgraue Anzughose stieg. Darius wandte sich zu ihr um, damit er sich an ihrem entsetzten Gesichtsausdruck erfreuen konnte.

»Zu deiner Beruhigung, du bist schön und gut im Bett«,

sagte er, während er seine Krawatte band, »aber du langweilst mich.«

Die Blondine starrte ihn einen Moment lang an, dann wurde ihr Gesicht rot vor Zorn.

»Du Scheißkerl!«

Darius lachte und nahm seine Anzugjacke.

»Das kannst du nicht machen!« fuhr sie fort, wobei ihre Wut offenbar schnell verflog.

»Es ist mir völlig ernst. Es ist vorbei. Eine Zeitlang war es ganz nett, aber jetzt geh' ich meiner Wege.«

»Und du glaubst, du kannst mich benutzen und dann wegwerfen wie eine Zigarettenkippe?« entgegnete sie mit wiederaufflammender Wut. »Ich werde es deiner Frau sagen, du Hurensohn. Ich rufe sie jetzt sofort an.«

Darius' Lächeln verschwand. Sein Gesichtsausdruck trieb die Blondine an das Kopfteil des Bettes. Er kam langsam um das Bett herum, bis er direkt über ihr stand. Sie wich zurück und hob ihre Arme. Darius beobachtete sie einen Moment, so, wie ein Biologe einen Organismus unter einem Mikroskop beobachten würde. Dann griff er ihr Handgelenk und drehte ihren Arm um, bis sie sich nach vorne krümmte und mit der Stirn auf dem zerknüllten Bettlaken lag.

Darius bewunderte die Konturen ihres Körpers von ihrem Gesäß hinauf zu dem schmalen Hals, als sie so, gebeugt vor Schmerzen, vor ihm kniete. Seine freie Hand glitt über ihren Rücken, dann verstärkte er den Griff um ihr Handgelenk, um ihren Körper erbeben zu lassen. Es gefiel ihm, ihre Brüste heftig zittern zu sehen, als er so brutal ihre Aufmerksamkeit erzwang.

»Laß mich eine Sache klarstellen«, erklärte Darius in einem Ton, als hätte er ein widerspenstiges Kind vor sich. »Du wirst niemals meine Frau anrufen oder mich! Niemals! Verstanden?«

»Ja«, keuchte die Blondine, als er ihren Arm verdrehte und ihn zur Schulter hochdrückte.

»Sag mir, was du nie tun wirst!« befahl er ruhig, lockerte seinen Griff für einen Moment und fuhr mit seiner freien Hand an den Rundungen ihrer Gesäßbacken entlang.

»Ich werde nicht anrufen, Martin. Ich schwöre«, schluchzte sie.

»Warum wirst du meine Frau nicht anrufen oder mir auf die Nerven gehen?« fragte Darius und verstärkte seinen Griff um ihr Handgelenk erneut.

Die Blondine schnappte nach Luft und wand sich unter Schmerzen. Darius unterdrückte ein Kichern, dann ließ er etwas locker, damit sie antworten konnte.

»Ich werde nicht anrufen«, wiederholte sie unter Schluchzen.

»Aber du hast nicht gesagt, warum nicht«, ermahnte Darius sie jetzt in ganz normalem Tonfall.

»Weil du es mir verboten hast. Ich mache, was du willst. Bitte, Martin, tu mir nicht mehr weh!«

Darius ließ sie frei, und die Frau brach, erbärmlich schluchzend, zusammen.

»Das ist eine gute Antwort. Besser wäre es gewesen, hättest du gesagt, du tust nichts, was mich ärgert, denn ich kann dir Schlimmeres antun, als ich es bis jetzt getan habe. Sehr viel Schlimmeres.«

Darius kniete sich vor ihr hin und holte sein Feuerzeug hervor. Es war aus massivem Gold mit einer Widmung von seiner Frau. Die helle, gelbe Flamme flackerte vor den entsetzten Augen der Blondine. Darius hielt es nahe genug, damit sie die Hitze spüren konnte.

»Sehr viel Schlimmeres«, wiederholte er. Dann machte er das Feuerzeug aus und stand auf. Die Blondine drehte sich um, das weiße Laken um ihre Hüften geschlungen, so daß die schlanken Beine und der wohlgeformte Rücken bloßlagen. Bei jedem Schluchzen zitterten ihre Schultern. Martin Darius beobachtete sie im Spiegel, während er seine weinrote Krawatte richtete. Er fragte sich, ob er ihr einreden könnte, dies alles wäre nur ein Spaß gewesen, um sie dann dazu zu bringen, sich ihm noch einmal hinzugeben. Der Gedanke ließ ihn lächeln. Einen Moment lang spielte er mit der Vorstellung, daß diese Frau vor ihm kniee, es ihm mit dem Mund besorge, davon überzeugt, daß er sie zurückhaben wolle. Darius war sich sicher, daß er es schaffen würde, aber da war der Termin, den er wahrnehmen mußte.

»Können wir nicht darüber reden, Martin, bitte?« bettelte die Frau. Sie richtete sich im Bett auf, drehte sich um, und ihre kleinen, weichen Brüste lagen aufreizend offen, doch Darius hatte die Tür schon hinter sich geschlossen.

Der Himmel draußen sah unheilverkündend aus. Dicke, schwarze Wolken zogen von der Küste her auf. Darius schloß die Tür seines nachtschwarzen Ferrari auf und stellte die Alarmanlage ab. Schon bald würde er etwas tun, was sehr viel schmerzhafter für die Frau sein würde. Etwas ganz Besonderes, das es ihr unmöglich machen würde, ihn zu vergessen. Darius lächelte bei dem Gedanken daran und fuhr dann weg, ohne auch nur zu bemerken, daß ihn jemand, der am anderen Ende des Parkplatzes stand, fotografierte.

Martin Darius raste über die Marquam Bridge in Richtung der Innenstadt von Portland. Der starke Regen hielt die Ausflugsboote vom Willamette River fern, nur ein alter Tanker kämpfte sich durch den Sturm auf den Hafen von Swan Island zu. Jenseits des Flusses erhob sich ein architektonisches Gemisch von zweckbestimmten, grauen, futuristisch erscheinenden Gebäuden, unterbrochen von freitragenden Übergängen. Michael Graves' eigenwilliges, postmodernes Portland Building, der rosafarbene Wolkenkratzer der US-Bank und dreigeschossige historische Gebäude, die aus dem 18. Jahrhundert stammten. Darius hatte ein Vermögen damit gemacht, seinen Teil zur Skyline von Portland beizutragen sowie Teile des alten Stadtbildes wieder aufzubauen.

Als Darius die Fahrspur wechselte, begann gerade der Reporter in den Fünf-Uhr-Nachrichten mit der wichtigsten Meldung des Tages.

»Hier spricht Larry Prescott. Ich befinde mich im Gerichtsgebäude von Multhnomah und habe Betsy Tanenbaum, die Verteidigerin von Andrea Hammermill, am Mikrofon. Ihre Klientin ist gerade vom Mord an ihrem Ehemann, dem Stadtverordneten Sidney Hammermill, freigesprochen worden.

Betsy, warum haben die Geschworenen Ihrer Meinung nach auf ›nicht schuldig‹ plädiert?«

»Ich glaube, es war eine klare Sache, nachdem die Geschworenen einmal begriffen hatten, welche Auswirkungen Schläge auf die Psyche einer Frau haben können. Vor allem, wenn sie so oft geschlagen werden wie Andrea Hammermill.«

»Sie haben diesem Prozeß von Beginn an sehr kritisch gegenübergestanden. Glauben Sie, daß er anders verlaufen wäre, wenn Mr. Hammermill nicht einer der Kandidaten für den Bürgermeisterposten gewesen wäre?«

»Die Tatsache, daß Sidney Hammermill wohlhabend und im öffentlichen Leben von Oregon sehr aktiv war, hat möglicherweise die Anklagevertreter beeinflußt.«

»Hätte es einen Unterschied gemacht, wenn der Bezirksstaatsanwalt Alan Page einen weiblichen Vertreter mit diesem Fall beauftragt hätte?«

»Durchaus möglich. Eine Frau wäre in der Lage gewesen, die Beweise objektiver zu betrachten als ein Mann und hätte die Anklage unter Umständen sofort fallengelassen.«

»Betsy, dies ist ihr zweiter Freispruch in einem Prozeß, in dem sie eine Frau verteidigen, die geschlagen wurde und den Mann daraufhin umgebracht hat. Vor einigen Monaten haben Sie gegen eine Anti-Abtreibungs-Vereinigung eine Million Dollar Schadenersatz durchgesetzt, und das *Time*

Magazin bezeichnet Sie als eine von Amerikas vielversprechendsten Strafverteidigerinnen. Wie werden Sie mit ihrem neuen Ruhm fertig?«

Einen Moment lang herrschte Stille im Radio. Als Betsy antwortete, lag Verärgerung in ihrer Stimme.

»Sie können sicher sein, Mr. Prescott, ich habe genug mit meiner Kanzlei und meiner Tochter zu tun, um mir über etwas anderes den Kopf zu zerbrechen als über den nächsten Fall und das heutige Abendessen.«

Das Autotelefon klingelte. Darius stellte das Radio leiser. Der Ferrari heulte auf, als er auf die linke Spur, die nicht so befahren war, wechselte. Beim dritten Klingeln nahm er den Hörer ab.

»Mr. Darius?«

»Wer spricht da?«

Nur ein paar Leute kannten seine Autotelefonnummer, und diese Stimme kannte er nicht.

»Meinen Namen brauchen Sie nicht zu wissen.«

»Ich muß ja auch nicht mit Ihnen sprechen.«

»Vielleicht nicht, aber ich denke, es wird Sie interessieren, was ich zu sagen habe.«

»Ich weiß nicht, wie Sie an diese Nummer gekommen sind, aber meine Geduld ist gleich zu Ende. Sagen Sie, was Sie zu sagen haben, oder ich lege auf!«

»Gut. Sie sind Geschäftsmann; ich sollte Ihre Zeit nicht verschwenden. Doch wenn Sie jetzt auflegen, garantiere ich Ihnen, daß ich nicht AUF EWIG UNVERGESSEN sein werde.«

»Was haben Sie gesagt?«

»Jetzt sind Sie interessiert, wie?«

Darius atmete tief durch. Plötzlich hatten sich Schweißperlen auf seiner Stirn und der Oberlippe gebildet.

»Kennen Sie Captain Ned's? Das ist ein Fischrestaurant am Marine Drive. Die Bar dort ist sehr dunkel. Fahren Sie jetzt gleich dorthin, dann können wir uns unterhalten!«

Die Verbindung wurde unterbrochen. Darius legte den Hörer auf. Ohne es zu merken, war er langsamer geworden, nun hing ein Wagen dicht an seiner hinteren Stoßstange. Darius kreuzte zwei dichtbefahrene Fahrspuren und brachte den Wagen auf dem Seitenstreifen zum Stehen. Sein Herz schlug wild, und ein stechender Schmerz machte sich in seinen Schläfen breit. Er schloß die Augen und ließ den Kopf gegen die Nackenstütze sinken. Er atmete noch einmal tief durch, und der Schmerz in seinem Kopf ließ nach.

Die Stimme am Telefon war heiser und die Sprache unkultiviert gewesen. Der Mann wollte Geld, natürlich. Darius lächelte grimmig. Er hatte es ständig mit gierigen Männern zu tun. Die waren am einfachsten zu manipulieren. Diese Leute glaubten immer, daß die Menschen, mit denen sie Geschäfte machten, genauso dumm und ängstlich waren wie sie selbst. Doch auf eine Art war er dem Anrufer dankbar. Er war zu nachlässig geworden, hatte geglaubt, daß er nach all den Jahren in Sicherheit war, doch man war niemals sicher. Er würde diesen Weckanruf sehr ernst nehmen.

3

Captain Ned's ragte auf Pfählen gebaut über den Columbia River. Es bestand aus verwittertem Holz und Glasscheiben, auf die der Regen klatschte. In der Bar war es so dunkel, wie die Stimme es versprochen hatte. Darius setzte sich in eine Nische in Nähe der Küche, bestellte ein Bier und wartete geduldig. Ein junges Pärchen kam Arm in Arm herein. Er beachtete die beiden nicht. Auf einem Hocker an der Bar saß ein hochaufgeschossener Handlungsreisender in einem zerknitterten Anzug. An den meisten Tischen saßen Pärchen. Darius musterte die anderen Nischen. Ein massiger Mann im Trenchcoat lächelte und stand auf, nachdem Darius ihn eine Weile fixiert hatte.

»Ich wollte sehen, wie lange sie brauchen würden«, sagte

der Mann, als er sich in die Nische schob. Darius blieb stumm. Der Mann zuckte mit den Schultern, und sein Lächeln verschwand. Es war unangenehm, Martin Darius gegenüber zu sitzen, selbst wenn man glaubte, alle Trümpfe in der Hand zu haben.

»Wir können die Sache wie zivilisierte Menschen oder wie Wilde angehen«, erklärte der Mann. »Mir ist das egal. Sie werden schließlich doch bezahlen.«

»Was haben Sie zu verkaufen, und was wollen Sie dafür?« entgegnete Darius und musterte dabei das breite Gesicht im düsteren Licht.

»Immer ganz der Geschäftsmann, also reden wir vom Geschäft. Ich war in Hunters Point. In den alten Zeitungen hat eine Menge gestanden. Und sogar Bilder waren darin. Ich mußte schon genau hinsehen, aber es waren Sie, der da abgelichtet ist. Eins habe ich mitgebracht, wenn Sie einen Blick darauf werfen wollen«, sagte der Mann, während er seine Hand aus der Manteltasche zog und die Fotokopie einer Zeitungstitelseite über den Tisch schob. Darius sah die Kopie an und reichte sie zurück.

»Schnee von gestern, mein Freund.«

»So? Meinen Sie das wirklich? Ich habe Freunde bei der Polizei, Martin. Die Öffentlichkeit weiß es noch nicht, aber ich. Jemand hat in der Gegend von Portland kleine Zettel und schwarze Rosen verstreut. Ich glaube, es ist dieselbe Person, die das in Hunters Point gemacht hat. Was glauben Sie?«

»Ich glaube, Sie sind ziemlich gerissen, Mr ...?« antwortete Darius. Er wollte Zeit gewinnen, um sich über die Konsequenzen klarzuwerden.

Der Mann schüttelte den Kopf. »Sie brauchen nicht zu wissen, wie ich heiße, Martin. Sie bezahlen mich einfach.«

»Wieviel haben Sie sich vorgestellt?«

»Ich denke, 250 000 Dollar sind ein fairer Preis. Das ist gerade einmal so viel, wie Sie für einen Rechtsanwalt investieren müßten.«

Der Mann hatte dünnes, strohblondes Haar. Darius konnte die kahlen Stellen zwischen den Strähnen sehen. Das Nasenbein war offensichtlich irgendwann einmal gebrochen gewesen, er hatte einen Bauch, doch die Schultern waren breit und die Brust muskulös.

»Haben Sie Ihren Auftraggebern von Hunters Point erzählt?« wollte Darius wissen.

Zuerst war im Gesicht des Mannes ein kurzes Flackern der Überraschung, dann ein Grinsen, bei dem man die nikotingelben Zähne sah.

»Das war wirklich gut. Ich werde Sie nicht fragen, wie Sie darauf gekommen sind. Sagen Sie mir, was Sie vermuten?«

»Ich glaube, daß wir beide die einzigen sind, die davon wissen – bis jetzt.«

Der Mann antwortete nicht.

»Es gibt da eine Sache, die Sie wissen sollten«, erklärte Darius und beobachtete ihn genau. »Ich weiß, was Sie glauben, daß ich getan habe. Wozu ich fähig bin. Warum haben Sie keine Angst, ich könnte Sie umbringen?«

Der Mann lachte: »Sie sind ein Schlappschwanz, Martin. Genau wie die anderen Vergewaltiger, die mir hie und da über den Weg gelaufen sind. Typen, die bei Frauen den starken Mann markieren, aber sonst nichts wert sind. Wissen Sie, was ich mit solchen Typen normalerweise mache? Ich mache sie zu meinen Mädchen, Martin. Ich mache sie zu kleinen Tunten. Genau das würde ich auch mit Ihnen machen, wenn ich nicht an Ihrem Geld viel mehr interessiert wäre.«

Während Darius über dieses Bekenntnis nachdachte, sah ihn der Mann mit selbstsicherem Grinsen an.

»Ich brauche etwas Zeit, um soviel Geld lockerzumachen«, warf Darius ein. »Wie lange geben Sie mir?«

»Heute haben wir Mittwoch. Wie wär's mit Freitag?«

Darius schien über das Problem der Geldbeschaffung nachzudenken.

»Sagen wir Montag. Viel von meinem Geld ist in Immobilien angelegt. Es wird bis Freitag dauern, einen Teil davon flüssigzumachen und Aktien zu verkaufen.«

Der Mann nickte. »Mir ist bekannt, daß Sie keinen Scheiß machen. Das ist gut so. Sie packen es richtig an. Und, mein Freund, eins möchte ich klarstellen: Mich führt man nicht hinters Licht. Außerdem bin ich nicht habgierig. Das hier ist ein einmaliges Geschäft.«

Der Mann stand auf. Dann fiel ihm noch etwas ein, und er grinste Darius an.

»Wenn ich mein Geld habe, werde ich AUF EWIG VERGESSEN sein.«

Der Mann lachte über seinen Scherz, drehte sich um und verließ die Bar. Darius sah ihm nach. Er fand weder den Scherz noch irgend etwas anderes an dem Mann amüsant.

4

Heftiger Regen klatschte auf die Windschutzscheibe. Russ Miller schaltete die Scheibenwischer auf die höchste Stufe. Die Sturzbäche, die sich bildeten, beeinträchtigten dennoch seine Sicht, und er mußte sich sehr anstrengen, um den durchbrochenen Mittelstreifen im Licht der Scheinwerfer erkennen zu können. Es war schon fast acht Uhr, aber Vicky war daran gewöhnt, spät zu essen. Man mußte seine Zeit für BRAND, GATES & VALCROFT opfern, wenn man weiterkommen wollte. Russ grinste, als er sich Vickys Reaktion auf die Neuigkeiten vorstellte. Er wäre gern schneller gefahren, aber die paar Minuten Unterschied spielten jetzt auch keine Rolle mehr.

Gleich nachdem Frank Valcrofts Sekretärin ihn zu ihm bestellt hatte, hatte Russ Vicky angerufen, um ihr zu sagen, daß er wahrscheinlich nicht pünktlich zu Hause sein werde. In der Werbeagentur galt es als Ehre, in Valcrofts Privatbüro gebeten zu werden. Russ war bislang nur zweimal dort gewesen. Die dicken, weinroten Teppiche und die dunklen

Möbel erinnerten ihn immer daran, was er erreichen wollte. Als Valcroft ihm mitteilte, daß er die Leitung des Darius-Construction-Etats übernehmen würde, wußte Russ, daß er ein Stück auf seinem Weg weitergekommen war.

Russ und Vicky waren Martin Darius in diesem Sommer auf einer Party, die er anläßlich der Eröffnung eines neuen Einkaufszentrums gegeben hatte, vorgestellt worden. Alle, die an diesem Projekt mitgearbeitet hatten, waren eingeladen gewesen, doch Russ hatte das Gefühl gehabt, daß Darius ihn besonders aufmerksam beobachtet hatte. Die Einladung, Darius auf seiner Yacht zu besuchen, folgte eine Woche später. Seitdem waren Vicky und er zweimal zu Partys in Darius' Haus eingeladen worden.

Stuart Webb, ebenfalls Projektleiter bei BRAND, GATES & VALCROFT, behauptete, daß es ihm immer, wenn er mit Darius zusammen sei, kalt über den Rücken laufe. Doch für Russ war Darius der dynamischste Mensch, den er je kennengelernt hatte, außerdem gab er Russ das Gefühl, der wichtigste Mann auf der Welt zu sein. Russ war sicher, daß Martin Darius dafür verantwortlich war, daß man ihn zum Projektleiter des Darius-Construction-Etats gemacht hatte. Wer weiß schon, was er in Zukunft noch alles erreichen konnte, wenn er erfolgreich war. Vielleicht konnte er BRAND, GATES & VALCROFT eines Tages verlassen und für Darius selbst arbeiten.

Das Garagentor öffnete sich automatisch, als Russ die Auffahrt hinauffuhr. Das Trommeln des Regens auf das Garagendach klang äußerst bedrohlich, und Russ war froh, als er in die warme Küche kam. Ein großer Kochtopf stand auf dem Herd. Vicky kochte also Spaghetti. Russ rief nach Vicky, während er unter den Deckel eines anderen Topfes linste, um zu sehen, was für eine Sauce es gab. Der Topf war leer. Auf einem Küchenbrett lag Gemüse, das aber noch nicht zubereitet war. Russ runzelte die Stirn. Die Platte unter dem großen Topf war nicht angestellt. Er hob den Deckel. Wasser war darin, aber die Spaghetti lagen noch neben der Nudelmaschine, die er Vicky zu ihrem dritten Hochzeitstag geschenkt hatte.

»Vicky«, rief Russ noch einmal. Er löste seine Krawatte und zog das Jackett aus. Im Wohnzimmer brannte Licht. Später erklärte Russ gegenüber der Polizei, daß er deshalb nicht schon früher angerufen hatte, weil ihm alles ganz normal erschienen war. Der Fernseher lief. Der Roman von Judith Krantz, den Vicky las, lag aufgeschlagen auf dem Rand des Tisches. Vicky war offensichtlich nicht zu Hause. Er nahm an, daß sie bei einer Nachbarin war.

Als er ins Schlafzimmer kam, übersah Russ den Zettel und die Rose zunächst. Mit dem Rücken zum Bett zog er seine Sachen aus und hängte sie in den Wandschrank. Dann schlüpfte er in einen Jogginganzug und sah in der Programmzeitschrift nach, was es im Fernsehen gab. Als weitere fünfzehn Minuten ohne ein Lebenszeichen von Vicky vergangen waren, ging Russ wieder ins Schlafzimmer, um Vikkys beste Freundin anzurufen, die ein paar Häuser weiter wohnte. Da erst sah er den Zettel auf dem Kopfkissen des tadellos gemachten Bettes. Eine schwarze Rose lag quer über dem blütenweißen Blatt, auf dem in gestochener Handschrift stand: AUF EWIG UNVERGESSEN.

Kapitel zwei

Der Präsident der Vereinigten Staaten ging durch die Sonnenstrahlen, die durch die hohen bogenförmigen Fenster des Oval Office fielen, auf Senator Raymond Francis Colby zu. Dabei entstand der Eindruck, Gott hülle einen erwählten Sohn der Menschheit in einen Glorienschein. Möglicherweise war Ihm aufgefallen, daß dem höchsten Repräsentanten der USA eine solche Unterstützung von Oben sehr gelegen gekommen wäre. Die irdischen Angelegenheiten des Präsidenten erschienen in keinem so guten Licht.

»Schön, Sie zu sehen, Ray«, begrüßte der Präsident den Senator. »Sie kennen Kelly Bendelow, oder?«

»Wir sind uns schon begegnet«, antwortete Colby und erinnerte sich an die Anhörung, die der ›Feuerwehrmann‹ des Präsidenten gerade erst letzte Woche geleitet hatte.

Senator Colby setzte sich in den Sessel, den ihm der Präsident anbot, und blickte aus dem Ostfenster auf den Rosengarten. Der Präsident ließ sich in einem alten Armses-l nieder, der schon sein früheres Büro geziert und ihn bis s Oval Office begleitet hatte. Der Präsident machte einen hdenklichen Eindruck.

Vie geht es Ellen?« erkundigte er sich bei Colby.

ut.«

»d Ihnen? Wie steht's mit der Gesundheit?«

»Bestens, Mr. President. Ich bin letzten Monat auf Herz und Nieren untersucht worden«, antwortete Colby in der Gewißheit, daß das FBI den Präsidenten über das Ergebnis der ärztlichen Untersuchung informiert hatte.

»Keine privaten Probleme? Zu Hause alles in Ordnung? Ihre Finanzen sind in Ordnung?«

»Ellen und ich feiern nächsten Monat unseren zweiunddreißigsten Hochzeitstag.«

Der Präsident sah Colby fest in die Augen. Der kameradschaftliche Gesichtsausdruck verschwand. Jetzt war er wieder der hartgesottene Politiker, der bei der letzten Wahl mit überwältigender Mehrheit gewonnen hatte.

»Ich kann mir kein zweites Fiasko wie diese Hutchings-Sache leisten«, erklärte er. »Ich sage Ihnen das im Vertrauen, Ray. Sie hat mich belogen. Mabel Hutchings saß genau da, wo Sie jetzt sitzen, und hat mir ins Gesicht gelogen. Dann hat das dieser Reporter von der *Post* herausgefunden und ...«

Er ließ den Satz unbeendet. Den beiden im Raum war schmerzlich bewußt, welche Einbuße an Prestige der Präsident hatte hinnehmen müssen, als der Senat die Nominierung von Mabel Hutchings nicht bestätigte.

»Gibt es in Ihrer Vergangenheit etwas, das uns Probleme bereiten könnte, Ray? Irgend etwas? Als Sie Aufsichtsratsvorsitzender von Marlin Steel waren, haben Sie da jemals Bestechungsgelder an die Gewerkschaften gezahlt? Haben Sie als Student in Harvard und Princeton Marihuana geraucht? Haben Sie auf der High-School je ein Mädchen belästigt?«

Colby wußte, daß diese Fragen nicht unverschämt waren. Viele Kandidaten des Präsidenten für wichtige Posten auch im Obersten Gerichtshof waren an solchen Dingen gescheitert.

»Es wird keine Überraschungen geben, Mr. President.«

Die Stille im Oval Office war fast greifbar. Schließlich ergriff der Präsident wieder das Wort.

»Sie wissen, warum Sie hier sind, Ray. Wenn ich Sie als Obersten Richter des Supreme Court nominiere, werden Sie annehmen?«

»Ja, Mr. President.«

Der Präsident grinste. Die Atmosphäre im Raum entspannte sich merklich.

»Wir werden es morgen bekanntgeben. Sie werden einen guten Obersten Richter abgeben.«

»Ich stehe in Ihrer Schuld«, antwortete Colby und traute sich nicht, mehr zu sagen. Als er ins Weiße Haus bestellt worden war, hatte er gewußt, daß ihm der Präsident dieses Angebot machen würde, aber das hielt ihn nicht davon ab, sich wie im siebten Himmel zu fühlen.

Raymond Colby setzte sich so leise wie möglich auf und tastete mit seinen Füßen auf dem Teppich herum, bis er seine Hausschuhe gefunden hatte. Auf der anderen Seite des Ehebettes bewegte sich Ellen. Der Senator beobachtete im Mondlicht ihre schönen Züge. Amüsiert schüttelte er den Kopf. Nur seine Frau war in der Lage, nach allem, was heute passiert war, tief und fest zu schlafen.

Im gemütlichen Wohnzimmer von Colbys Stadthaus in Georgetown gab es eine Hausbar, aus der er sich einen Bourbon genehmigte. Im oberen Geschoß tickte eine antike Standuhr die Sekunden herunter, wobei jede Bewegung der alten Zeiger in der Stille deutlich zu hören war.

Colby stellte sein Glas auf dem Kaminsims ab und nahm einen Rahmen mit einer verblichenen Schwarzweißfotografie in die Hand, die seinen Vater an dem Tag zeigte, als er seinen ersten Fall vor dem Supreme Court vertrat. Howard Colby, ein angesehener Teilhaber der berühmtesten Anwaltskanzlei der Wall Street, starb, zwei Monate nachdem diese Aufnahme gemacht worden war, an seinem Schreibtisch. Raymond Colby mochte in Harvard Jura studiert haben, mochte Aufsichtsratsvorsitzender der Marlin Steel

Company gewesen sein, dann Gouverneur des Staates New York und später Senator geworden sein, aber er sah sich immer noch neben seinem Vater, wie sie beide damals auf den Stufen zum Supreme Court gestanden hatten. Ein zehnjähriger Junge neben einem weisen, aber schroffen Riesen, den Raymond geliebt und bewundert hatte.

Dreiundfünfzig breite Stufen führten von der Straße zum Eingang des Gerichtsgebäudes. Raymond hatte sie gezählt, als er an der Hand seines Vaters hinaufgestiegen war. Als sie zwischen den Säulen am Westeingang hindurchkamen, war sein Vater stehengeblieben und hatte ihm die Inschrift in dem strahlend weißen Marmor der Großen Halle gezeigt. »Gleiches Recht für Alle.«

»Das ist es, worum es hier geht, Raymond. Gerechtigkeit. Dies ist der Gerichtshof der letzten Hoffnung. Die letzte Instanz für alle Rechtsfälle in diesem Land.«

Mächtige Eichentüren bewachten den Gerichtssaal, doch der Raum selbst war klein. Hinter einer erhöhten Brüstung aus Mahagoni standen neun hochlehnige Stühle, keiner glich dem anderen. Als die Richter sich auf ihre Plätze begaben, stand sein Vater auf. Als Howard Colby sich an das Gericht wandte, war Raymond erstaunt gewesen, als er in der Stimme seines Vaters den Respekt hörte; einer Stimme, die sonst Respekt von anderen forderte. Diese Männer in Schwarz, diese Männer, die auf Howard Colby herabsahen und seinen Respekt forderten, sie blieben ihm im Gedächtnis. Bei der Zugfahrt zurück nach New York schwor sich Raymond heimlich, eines Tages dort oben zu sitzen, auf einem der Stühle des Höchsten Gerichts. Sein Traum würde morgen wahr werden, wenn der Präsident es auf der Pressekonferenz bekanntgab.

Das Warten hatte am Freitag begonnen, als Colby aus sicherer Quelle im Weißen Haus erfuhr, daß der Präsident den Kreis der Kandidaten auf Colby und Alfred Gustafson, einem Richter am Berufungsgericht, eingeschränkt hatte. Heute nachmittag, während der Besprechung im Oval Office, hatte der Präsident Colby gesagt, daß seine Zugehörigkeit zum Senat den Ausschlag gegeben hätte. Nach dem Desaster bei der Ablehnung seines ersten Kandidaten, Mabel Hutchings, wollte der Präsident auf Nummer Sicher gehen. Die Senatoren würden einen der ihren nicht ablehnen, schon gar nicht jemanden mit seiner Reputation. Jetzt mußte Colby nur noch ohne Makel durch den Nominierungsprozeß kommen.

Colby stellte die Fotografie zurück und nahm sein Glas. Es war nicht nur die Aufregung der Berufung, die ihn nicht schlafen ließ. Colby war ein ehrlicher Mann. Als er dem Präsidenten erklärt hatte, daß es in seiner Vergangenheit keinen Skandal gegeben hatte, war dies die Wahrheit gewesen. Dennoch *gab* es etwas in seiner Vergangenheit. Nur wenige wußten davon, und bei denen konnte er darauf vertrauen, daß sie Stillschweigen bewahren würden. Trotzdem beunruhigte es ihn, zu dem Mann, der ihm seinen größten Traum erfüllte, nicht völlig aufrichtig gewesen zu sein.

Colby nippte an seinem Whiskey und starrte auf die Lichter des Kapitols. Der Bourbon begann zu wirken. Colbys Muskeln entspannten sich. Er fühlte sich jetzt doch etwas schläfrig. Es gab schließlich keinen Weg, die Vergangenheit zu ändern. Selbst wenn er damals gewußt hätte, was die Zukunft brachte, hätte er keine andere Entscheidung getroffen. Sich jetzt Vorwürfe zu machen, würde nichts ändern, und die Wahrscheinlichkeit, daß sein Geheimnis ans Licht kam, war sehr gering.

Kaum eine Stunde später schlief auch der Senator fest.

Kapitel drei

1

Das traurige an der Sache war, daß er, nach all den Affären und Lügen, ganz zu schweigen von den Scheidungsbedingungen, die Alan Page zwangen, wieder in einem schäbigen Apartment wie zu seiner Studentenzeit an der juristischen Fakultät zu leben, Tina immer noch liebte. Sie verkörperte für ihn, was er sich wünschte, wenn er einmal nicht an die Arbeit dachte. Ins Kino zu gehen half nicht, ein Buch lesen half auch nicht. Es half ihm nicht einmal, mit den Frauen ins Bett zu gehen, mit denen ihn seine wohlmeinenden Freunde zusammenbrachten. Die Frauen waren dabei das Schlimmste, denn immer stellte er Vergleiche an, und nie hielten sie diesen Vergleichen stand. Nun war Alan schon seit Monaten mit keiner Frau mehr zusammen gewesen.

Die Laune des Bezirksstaatsanwalts begann auf seine Mitarbeiter abzufärben. Letzte Woche hatte ihn sein erster Stellvertreter, Randy Highsmith, zur Seite genommen und ihm geraten, sich zusammenzunehmen. Aber nach zwölf Jahren Ehe, die er immer als gut angesehen hatte, war es sehr schwer, sich mit dem Junggesellendasein abzufinden. Es war das Gefühl des Betrogenseins, das ihm zu schaffen machte. Er hatte Tina nie schlecht behandelt oder sie angelogen, er hatte sie immer für die Person gehalten, der er restlos vertrauen konnte. Als er von ihrem geheimen Doppelleben erfuhr, war das einfach zuviel. Er zweifelte daran, daß er jemals wieder jemandem vertrauen konnte.

Alan fuhr in das Parkhaus und stellte den Wagen auf dem Platz ab, der für den Bezirksstaatsanwalt von Multnomah County reserviert war. Das ist eines der wenigen Dinge, die Tina bei der Scheidung nicht bekommen hat, dachte er bitter. Er spannte seinen Schirm auf und rannte über die Straße ins Gerichtsgebäude. Der starke Wind trieb den Regen unter den Schirm. Er war fast völlig durchnäßt, als er das graue Steingebäude betrat.

Während er auf den Aufzug wartete, fuhr sich Alan mit der Hand durch das nasse Haar. Es war schon acht Uhr. Um ihn herum, in der Halle, befanden sich junge Anwälte, die sich Mühe gaben, wichtig zu erscheinen, ängstliche Prozeßbeteiligte, die das Beste erhofften und das Schlimmste befürchteten, und ein oder zwei gelangweilt aussehende Richter. Alan war nicht in der Stimmung für eine nichtssagende Konversation. Als der Aufzug kam, drückte er auf den Knopf für den sechsten Stock und stellte sich nach hinten.

»Polizeichef Tobias möchte, daß Sie ihn anrufen«, sagte ihm die Empfangsdame, als er die Büroflucht betrat. »Er meinte, es sei wichtig.«

Alan dankte ihr und drückte das niedrige Gatter auf, das das Wartezimmer vom restlichen Bereich trennte. Sein Büro war in dem schmalen Flur das erste auf der rechten Seite.

»Polizeichef Tobias hat angerufen«, teilte ihm seine Sekretärin mit.

»Winona hat mir schon Bescheid gesagt.«

»Er klang ziemlich aufgeregt.«

Es war schwer, sich etwas vorzustellen, das William Tobias aufregen konnte. Der schlanke Polizeichef hatte offenbar das Gemüt eines Fleischerhunds. Alan schüttelte den Schirm aus und hängte seinen Regenmantel auf; dann setzte er sich hinter seinen ausladenden Schreibtisch und wählte die Nummer des Polizeipräsidiums auf der gegenüberliegenden Straßenseite.

»Was gibts?« wollte Alan wissen.

»Wir haben wieder eine.«

Es dauerte einen Moment, bis Alan wußte, wovon Tobias sprach.

»Ihr Name ist Victoria Miller. Sechsundzwanzig. Attraktiv, blond, Hausfrau. Keine Kinder. Ihr Mann arbeitet bei BRAND, GATES & VALCROFT, der Werbeagentur.«

»Gibt es eine Leiche?«

»Nein. Sie ist vermißt, aber wir wissen, daß er es war.«

»Die gleiche Mitteilung?«

»Auf dem Kopfkissen des Bettes. AUF EWIG UNVERGESSEN. Und wieder eine schwarze Rose.«

»Gab es diesmal irgendwelche Anzeichen eines Kampfes?«

»Nein. Genau wie bei den anderen. Es ist, als ob sie sich in Luft aufgelöst haben.«

Die beiden Männer schwiegen einen Augenblick.

»Die Zeitungen wissen immer noch nichts?«

»Wir haben Glück. Da es keine Leichen gibt, behandeln wir die Sache unter der Rubrik: Vermißte Personen. Aber ich weiß nicht, wie lange wir es noch geheimhalten können. Die drei Ehemänner werden nicht ewig den Mund halten. Reiser, der Rechtsanwalt, ruft mich jeden Tag an, manchmal zwei-, dreimal, und Farrar, der Buchhalter, droht uns, sich an die Öffentlichkeit zu wenden, wenn wir nicht bald mit Ergebnissen aufwarten können.«

»Haben Sie etwas herausbekommen?«

»Nichts. Die Spurensicherung hilft uns auch nicht weiter. Es gibt keine Fasern oder Haare, die nicht von der Vermißten selbst stammen. Keine Fingerabdrücke. Das Papier, auf dem die Mitteilung steht, kann man an jeder Ecke kaufen. Die Rose ist eine gewöhnliche Rose. Ebenso die schwarze Farbe.«

»Was schlagen Sie vor?«

»Wir überprüfen alles im Computer, außerdem habe ich

Ross Barrow beauftragt, andere Bezirke sowie das FBI anzurufen.«

»Haben Sie mögliche Verbindungen zwischen den Opfern überprüft?«

»Sicher. Es gibt eine Reihe von offensichtlichen Übereinstimmungen. Die drei Frauen hatten ungefähr das gleiche Alter, gehörten der oberen Mittelklasse an, hatten keine Kinder, sie waren Hausfrauen und mit erfolgreichen Ehemännern verheiratet. Aber es gibt keine Verbindung der Opfer untereinander.«

Tobias' Beschreibung konnte auch auf Tina passen. Alan rieb sich die Augen.

»Wie steht es mit Fitneß-Klubs, bevorzugte Geschäfte, Lesezirkel? Haben sie denselben Arzt oder Zahnarzt?« fragte Alan.

»Daran und an tausend andere Dinge haben wir schon gedacht.«

»Ja, das glaube ich Ihnen. In welchen Abständen schlägt er zu?«

»Es sieht so aus, als würde er einmal pro Monat aktiv. Wir haben jetzt ... Anfang Oktober? Mrs. Farrar verschwand im August, Mrs. Reiser im September.«

»Mein Gott. Wir sollten uns schnell etwas einfallen lassen. Die Presse frißt uns mit Haut und Haaren, wenn sie erst einmal dahinterkommt.«

»Wem sagen Sie das!«

Alan seufzte. »Danke für den Anruf, und halten Sie mich auf dem laufenden!«

»Natürlich.«

Alan legte auf und drehte seinen Stuhl so, daß er zum Fenster hinaussehen konnte. Gott im Himmel, wie hatte er es satt. Den Regen und dieses Arschloch mit seinen schwarzen Rosen, Tina und überhaupt alles. Er wünschte sich an einen sonnenüberfluteten Strand, wo es keine Frauen und keine Telefone gab und die einzige Entscheidung, die er treffen mußte, den Schutzfaktor seiner Sonnencreme betraf.

2

Betsy Tanenbaum war zwar nie als Schönheit bezeichnet worden, doch die meisten Männer fanden sie attraktiv. Auch nannte kaum jemand sie Elisabeth. »Elisabeth«, darunter stellte man sich eine kühle, Aufsehen erregende Schönheit vor. Eine »Betsy« sah nett aus, hatte ein klein wenig mehr als das Idealgewicht, war tüchtig, und es machte Spaß, mit ihr zusammenzusein. Betsy paßte genau in dieses Bild.

Eine Betsy durfte es sich auch leisten, manchmal etwas erschöpft zu sein. Genauso fühlte sich Betsy Tanenbaum, als ihre Sekretärin sie anrief. Sie war gerade dabei gewesen, die Unterlagen des Morales-Falles in ihre Aktentasche zu stekken. Sie wollte sie am Abend noch durchgehen, nachdem sie Kathy aus dem Kinderhort geholt, ihr das Abendessen zubereitet, das Haus in Ordnung gebracht und mit Kathy gespielt hatte.

»Ich habe keine Zeit, Ann. Ich bin schon spät dran.«

»Er behauptet, es sei wichtig.«

»Es ist immer wichtig. Wer ist es?«

»Das sagt er nicht.«

Betsy seufzte und schaute auf die Uhr. Es war schon halb fünf. Wenn sie Kathy um fünf aus dem Hort abholte und dann noch zum Einkaufen hetzte, war das Essen nicht vor sechs fertig. Auf der anderen Seite, wenn sie keine Klienten bekam, dann hatte sie bald den ganzen Tag Zeit einzukaufen. Schließlich nahm sie das Gespräch doch an.

»Betsy Tanenbaum.«

»Vielen Dank, daß Sie den Anruf entgegennehmen. Mein Name ist Martin Darius.« Betsy hielt die Luft an. Jeder in Portland wußte, wer Martin Darius war. »Wann machen ihre Angestellten Feierabend?«

»Zwischen fünf und viertel nach fünf. Warum?«

»Ich muß heute noch mit Ihnen sprechen, und ich will nicht, daß jemand davon erfährt, auch ihre Sekretärin nicht. Wäre Ihnen sechs Uhr recht?«

»Eigentlich nicht. Es tut mir leid. Könnten wir uns vielleicht morgen treffen? Da ist mein Terminkalender noch ziemlich frei.«

»Wie hoch ist normalerweise Ihr Honorarsatz, Mrs. Tanenbaum?«

»Einhundert Dollar die Stunde.«

»Wenn Sie bereit sind, sich um sechs Uhr mit mir zu treffen, dann zahle ich Ihnen zweitausendfünfhundert Dollar. Wenn ich mich entscheiden sollte, Sie zu engagieren, werden Sie ein überaus großzügiges Honorar erhalten.«

Betsy atmete tief durch. Sie mußte sich zusammennehmen, um das Angebot nicht spontan anzunehmen, aber sie wollte erst mit Rick sprechen. Sie konnte es sich einfach nicht leisten, so viel Geld auszuschlagen oder einen so angesehenen Klienten abzulehnen.

»Würden Sie bitte einen Moment warten, Mr. Darius? Ich habe noch eine andere Verpflichtung, und ich möchte sehen, ob die jemand anderes für mich übernehmen kann.«

»Ich warte.«

Betsy rief Rick Tanenbaum auf der anderen Leitung an. Er war in einer Besprechung, aber seine Sekretärin stellte sie durch.

»Was ist los, Betsy? Ich bin sehr beschäftigt«, meldete sich Rick, wobei er keinen Hehl daraus machte, daß er aufgebracht war.

»Es tut mir leid, wenn ich dich störe, aber hier ist ein Notfall eingetreten. Ich muß mich dringend um sechs mit einem Klienten treffen. Kannst du Kathy vom Kinderhort abholen?«

»Was ist mit deiner Mutter?«

»Sie spielt heute bei einer Freundin Bridge, und ich habe die Telefonnummer nicht.«

»Sag dem Klienten, daß du dich morgen mit ihm triffst.«

»Das geht nicht. Es muß heute abend sein.«

»Verdammt, Betsy, als wir uns getrennt haben, hast du versprochen, daß so etwas nicht vorkommt.«

»Es tut mir wirklich leid«, entgegnete Betsy und ärgerte sich ebenso über sich selbst, weil sie ihn gefragt hatte, wie über Rick, weil er eine solche Affäre daraus machte.

»Ich würde dich ja nicht bitten, aber ich brauche deine Hilfe, dies eine Mal. Bitte.«

Rick schwieg einen Augenblick.

»In Ordnung«, lenkte er ärgerlich ein. »Wann muß ich dort sein?«

»Sie schließen um sechs. Ich bin dir wirklich dankbar.«

Bevor Rick seine Meinung ändern konnte, legte Betsy schnell auf.

»Sechs Uhr geht in Ordnung, Mr. Darius. Wissen Sie, wo mein Büro ist?«

»Ja«, antwortete Darius, und die Verbindung wurde unterbrochen. Betsy legte den Hörer auf und sank in ihrem Sessel zusammen. Sie fragte sich, welche Art von Geschäften ein Mann wie Martin Darius wohl mit ihr machen wollte.

Betsy schaute auf die Uhr. Es war fünf nach halb sieben, und Darius war noch immer nicht da. Sie war aufgebracht, daß er sie so lange warten ließ, nachdem sie sich solche Umstände gemacht hatte, aber sie war noch nicht aufgebracht genug, um ein zweitausendfünfhundert-Dollar-Honorar in den Wind zu schreiben. Darüber hinaus hatte ihr die Wartezeit Gelegenheit gegeben, an dem Morales-Fall zu arbeiten. Sie beschloß, Darius noch eine halbe Stunde zu geben.

Der Regen klatschte gegen das Fenster hinter ihr. Betsy gähnte und drehte ihren Sessel, so daß sie in die Nacht hinaussehen konnte. Die meisten der Büros im Gebäude gegenüber waren schon verlassen. Sie konnte beobachten, wie die Putzfrauen mit ihrer Arbeit begannen. Um die Zeit war dieses Gebäude wahrscheinlich genauso verlassen, bis auf die notorischen Nachtarbeiter. Die Stille beunruhigte sie etwas. Als sie sich wieder umdrehte, stand Darius in der Tür. Betsy fuhr zusammen.

»Mrs. Tanenbaum?«

Betsy stand auf. Sie war selbst fast einen Meter achtzig, doch sogar sie mußte zu Darius hochblicken. Er streckte seine Hand aus, wobei exquisite goldene Manschettenknöpfe sichtbar wurden. Seine Hand fühlte sich kalt an, und sein Benehmen war distanziert. Betsy glaubte nicht an Charisma, aber dieser Mann hatte etwas an sich, das bei Fernsehaufnahmen oder Zeitungsfotos nicht rüberkam.

»Es tut mir leid, wenn ich etwas geheimnisvoll getan habe, Mrs. Tanenbaum«, entschuldigte sich Darius, während er Platz nahm.

»Für zweitausendfünfhundert Dollar könnten Sie meinetwegen eine Maske tragen, Mr. Darius.«

Darius grinste. »Mir gefallen Anwälte mit Sinn für Humor. Ich habe bisher noch nicht viele davon getroffen.«

»Das liegt wahrscheinlich daran, daß sie meist mit Wirtschaftsanwälten und Finanzberatern zu tun haben. Strafverteidiger halten ohne Humor nicht lange durch.«

Darius lehnte sich in seinem Sessel zurück und ließ seinen Blick durch Betsys vollgestopftes Büro gleiten. Es war ihr erstes eigenes Büro, und es war klein und schäbig. Dieses Jahr hatte sie zum ersten Mal genug Geld verdient, um darüber nachzudenken, etwas Größeres zu mieten. Wenn sie jemals das Geld aus der Abtreibungsgeschichte bekommen würde, dann wollte sie wirklich umziehen, aber der Fall lag beim Berufungsgericht, und möglicherweise sah sie nie einen Penny.

»Ich war vor kurzem bei einer Wohltätigkeitsveranstaltung für die Oper in Portland«, erzählte Darius. »Waren Sie auch dort?«

»Leider nein.«

»Zu schade. Ich hatte ein interessantes Gespräch mit Maxine Silver. Sie gehört zum Ensemble. Eine Frau mit festen Ansichten. Wir sprachen über Greigs Buch. Haben Sie es gelesen?«

»Der Roman von dem Massenmörder?« fragte Betsy und wunderte sich über die Richtung, die das Gespräch nahm.

Darius nickte.

»Ich habe einige Besprechungen gesehen, aber ich habe keine Zeit, etwas anderes als juristische Fachzeitschriften zu lesen. Außerdem entspricht es nicht meinem Geschmack.«

»Beurteilen Sie das Buch bitte nicht nach seinem Autor, Mrs. Tanenbaum. Es ist wirklich sehr gut geschrieben. Dieser Art von Büchern gehört die Zukunft. Der Autor behandelt den Umstand der Andersartigkeit des Protagonisten so einfühlsam, daß man fast vergessen kann, was Greig diesen Kindern angetan hat. Trotzdem ist Maxine Silver der Meinung, daß es nicht hätte veröffentlicht werden dürfen, einzig deshalb, weil Greig es geschrieben hat. Was meinen Sie?«

»Ich bin gegen Zensur. Ich würde ein Buch nicht verbieten, nur weil ich etwas gegen die Person habe, die es geschrieben hat.«

»Wenn der Verlag sich dem Druck von, sagen wir, Frauengruppen, beugen und das Buch vom Markt nehmen müßte, würden Sie dann Greig vertreten?«

»Mr. Darius ...«

»Nennen Sie mich Martin!«

»Stellen Sie diese Fragen aus einem bestimmten Grund, oder machen Sie nur Konversation?«

»Lassen Sie mir den Spaß.«

»Ich würde Greig vertreten.«

»Obwohl Sie wissen, daß er ein Monster ist?«

»Ich würde ein Prinzip vertreten, Mr. Darius. Die Freiheit der Kunst. *Hamlet* wäre immer noch *Hamlet*, auch wenn Charles Manson ihn geschrieben hätte.«

»Gut gekontert«, gestand Darius ein und zog einen Scheck aus seiner Tasche.

»Sagen Sie mir, was Sie davon halten, wenn Sie ihn gesehen haben«, sagte er und legte den Scheck auf den Schreibtisch. Der Scheck war auf Elisabeth Tanenbaum ausgestellt, und die Summe belief sich auf 58 346,47 Dollar. Etwas an der Summe kam ihr vertraut vor. Betsy runzelte die Stirn, dann errötete sie, als ihr klar wurde, daß dies der Betrag ihrer gesamten Einnahmen aus dem letzten Jahr war. Das konnte Darius aber nur wissen, wenn er Zugang zu ihrer Steuererklärung hatte.

»Ich denke, jemand hat in meiner Privatsphäre herumgeschnüffelt«, keuchte Betsy böse, »und das gefällt mir überhaupt nicht.«

»Zweitausendfünfhundert Dollar sind ihr Honorar für die Beratung heute abend«, erklärte Darius, wobei er Betsys Ärger ignorierte. »Der Rest ist ein Vorschuß. Legen Sie es an, und behalten Sie die Zinsen. Möglicherweise bitte ich Sie eines Tages, das Geld zurückzuzahlen. Oder ich bitte Sie, mich zu vertreten. In diesem Fall können Sie von mir so viel verlangen, wie Sie glauben, daß es für den Fall angebracht ist, auch weit mehr als diesen Vorschuß.«

»Ich bin mir nicht sicher, ob ich überhaupt für Sie arbeiten will, Mr. Darius.«

»Warum? Weil ich Erkundigungen über Sie eingeholt habe? Ich verstehe, daß Sie verärgert sind, aber ein Mann in meiner Position kann kein Risiko eingehen. Es gibt nur eine Ausfertigung des Berichts über Sie, und die werde ich Ihnen zusenden, egal, wie unser Treffen ausgeht. Sie werden sich geschmeichelt fühlen, wenn Sie lesen, was Ihre Kollegen über Sie sagen.«

»Warum geben Sie diesen Betrag nicht der Kanzlei, die auch Ihre Geschäfte abwickelt?«

»Ich möchte diese Sache nicht mit meinen Wirtschaftsanwälten besprechen.«

»Wurden Sie in Zusammenhang mit einem Verbrechen gebracht?«

»Warum besprechen wir das nicht erst dann, wenn es notwendig ist?«

»Mr. Darius, es gibt eine Reihe von hervorragenden Strafverteidigern in Portland, warum also ich?«

Darius wirkte amüsiert. »Sagen wir einfach, ich bin der Meinung, daß Sie mich am besten vertreten könnten, wenn es denn notwendig werden sollte.«

»Ich bin ein bißchen argwöhnisch, wenn ich einen Fall unter diesen Voraussetzungen übernehmen soll.«

»Das müssen Sie nicht. Sie gehen keine Verpflichtung ein. Nehmen Sie den Scheck und die Zinsen. Wenn es soweit ist und Sie zu der Entscheidung kommen, daß Sie mich nicht vertreten können, geben Sie mir das Geld zurück. Doch ich kann Ihnen versichern, wenn man mich anklagt, dann bin ich unschuldig, und Sie können meine Verteidigung im vollen Bewußtsein meiner Unschuld übernehmen.«

Betsy sah sich den Scheck an. Das war fast viermal soviel wie das dickste Honorar, das sie je erhalten hatte, und Martin Darius war nicht die Art von Klient, die ein vernünftiger Mensch ablehnen konnte.

»Solange klar ist, daß ich keine Verpflichtung eingehe«, wiederholte Betsy.

»Natürlich. Ich schicke Ihnen eine Abmachung über den Vorschuß, in der die einzelnen Punkte festgelegt sind.«

Sie gaben sich die Hand, und Betsy begleitete Darius nach draußen. Dann schloß sie die Tür und ging wieder in ihr Büro. Als Betsy sicher sein konnte, daß Darius weg war, küßte sie den Scheck, stieß einen kleinen Freudenschrei aus und wirbelte durch das Büro. Einer Betsy war es sicher erlaubt, von Zeit zu Zeit ein etwas ungebührliches Verhalten zu zeigen.

3

Betsy war bester Laune, als sie ihren Kombi auf dem Abstellplatz parkte. Es war weniger das Geld als vielmehr der Umstand, daß Martin Darius sie allen anderen Strafverteidigern in Portland vorgezogen hatte. Mit Fällen wie dem Hammermill-Prozeß wurde sie bekannt, aber die Klienten mit dem großen Geld gingen immer noch zu den Verteidigern mit den großen Namen. Bis heute abend.

Rick Tanenbaum öffnete die Tür, bevor Betsy den Schlüssel aus ihrem Etui gefischt hatte. Ihr Mann war ein paar Zentimeter kleiner als sie. Er war schlank, und sein Haar war so geschnitten, daß es in die hohe Stirn fiel. Seine zarte Haut und die strahlend blauen Augen ließen ihn jünger als sechsunddreißig erscheinen. Rick war immer überkorrekt. Selbst jetzt, da er sich entspannen konnte, trug er seine Krawatte und das Jackett.

»Verdammt, Betsy, es ist fast acht Uhr. Wo bist du gewesen?«

»Mein Klient ist erst um halb sieben gekommen. Es tut mir leid.«

Bevor Rick etwas sagen konnte, kam Kathy den Flur entlanggestürmt. Betsy legte ihre Sachen auf einen Stuhl und hob ihre sechsjährige Tochter hoch.

»Ich habe ein Bild gemalt, das will ich dir zeigen«, rief Kathy und kämpfte, um herunterzukommen, sobald ihre Mutter sie einmal gedrückt und ihr einen Kuß gegeben hatte.

»Bring es in die Küche!« sagte Betsy und ließ Kathy herunter. Dann zog sie ihr Jacke aus. Kathy rannte in ihr Zimmer, wobei ihr langes blondes Haar hinter ihr herflog.

»Bitte, mach das nicht noch mal mit mir, Betsy!« hob Rick an, als Kathy weit genug entfernt war, um nichts mehr davon mitzubekommen. »Ich bin mir wie ein Idiot vorgekommen. Ich hatte gerade eine Besprechung mit Donovan und drei anderen Anwälten und mußte ihnen sagen, daß ich leider nicht länger bleiben könne, weil ich meine Tochter vom Kinderhort abholen müsse. Wir waren uns darüber einig, daß dies zu deinen Pflichten gehört.«

»Es tut mir leid, Rick. Mutter war nicht erreichbar, und ich mußte diesen Klienten treffen.«

»Ich habe auch Klienten und eine Stellung in der Firma, die ich ausfüllen muß. Ich versuche, Teilhaber zu werden, und das werde ich nicht schaffen, wenn man mir nachsagt, daß man sich nicht auf mich verlassen kann.«

»Mein Gott, Rick. Wie oft habe ich dich um so etwas gebeten? Sie ist schließlich auch deine Tochter. Donovan weiß, daß wir ein Kind haben. Solche Sachen passieren halt.«

Kathy stürmte in die Küche, und sie brachen ihren Streit ab.

»Das ist das Bild, Mama«, meldete sich Kathy und hielt ihr ein großes Blatt hin. Betsy musterte das Bild genau, während Kathy sie erwartungsvoll anschaute. Sie sah in ihren kleinen Jeans und dem gestreiften T-Shirt mit langen Ärmeln hinreißend aus.

»Nun, Kathy Tanenbaum«, sagte Betsy, das Bild auf Armeslänge von sich haltend, »dies ist das phantastischste Bild eines Elefanten, das ich je gesehen habe.«

»Das ist eine Kuh, Mama.«

»Eine Kuh mit Rüssel?«

»Das ist der Schwanz.«

»Ach so. Bist du sicher, daß es kein Elefant ist?«

»Hör auf, mich zu ärgern!« erklärte Kathy ernsthaft.

Betsy lachte und gab ihrer Tochter das Bild mit einem Kuß zurück. »Du bist der größte Künstler seit Leonardo da Vinci. Sogar noch größer, aber jetzt laß mich das Abendessen machen.«

Kathy rannte in ihr Zimmer zurück. Betsy stellte eine Pfanne auf den Herd und nahm eine Tomate und einen Kopfsalat.

»Wer ist dieser wichtige Klient?« wollte Rick wissen.

Betsy mochte es Rick nicht sagen, vor allem, da Darius seinen Besuch geheimhalten wollte. Doch sie fühlte, daß sie Rick eine Antwort schuldig war.

»Das ist absolut vertraulich. Schwörst du, es für dich zu behalten, wenn ich es dir sage?«

»Natürlich.«

»Martin Darius hat mir heute abend einen Vorschuß gegeben«, sagte sie mit breitem Grinsen.

»Martin Darius?« fragte Rick ungläubig. »Warum sollte er dich beauftragen? PARISH, MARQUETTE & REEVES nehmen seine Rechtsangelegenheiten wahr.«

»Offensichtlich ist er der Meinung, daß auch ich in der Lage bin, ihn zu vertreten«, gab Betsy zurück und versuchte, sich nicht anmerken zu lassen, wie sehr sie Ricks Reaktion verletzt hatte.

»Du bist kein Wirtschaftsanwalt.«

»Ich glaube nicht, daß es um Wirtschaftssachen geht.«

»Was dann?«

»Hat er nicht gesagt.«

»Wie ist Darius?«

Betsy dachte über die Frage nach. Wie war Darius?

»Unheimlich«, antwortete sie, gerade als Kathy wieder in die Küche kam. »Er gibt sich geheimnisvoll, und er will, daß man weiß, wie mächtig er ist.«

»Was kochst du, Mama?«

»Roastbeef, meine Kleine.« antwortete Betsy, nahm ihre Tochter auf den Arm und kitzelte sie im Nacken, bis sie protestierte. »Nun verschwinde, oder das Essen wird nie fertig.«

Betsy setzte Kathy ab. »Möchtest du zum Essen bleiben?« fragte sie Rick. Er machte einen unzufriedenen Eindruck und schaute auf die Uhr.

»Danke, aber ich muß noch einmal ins Büro.«

»In Ordnung. Nochmals vielen Dank, daß du Kathy abgeholt hast. Ich weiß, wie beschäftigt du bist, und ich rechne es dir hoch an.«

»Nun, ja. Tut mir leid, daß ich dich so angefahren habe. Es ist nur ...«

»Ich weiß«, lenkte Betsy ein.

Rick machte den Eindruck, als wolle er noch etwas sagen, aber statt dessen ging er zur Garderobe und nahm seinen Regenmantel.

»Viel Glück mit Darius«, wünschte Rick ihr, als er das Haus verließ. Betsy machte die Tür hinter ihm zu. Sie hatte den neidischen Unterton in Ricks Stimme durchaus mitbekommen und bereute jetzt schon, ihm von ihrem neuen Klienten erzählt zu haben. Sie hätte es wissen müssen. Es wäre besser gewesen, ihm nicht zu sagen, wie gut sie allein zurechtkam.

»Doch es dauert seine Zeit, ein Floß zu bauen, selbst wenn man so geschickt und ausdauernd ist wie der kleine Holzfäller, und als die Nacht hereinbrach, war die Arbeit noch nicht getan. So suchten sie sich unter den Bäumen einen gemütlichen Platz und schliefen bis zum Morgen. Und Dorothy träumte von der Stadt und dem guten Zauberer von Oz, der sie schon bald wieder nach Hause bringen würde.

Und nun«, sagte Betsy, schloß das Buch und legte es neben Kathys Bett, »ist es für meinen kleinen Zauberer an der Zeit zu schlafen.«

»Nur noch ein Kapitel«, bettelte Kathy.

»Nein, kein weiteres Kapitel mehr«, erklärte Betsy bestimmt und nahm Kathy in den Arm. »Ich habe dir schon eins mehr vorgelesen, als abgemacht war. Jetzt ist Schluß.«

»Du bist gemein, Mama«, beschwerte sich Kathy mit einem Lächeln.

»Das ist wirklich schlimm. Du hast die schlechteste Mutter der Welt abbekommen und kannst nichts dagegen machen.« Betsy küßte Kathys Stirn. »Jetzt schlaf schön. Bis morgen.«

»Nacht, Mama.«

Kathy drehte sich auf die Seite und zog Oliver, einen großen Stoffskunk, in die richtige Position an ihre Brust.

»Nacht, Liebling.«

Betsy schloß die Tür von Kathys Zimmer und ging in die Küche, um den Abwasch zu machen. Obwohl sie dies ihren feministischen Freundinnen gegenüber nie zugegeben hätte, liebte sie das Geschirrspülen. Für sie war das die perfekte Entspannung. Der Tag einer Anwältin war voll Streß, und es gab tausend unlösbare Probleme. Geschirr abzuwaschen war dagegen eine überschaubare Aufgabe, die Betsy jederzeit lösen konnte. Der Erfolg der Arbeit war jedesmal sofort sichtbar. Und sie brauchte ein Erfolgserlebnis, nachdem sie Rick getroffen hatte.

Sie wußte, warum er verärgert war. Rick war an der Universität der absolut Beste gewesen, und DONOVAN, CHASTAIN & MILLS hatten ihn mit einem dicken Gehalt und dem Versprechen, ihn bald zum Teilhaber zu machen, in ihre zweihundert Anwälte umfassende Knochenmühle gelockt. In der Firma hatten sie ihn wie einen Hund behandelt. Die Teilhaberschaft hatten sie ihm wie einen Knochen vor die Nase gehalten, aber so, daß er für Rick unerreichbar blieb. Als es auch letztes Jahr, gerade als sie ihre Karriere begann, nichts geworden war, hatte dies seinem Selbstbewußtsein einen vernichtenden Schlag versetzt. Ihre zehnjährige Ehe hatte diesen Schlag nicht ausgehalten.

Als Rick ihr vor zwei Monaten sagte, daß er sie verlassen würde, war Betsy wie vor den Kopf gestoßen gewesen. Sie wußte um die Probleme zwischen ihnen, aber sie hatte nie daran gedacht, daß er sie verlassen könnte. Warum konnte er ihr den Erfolg nicht gönnen? Hatte er sich im Laufe der Zeit verändert, oder war er immer schon so selbstherrlich gewesen? Betsy fiel es schwer zu glauben, daß Ricks Liebe so zerbrechlich war, daß er ihren Erfolg nicht ertragen konnte, aber sie war auch nicht bereit, ihre Karriere für sein Ego aufzugeben. Warum auch? Sie war Rick ebenbürtig, und er mußte das ihrer Ansicht nach akzeptieren. Wenn er dies nicht konnte, dann konnte sie nicht seine Frau bleiben. Wenn er sie aber liebte, dann konnte das nicht so schwer sein. Sie war stolz auf seine Erfolge. Warum konnte er es nicht auch auf ihre sein?

Betsy nahm sich ein Glas Milch und machte das Licht aus. Die Küche versank wie das restliche Haus in anheimelnde Dunkelheit. Betsy nahm ihr Glas mit zum Küchentisch und setzte sich. Sie trank einen Schluck und blickte schläfrig aus dem Fenster. Die meisten Häuser in der Nachbarschaft waren dunkel. Die Straßenlaterne warf einen bleichen Schein auf eine Ecke des Vorgartens. Es war ganz still, jetzt, da Rick nicht da und Kathy eingeschlafen war. Kein Geräusch drang von der Straße herein.

Betsy wußte, das, was Rick heute für sie getan hatte, war für Ehemänner, die von ihren Frauen getrennt lebten, nicht üblich. Aber Rick hatte es für Kathy getan, weil er sie liebte – und Kathy liebte Rick. Betsy war sich klar darüber, daß die Trennung für ihre Tochter sehr hart gewesen war. Doch es gab Momente wie jetzt, wo es so still im Haus und Betsy allein war, da fehlte Rick ihr selbst auch. Sie wußte nicht, ob sie ihn immer noch liebte, aber sie erinnerte sich daran, wie schön es manchmal mit ihm gewesen war. Allein schlafen zu gehen war das Schlimmste daran. Sie vermißte es, mit ihm zu schlafen, doch mehr noch fehlten ihr das Schmusen und die Gespräche im Bett. Manchmal glaubte sie auch daran, sie beide könnten noch einmal neu anfangen. Heute abend, bevor Rick ging, war sie sicher gewesen, daß er ihr etwas hatte sagen wollen. Aber was? Und wenn er sie fragte, ob sie zu ihm zurückkäme, was würde sie antworten? Doch er war derjenige gewesen, der nach zehn Ehejahren alles hinter sich gelassen hatte, sein Kind und ihr gemeinsames Leben. Sie waren eine Familie gewesen, aber Ricks Verhalten hatte ihr gezeigt, daß ihm dies nichts bedeutete.

In der Nacht weinte sie im Bett, bis sie nicht mehr weinen konnte. Dann drehte sie sich auf die Seite und starrte das Hochzeitsbild an. Rick grinste darauf. Er hatte ihr damals gesagt, daß er noch nie so glücklich gewesen sei. Und auch sie war so glücklich gewesen, daß sie es nicht fassen konnte. Wie konnte ein solches Gefühl einfach verschwinden?

Kapitel vier

1

»Spät geworden?« fragte Wayne Turners Sekretärin und versuchte erfolglos, ein Grinsen zu unterdrücken.

»Sieht man das?«

»Nur die, die wissen, wie perfekt Sie normalerweise aussehen.«

Am Abend vorher war Turner, Senator Raymond Colbys Assistent, auf der Feier anläßlich der Nominierung des Senators für den Supreme Court total betrunken gewesen. Heute morgen bekam er die Rechnung dafür präsentiert, aber es kümmerte ihn nicht. Er freute sich für den alten Knaben, der so viel für ihn getan hatte. Das einzige, was ihm nicht paßte, war, daß Colby nicht für die Präsidentschaft kandidiert hatte. Er hätte einen guten Präsidenten abgegeben.

Turner war Schwarzer, einssiebzig groß und schlank. Er hatte ein schmales Gesicht, hohe Wangenknochen, kurzgeschnittenes schwarzes Haar, das an den Schläfen grau wurde. Er wog immer noch soviel wie zu der Zeit, als er Colby zum ersten Mal getroffen hatte. Er hatte sein energisches Auftreten nicht verloren, doch das Stirnrunzeln, das ein Teil von ihm zu sein schien, hatte sich über die Jahre hinweg etwas verflüchtigt. Turner hängte sein Jackett an den Haken hinter der Tür, steckte sich die vierte Zigarette an diesem Tag an und ließ sich hinter seinem unaufgeräumten Schreibtisch nieder. In seinem Rücken befand sich, eingerahmt vom Fenster, die weiße Kuppel des Kapitols.

Turner wühlte sich durch die Anfragen. Viele stammten von Reportern, die etwas über die Hintergründe von Colbys Nominierung wissen wollten. Einige kamen von Assistenten anderer Senatoren, die wahrscheinlich etwas über Colbys Vorleben in Erfahrung bringen wollten. Ein paar Anfragen von Teilhabern bekannter Washingtoner Anwaltskanzleien, die ihm versicherten, daß sich Turner keine Sorgen zu machen brauchte, wenn der Senator zum Obersten Richter ernannt worden war. Die Männer an den Schaltstellen der Macht in Washington waren immer an jemandem interessiert, der Zugang zu einem der Mächtigen hatte. Turner würde keine Schwierigkeiten mit seiner beruflichen Zukunft haben, aber er würde die Arbeit mit dem Senator vermissen.

Die letzte Nachricht in dem Stapel erweckte Turners Interesse. Sie stammte von Nancy Gordon, eine von den Personen, bei der er sich hätte melden sollen, als er gestern nachmittag wieder ins Büro gekommen war. Bestimmt hatte auch sie wegen der Nominierung angerufen. Auf dem Zettel stand eine Nummer in Hunters Point im Staat New York.

»Ich bin's, Wayne«, meldete er sich, als er die bekannte Stimme am anderen Ende der Leitung vernahm. »Wie geht's?«

»Er ist wieder aufgetaucht«, begann Nancy Gordon ohne Einleitung.

Turner brauchte ein paar Sekunden, bevor er begriff, dann war es um seine Stimmung geschehen.

»Wo?«

»Portland, Oregon.«

»Woher weißt du das?«

Sie sagte es ihm. Schließlich fragte Turner: »Was willst du unternehmen?«

»In zwei Stunden geht ein Flug nach Portland.«

»Was glaubst du, warum hat er wieder angefangen?«

»Mich wundert, daß er so lange stillgehalten hat«, antwortete Nancy.

»Wann hast du den Brief erhalten?«

»Gestern, so gegen vier. Ich kam gerade von der Schicht.«

»Du weißt das vom Senator?«

»Hab' es in den Nachrichten gehört.«

»Glaubst du, da besteht ein Zusammenhang? Ich meine, die zeitliche Übereinstimmung. Es ist merkwürdig, so kurz nachdem der Präsident die Nominierung bekanntgegeben hat.«

»Möglicherweise gibt es einen Zusammenhang. Ich weiß nicht. Ich möchte keine voreiligen Schlüsse ziehen.«

»Hast du Frank angerufen?« wollte Turner wissen.

»Noch nicht.«

»Mach das. Erzähl's ihm!«

»In Ordnung.«

»Mist, das ist absolut der ungünstigste Zeitpunkt für so etwas.«

»Du machst dir Sorgen um den Senator?«

»Selbstverständlich.«

»Was ist mit den Frauen?« fragte Nancy mit eisiger Stimme.

»Komm mir nicht so, Nancy. Du weißt sehr gut, daß ich mir um die Frauen Sorgen mache, aber Colby ist mein bester Freund. Kannst du ihn da nicht heraushalten?«

»Werde ich, wenn es möglich ist.«

Turner schwitzte; der Telefonhörer lag unangenehm an seinem Ohr.

»Was hast du vor, wenn du ihn gefunden hast?« fragte er nervös. Nancy Gordon antwortete nicht sofort. Turner konnte hören, wie sie tief durchatmete.

»Nancy?«

»Ich tue, was getan werden muß.«

Turner wußte, was das bedeutete. Wenn Nancy Gordon

den Mann fand, der ihr seit zehn Jahren Alpträume verursachte, würde sie ihn töten. Der zivilisierte Mensch in Wayne Turner wollte Nancy sagen, daß sie das Gesetz nicht in die eigenen Hände nehmen dürfe. Aber da gab es den Wilden in Wayne Turner, der ihn davor zurückhielt, weil jeder, einschließlich dem Senator, besser dran sein würde, wenn die Beamtin der Mordkommission, Nancy Gordon, zum Todesengel wurde.

2

Der Mikrowellenherd klingelte. Alan Page ging zurück in die Küche, ein Auge auf den Fernseher gerichtet. Der Nachrichtensprecher von CBS sprach über den Termin, an dem Raymond Colbys Anhörung angesetzt war. Colby würde dem Supreme Court zu einer soliden, konservativen Mehrheit verhelfen, und das war eine gute Nachricht für einen Staatsanwalt.

Alan nahm sein Fertiggericht aus der Mikrowelle und zog die Folie ab, wobei er nur einen sehr kurzen Blick auf das Essen warf. Er war siebenunddreißig, hatte kurzgeschnittenes schwarzes Haar, und sein Gesicht trug immer noch die Spuren von Akne und einen Ausdruck, der die meisten Menschen nervös werden ließ. Sein gertenschlanker Körper hätte darauf schließen lassen, daß er am Langstreckenlauf interessiert war. Das war aber nicht der Fall. In Wirklichkeit machte er sich nichts aus Essen und nahm nur das absolute Existenzminimum zu sich. Seit seiner Scheidung war es noch schlimmer geworden. An einem guten Tag bestand sein Frühstück aus Pulverkaffee, zu Mittag aß er ein Sandwich und trank wieder schwarzen Kaffee, und abends nahm er eine Pizza zu sich.

Ein Reporter interviewte jemanden, der Colby aus der Zeit kannte, als er für Marlin Steel gearbeitet hatte. Alan stellte mit der Fernsteuerung den Ton lauter. Nach dem, was er hörte, stand der Berufung Colbys zum Höchsten Richter des Supreme Court nichts im Wege. Die Türklingel läutete gerade, als der Bericht über Colby zu Ende war. Alan hoffte, daß es nichts Dienstliches war, denn um neun Uhr gab es einen Bogart-Klassiker, auf den er sich schon den ganzen Tag gefreut hatte.

Die Frau vor der Tür hielt eine Aktenmappe über den Kopf, um sich vor dem Regen zu schützen. Ein kleiner brauner Koffer stand neben ihr. Ein Taxi wartete am Bordstein, die Scheibenwischer bewegten sich hin und her, und die Scheinwerfer schnitten durch die Regenschauer.

»Alan Page?«

Er nickte. Die Frau klappte ein Lederetui, das sie in ihrer freien Hand hielt, auf und zeigte Alan ihre Marke.

»Nancy Gordon. Ich bin Detective bei der Mordkommission in Hunters Point, im Staat New York. Kann ich reinkommen?«

»Natürlich«, antwortete Alan und trat zurück. Nancy Gordon gab dem Taxifahrer ein Zeichen und trat ein. Sie hielt die Aktenmappe auf Armeslänge von sich, schüttelte das Wasser auf dem Fußabtreter ab und zog dann den Koffer herein.

»Ich nehme Ihnen den Mantel ab«, bot sich Alan an. »Kann ich Ihnen etwas zu trinken anbieten?«

»Eine Tasse Kaffee, bitte«, antwortete Nancy Gordon und gab ihm ihren Regenmantel.

»Was treibt eine Polizeibeamtin von New York nach Portland?« wollte Alan wissen, während er ihren Mantel in den Flurschrank hängte.

»Sagt Ihnen der Satz AUF EWIG UNVERGESSEN irgendwas, Mr. Page?«

Alan verharrte einen Moment lang völlig bewegungslos, dann drehte er sich um. »Diese Information ist noch nicht an die Öffentlichkeit gegeben worden. Woher haben Sie sie?«

»Ich weiß mehr über AUF EWIG UNVERGESSEN, als Sie sich

vorstellen können, Mr. Page. Ich weiß, was die Nachricht bedeutet. Ich weiß von der schwarzen Rose. Ich weiß auch, wer die vermißten Frauen entführt hat.«

»Setzen Sie sich bitte, ich mache Ihnen einen Kaffee«, sagte Alan. Er brauchte einfach Zeit, um nachzudenken.

Die Wohnung war klein; Küche und Wohnzimmer waren ein Raum, der durch eine Theke geteilt war. Nancy Gordon setzte sich in einen Lehnsessel neben dem Fernseher und wartete geduldig, während Alan aus einem Kessel heißes Wasser auf Pulverkaffee goß. Er reichte ihr die Tasse, stellte den Fernsehapparat ab und setzte sich dann ihr gegenüber auf die Couch. Nancy Gordon war groß und hatte einen durchtrainierten Körper. Alan schätzte sie auf Mitte dreißig. Sie war attraktiv, ohne viel dafür zu tun. Das Beeindruckendste an ihr war ihre alles bestimmende Ernsthaftigkeit. Ihre Kleidung war streng, die Augen kalt, ihr Mund zu einer dünnen Linie zusammengepreßt und ihr Körper angespannt wie bei einem Tier, das bereit ist, sich zu verteidigen.

Nancy Gordon beugte sich leicht nach vorn. »Denken Sie an die schlimmsten Verbrecher, Mr. Page! Denken Sie an Bundy, Manson, Dahmer! Der Mann, der diese Zettel zurückgelassen hat, ist viel gefährlicher als einer von denen, denn die sind inzwischen alle tot oder im Gefängnis. Der Mann, hinter dem Sie her sind, ist ein Mann, der davongekommen ist.«

»Sie wissen, wer es ist?« fragte Alan.

Nancy nickte. »Ich habe seit zehn Jahren darauf gewartet, daß er wieder auftaucht.«

Nancy schwieg einen Moment. Sie betrachtete den Dampf, der von ihrer Tasse aufstieg, dann sah sie Alan wieder an.

»Dieser Mann ist verschlagen, Mr. Page, und er ist anders als alle. Er ist kein Mensch, so wie wir einen Menschen definieren würden. Ich wußte, daß er sich nicht für immer würde unter Kontrolle halten können, und ich hatte recht.

Jetzt ist er wieder aufgetaucht, und ich kann ihn fassen, doch dazu brauche ich Ihre Hilfe.«

»Wenn Sie diesen Kerl stellen können, kriegen Sie alle erdenkliche Hilfe. Aber ich frage mich immer noch, wer Sie eigentlich sind und was Sie da reden.«

»Natürlich. Entschuldigen Sie. Ich stecke jetzt schon so lange in diesem Fall, da vergesse ich, daß andere Leute nicht wissen, was passiert ist. Und Sie müssen alles erfahren, sonst verstehen Sie nichts. Haben Sie Zeit, Mr. Page? Kann ich es Ihnen jetzt gleich erzählen? Ich glaube nicht, daß wir warten können. Nicht einmal bis morgen. Nicht, solange er frei da draußen herumläuft.«

»Wenn Sie nicht zu müde sind.«

Nancy Gordon starrte Alan mit Nachdruck in die Augen. Schließlich war er gezwungen, seinen Blick abzuwenden.

»Ich bin immer müde, Mr. Page. Es gab eine Zeit, da konnte ich ohne Tabletten überhaupt nicht schlafen. Darüber bin ich hinweg, aber die Alpträume haben noch nicht aufgehört, und gut schlafe ich immer noch nicht. Werde ich auch nicht, bevor wir ihn nicht geschnappt haben.«

Alan wußte nicht, was er dazu sagen sollte. Nancy Gordon sah auf ihre Hände, trank noch einen Schluck Kaffee, und dann erzählte sie Alan Page alles über Hunters Point.

Teil 2

Hunters Point

Kapitel fünf

1

Das ausladende, zweistöckige Gebäude aus der Kolonialzeit befand sich auf halbem Weg die Stichstraße hinunter, ein ganzes Stück von der Straße zurückgesetzt. Eine weite, sorgfältig gepflegte Rasenfläche bildete eine ausreichende Zone zwischen den Häusern zu beiden Seiten. Ein roter Ferrari parkte in der Auffahrt vor den drei Garagen.

Nancy Gordon war klar, daß es schwierig werden würde, als sie den erstaunten Ausdruck auf den Gesichtern der Nachbarn wahrnahm, die sich an der Polizeiabsperrung drängten. Sie waren entsetzt von der Anwesenheit der Polizeifahrzeuge und des Leichenwagens. Das paßte so gar nicht in die bürgerliche Umgebung von The Meadows, wo die Preise für Häuser bei einer halben Million Dollar begannen und Verbrechen einfach nicht erlaubt waren. Sie wußte, daß es erst recht schwer werden würde, als sie die Gesichter der beiden Detectives sah, die auf dem Rasen vor der Eingangstür standen und sich mit leiser Stimme unterhielten.

Nancy parkte hinter einem Dienstwagen und zwängte sich zwischen den Absperrungen hindurch. Frank Grimsbo und Wayne Turner unterbrachen ihr Gespräch, als sie Nancy sahen. Sie trug Jeans und ein T-Shirt. Der Anruf hatte sie erreicht, als sie es sich in einem schäbigen Nachthemd vor dem Fernseher bequem gemacht hatte, billigen Weißwein trank und zusah, wie die Mets die Dodgers auseinandernahmen. Das, was sie jetzt anhatte, war das erstbeste, was ihr in die Hände gekommen war, und das letzte, worüber sie sich Gedanken gemacht hatte.

»Newman sagt, daß wir diesmal eine Leiche haben«, meinte Nancy aufgeregt.

»Zwei.«

»Woher wissen wir, daß er es war?« wollte sie wissen.

»Der Zettel und die Rose lagen neben der Frau auf dem Boden«, erklärte Grimsbo. Er war ein großer Mann mit einem Bierbauch und dünner werdendem schwarzem Haar, der billige karierte Jacketts und Hosen aus Kunstfaser trug.

»Er war es ganz bestimmt«, behauptete Turner, ein schlanker Schwarzer mit kurzgeschnittenen Haaren und immer gerunzelter Stirn, der inzwischen sein zweites Jahr auf der juristischen Abendschule absolvierte. »Der erste Polizist, der eintraf, war intelligent genug zu erkennen, was los ist. Er hat mich sofort angerufen. Michaels hat den Zettel und die Rose sichergestellt, bevor jemand anderes dazukam.«

»Das ist endlich etwas. Wer ist das zweite Opfer?«

»Melody Lake«, antwortete Grimsbo. »Sie war sechs Jahre alt, Nancy.«

»Verdammte Scheiße.« Die Aufregung, die sie dabei empfunden hatte, endlich eine Leiche zu haben, verflog sofort. »Hat er ... Ist irgendwas mit ihr gemacht worden?«

Turner schüttelte den Kopf. »Sie ist nicht mißbraucht worden.«

»Und die Frau?«

»Sandra Lake. Die Mutter. Tod durch Erwürgen. Sie ist heftig geschlagen worden, aber es gibt auch bei ihr keine Hinweise auf ein Sexualdelikt. Natürlich ist noch keine Autopsie gemacht worden.«

»Haben wir Zeugen?«

»Keine Ahnung«, meinte Grimsbo. »Ein paar Beamte sprechen mit den Nachbarn, bis jetzt ohne Ergebnis. Der Ehemann hat die Leichen gefunden und hat uns gegen Viertel nach acht über den Notruf angerufen. Er sagt, er habe niemanden gesehen, also muß der Mörder lange, bevor der Mann nach Hause kam, weg gewesen sein. Das hier ist eine Sackgasse, die auf die Sparrow Lane stößt, der einzigen Straße, die aus dem Wohngebiet führt. Der Ehemann müßte jeden gesehen haben, der hier heraus oder herein kam.«

»Wer hat mit ihm gesprochen?«

»Ich, aber nur ein paar Minuten«, antwortete Turner. »Und natürlich die Beamten, die zuerst hier waren. Er war zu verwirrt, um etwas Vernünftiges von sich zu geben. Du kennst ihn, Nancy.«

»So?«

»Es ist Peter Lake.«

»Der Rechtsanwalt?«

Grimsbo nickte. »Er hat Daley verteidigt.«

Nancy runzelte die Stirn und versuchte sich daran zu erinnern, was sie über Peter Lake wußte. Sie hatte mit dem Fall Daley nicht viel zu tun gehabt. Alles, was ihr zu dem Verteidiger einfiel, war sein gutes Aussehen und seine Tüchtigkeit. Sie war weniger als eine halbe Stunde im Zeugenstand gewesen.

»Ich geh' besser mal rein«, erklärte sie.

Die Eingangshalle war riesig. Ein kleiner Leuchter hing an der Decke. Ein tiefer gelegenes Wohnzimmer befand sich direkt vor ihr. Der Raum war makellos. Durch ein großes Panoramafenster im Hintergrund konnte sie auf einen künstlichen Teich sehen. Hell gebeizte Eichentische mit Granitplatten, Sessel und ein Sofa in Pastelltönen und Makramewandteppiche waren geschickt im Raum verteilt. Wahrscheinlich hatte da ein Innenarchitekt seine Hand im Spiel. Das Ganze wirkte mehr wie ein Ausstellungsraum denn ein Ort, an dem Menschen lebten.

Links führte eine breite Treppe nach oben. Ein poliertes Holzgeländer folgte der Biegung der Stufen. Die Pfosten, die das Geländer trugen, standen dicht beieinander. Durch die Lücken konnte Nancy auf halber Höhe einen kleinen Körper sehen, über den eine Decke gebreitet war. Sie wandte sich ab.

Die Spurensicherung nahm Fingerabdrücke, machte Fotos und sammelte Beweise. In der Mitte der Eingangshalle stand Bruce Styles, der Gerichtsmediziner, mit dem Rücken zu Nancy, zwischen einem Beamten und seinem Assistenten.

»Sind Sie fertig?« fragte Nancy.

Der Arzt nickte und trat zur Seite. Die Frau lag mit dem Gesicht nach unten auf dem weißen Langflorteppich. Sie trug ein weißes, der brütenden Hitze angepaßtes Baumwollkleid. Ihre Füße waren nackt, das lange braune Haar war blutverklebt. Nancy vermutete, daß sie von einem Schlag auf den Kopf niedergestreckt worden war, und Styles bestätigte ihren Verdacht.

»Ich glaube, sie rannte zur Tür, und er hat sie von hinten erwischt. Sie könnte noch halb bei Bewußtsein gewesen sein, als sie erwürgt wurde.«

Nancy ging um den Körper herum, um einen Blick in das Gesicht der Frau werfen zu können. Sie bereute es sofort. Wenn diese Frau attraktiv gewesen war, dann war jetzt nichts mehr davon zu sehen. Nancy atmete ein paar Mal tief durch.

»Was ist mit dem kleinen Mädchen?« erkundigte sie sich.

»Genickbruch«, meinte Styles. »Es starb schnell und schmerzlos.«

»Wir glauben, daß sie den Mörder ihrer Mutter gesehen hat«, warf Turner ein. »Anzunehmen, daß sie ihre Schreie gehört hat und dann die Treppe herunterkam.«

»Wo ist der Ehemann?« fragte Nancy.

»Den Flur entlang, in dem Zimmer«, erklärte Turner.

»Es hat keinen Zweck, es auf die lange Bank zu schieben.«

Peter Lake lag teilnahmslos in einem Sessel. Jemand hatte ihm ein Glas Scotch in die Hand gedrückt, aber es war immer noch mehr als halbvoll. Er schaute auf, als Nancy den Raum betrat, und sie sah sofort, daß er geweint hatte. Selbst in dieser Verfassung war Peter Lake noch ein faszinierender Mann mit großem, schlankem, athletisch gebautem Körper. Lakes gutgeschnittenes goldblondes Haar, seine blaßblauen Augen und seine glattrasierten, scharfen Gesichtszüge waren es, die die weiblichen Geschworenen meist auf seine Seite brachten.

»Mr. Lake, erinnern Sie sich an mich?« eröffnete Nancy das Gespräch.

Lake schien verwirrt.

»Ich bin Detective im Morddezernat. Mein Name ist Nancy Gordon. Sie haben mich bei dem Fall Daley ins Kreuzverhör genommen.«

»Ja, natürlich. Tut mir leid. Ich beschäftige mich jetzt nicht mehr viel mit Strafsachen.«

»Wie fühlen Sie sich?« fragte Nancy, während sie sich Lake gegenübersetzte.

»Wie tot.«

»Ich weiß, was Sie jetzt durchmachen ...« Nancy starrte vor sich hin, plötzlich fuhr Lakes Kopf nach oben.

»Meinen Sie wirklich? Sie sind tot! Meine ganze Familie ist tot!«

Lake schlug die Hände vors Gesicht und weinte. Seine Schultern zitterten.

»Ja, ich weiß, was Sie jetzt empfinden«, sagte Nancy leise. »Vor einem Jahr ist mein Verlobter ermordet worden. Deshalb weiß ich genau, wie sich die Hinterbliebenen fühlen, und manchmal kann ich ihnen sogar helfen, über das Schlimmste hinwegzukommen.«

Lake sah auf und trocknete die Tränen. »Es tut mir leid«, entschuldigte er sich. »Es ist nur so schwer. Sie haben mir alles bedeutet. Und Melody ... wie kann man das einem so kleinen Mädchen nur antun. Sie hat niemandem etwas zuleide getan. Sie war einfach nur ein kleines Mädchen.«

»Mr. Lake, während der letzten paar Monate sind in Hunters Point vier Frauen verschwunden. Jedesmal wurden eine schwarze Rose und ein Zettel, genau wie Sie sie fanden, am Tatort zurückgelassen. Ich weiß, wie sehr Sie das alles mitnimmt, aber wir müssen schnell handeln. Heute haben wir zum ersten Mal tatsächlich ein Opfer. Das kann bedeuten, daß Sie den Mörder überrascht haben, bevor er ihre Frau beiseite schaffen konnte. Alles, was Sie uns sagen können, ist immens wichtig und kann uns helfen, den Mann zu fassen, bevor er wieder zuschlagen kann.«

»Ich weiß nichts. Glauben Sie mir, ich habe darüber nachgedacht. Ich habe Sandy angerufen und ihr gesagt, daß ich später komme. Als ich hierher fuhr, fiel mir nichts Besonderes auf. Dann habe ich ... ich weiß nicht mehr, was ich dann wirklich getan habe ... ich weiß, daß ich mich auf die unterste Stufe gesetzt habe.«

Lake verstummte, atmete tief durch und versuchte, die Tränen zurückzuhalten. Seine Lippen zitterten. Er nahm einen Schluck von seinem Scotch.

»Das ist sehr schwer für mich, Detective. Ich möchte Ihnen helfen, aber ... Wirklich, es ist sehr schwer.«

Nancy stand auf und legte Lake eine Hand auf die Schulter. Er brach erneut in Tränen aus.

»Ich lass' Ihnen meine Visitenkarte da. Rufen Sie mich an, wenn ich etwas für Sie tun kann. Wenn Sie sich an etwas erinnern, egal wie unwichtig es Ihnen erscheint, rufen Sie mich bitte sofort an!«

»Ja. Morgen geht es mir bestimmt besser ... es ist nur ...«

»Schon gut. Noch eins. Die Medien werden hinter Ihnen her sein; die werden Ihre Privatsphäre nicht respektieren. Bitte, kein Wort zu den Journalisten. Es gibt viele Umstände bei diesem Fall, die nicht an die Öffentlichkeit dringen dürfen. Wir halten bestimmte Fakten bewußt zurück, damit wir leichter falsche Geständnisse aussortieren und den wirklichen Mörder fassen können. Es ist sehr wichtig, daß Sie Ihr Wissen für sich behalten.«

»Ich werde nicht mit der Presse reden. Ich möchte überhaupt niemanden sehen.«

»In Ordnung«, meinte Nancy mitfühlend. »Es wird schon wieder werden. Nicht so schnell, aber irgendwann werden Sie sich mit Ihrem Schmerz arrangieren. Es wird nicht einfach sein. Auch ich habe den Schmerz noch nicht ganz überwunden. Aber es geht mir schon wieder besser, und auch Ihnen wird es wieder besser gehen. Denken Sie daran, was ich gesagt habe! Rufen Sie mich an! Nicht nur wegen der Ermittlungen, auch wenn Sie einfach mit jemandem reden wollen, ja?«

Lake nickte. Als Nancy den Raum verließ, lag er wieder im Sessel, den Kopf zurückgelehnt und die Augen geschlossen.

2

Hunters Point war ein typischer Pendler-Vorort mit 110 000 Einwohnern. Es gab ein kleines Stadtzentrum mit ein paar Boutiquen und besseren Restaurants, einem kleinen Gebäude der State University und eine Reihe von Supermärkten. Slums gab es in Hunters Point nicht, wohl aber einige Gegenden mit billigen Häusern und Wohnungen am Rande des Zentrums, in denen Studenten und Familien lebten, die sich die teuren Wohngegenden wie The Meadows, wo die Rechtsanwälte, Ärzte und Geschäftsleute lebten, nicht leisten konnten.

Die Polizeistation war ein tristes, quadratisches Gebäude am Stadtrand. Es befand sich in der Mitte eines flachen asphaltierten Parkplatzes, der von einem Maschendrahtzaun umgeben war. Der Parkplatz war voll von Polizei- und Zivilfahrzeugen und zwei Lastwagen.

Die Sonderkommission »Rosenmörder« hatte ihr Büro in

einem alten Lagerraum an der Rückseite des Gebäudes. Es gab keine Fenster, und das fluoreszierende künstliche Licht war unangenehm hell. Ein Kühlschrank war zwischen zwei brusthohe Aktenschränke gequetscht, und ein niedriger Tisch stand auf wackligen Beinen an eine beige Wand gelehnt. Auf dem Tisch stand eine Kaffeemaschine, vier Becher, eine Zuckerschale und eine braune Plastiktasse mit mehreren Päckchen Trockenmilch. Vier graue Metallschreibtische waren in der Mitte des Raumes zusammengestellt, Pinwände mit Bildern der Opfer und Hinweisen auf die Verbrechen hingen an zwei Wänden.

Nancy Gordon brütete über ihrem Bericht über den Fall Lake. Das flackernde Neonlicht bereitete ihr Kopfschmerzen. Sie schloß die Augen, lehnte sich zurück und rieb sich die Augen. Als sie wieder aufsah, blickte sie auf die Bilder von Samantha Reardon und Patricia Cross, die Turner an die Wand geheftet hatte. Die Bilder waren ihnen von den Ehemännern zur Verfügung gestellt worden. Samantha stand auf dem Deck eines Segelbootes; sie war eine große Frau, ihr Haar flatterte im Wind, und auf ihrem Gesicht stand ein glückliches Lächeln. Pats Bild war am Strand von Oahu aufgenommen, sie trug Shorts und ein Bikinioberteil und war sehr schlank, eigentlich fast zu dünn. Ihre Freunde behaupteten, sie sei zu sehr auf ihre Figur bedacht gewesen. Samantha Reardon war Krankenschwester gewesen, aber schon bald nach der Hochzeit hatte sie aufgehört zu arbeiten. Die anderen Frauen hatten keinen richtigen Beruf gelernt. Sie waren glückliche Hausfrauen, lebten in Luxus und verbrachten ihre Zeit mit Golf und Bridge. Ihre Vorstellung, etwas für die Gemeinschaft zu tun, bestand darin, Geld für wohltätige Zwecke bei irgendwelchen Veranstaltungen aufzutreiben. Wo waren diese Frauen jetzt? Waren sie tot? Waren sie schnell gestorben oder langsam, hatten sie gelitten? Wie hatten sie es ertragen? Wieviel von ihrer Würde hatten sie bewahren können?

Das Telefon klingelte. »Gordon«, meldete sich Nancy.

»Da ist ein Mr. Lake«, sagte der Diensthabende. Nancy straffte sich. Weniger als zweiundsiebzig Stunden waren seit ihrem Besuch am Tatort vergangen.

»Ich komme sofort«, erklärte Nancy und ließ ihren Stift auf den Stapel von Polizeiakten fallen.

Die Eingangstür der Polizeistation führte in einen kleinen Raum, in dem sich ein paar billige, mit Kunstleder überzogene und mit Armstützen aus Stahlrohr ausgestattete Stühle befanden. Der Eingangsbereich war vom Rest des Gebäudes durch einen Schalter mit Schiebefenster und einer elektronisch gesicherten Tür getrennt. Lake saß auf einem der Stühle. Er trug einen dunklen Anzug mit einer kastanienbraunen Krawatte, sein Haar war sorgfältig gekämmt. Einzig seine rotgeränderten Augen, die auf zu wenig Schlaf und zu viele Tränen hindeuteten, zeugten von seinem tragischen Schicksal. Nancy drückte den Knopf neben dem Schalter des Diensthabenden und öffnete die Tür.

»Ich war nicht sicher, ob Sie da sind«, erklärte Lake. »Ich hoffe, es macht Ihnen nichts aus, wenn ich einfach so hereinplatze, ohne vorher anzurufen.«

»Nein, absolut nicht. Kommen Sie weiter. Ich suche uns einen Platz, wo wir uns in Ruhe unterhalten können.«

Lake folgte Nancy einen Flur hinunter, der ihn an einen Schulkorridor erinnerte. Sie liefen über abgetretenes grünes Linoleum, das hie und da Buckel warf, vorbei an ungestrichenen braunen Holztüren. Placken grüner Farbe fielen von den Wänden. Nancy öffnete die Tür zu einem der Verhörräume und ließ Lake eintreten. Die Wände und die Decke waren mit weißen geräuschdämmenden Platten ausgekleidet.

»Nehmen Sie Platz«, sagte Nancy und deutete auf einen der Plastikstühle, die auf beiden Seiten des langen Holztisches standen. »Ich besorge uns erstmal Kaffee. Wie trinken Sie ihn?«

»Schwarz«, erklärte Lake.

Als Nancy mit zwei Plastikbechern zurückkam, saß Lake mit den Händen im Schoß am Tisch.

»Wie fühlen Sie sich?« fragte sie.

»Ich bin sehr müde und niedergeschlagen. Ich habe heute versucht zu arbeiten, aber ich konnte mich nicht konzentrieren. Ich muß immer an Melody denken.«

Lake verstummte und atmete tief durch. »Nun, die Sache sieht so aus: Ich bin nicht in der Lage zu arbeiten, und wie es aussieht, wird das auch noch eine Zeitlang so bleiben. Heute morgen habe ich mich an eine Grundstückssache gemacht und ... Es war mir alles so völlig egal.

Ich habe zwei Partner, die meine Kanzlei am Laufen halten, bis ich wieder dazu in der Lage bin, falls es jemals dazu kommen sollte. Jetzt aber will ich erst alles daransetzen herauszufinden, wer Sandy und Melody ermordet hat. Ich kann nur noch daran denken.«

»Mr. Lake, auch ich denke nur noch daran. Und nicht nur ich allein. Ich werde Ihnen einiges erzählen, aber das ist streng vertraulich, und ich erwarte, daß Sie es auch vertraulich behandeln.«

Lake nickte.

»Bevor Ihre Frau und Ihre Tochter getötet wurden, hatten wir vier Fälle von verschwundenen Frauen. Keine von ihnen ist bis heute gefunden worden. Es dauerte einige Zeit, bis wir auf der richtigen Spur waren, denn es gab keine Leichen. Zuerst ging man wie bei vermißten Personen vor. Wir fanden an jedem Tatort einen Zettel mit der Aufschrift AUF EWIG UNVERGESSEN und eine schwarze Rose, also wußten wir nach dem zweiten Mal, daß wir es mit demselben Täter zu tun hatten. Der Chef hat eine Sonderkommission zusammengestellt, die den Fall bearbeitet ...«

»Ich bin sicher, daß Sie alles Notwendige tun«, unterbrach Lake Nancy. »Ich wollte Sie auch nicht kritisieren. Ich will einfach nur helfen. Ich möchte mich freiwillig für die Sonderkommission melden.«

»Das ist absolut unmöglich, Mr. Lake. Sie sind kein Polizeibeamter. Außerdem wäre es auch nicht sinnvoll. Sie stecken emotional viel zu tief in der Sache drin, um objektiv zu sein.«

»Anwälte haben gelernt, objektiv zu sein. Außerdem kann ich etwas zu den Nachforschungen beitragen, nämlich die genaue Kenntnis des kriminellen Denkens, die ich mir als Strafverteidiger angeeignet habe. Strafverteidiger lernen über die Art, wie Verbrecher denken, Dinge, die die Polizei nie erfährt, denn uns vertrauen die Mandanten. Meine Klienten wissen, daß sie mir alles erzählen können, egal, wie schrecklich es auch sein mag, denn ich respektiere ihre Privatsphäre. Bei Ihnen tragen die Täter so etwas wie eine Maske, ich dagegen sehe ihr wahres Gesicht.«

»Mr. Lake, Polizeibeamte haben eine ziemlich gute Einschätzung der kriminellen Denkweise – eine zu gute. Wir sehen diese Leute auf der Straße, in ihrem Zuhause. Sie dagegen sehen sie herausgeputzt, in Ihrem Büro, weit weg von ihren Opfern und nachdem sie Zeit gehabt haben, darüber nachzudenken, was sie angerichtet haben. Meist haben sie sich dann eine rührselige Geschichte oder eine Verteidigungsstrategie zurechtgelegt. Aber das spielt alles keine Rolle. Sie können einfach nicht an diesem Fall mitarbeiten. Sosehr ich dieses Angebot auch zu schätzen weiß, meine Vorgesetzten würden es nicht erlauben.«

»Ich weiß, es klingt blöd, aber ich glaube wirklich, daß ich Ihnen helfen könnte. Ich habe einiges auf dem Kasten.«

Nancy schüttelte den Kopf. »Es gibt noch einen anderen guten Grund, warum Sie nicht an dem Fall arbeiten können, denn das würde bedeuten, daß Sie den Tod Ihrer Frau und Ihrer Tochter jeden Tag aufs neue durchleben, anstatt ihn zu vergessen. Hier liegen die Autopsiebilder herum, Fotos von Ihrer Frau und Ihrer Tochter hängen an der Wand. Möchten Sie das wirklich?«

»Ihre Bilder sind überall in meinem Haus und im Büro, Detective Gordon. Und es gibt keine Minute, in der ich nicht an sie denke.«

»Ich weiß«, seufzte Nancy, »aber Sie müssen aufhören, sich so an sie zu klammern, oder es wird Sie umbringen.«

Lake zögerte. »Erzählen Sie mir von Ihrem Verlobten«, bat er sie dann leise. »Wie ... wie haben Sie es geschafft, ihn zu vergessen?«

»Ich habe ihn nicht vergessen. Ich denke noch immer die ganze Zeit an Ed. Besonders nachts, wenn ich allein bin. Ich möchte ihn auch nicht vergessen, und Sie wollen Sandy und Melody auch nicht vergessen.

Ed war Polizist. Ein Betrunkener erschoß ihn, als er einen Streit schlichten wollte. Das war zwei Wochen vor unserer Hochzeit. Zuerst fühlte ich mich wie Sie. Ich konnte nicht arbeiten. Ich bin kaum aus dem Bett gekommen. Ich fühlte mich schuldig, was natürlich Blödsinn war. Ich dachte immer, daß ich etwas hätte tun können. Ich hätte darauf bestehen sollen, daß er an diesem Tag zu Hause blieb. Ich weiß nicht. Das war alles nicht gerade vernünftig.

Aber es wurde besser, Mr. Lake. Nicht wirklich gut, nicht einmal viel besser, aber zumindest besser. Man gerät an den Punkt, wo man sich mit der Tatsache auseinandersetzen muß, daß ein Großteil des Schmerzes aus Selbstmitleid über den Verlust resultiert. Dann muß man sich damit abfinden, sein eigenes Leben zu leben. Man muß weitermachen und die Erinnerung an die guten Zeiten bewahren. Wenn Sie das nicht schaffen, dann hat der, der Ihre Frau und Ihre kleine Tochter umgebracht hat, gewonnen. Dann hat er auch Sie umgebracht.«

Nancy griff über den Tisch und legte ihre Hand auf Peter Lakes Arm.

»Wir kriegen ihn, Mr. Lake. Sie haben so viel zu tun, Sie können sich nicht auch noch um diese Sache kümmern. Wir machen das schon. Wir werden ihn kriegen, das verspreche ich.«

Lake stand auf. »Danke, Detective Gordon.«

»Nancy. Nennen Sie mich Nancy. Und rufen Sie mich an, wenn Sie jemanden zum Reden brauchen.«

3

Eine Woche später betrat der Polizeichef von Hunters Point, John O'Malley, den Raum der Sonderkommission. Normalerweise lief er hemdsärmelig herum, die Krawatte auf halbmast und den obersten Hemdenknopf offen. An diesem Morgen trug O'Malley den dunkelblauen Anzug, der normalerweise für Reden vor dem Rotary Club und Termine beim Bürgermeister reserviert war.

Der Polizeichef hatte die breiten Schultern und den mächtigen Brustkorb eines Mittelgewichtsboxers. Seine Nase war ihm von einem Einbrecher auf der Flucht gebrochen worden, als er noch in der South Bronx in New York war. Sein dünner werdendes, zurückgehendes rotes Haar enthüllte eine alte Narbe, ein Andenken an einen der vielen Bandenkämpfe, die er während seiner Jugend in Brooklyn durchzustehen hatte. O'Malley wäre gern in New York City geblieben, wenn ihn ein Herzanfall nicht gezwungen hätte, seinen Job in einer weniger aufregenden Gegend auszuüben.

Hinter O'Malley ging ein riesiger Kerl in einem beigen Sommeranzug. Nancy vermutete, daß der Anzug maßgeschneidert war, denn er saß perfekt, obwohl der Mann in keine Konfektionsgröße paßte.

»Das ist Dr. Mark Klien«, stellte O'Malley seinen Begleiter vor. »Er ist Psychiater aus Manhattan und ein Experte in bezug auf Massenmörder. Dr. Klien hat bei dem *Son-of-Sam*-Fall mitgewirkt und bei dem Fall des Kindsmörders Bundy in Atlanta. Er hat mit VICAP gearbeitet. Ich habe ihn vor ein paar Jahren getroffen, als ich noch bei der New Yorker Polizei war und einen Massenmörder zur Strecke bringen sollte. Er hat mir damals sehr geholfen. Dr. Klien kennt alle Unterlagen über die verschwundenen Frauen und die Ermordung von Melody und Sandra Lake.«

»Dr. Klien«, stellte O'Malley die Mitglieder der Sonderkommission vor, indem er der Reihe nach auf sie deutete,

»das sind Nancy Gordon, Frank Grimsbo, Wayne Turner und Glen Michaels. Sie arbeiten von Anfang an an diesem Fall.«

Dr. Klien war so groß, daß er die Tür zum Büro vollständig ausfüllte. Als er in den Raum trat, um den Anwesenden die Hände zu schütteln, folgte ihm noch eine weitere Person. O'Malley machte ein unglückliches Gesicht.

»Bevor Dr. Klien loslegt, möchte ich noch erklären, warum Mr. Lake hier ist. Gestern habe ich mich mit dem Bürgermeister getroffen. Er sagte mir, daß Mr. Lake sich freiwillig zur Sonderkommission gemeldet hat, um dabei zu helfen, den Mörder seiner Frau und seiner Tochter zu finden.«

Nancy Gordon und Frank Grimsbo tauschten betroffene Blicke aus. Wayne Turner starrte O'Malley mit offenem Mund an. O'Malley wurde rot, starrte zurück und fuhr dann fort.

»Der Bürgermeister meint, daß Mr. Lake ein besonderes Verständnis für die kriminelle Denkweise einbringen kann, das er sich als Strafverteidiger erworben hat. Das könnte uns eine neue Perspektive bei dem Fall eröffnen.«

»Ich hoffe, daß ich mich nützlich machen kann«, meldete sich Peter Lake zu Wort und lächelte dabei. »Ich weiß, daß ich kein ausgebildeter Polizeibeamter bin, deshalb werde ich versuchen, Ihnen nicht im Wege zu sein.«

»Dr. Klien hat einen vollen Terminkalender«, warf O'Malley ein, wobei er Lake ignorierte. »Er muß den Flug um zehn vor drei zurück nach New York nehmen, deshalb wird er jetzt gleich loslegen.«

Lake setzte sich ganz ans hintere Ende des Raums. Frank Grimsbo schüttelte sachte den Kopf. Wayne Turner verschränkte die Arme vor der Brust und starrte O'Malley vorwurfsvoll an. Nancy runzelte die Stirn. Nur Glen Michaels, der vierschrötige, schon kahl werdende Kriminalist, den O'Malley für die Spurensicherung ins Team geholt hatte, schien in keiner Weise an Lake interessiert. Er hatte seine Aufmerksamkeit auf Mark Klien gerichtet, der nach vorne gegangen war und nun vor der Wand mit den Informationen über die Opfer stand.

»Ich hoffe, daß das, was ich Ihnen sagen kann, von Nutzen für Sie ist«, begann Klien, ohne irgendwelche Notizen zu benutzen. »Ein Nachteil, den eine kleine Polizeistation wie hier in Hunters Point mit einem Fall wie diesem hat, ist die Unerfahrenheit mit solcherart von Verbrechen. Nichtsdestotrotz sind selbst größere Stationen normalerweise hilflos, denn Massenmörder, bei all dem Leid, was sie verursachen, und all der Publicity, die sie erhalten, sind eher – glücklicherweise – selten. Jetzt, da das FBI in Quantico das *Violent Crime Apprehension Program* eingerichtet hat, können kleine Polizeistationen wie die Ihre die Beschreibung des Falles zu VICAP schicken und überprüfen lassen, ob ähnliche Morde an anderen Orten des Landes stattgefunden haben. VICAP erfaßt computermäßig die Beschreibung aller Gewaltverbrechen im ganzen Land und kann Sie mit anderen Polizeistationen verbinden, wo ähnliche Verbrechen registriert worden sind, damit die Nachforschungen koordiniert werden können.

Heute will ich Ihnen das Profil eines Massenmörders entwerfen, damit Sie einige Vorurteile, die Sie vielleicht haben, ablegen. Gleichzeitig werde ich Ihnen ein paar allgemeine Anhaltspunkte geben, auf die Sie achten sollten. Das FBI hat zwei Kategorien herausgearbeitet: den impulsiven Triebtäter und den planenden Psychopathen. Lassen Sie mich über den letzteren zuerst sprechen. Der planende Psychopath ist ein Sexualtäter und wie jeder Psychopath nicht in der Lage, Gefühle zu entwickeln, Mitleid zu empfinden oder sich um andere zu kümmern. Seine Opfer sind für ihn einfach Objekte, die er benutzt, um seine perversen Bedürfnisse zu befriedigen. Seine Wut loszuwerden ist eines dieser Bedürfnisse, entweder durch Verstümmelung oder durch Erniedrigung der Opfer. Der *Würger von Boston* zum Beispiel hat seine Opfer so zurückgelassen, daß man zuerst ihre gespreizten Beine sah, wenn sie entdeckt wurden. Ein anderer Mörder schickte den Fuß seines Opfers den Eltern, um den Schmerz, den er ihnen schon bereitet hatte, noch zu vergrößern.«

»Entschuldigen Sie bitte, Dr. Klien«, meldete sich Wayne Turner. »Ist es möglich, daß unser Mörder die Zettel dazu benutzt, die Ehemänner zu quälen?«

»Das ist stark anzunehmen. Die Grausamkeit, die darin liegt, diejenigen, die das Opfer liebten, zu quälen und sich damit weitere Opfer zu schaffen, stellt für einen Triebtäter eine faszinierende Möglichkeit dar; zumal ein solcher Mensch weder Moral noch ein Gewissen kennt. Er ist zu allem fähig. Einzelne Körperteile aufzubewahren oder sie zu essen ist durchaus nicht unüblich, und Nekrophilie ist noch verbreiteter. Lucas hat einem seiner Opfer den Kopf abgeschlagen und damit eine Woche lang oralen Verkehr gehabt, bis der Geruch so stark wurde, daß er den Kopf verschwinden lassen mußte.«

»Ist das die Art von verrücktem Bastard, mit dem wir es hier zu tun haben?« wollte Grimsbo wissen.

»Nicht ›verrückt‹, Detective. Trotz ihres extremen Verhaltens sind diese Leute nicht im rechtlichen Sinne krank. Sie wissen genau, was moralisch und gesetzlich erlaubt bzw. verboten ist. Das Schlimme an der Sache ist, daß sie nichts aus ihren Erfahrungen lernen, also weder eine Behandlung noch ein Gefängnisaufenthalt ihr Verhalten ändert. Tatsache ist, daß gerade das Zwanghafte dieser Triebhandlungen sie immer wieder dazu bringen wird zu morden.«

»Was bedeutet die schwarze Rose?« meldete sich Nancy zu Wort.

»Das kann ich nicht sagen, aber die Phantasie und das Zwanghafte bestimmen einen Großteil der Handlungen dieser Menschen, und die Rose kann ein Element aus der Phantasie des Mörders sein. Vor dem Verbrechen malen sie sich jedes Detail genau aus, planen akribisch, was sie tun werden. Damit steigern sie ihre Erregung, ihre Erwartung, so daß das eigentliche Verbrechen ein Akt der Befreiung ist.

Wenn der Mord dann geschehen ist, stellt sich ein Gefühl der Erleichterung ein, bis sich die Spannung wieder aufgebaut hat und der ganze Kreislauf von neuem beginnt. *Son of Sam* sprach von der großen Erleichterung, die er nach jedem Mord empfand, aber gleichzeitig zeigte er sein eingeschränktes Urteilsvermögen, als er erklärte, daß er nicht verstanden habe, warum sich seine Opfer so heftig gewehrt hätten, da er sie ja nur töten und nicht vergewaltigen wollte.

Da die Phantasie eine solch große Rolle im Verhalten dieser Triebtäter spielt, tragen sie meist einen bestimmten Teil des Körpers ihrer Opfer oder ein Stück der Kleidung mit sich herum. Das brauchen sie, um sich die Tat immer wieder ins Gedächtnis zu rufen. Dieser extensive Einsatz der Phantasie zeigt sich auch in der minutiösen Planung der Verbrechen. Der *Hillside-Würger* kaufte sich nicht nur eine Waffe, sondern auch gleich Plastiksäcke, um die Leichen loszuwerden ... Das könnte der Grund sein, warum an Ihren Tatorten jegliche Spuren fehlen. Ich würde behaupten, daß ihr Mörder sich sehr gut mit Polizeiarbeit auskennt. Gehe ich recht in der Annahme, daß die Zettel und die Rosen keine Hinweise erbracht haben und man am Tatort weder ein Haar noch eine Faser gefunden hat, die verwertbar gewesen wären?«

»Das trifft es genau«, stimmte Glen Michaels zu. »Auf dem Zettel im Hause der Lakes war ein Fingerabdruck, aber es stellte sich heraus, daß er von Mrs. Lake stammt. All die anderen waren blütenrein, und auch das Papier und die Tinte waren nicht ungewöhnlich. Bis jetzt haben die im Labor nichts gefunden, was uns weiterhelfen könnte.«

»Das überrascht mich nicht«, erklärte Klien. »Diese Menschen zeichnet ein merkwürdiges Interesse für die Polizei und die Polizeimethoden aus. Einige von ihnen hatten sogar am Rande mit Gesetzeshütern zu tun. Bundy hat Kurse beim FBI besucht, und Bianchi war bei einem Wachdienst angestellt und Mitglied bei der Polizeireserve. Das heißt, sie wissen sehr gut, was sie tun müssen, um unentdeckt zu bleiben. Ihr Interesse an der Polizeiarbeit kann auch darin begründet sein, daß sie wissen wollen, wie dicht ihnen die Polizei schon auf den Fersen ist.

Lassen Sie uns aber auch über die Opfer reden. Normalerweise werden sie ganz zufällig ausgewählt. Der Täter fährt einfach herum, bis er sich auf jemanden konzentriert. Prostituierte werden dabei am leichtesten zu Opfern, weil sie, ohne viel zu fragen, in den Wagen steigen und manchmal sogar einwilligen, daß man sie fesselt. Das Opfer kommt im allgemeinen nicht aus der Gegend des Mörders und ist normalerweise ein Fremder, was es noch schwerer macht, Verbindungen herzustellen.«

»Glauben Sie, daß dies auch in unserem Fall zutrifft?« wollte Nancy wissen.

»Ich denke, diese Frauen passen alle in ein Raster. Sie sind mit erfolgreichen Männern verheiratet, sie haben keinen eigenen Beruf, und bis auf Mrs. Lake waren sie alle kinderlos. Außerdem stammen sie aus der gleichen Stadt. Deutet das nicht auf sorgfältige Planung hin? Ich glaube, daß er es eher auf eine bestimmte Art von Opfer abgesehen hat, die genau seinen Vorstellungen entspricht, als daß er willkürlich Frauen aufgreift.«

»Stimmt. Die Opfer scheinen wirklich nicht nach dem Zufallsprinzip ausgewählt worden zu sein. Es ist ziemlich klar, daß der Mörder eine bestimmte Art von Frauen in einer bestimmten Gegend sucht, was darauf hindeutet, daß er vielleicht in Hunters Point lebt.«

»Was ich nicht verstehe, ist, wie er an die Frauen herankommt«, warf Wayne Turner ein. »Wir haben es hier mit gebildeten Frauen zu tun, die in guter Nachbarschaft leben, wo man Fremden gegenüber mißtrauisch ist. Trotzdem gibt es außer bei den Lakes keine Anzeichen eines Kampfes, und selbst dort waren die Kampfspuren nicht der Rede wert.«

Klien lächelte. »Das führt uns zu einer der größten Fehleinschätzungen bezüglich der Triebverbrecher, Detective Turner. Im Kino werden sie als Monster dargestellt, doch im wirklichen Leben sind sie ein Teil der Gemeinschaft und erwecken keinen Verdacht. Normalerweise sind es aufgeschlossene, nette, sogar gutaussehende Männer. Bundy, der *Interstate-Mörder*, der *Hillside-Würger*, Cortez, sie alle waren respektabel aussehende Männer. Nun, unser Mörder ist wahrscheinlich jemand, dem diese Frauen ohne Bedenken ihre Tür öffnen würden.«

»Haben Sie nicht gesagt, es gäbe zwei Arten von Triebtätern?« warf Grimsbo ein.

»Ja, es gibt auch noch den willkürlich zuschlagenden, impulsiven Triebtäter. Doch bei Ihrem Fall hier haben wir es nicht mit jemandem dieser Kategorie zu tun. Das ist leider so, denn diese Täter sind einfacher zu erwischen. Es sind psychopathische Einzelgänger, die kaum Kontakt zu anderen haben und auch nicht den Charme und die Fähigkeiten haben, in der Menge unterzutauchen. Ihre Handlungen sind spontan, und als Waffe benutzen sie, was sie gerade zur Hand haben. Die Leiche ist üblicherweise verstümmelt oder blutgetränkt, und meist sind sie selbst auch blutverschmiert. Der Tatort sieht oft fürchterlich aus. Außerdem sind sie meist räumlich nicht so ungebunden wie die planenden Psychopathen. Ihre Taten begehen sie häufig nahe bei ihrem Wohnort und kehren oft zum Ort des Verbrechens zurück, nicht um zu sehen, ob das Verbrechen schon entdeckt ist, sondern um die Leiche weiter zu mißhandeln oder das Ganze noch einmal zu durchleben. Sie nehmen nur selten sexuelle Handlungen an der Leiche vor. Normalerweise masturbieren sie auf den Körper oder ganz in der Nähe, was sehr hilfreich sein kann, da wir jetzt aussagefähige DNS-Testmethoden haben. Aber ihr Kerl ist viel zu gerissen, um ein impulsiver Triebtäter zu sein.«

»Warum haben wir keine Leichen gefunden?« fragte Turner.

»Offensichtlich versteckt er sie, wie der *Green-River-Mörder*. Polizeichef O'Malley hat mir gesagt, hier gäbe es weite Waldgebiete und ausgedehnte Felder. Eines Tages wird ein

Wanderer über ein Massengrab stolpern, und dann haben Sie ihre Leichen.«

»Wie werden sie aussehen, Dr. Klien?« fragte Nancy.

»Es wird kein schöner Anblick sein. Wir haben es hier mit einem Sadisten zu tun. Wenn er seine Opfer erst einmal hat, dann hat er Zeit ... Hören Sie, diese Männer richten ihre Wut auf ihre weiblichen Opfer. Die Quälereien und das Töten steigern ihren Sexualtrieb. In manchen Fällen, in denen der Mörder normalerweise impotent ist, macht die Gewalt den Sex wieder möglich. Seine Phantasien und die Folterungen sind das Vorspiel, Detective. Das Töten ist der eigentliche Geschlechtsakt. Einige dieser Männer haben in dem Moment, wo sie töten, automatisch einen Samenerguß.«

»Mein Gott«, stöhnte Grimsbo. »Und Sie behaupten, diese Kerle sind nicht verrückt!«

»Ich habe gesagt, sie sind nicht verrückt, aber ich habe nicht behauptet, sie seien menschliche Wesen im wahrsten Sinne des Wortes. Ich persönlich halte den Mann, den Sie suchen, nicht mehr für ein menschliches Wesen. Irgendwann während seines Lebens hat er einige Dinge, die uns erst wirklich zu Menschen machen, verloren, entweder weil es genetisch so angelegt ist oder aufgrund von Sozialisation oder ... Nun«, Klien hob die Schultern, »es spielt eigentlich keine Rolle, denn es gibt keine Umkehr mehr für ihn, und man muß ihm Einhalt gebieten. Sonst macht er weiter und weiter und weiter, solange er da draußen noch eine Frau findet.«

4

Nancy Gordon, Wayne Turner, Frank Grimsbo und Glen Michaels warteten in O'Malleys Büro, als dieser vom Flughafen zurückkam, wo er Dr. Klien zu seiner Maschine gebracht hatte.

»Ich habe so etwas erwartet«, brummte er, als er sie sah.

»Dann erklären Sie uns bitte, verdammt noch mal, was hier gespielt wird!« forderte Turner.

»Es hat keinen Zweck, es zu beschönigen«, gestand O'Malley ein. »Ich habe mich mit dem Bürgermeister herumgestritten und verloren. Schluß. Aus. Wir haben Lake am Hals.«

»Das ist doch ein schlechter Witz«, sagte Grimsbo.

»Nein, Frank. Das ist kein schlechter Witz. Ich erteile Ihnen Unterricht in den Tatsachen des politischen Lebens.«

»Der Kerl gehört zu den Verdächtigen«, meinte Grimsbo.

»Dann legt die Karten auf den Tisch, Leute. Wenn etwas dran ist, kann ich ihn vielleicht loswerden.«

»Ich glaube, da ist nichts dran, John«, meldete sich Nancy. »Ich habe mich ein paar Mal mit ihm getroffen. Er ist ziemlich fertig wegen dem Tod seiner Frau und seines Kindes.«

»Ja«, entgegnete Turner, »aber er sagt, er hätte niemanden aus dem Haus kommen sehen. Wohin ist der Mörder verschwunden? Es gibt nur einen Weg aus der Sackgasse und dem Wohngebiet heraus.«

»Auch die Nachbarn haben niemanden gesehen«, gab Nancy zu bedenken.

»Keiner hat irgend jemanden kommen oder verschwinden sehen, Wayne«, warf Glen Michaels ein.

»Mich interessiert, was ein Privatmann überhaupt bei einer Polizeiuntersuchung zu suchen hat?« meldete sich Grimsbo.

O'Malley seufzte. »Lake hat politischen Einfluß. Er ist als Strafverteidiger bekannt, seit er mit seinem Plädoyer auf Unzurechnungsfähigkeit bei dem Arschloch Daley Erfolg hatte. Sein Spezialgebiet sind aber Immobilien, und damit hat er einige Millionen gemacht, von denen er ein paar für den Wahlkampf des Bürgermeisters gespendet hat. Außerdem unterstützt er den Gouverneur und ist Mitglied einer Planungskommission in Albany. Kurz und gut, der Gouverneur hat gestern den Bürgermeister angerufen, der dann mich anrief und mir klarmachte, daß Lakes Erfahrungen als Strafverteidiger unverzichtbar bei unseren Ermittlungen wären und wir uns glücklich schätzen könnten, ihn in unserem Team zu haben. Die Zeitungen haben den Bürgermeister sowieso schon am Kragen, weil er die Meldung über das Verschwinden der Frauen zurückgehalten hat, bis ihn die Lake-Morde zwangen, es öffentlich zu machen. Er braucht verzweifelt Ergebnisse, und er kann einen Wunsch des Gouverneurs oder eines seiner wichtigsten Wahlkampfhelfer nicht ablehnen.«

»Ich traue ihm nicht«, beharrte Turner. »Ich hatte vor ein paar Jahren bei einem Fall mit ihm zu tun. Wir hatten einen Durchsuchungsbefehl für seine Wohnung und fanden ein Kilo Kokain. Im Haus hielt sich noch eine schwangere Frau auf. Sie hatte zwar keinerlei Vorstrafen, aber sie hat geschworen, das Kokain gehöre ihr und Lake hätte ihr nur den Gefallen getan, ihr bis zur Geburt Unterschlupf zu gewähren. Da die Frau geständig war, machte sich der Staatsanwalt nicht einmal die Mühe, Anklage gegen die Kleine zu erheben. Ich konnte es nie beweisen, aber es gab Gerüchte, Lake habe die Frau dafür bezahlt, daß sie sich schuldig erklärte.«

»Hat noch jemand etwas in dieser Art gehört«, fragte O'Malley.

Michaels schüttelte den Kopf. »Er hat mich zwei-, dreimal ins Kreuzverhör genommen. Ich habe den Eindruck, daß er ziemlich clever ist. Bei einem Fall, in dem Blutspritzer als Indizienbeweis eine wichtige Rolle spielten, hat er eine sehr gute Figur abgegeben. Er hat mich ganz schön in Verlegenheit gebracht.«

»Ich habe auch gehört, daß er ein cleverer Junge ist«, meinte Grimsbo, »aber ich kenne die Gerüchte über die Kokain-Sache ebenfalls. Ein paar der Anwälte, die ich kenne, gefallen Lakes Einstellungen gar nicht. Er zählt immer noch zu den Verdächtigen, selbst wenn er so eine große

Nummer ist. Außerdem gefällt mir nicht, daß ein normaler Bürger an einer so diffizilen Sache mitarbeitet.«

»Sie haben ja recht, Frank«, lenkte O'Malley ein. »Die Sache stinkt, aber das spielt keine Rolle. Bis ich den Bürgermeister vom Gegenteil überzeugen kann, bleibt Lake. Versucht, ihn euch vom Leibe zu halten. Gebt ihm jede Menge Arbeit. Er soll alle Berichte lesen. Wenn ihr auf etwas stoßt, das er nicht erfahren soll, oder wenn es Ärger gibt, dann kommt zu mir. Noch Fragen?«

Turner murmelte etwas über den Bürgermeister, und Grimsbo schüttelte enttäuscht den Kopf. O'Malley ignorierte es.

»In Ordnung, jetzt raus hier, und macht euch an die Arbeit. Ihr habt gehört, was Klien gesagt hat. Wir müssen diesen Verrückten stoppen, und zwar schnell.«

5

Nancy knurrte der Magen. Es mußte wohl schon kurz nach sechs sein, aber ein Blick auf die Uhr sagte ihr, daß es schon fast sieben war. Sie hatte Berichte geschrieben und darüber die Zeit vergessen. Auf ihrem Weg nach draußen kam sie am Büro der Sonderkommission vorbei und bemerkte, daß noch Licht brannte. Peter Lake saß hemdsärmelig da, die Füße auf eine Ecke des Schreibtisches gelegt; neben seinem Ellenbogen befand sich ein Stapel mit Berichten. Er machte sich beim Lesen Notizen.

»Sie werden diesen Fall nicht in einer Nacht lösen«, bemerkte Nancy leise. Lake blickte sich überrascht um und grinste dann einfältig.

»Ich arbeite immer so hart. Das ist schon fast zwanghaft.«

Nancy ging zu Lakes Schreibtisch hinüber. »Was machen Sie gerade?«

»Ich studiere das Verschwinden von Samantha Reardon und Gloria Escalante. Ich habe da eine Idee. Haben Sie Zeit?«

»Ich wollte gerade etwas essen gehen. Wollen Sie mitkommen? Nichts besonderes, nur in den Coffee Shop drüben auf der Oak.«

»Gern«, stimmte er zu, schwang seine Beine vom Tisch und nahm sein Jackett. »Ich habe gar nicht bemerkt, wie spät es ist.«

»Ich war auch in eine Sache versunken. Wenn mein Magen sich nicht gemeldet hätte, würde ich immer noch an meinem Schreibtisch sitzen.«

»Sie müssen Ihre Arbeit sehr lieben.«

»Manchmal.«

»Wie sind Sie dazu gekommen?«

»Sie meinen: Was macht ein so nettes Mädchen wie ich in einem solchen Beruf?«

»Daran habe ich nicht gedacht.«

»Daß ich ein nettes Mädchen bin?«

Lake lachte. »Nein. Daß Sie nicht für die Polizei geeignet sein könnten.«

Nancy meldete sich beim Wachhabenden ab und folgte Lake nach draußen. Am Abend war Hunters Point eine Geisterstadt mit Ausnahme einiger weniger Orte, an denen sich Menschen aufhielten. Nancy konnte die Leuchtreklame vom Kino und die Neonschilder von einigen Bars sehen. Die meisten der Geschäfte waren geschlossen. Der Coffee Shop war nur eineinhalb Blocks von der Polizeiwache entfernt; eine Oase von Licht in einer Wüste der Dunkelheit.

»Wir sind da«, sagte Nancy, während sie die Tür von Changs Café aufhielt. Es gab eine Theke, doch Nancy schob Lake zu einer Nische. Changs Frau brachte ihnen die Speisekarte und zwei Glas Wasser.

»Die Suppe und die Pasteten sind gut, der Rest auf der Karte ist genießbar. Erwarten Sie nichts Chinesisches. Mr. Chang kocht italienisch, griechisch und was immer ihm sonst noch in den Sinn kommt.«

»Sie stammen nicht aus Hunters Point, stimmt's?« fragte Lake, nachdem sie ihre Bestellung aufgegeben hatten.

»Wie kommen Sie darauf?«

»Sie haben nicht den Akzent von hier. Ich selbst komme auch aus dem Westen. Lassen Sie mich raten. Ich tippe auf Montana.«

»Idaho«, korrigierte Nancy. »Meine Eltern leben noch dort. Sie haben eine Farm. Mein Bruder ist Lehrer an der High-School in Boise. Ich konnte Idaho nicht leiden und wollte die Welt sehen. Glücklicherweise war ich eine gute 800-Meter-Läuferin, und die Universität hier bot mir ein Stipendium an. So kam ich nach Hunters Point.«

»Nicht gerade der Nabel der Welt«, kommentierte Lake.

»Nicht gerade der Nabel der Welt«, wiederholte Nancy mit einem Lächeln. »Aber es war zumindest im Staat New York, und ohne ein Stipendium hätte ich nie aufs College gehen können. Als ich merkte, daß zwischen New York City und Hunters Point Welten lagen, hatte ich mich hier schon so gut eingelebt, daß es mir egal war.«

»Und die Polizeiarbeit?«

»Mein Hauptfach war Strafrecht. Als ich meinen Abschluß machte, brauchte die Polizei von Hunters Point gerade eine ›Quotenfrau‹.«

Nancy zuckte mit den Schultern und blickte Lake an, als ob sie eine Entgegnung erwartete.

»Ich wette, Sie haben mit Auszeichnung bestanden«, warf Lake ein.

»Stimmt genau«, antwortete Nancy stolz in dem Moment, als Mrs. Chang mit der Suppe kam.

»Wie hat es Sie hierher verschlagen?« wollte Nancy wissen, während sie wartete, daß ihre Minestrone abkühlte.

»Ich stamme aus Colorado«, erzählte Lake lächelnd. »Besuchte die Colorado State University, ging dann zu den Marines. Dort gab es einen, der hier die juristische Fakultät besucht hatte und mir vorschlug, mich einzuschreiben. Auf der Universität traf ich dann Sandy.«

Lake verstummte, und sein Lächeln verschwand. Er sah auf seinen Teller. In seinem Verhalten lag etwas Unnatürliches, so, als ob ihm plötzlich bewußt geworden wäre, daß ein Lächeln fehl am Platz war, wenn er über seine tote Frau sprach. Nancy sah Lake seltsam berührt an.

»Tut mir leid«, entschuldigte er sich. »Ich denke immer noch an sie.«

»Das ist klar. Erinnerungen sind doch nichts Schlimmes.«

»Ich kann es nicht leiden, wenn ich weinerlich werde. Ich war immer jemand, der sich unter Kontrolle hatte. Der Mörder hat mir gezeigt, daß nichts vorhersehbar oder ewigwährend ist.«

»Wenn es so lange gedauert hat, bis Sie das herausgefunden haben, dann können Sie sich glücklich schätzen.«

»Ja. Eine erfolgreiche Karriere, eine tolle Frau und ein Kind. Da merkt man nicht, wie die Welt wirklich ist, stimmt's? Dann kommt jemand und nimmt dir das in Sekunden weg und ... und dann sieht ...«

»Nun wissen Sie, wie glücklich Sie waren, als Sie das alles noch besaßen, Peter. Die meisten Menschen haben in ihrem ganzen Leben nie das Glück, was Sie wenigstens für eine Weile erleben durften.«

Lake senkte seinen Blick.

»Auf der Polizeistation sagten Sie, Sie hätten eine Idee«, wechselte Nancy das Thema, um Lake auf andere Gedanken zu bringen.

»Es ist wahrscheinlich nur Detektivspielerei«, antwortete er, »aber etwas fiel mir auf, als ich mir die Berichte durchlas. An dem Tag, als Gloria Escalante verschwand, wurden in dieser Gegend Blumen ausgeliefert. Eine Frau wird einem Mann, der Blumen liefert, immer die Tür aufmachen. Sie wird aufgeregt sein und nicht nachdenken. Er kann die Frau in seinem Lieferwagen wegschaffen. Und dann die Rose. Jemand, der bei einem Blumengeschäft arbeitet, hat Zugang zu Rosen.«

»Nicht schlecht, Peter«, gab Nancy zu und konnte ihre Bewunderung nicht verbergen. »Vielleicht geben Sie wirklich einen guten Detektiv ab. Der Auslieferungsfahrer war

Henry Waters. Er hat ein paar kleine Vorstrafen wegen Exhibitionismus und ist einer unserer Verdächtigen. Sie haben sich wahrscheinlich noch nicht bis zu Waynes Bericht durchgearbeitet. Er hat Waters überprüft.«

Lake errötete. »Ich dachte, Sie wären schon viel weiter.«

»Peter, hatte Sandy irgendwas mit Evergreen Florists zu tun?«

»Ist das Waters' Arbeitgeber?«

Nancy nickte.

»Ich glaube nicht. Aber ich kann die Rechnungen und das Scheckbuch überprüfen, ob sie jemals etwas von dort bestellt hat. Ich bin ziemlich sicher, daß ich es jedenfalls nicht getan habe.«

Die Hauptspeise wurde gebracht, und einige Minuten lang aßen sie stumm. Nancys Spaghetti waren hervorragend, doch ihr fiel auf, daß Lake nur in seinem Essen herumstocherte.

»Möchten Sie gern über Sandy sprechen?« fragte Nancy. »Wir sind gerade dabei, die Gewohnheiten der Opfer miteinander zu vergleichen. Ob sie denselben Klubs angehörten, die gleichen Zeitschriften abonniert hatten. Irgend etwas, was uns auf einen gemeinsamen Nenner bringt.«

»Frank hat mich am Abend des Mordes danach gefragt. Ich habe mich dahintergeklemmt. Wir sind Mitglied im Delmar Country Club, dem Hunters Point Athletic Club und dem Racquet Club. Ich habe unsere Kreditkarten aufgelistet, habe herausgesucht, welche Zeitschriften wir abonniert haben, alles, was in Frage kommt. Bis Ende der Woche werde ich alles zusammen haben. Ist Waters der einzige Verdächtige?«

»Es gibt noch andere, aber nichts Konkretes. Ich denke dabei an die bekannten Sittenstrolche, nicht einer davon hat eine Verbindung zu den Verbrechen.«

Nancy schwieg einen Moment. »Ich hatte noch einen anderen Grund, Sie zu fragen, ob Sie mit mir essen wollen. Ich will ganz offen zu Ihnen sein. Sie sollten mit dieser

Untersuchung nichts zu tun haben. Sie haben mit dem Bürgermeister gesprochen, deshalb sind Sie hier, aber jeder in der Sonderkommission lehnt die Art ab, wie Sie sich uns aufgedrängt haben.«

»Auch Sie?«

»Nein. Aber nur deshalb, weil ich verstehe, was Sie dazu veranlaßt hat. Sie verstehen gar nicht, wie selbstzerstörerisch Ihr Verhalten ist. Sie sind besessen von diesem Fall, weil Sie glauben, wenn Sie sich in die Detektivarbeit stürzen, könnten Sie vor der Realität fliehen. Aber Sie sind ein Teil der realen Welt. Irgendwann müssen Sie damit zurechtkommen, und je eher, desto besser. Sie haben eine gutgehende Kanzlei. Sie können ein neues Leben beginnen. Setzen Sie das nicht alles aufs Spiel, indem Sie weiter an dem Fall arbeiten.«

Während Nancy sprach, beobachtete sie Lake. Er ließ sie keinen Moment aus den Augen, und als sie geendet hatte, beugte er sich nach vorn.

»Vielen Dank für Ihre Aufrichtigkeit. Ich weiß, daß mein Eindringen in die Sonderkommission auf Ablehnung gestoßen ist, doch ich bin froh, daß Sie mir gesagt haben, wie die anderen empfinden. Um meine Kanzlei mache ich mir keine Sorgen. Meine Partner kommen auch ohne mich zurecht, und ich habe soviel Geld verdient, daß ich auch ohne zu arbeiten gut leben kann. Das einzige, was für mich eine Rolle spielt, ist, den Mörder zu erwischen, bevor er noch jemanden umbringt.«

Lake griff über den Tisch und nahm Nancys Hand in die seine.

»Daß Sie mich verstehen, ist mir ebenfalls wichtig. Und dafür bin ich dankbar.«

Während er sprach, strich Lake über Nancys Hand. Es war eine zärtliche Berührung, ganz eindeutig eine Avance. Nancy war sprachlos über diese unpassende Geste, selbst wenn Lake es nicht so empfand.

»Ich verstehe Ihre Lage als Opfer eines schrecklichen

Verbrechens«, erklärte Nancy mit fester Stimme, als sie ihre Hand unter der Lakes wegzog. »Gleichzeitig sehe ich aber auch die Gefahr, daß Sie etwas tun, was unsere Arbeit behindern kann. Bitte denken Sie über das nach, was ich Ihnen gesagt habe, Peter.«

»Werde ich«, versicherte ihr Lake.

Nancy öffnete ihr Portemonnaie, doch Lake hielt sie zurück.

»Das Essen bezahle ich«, sagte er lächelnd.

»Ich bezahle immer für mich selbst«, entgegnete ihm Nancy. Sie legte den exakten Betrag für ihr Essen auf die Rechnung und einen Dollar Trinkgeld neben die Kaffeetasse. Dann glitt sie aus der Nische und ging in Richtung Tür. Lake legte sein Geld zu ihrem und folgte ihr nach draußen.

»Können Sie mich nach Hause fahren?« fragte er.

»Mein Wagen steht auf dem Parkplatz der Polizei.«

»Meiner auch. Dann begleite ich Sie zurück.«

Sie liefen stumm nebeneinander her, bis sie die Polizeistation erreichten. Der Parkplatz war nur spärlich erleuchtet. Ein großer Bereich lag vollständig im Dunkeln. Nancys Wagen stand an der Rückfront, wo die Fenster alle dunkel waren.

»Es könnte an einem Ort wie diesem passiert sein«, äußerte sich Lake, während sie zum Wagen gingen.

»Was?«

»Die Frauen«, fuhr Lake fort. »Sie gingen allein in der Nacht über einen dunklen Parkplatz. Es wäre einfach, sich ihnen zu nähern. Hat Bundy es nicht so gemacht? Er hat einen Gipsverband getragen, um Mitleid zu erwecken. Die Frauen wären innerhalb von Sekunden im Kofferraum eines Autos verschwunden, und alles wäre vorbei.«

Nancy fühlte, wie sie eine Gänsehaut bekam. Außer ihnen befand sich niemand auf dem Parkplatz. Sie kamen jetzt in den unbeleuchteten Bereich. Nancy drehte den Kopf, so daß sie Lake sehen konnte. Er beobachtete sie nachdenklich. Sie blieb bei ihrem Wagen stehen.

»Deshalb wollte ich Sie begleiten«, fuhr Lake fort. »Keine Frau ist sicher, bis er nicht gefaßt ist.«

»Denken Sie darüber nach, was ich Ihnen gesagt habe, Peter.«

»Gute Nacht, Nancy. Ich denke, wir werden gut zusammenarbeiten. Nochmals vielen Dank für Ihr Verständnis.«

Nancy setzte mit ihrem Ford rückwärts aus der Parklücke und fuhr davon. Im Rückspiegel konnte sie sehen, wie Lake ihr nachsah.

6

Nancy stand im Dunkeln und absolvierte ihr Krafttraining nach dem Plan, den Ed und sie aufgestellt hatten. Sie machte ihre Übungen mit dem Maximum an Gewicht, was sie noch handhaben konnte. Sie bog ihren Unterarm in Richtung der Schulter und brachte dabei erst die rechte, dann die linke Hantel nach oben. Ihr ärmelloses T-Shirt war schweißdurchtränkt. Die Sehnen zeichneten sich in ihrem Nacken ab.

Etwas paßte nicht zusammen. Lake hatte versucht, sich an sie ranzumachen. Als Ed gestorben war, hatte sie für Monate jedes Interesse an Sex verloren. Es hatte ihr Schmerzen bereitet, auch nur ein Pärchen Hand in Hand gehen zu sehen. Doch Lake hatte ihre Hand gehalten und gestreichelt, so wie man es bei einer Geliebten tun würde. Die Bemerkung, sie würden gut zusammenarbeiten, war ein eindeutiger Annäherungsversuch gewesen.

Nancy beendete das Training, legte die Gewichte auf den Boden und atmete ein paar Mal tief durch. Es war fast sechs Uhr, und sie war schon seit halb fünf auf den Beinen. Ein Alptraum hatte sie geweckt, und danach konnte sie nicht wieder einschlafen.

Frank hatte Lake zu den Verdächtigen gezählt, und sie hatte ihm widersprochen. Doch langsam wurde sie unsicher und erinnerte sich daran, was Dr. Klien gesagt hatte. Lake war intelligent und umgänglich; es wäre einfach für ihn gewesen, das Vertrauen der Opfer zu erlangen. Die Ermordeten waren die Art von Frauen, die er jeden Tag in seinen Klubs traf, und er war der Typ Mann, an den diese Frauen gewöhnt waren.

Der planende Psychopath ist ein Mensch, der kein Mitleid mit anderen kennt oder sich Sorgen um sie macht. Ein Mensch, der Gefühle vorspiegelt. Hatte sie Lake im Coffee Shop einen Moment ohne Maske gesehen, zwischen der Erinnerung an sein erstes Treffen mit Sandra und dem Bemühen, die richtige Reaktion darauf zu zeigen? Da hatte es einen kurzen Augenblick gegeben, in dem Lake jede Gefühlsregung vermissen ließ.

Klien hatte auch gesagt, daß diese Verbrecher an der Polizeiarbeit interessiert waren. Lake als erfahrener Strafverteidiger wußte alles über die Vorgehensweise der Polizei. Nancy legte sich auf den Boden und machte fünfzig Liegestütze. Was sonst eine einfache Sache war, erschien jetzt kompliziert. Sie konnte sich nicht konzentrieren. In ihrem Kopf spukte das Bild von Lake herum, wie er allein im Dunkel des Parkplatzes wartete. Woher wußte er von Bundys falschem Gipsverband? Dr. Klien hatte es nicht erwähnt.

Nach dem Krafttraining waren Ed und sie immer eine Sechs-Meilen-Runde durch die Nachbarschaft gelaufen. Ed war kräftiger als Nancy, doch sie war die bessere Läuferin. An Sonntagen machten sie immer einen Wettlauf, und der Verlierer mußte dann das Frühstück zubereiten. Der Sieger konnte bestimmen, wann und wie sie sich lieben würden. Nachdem Ed erschossen worden war, brachte Nancy es zwei Monate lang nicht fertig, die Geräte anzufassen oder eine Runde zu laufen.

Einhundert Liegestütze. Hoch, runter, hoch, runter. Ihre Bauchmuskeln waren hart und gespannt. Ihre Gedanken waren auf dem dunklen Parkplatz bei Peter Lake. Sollte sie

Frank und Wayne davon berichten? Redete sie sich das alles nicht nur ein? Würde ihr Verdacht die Untersuchung nicht in eine falsche Richtung lenken und den wirklichen Mörder entkommen lassen?

Es war Viertel nach sechs geworden. Die Geräte befanden sich in einem kleinen Raum neben dem Schlafzimmer. Die Sonne ging gerade über den reichen Vororten im Osten auf. Nancy zog ihre Hosen und das Shirt aus und warf beides in den Wäschekorb. Nach Eds Tod hatte sie zugenommen. Außer einem Monat in ihrem zweiten Universitätsjahr, als sie wegen einer Sehnenzerrung pausieren mußte, war dies das erste Mal seit der Mittelschule gewesen, daß sie nicht regelmäßig Sport getrieben hatte. Jetzt waren die Pfunde wieder runter, und sie sah auf ihre harte Bauchmuskulatur und die Muskelstränge an ihren Beinen. Unter der heißen Dusche entspannte sie sich und wusch sich die Haare. Und die ganze Zeit dachte sie nach über Peter Lake.

Warum hatte man vorher nie eine Leiche gefunden? Warum war beim Fall Lake alles so anders? Sandra Lake war ganz offensichtlich schnell getötet worden. Warum? Und warum sollte Peter sie umgebracht haben? Hatte Sandra etwas herausgefunden, was ihn mit den anderen Morden in Verbindung brachte, und ihm den Beweis unter die Nase gehalten? Und das war noch nicht einmal die schwierigste Frage; war Peter Lake eine solche Bestie, daß er seine eigene Tochter umbrachte, um seine Tat zu vertuschen?

Während Nancy sich anzog, nahm sie sich vor, einen konkreten Beweis zu finden, den sie den anderen Beamten präsentieren konnte. Einen Beweis, der Peter Lake in Verbindung mit den Verbrechen brachte. Sie mußte ganz rational darangehen, und vor allem mußte sie ihre Gedanken im Moment noch für sich behalten.

7

Frank Grimsbo wischte sich mit dem Unterarm über die Stirn. Der Ärmel seines Jacketts war danach naß von Schweiß. Er trug dazu ein kurzärmeliges weißes Hemd und braune Kunstfaserhosen. Seine bunte Krawatte hing lose herab, der oberste Hemdenknopf stand offen. Die Hitze brachte ihn noch um. Im Moment konnte er nur an ein kaltes Bier denken.

Herbert Solomon öffnete die Tür nach dem dritten Klingeln. Müde hielt Grimsbo ihm seine Polizeimarke entgegen.

»Es handelt sich um die Sache bei den Lakes, ja?« fragte Solomon, ein untersetzter Mann mittlerer Größe mit einem gepflegten Bart. Er trug weite, grün-rot karierte Bermudashorts und ein gelbes T-Shirt.

»Das stimmt, Mr. Solomon. Mein Partner und ich durchkämmen die Nachbarschaft.«

»Ich habe schon am Abend, als es passierte, mit einem Beamten gesprochen.«

»Weiß ich, Sir. Ich bin von der Sonderkommission, die die Morde untersucht, und ich würde ein paar Dinge gern etwas genauer wissen.«

»Hat es noch weitere Morde gegeben? Ich dachte, die Frauen wären nur verschwunden.«

»Das stimmt, aber wir rechnen mit dem Schlimmsten.«

»Kommen Sie rein, es ist so heiß draußen. Möchten Sie ein Bier, oder dürfen Sie im Dienst nicht?«

Grimsbo grinste. »Ein Bier wäre schön.«

»Warten Sie dort drüben, ich hole Ihnen eins«, sagte Solomon und deutete auf einen kleinen Raum. Grimsbo zupfte sein Hemd vom Körper, während er in das bezeichnete Zimmer ging. Zum Glück klapperten sie die Leute in The Meadows ab, wo jeder eine Klimaanlage hatte.

»Ich hoffe, es ist kalt genug«, sagte Solomon und reichte ihm ein gut gekühltes Budweiser. Grimsbo legte die kalte

Flasche an seine Stirn und schloß die Augen. Dann nahm er einen Schluck.

»Mann, das ist genau das Richtige. Es wäre schön, wenn man da draußen auch eine Klimaanlage installieren könnte.«

Solomon lachte.

»Sie sind Buchhalter?«

»Wirtschaftsprüfer.«

»Ich hab's mir gedacht«, erklärte Grimsbo und deutete mit seiner Flasche auf zwei große Bücherregale mit Büchern über Steuer- und Wirtschaftsthemen. Vor dem einzigen Fenster des Raumes stand ein Schreibtisch, auf dem sich ein PC und ein Drucker sowie ein Telefon befanden. Durch das Fenster konnte man über eine weite Rasenfläche hinweg auf die Sparrow Lane sehen.

»Nun«, fuhr Grimsbo fort, nachdem er einen weiteren Schluck aus der Flasche genommen hatte, »stelle ich Ihnen ein paar Fragen, und dann sind Sie mich wieder los. Waren Sie an dem Abend, als Mrs. Lake und ihre Tochter ermordet wurden, zu Hause?«

Solomons Lächeln verschwand. Er nickte. »Armes Schwein.«

»Sie kennen Peter Lake?«

»Sicher. Wir sind Nachbarn und mehr. In The Meadows haben wir ein Komitee der Hauseigentümer, dem Peter und ich angehören. Wir haben bei Tennisturnieren zusammen Doppel gespielt. Marge, das ist meine Frau, und Sandy waren gute Freundinnen.«

»Ist Ihre Frau hier?«

»Sie ist im Club, Golf spielen. Ich habe bei der Hitze keine Lust dazu.«

Grimsbo stellte das Bier ab und holte einen Stift und einen Notizblock aus seiner Jackentasche.

»Wann kamen Sie an dem Abend, als es passierte, nach Hause?«

»Es muß so um sechs Uhr gewesen sein.«

»Ist Ihnen etwas Ungewöhnliches aufgefallen?«

»Nichts. Ich war im Eßzimmer, bis wir mit dem Essen fertig waren. Das Eßzimmer liegt nach hinten raus. Dann war ich ein paar Minuten im Wohnzimmer, das auch nach hinten liegt. Danach habe ich bei geschlossenen Jalousien am Computer gearbeitet.«

»Gut«, meinte Grimsbo. Er war schon bereit, die Befragung abzubrechen und wieder nach draußen in die Hitze zurückzukehren, als Solomon sagte: »Eine Sache habe ich vergessen zu sagen, als der Beamte am Abend des Mordes kam. Es herrschte eine solche Aufregung, und meine Frau war völlig durchgedreht. Ich habe Peter Lake nach Hause kommen sehen.«

»Ach ja. Wann war das?«

»Das kann ich ziemlich genau sagen. Die Yankees spielten an diesem Tag, und ich habe mich über das Ergebnis in den Sportschlagzeilen bei CNN informiert. CNN bringt Sportergebnisse immer zwanzig nach. Ich ging direkt nach den Schlagzeilen in das Zimmer hier. Es muß so zweiundzwanzig nach sieben gewesen sein. Ich habe Peters Ferrari gesehen, als ich die Jalousie herunterließ.«

»Und er kam nach Hause?«

»Genau.«

»Sind Sie sich bei der Zeit ganz sicher?«

»Sie bringen die Ergebnisse immer zwanzig nach, jede Stunde. Also muß es um diese Zeit herum gewesen sein. Plus minus eine Minute.«

»Haben Sie an diesem Abend den Lieferwagen eines Blumengeschäfts in The Meadows oder in der Nähe bemerkt?«

Solomon dachte einen Augenblick nach. »Bei den Osgoods war ein Fernsehreparaturservice. Das war das einzige ungewöhnliche Fahrzeug, das ich gesehen habe.«

Grimsbo erhob sich aus dem Sessel und streckte seine Hand aus.

»Danke für das Bier.«

Wayne Turner lehnte am Wagen. Er machte in seinem beigen Anzug mit der dunkelbraunen Krawatte einen so gelangweilten Eindruck, daß Grimsbo die Galle hochkam.

»Was gefunden?« fragte Turner, als er einen Schritt vom Wagen wegtrat.

»Nichts. Halt, Solomon, der letzte Kerl, mit dem ich gesprochen habe, sah, wie Lake an seinem Haus vorbei nach Hause fuhr, so gegen zwanzig nach sieben. Sonst habe ich nichts, was nicht schon in den Berichten der Streifenbeamten steht.«

»Ich habe auch nichts, doch das wundert mich nicht. In einer Wohngegend wie hier haben die Leute Platz genug, sie hängen nicht aufeinander. Kaum jemand sieht, was sein Nachbar treibt, und bei einer solchen Hitze hält sich jeder im klimatisierten Haus auf oder ist draußen im Country Club.«

»Also, was machen wir jetzt?«

»Wieder von vorne anfangen.«

»Hast du einen Hinweis auf den Blumenwagen?« wollte Grimsbo wissen, als er den Wagen anließ.

»Bei den Osgoods war ein Fernsehreparaturservice, aber kein Blumenwagen.«

»Ja, den Fernsehtypen habe ich auch. Was denkst du über Waters?«

»Ich denke gar nichts, Frank. Hast du ihn schon mal gesehen?«

Grimsbo schüttelte den Kopf.

»Unser Mörder muß sehr intelligent sein, stimmt's? Waters ist das nicht. Ein dürres, pickelgesichtiges Bürschchen mit ein bißchen Flaum im Gesicht. Wenn der nicht geistig zurückgeblieben ist, dann weiß ich's nicht. Es fehlt jedenfalls nicht viel dran. Nach zehn Jahren von der Schule geflogen, als er achtzehn war. Hat als Tankwart und als Packer bei einem Supermarkt gearbeitet. Den Job hat er verloren, als er verhaftet wurde, weil er sich vor dem Fenster einer Sechzehnjährigen aus der Nachbarschaft ausgezogen hat. Der Vater des Mädchens hat ihn fürchterlich verprügelt.«

»Das klingt ja ziemlich rührselig«, warf Grimsbo ein.

»Der Kerl führt gar kein richtiges Leben oder was man so unter Leben versteht. Er wohnt mit seiner Mutter zusammen. Sie ist Ende sechzig und bei schlechter Gesundheit. Ich habe ihn ein paar Tage beobachtet. Er ist wie ein Roboter, jeden Tag der gleiche Ablauf. Wenn er von der Arbeit kommt, geht er in das *One Way Inn*, eine Bar auf dem halben Weg zu seiner Wohnung. Dort trinkt er zwei Bier und spricht mit niemandem außer dem Barkeeper. Fünfundvierzig Minuten, nachdem er die Bar betreten hat, geht er wieder, läuft direkt nach Hause und verbringt den Abend zusammen mit seiner Mutter vor dem Fernsehapparat. Ich habe mit seinem Chef und seinen Nachbarn gesprochen. Wenn er Freunde haben sollte, dann kennt sie keiner. Seine Arbeit als Auslieferungsfahrer bei Evergreen Florist hat er jetzt schon länger als jeden anderen Job.«

»Du streichst ihn von der Liste?«

»Er ist ein komischer Kauz. Sicherlich nicht ganz richtig im Kopf, aber das macht ihn noch nicht zu einem Mörder. Er ist einfach nicht clever genug, um unser Mann zu sein. Wir haben nichts gegen ihn in der Hand.«

»Wir haben überhaupt nichts in der Hand.«

Glen Michaels betrat das Büro der Sonderkommission genau in dem Moment, als Grimsbo und Turner ihre Berichte über die Befragungen in The Meadows beendet hatten.

»Was hast du herausgefunden?« wollte Grimsbo wissen. Er hatte sein Jackett ausgezogen und sich vor einen kleinen Ventilator gesetzt.

»Absolut nichts«, meinte Michaels. »Es ist, als ob der Kerl überhaupt nicht dagewesen wäre. Ich bin gerade mit den Untersuchungen fertig geworden. Jeder Fingerabdruck paßt zu den Opfern, Peter Lake oder einem der Nachbarn.

Es gibt nichts, mit dem man einen DNS-Test durchführen könnte. Keine fremden Haare, keine Fasern, kein Sperma. Wir haben es hier mit einem ausgekochten Hund zu tun, Leute.«

»Glaubst du, daß er unsere Vorgehensweise kennt?« fragte Turner.

»Das muß ich wohl glauben. Ich habe noch nie so viele Tatorte ohne Spuren gesehen.«

»Egal«, meinte Michaels und ging zur Tür, »ich bin schon weg. Die Hitze bringt mich um.«

Turner wandte sich an Grimsbo. »Dieser Kerl beginnt mich anzukotzen. Niemand ist perfekt. Er hinterläßt keine Fingerabdrücke, keine Haare, keiner sieht ihn. Mein Gott, wir haben eine Wohnsiedlung voller Menschen, und niemand bemerkt etwas Auffälliges. Kein Fremder, der herumschleicht, kein einziges unbekanntes Fahrzeug. Wie kam er dort hinein und wieder hinaus?«

Grimsbo gab keine Antwort. Er runzelte die Stirn, dann wuchtete er sich von seinem Stuhl und ging durch den Raum zu dem Schrank, in dem sie die Originalunterlagen des Falles aufbewahrten.

»Was ist los?« wollte Turner wissen.

»Nur eine Kleinigkeit ... Ja, hier ist es.«

Grimsbo zog ein Blatt aus den Unterlagen und hielt es Turner hin. Es war der einseitige Bericht des Beamten, der den Notruf von Peter Lake entgegengenommen hatte.

»Fällt dir was auf?« fragte Grimsbo.

Turner las den Bericht einige Male und schüttelte dann den Kopf.

»Die Zeit«, stieß Grimsbo hervor. »Lake rief den Notruf um Viertel nach acht an.«

»Ja, und weiter?«

»Solomon hat ausgesagt, daß er Lake um zwanzig nach sieben hat nach Hause kommen sehen. Er war sich sicher, da er gerade die Sportergebnisse gehört hatte. Die kommen bei CNN um zwanzig nach.«

»Und die Leichen lagen in der Eingangshalle«, sagte Turner mit plötzlichem Verstehen.

»Wie lange braucht man, um den Wagen zu parken und die Tür zu öffnen? Halten wir Lake ein paar Minuten zugute und legen wir auch bei Solomon noch etwas dazu, dann müßte Lake immer noch spätestens um halb acht im Haus gewesen sein.«

»Scheiße«, murmelte Turner.

»Habe ich recht, Wayne?« wollte Grimsbo bestätigt haben.

»Ich weiß nicht, Frank. Wenn das deine Frau und dein Kind gewesen wären ... Ich meine der Schock.«

»Klar, der Mann ist wie vor den Kopf gestoßen. Er setzt sich für eine Weile auf die Stufen, versucht, sich zu sammeln. Aber fünfundvierzig Minuten lang? Meine Herrn. Etwas paßt da nicht zusammen. Ich glaube, er hat die Zeit damit verbracht, den Tatort aufzuräumen.«

»Was soll er denn für ein Motiv haben? Mein Gott, Frank, du hast ihr Gesicht gesehen. Warum sollte er das der eigenen Frau antun?«

»Du weißt, warum. Sie hat etwas gewußt, sie hat etwas gefunden und den Fehler gemacht, Lake davon zu erzählen. Denk darüber nach, Wayne. Wenn Lake sie umgebracht hat, würde das erklären, warum es am Tatort keine Spuren gab. Dann gäbe es keine verdächtigen Autos oder Fingerabdrücke, die nicht von den Lakes oder den Nachbarn stammen.«

»Ich weiß nicht ...«

»Doch, du weißt es. Er hat das kleine Mädchen getötet. Seine eigene kleine Tochter.«

»Mensch, Frank, Lake ist ein erfolgreicher Anwalt. Er hatte eine schöne Frau.«

»Du hast gehört, was Klien gesagt hat. Der Kerl, nach dem wir suchen, ist ein Monster, aber niemand sieht ihm das an. Er ist umgänglich, gutaussehend, die Art von Mann, die diese Frauen, ohne nachzudenken, in ihr Haus lassen würden. Warum sollte es nicht ein erfolgreicher Anwalt mit einer schönen Frau sein? Es kann jeder sein, der nicht ganz richtig im Kopf ist und in seiner eigenen psychopathischen Welt lebt, in der das alles einen Sinn hat.«

Turner lief unruhig im Raum umher, während Grimsbo ruhig abwartete. Schließlich setzte sich Turner und nahm ein Bild von Melody Lake in die Hand.

»Wir sollten keinen Blödsinn machen, Frank. Wenn Lake unser Mörder ist, dann ist er ein gerissenes Arschloch. Ein Hinweis, daß wir ihm auf der Spur sind, und er wird einen Weg finden, den Kopf aus der Schlinge zu ziehen.«

»Also, was tun wir als nächstes? Wir können ihn nicht verhaften und durch die Mangel drehen, und es gibt nichts, womit wir Lake mit den anderen Verbrechen in Verbindung bringen könnten.«

»Diese Frauen sind nicht zufällig zu Opfern geworden. Wenn er der Mörder ist, dann muß es zwischen ihnen irgendeine Verbindung geben. Wir müssen die Ehemänner noch einmal befragen, nochmals die Berichte studieren und dabei immer Lake im Hinterkopf haben. Wenn wir auf der richtigen Spur sind, dann muß es etwas geben.«

Die beiden Männer saßen eine Zeitlang stumm da und starrten ins Leere.

»Was wir jetzt besprochen haben, erscheint in keinem Bericht!« bestimmte Turner. »Lake könnte darüber stolpern.«

»Genau«, stimmte Grimsbo zu. »Ich nehme Solomons Aussage besser mit zu mir.«

»Wann informieren wir Nancy und den Chef?«

»Wenn wir etwas Konkretes haben. Lake ist sehr clever und hat gute Beziehungen zu den Politikern. Wenn er der Mann ist, dann möchte ich nicht, daß er davonkommt, dann will ich ihn festnageln.«

8

Nancy Gordon schlief tief und traumlos, als das Telefon klingelte. Sie fuhr im Bett hoch und wußte im ersten Moment nicht, was los war. Es dauerte einen Moment, bevor sie sich zurechtgefunden hatte. Das Telefon klingelte ein weiteres Mal, ehe Nancy den Hörer abnehmen konnte.

»Detective Gordon?« fragte der Mann am Telefon.

»Am Apparat«, meldete sich Nancy und versuchte sich zu orientieren.

»Mein Name ist Jeff Spears. Ich bin Streifenpolizist. Vor einer Viertelstunde erhielten wir den Hinweis auf einen Mann, der in einem Wagen an der Ecke Bethesda und Champagne sitzt. Sieht so aus, als ob der schon seit drei Nächten dort herumlungert. Einem der Anwohner kam das seltsam vor. Wie dem auch sei, DeMuniz und ich haben mit dem Mann gesprochen. Er hat sich als Peter Lake ausgewiesen. Er behauptet, er wäre Mitglied der Sonderkommission, die hinter dem Mörder dieser Frauen her ist, und nannte mir Ihren Namen.«

»Wie spät ist es?« fragte Nancy. Sie war zu müde, das Licht anzuknipsen.

»Halb zwei«, entschuldigte sich Spears. »Tut mir leid, Sie geweckt zu haben.«

»Schon gut«, antwortete sie und überprüfte die Zeitangabe anhand der Digitaluhr. »Ist Lake da?«

»Direkt neben mir.«

Nancy holte tief Luft. »Geben Sie ihn mir!«

Nancy hörte, wie Spears mit jemandem sprach. Sie schwang ihre Beine aus dem Bett, setzte sich auf und rieb sich die Augen.

»Nancy?« meldete sich Lake.

»Was ist los?«

»Wollen Sie, daß ich das erkläre, während der Polizist hier neben mir steht?«

»Ich will wieder in mein Bett. Also, was hat das zu bedeuten, daß Sie drei Nächte hintereinander dort in einem Auto herumsitzen?«

»Das hängt mit Waters zusammen. Ich beobachte sein Haus.«

»O Scheiße! Das darf doch nicht wahr sein. Sie spionieren hinter ihm her? Wie in einem verdammten Film? Peter, ich erwarte Sie in zwanzig Minuten bei Chang.«

»Aber ...«

»In zwanzig Minuten. Mir fehlen die Worte. Und geben Sie mir Spears noch mal.«

Nancy hörte, wie Lake nach dem Beamten rief. Sie schloß die Augen und schaltete die Nachttischlampe an, dann öffnete sie langsam wieder die Lider. Das Licht brannte ihr so in den Augen, daß sie zu tränen begannen.

»Detective Gordon?«

»Ja. Hören Sie, Spears, der Mann ist in Ordnung. Er arbeitet für die Sonderkommission. Nichtsdestotrotz haben sie gute Arbeit geleistet«, setzte sie hinzu, da die Stimme des Beamten jung und engagiert geklungen hatte und ihm das Lob sicher etwas bedeuten würde.

»Er erschien mir verdächtig. Und mit den Morden ...«

»Nein, Sie haben genau das Richtige gemacht. Aber ich möchte nicht, daß Sie den Vorfall jemandem gegenüber erwähnen. Wir möchten nicht, daß bekannt wird, was wir genau unternehmen.«

»Kein Problem.«

»Danke für den Anruf.«

Nancy legte auf. Sie fühlte sich entsetzlich, doch sie mußte herausfinden, was Lake dort wollte.

Lake wartete in einer der Nischen, als Nancy in Changs Coffee Shop ankam. Das kleine Restaurant hatte die ganze Nacht geöffnet, für Polizisten, Lastwagenfahrer und ab und zu ein paar Studenten. Es war ein sicherer Platz, um sich zu treffen. Lake hatte eine Tasse Kaffee vor sich stehen, und Nancy bestellte sich ebenfalls Kaffee.

»Warum sagen Sie mir nicht einfach, was Sie vorgehabt

haben, Peter«, begann Nancy das Gespräch, als die Bedienung gegangen war.

»Tut mir leid, daß ich daneben gehauen habe, aber ich bin sicher, daß Waters der Mörder ist. Ich bin jetzt schon drei Tage hinter ihm her. Glauben Sie mir, ich bin wirklich gut; er hat keine Ahnung, daß er beobachtet wird.«

»So läuft das nicht, Peter. Sie können nicht mit ein paar halbausgegorenen Vorstellungen herumlaufen, die Sie sich bei Magnum abgeguckt haben. Die Sonderkommission arbeitet als Team. Sie müssen Ihre Pläne mit den anderen Teammitgliedern abstimmen, bevor Sie etwas unternehmen.

Was noch schlimmer ist, Sie kennen noch nicht einmal die grundlegenden Richtlinien für eine Observation. Überlegen Sie einmal, wie einfach Sie von den Nachbarn entdeckt wurden. Wenn Waters Sie gesehen und Verdacht geschöpft hätte, dann wäre er untergetaucht, und wir hätten seine Spur endgültig verloren. Und wenn er wirklich der Mörder ist, dann haben Sie sich in Gefahr begeben. Wer immer Ihre Frau und Ihre Tochter umgebracht hat, hat kein Gewissen und auch keine Skrupel, wieder zu morden. Denken Sie daran!«

»Vermutlich habe ich eine Dummheit begangen.«

»Da gibt es nichts zu ›vermuten‹.«

»Sie haben recht. Entschuldigung. Ich habe keinen Gedanken daran verschwendet, daß ich die Sache vermasseln könnte, oder an die Gefahr. Alles, woran ich denken konnte, war ...«

Lake verstummte und starrte auf die Tischplatte.

»Ich weiß, daß Sie ihn zur Strecke bringen wollen. Das wollen wir alle, aber wenn Sie es nicht richtig machen, dann ruinieren Sie die ganze Sache.«

Lake nickte nachdenklich. »Sie haben viel getan, um mir zu helfen, Nancy. Ich bin Ihnen dankbar dafür. Langsam komm' ich damit zurecht, daß ich Sandy und Melody verloren habe, und vor allem Sie haben mir dabei geholfen.«

Lake lächelte sie an. Nancy gab das Lächeln nicht zurück, sondern beobachtete Lake genau.

»Ich habe beschlossen, wieder an meine Arbeit zu gehen. Der kleine Zwischenfall heute nacht hat mir gezeigt, daß ich keine Hilfe bei den Ermittlungen bin. Ich dachte wirklich, daß ich helfen könnte, doch das war selbstsüchtig und aus der Verzweiflung geboren. Ich bin kein Polizist, und ich war so verrückt zu glauben, daß ich mehr als Sie ausrichten könnte.«

»Prima. Ich freue mich, das zu hören. Es ist ein Zeichen, daß Sie wieder in Ordnung kommen.«

»Das heißt nicht, daß ich die Arbeit an dem Fall ganz aufgebe. Ich hätte gerne Kopien von allen Berichten. Es kann immer noch sein, daß mir etwas auffällt, was Ihnen entgangen ist, oder daß ich eine andere Einschätzung anbieten kann. Doch ich werde nicht mehr in der Polizeistation auftauchen.«

»Ich werde Ihnen die Berichte schicken, wenn O'Malley sein Okay gibt. Aber Sie müssen sie streng vertraulich behandeln. Niemand sonst darf einen Blick darauf werfen.«

»Natürlich. Sie haben mich gut erzogen«, gab Lake mit einem Lächeln zurück. »Können wir irgendwann einmal zusammen essen gehen? Nur wir beide? Ohne daß dies etwas mit dem Fall zu tun hat.«

»Mal sehen«, antwortete Nancy verunsichert.

Lake sah auf seine Uhr. »Besser, wir gehen jetzt. Morgen früh werden wir beide todmüde sein. Diesmal bezahle ich. Keine Widerrede.«

Nancy glitt aus der Nische und verabschiedete sich. Es war spät, und sie hatte wenig geschlafen, war aber trotzdem hellwach. Es stand jetzt außer Frage: Lakes Frau war weniger als drei Wochen tot, und er unternahm bei ihr Annäherungsversuche. Das war aber nicht das einzige, was ihr Sorgen machte. Nancy wollte den wahren Grund dafür wissen, daß Peter Lake hinter Henry Waters her war.

9

»Dr. Escalante«, stellte sich Wayne Turner einem schwer gebauten Mann mit traurigen Augen, der den Anschein erweckte, alle Hoffnungen aufgegeben zu haben, vor, »ich bin einer der Beamten, die mit dem Verschwinden Ihrer Frau befaßt sind.«

»Ist Gloria tot?« wollte Escalante wissen und befürchtete das Schlimmste.

Sie saßen im Büro des Arztes im Wayside Ärztezentrum, einem modernen zweistöckigen Gebäude am Ende der Wayside Mall. Escalante war einer von mehreren Ärzten, Physiotherapeuten und Ernährungsspezialisten, die in diesem Zentrum beschäftigt waren. Sein Spezialgebiet war die Kardiologie. Er besaß einige Privilegien am Krankenhaus in Hunters Point. Jedermann lobte Dr. Escalantes Fähigkeiten. Gleichzeitig stand er im Ruf, ein netter Kerl und sehr umgänglich zu sein. Oder zumindest war das bis vor eineinhalb Monaten der Fall gewesen, bis er in sein Haus im Tudorstil im Westen von Hunters Point gekommen war und einen Zettel und eine schwarze Rose vorgefunden hatte.

»Es tut mir leid, aber wir haben keine neuen Informationen über Ihre Frau. Wir gehen davon aus, daß sie lebt, solange wir nichts Gegenteiliges erfahren.«

»Warum sind Sie dann hier?«

»Ich habe noch einige Fragen, die uns vielleicht weiterhelfen können.«

Turner nannte ihm die Namen der anderen vermißten Frauen und ihrer Männer einschließlich der Lakes. Während er die Namen herunterbetete, legte er Fotos der Frauen und ihrer Männer vor Escalante auf den Schreibtisch.

»Kennen Sie oder Ihre Frau jemanden von diesen Personen, woher auch immer, Doktor?« fragte Turner.

Escalante studierte die Fotografien eingehend, dann nahm er eine in die Hand.

»Das sind Simon und Samantha Reardon, nicht wahr?«

Turner nickte.

»Er ist Neurochirurg. Ich habe die Reardons bei einigen Veranstaltungen der Ärztekammer gesehen. Vor ein paar Jahren hielt er auf einer Tagung, an der ich teilnahm, einen Vortrag. Ich kann mich nicht mehr erinnern, um was es ging.«

»Das ist interessant. Waren Sie befreundet mit den Reardons?«

Escalante lachte trocken. »Leute mit meiner Hautfarbe bewegen sich nicht in den gleichen Kreisen wie die Reardons, Detective. Ich nehme nicht an, daß es Ihnen erlaubt ist, diesen ehrenwerten Arzt im Delmar Country Club zu befragen.«

Wayne nickte.

»Tja. Nun, Simon Reardon gehört also zu dieser Art von Menschen ...«

Escalante erinnerte sich plötzlich, warum Turner an Samantha Reardon und seiner Frau interessiert war.

»Es tut mir leid. Ich sollte nicht so hart sein. Simon Reardon geht wahrscheinlich durch dieselbe Hölle wie ich.«

»Wahrscheinlich. Sagen Ihnen die anderen etwas?«

Escalante wollte schon seinen Kopf schütteln, stutzte dann jedoch plötzlich.

»Der da ist Anwalt, nicht?« fragte er und deutete auf das Foto von Peter Lake.

»Das stimmt«, gab Turner zu und versuchte, seine Aufregung zu verbergen.

»Bis jetzt ist mir das nicht aufgefallen. Was für ein Zufall.«

»Wie bitte?«

»Gloria wurde vor sechs Monaten als Geschworene ausgewählt. Sie saß bei einem von Lakes Fällen auf der Geschworenenbank. Ich erinnere mich, weil sie froh war, daß es nicht um einen ärztlichen Kunstfehler ging, denn dann wäre sie nicht genommen worden. Es spielt keine Rolle. Die Anwälte haben sich vorher geeinigt, so daß sie kein Urteil fällen mußte.«

»Sind Sie sicher, daß es ein Fall von Peter Lake war?«

»Ich habe sie vom Gericht abgeholt, wir wollten essen gehen, und da habe ich ihn gesehen.«

»Gut. Das ist uns eine große Hilfe. Noch jemand, den Sie wiedererkennen?« wollte Turner wissen, obwohl das jetzt keine Rolle mehr für ihn spielte.

»Es ist Lake, Chef«, erklärte Frank Grimsbo O'Malley. »Wir sind sicher.«

»Haben Sie tragfähige Beweise?« wollte O'Malley wissen.

»Noch nicht. Aber es gibt zu viele Anhaltspunkte. Es kann nicht anders sein«, warf Wayne Turner ein.

»Wie denken Sie darüber?« fragte O'Malley Glen Michaels und Nancy Gordon.

»Es ergibt Sinn«, pflichtete Michaels bei. »Ich nehme mir morgen noch einmal alle Unterlagen vor. Mal sehen, ob wir Lake mit irgendwas festnageln können.«

O'Malley wandte sich zu der grimmig dreinschauenden Nancy.

»Ich bin aus anderen Gründen zu derselben Überzeugung gekommen, Chef. Ich weiß nicht, wie wir ihn festnageln können, aber ich bin überzeugt, daß er unser Mann ist. Ich habe heute morgen mit Dr. Klien telefoniert und ihm Lakes Charakterprofil geschildert, und er sagt, es wäre möglich. Eine Menge von sozial abartigen Leuten sind keine Massenmörder, sie sind erfolgreiche Geschäftsleute, Politiker oder Anwälte. Denken Sie an die Vorteile, die man in solchen Berufen hat, wenn man kein Gewissen hat, das einen zurückhält. In den letzten Tagen habe ich mit Leuten gesprochen, die Lake kennen. Sie alle behaupten, er sei nett, aber keiner traut ihm recht über den Weg. Man glaubt, daß er den Charakter eines Hais hat, aber genug Verstand, um sich gerade noch innerhalb der Schranken des Gesetzes zu bewegen. Es gab einige Beschwerden bei der Anwaltskammer, aber keine hatte Erfolg. Ein paar Fälle, in denen er wegen anwaltlicher Fehler verklagt wurde. Ich habe mit den Anwälten gesprochen, die die Kläger vertraten. Lake hat sie alle in die Pfanne gehauen.«

»Es ist ein großer Unterschied, ob man ein gerissener Anwalt ist oder ob man sechs Menschen umbringt, einschließlich der eigenen Tochter«, gab O'Malley zu bedenken. »Warum sollte er sich in Gefahr bringen, indem er in die Höhle des Löwen geht?«

»Damit er sieht, was wir in der Hand haben«, warf Grimsbo ein.

»Ich denke, da steckt mehr dahinter, Chef«, meinte Nancy. »Er hat irgendwas vor.«

Nancy berichtete O'Malley von Lakes Observierungsaktion.

»Das ergibt keinen Sinn«, warf Tuner ein. »Waters steht doch nicht wirklich unter Verdacht. Er war zufällig in der Nähe des Hauses der Escalantes, als die Frau verschwand. Zwischen Waters und den anderen Opfern gibt es keinerlei Verbindung.«

»Aber es gibt eine Verbindung zwischen Lake und jedem der Opfer«, meldete sich Grimsbo zu Wort.

»Heraus damit!« forderte O'Malley.

»Gut. Wir haben Gloria Escalante, die Geschworene bei einem seiner Prozesse war. Mr. Escalante und die Reardons gehören dem Delmar Country Club an. Patricia Cross und Sandra Lake waren beide in der Junior League. Ann Hazeltons Mann ist Staatsanwalt. Er sagt, sie haben an Veranstaltungen der Anwaltsvereinigung teilgenommen, bei denen auch die Lakes waren.«

»Das klingt aber alles nicht sehr überzeugend.«

»Was ist das Besondere daran, daß eine Person Kontakt mit allen sechs Opfern hatte?« wollte Turner wissen.

»Hunters Point ist nicht so groß.«

»Chef«, meldete sich Nancy erneut, »er ist hinter mir her.«

»Wie bitte?«

»Als Frau. Er macht mir Avancen. Das war ziemlich deutlich.«

Nancy schilderte die Art, wie sich Lake bei ihren beiden Treffen in Changs Coffee Shop verhalten hatte.

O'Malley runzelte die Stirn. »Ich weiß nicht, Nancy.«

»Seine Frau ist vor noch nicht einmal einem Monat umgebracht worden. Das ist doch nicht normal.«

»Sie sehen gut aus. Er versucht, über seinen Schmerz hinwegzukommen. Vielleicht kamen er und seine Frau nicht so gut miteinander aus. Haben sie einen Hinweis darauf gefunden, als sie mit den Nachbarn sprachen?«

Grimsbo schüttelte den Kopf. »Es gibt keine Gerüchte über die Lakes. Nach Aussagen der Leute, mit denen ich gesprochen habe, waren sie ein ganz normales Ehepaar.«

»Dasselbe gilt für das, was ich gehört habe«, bestätigte Turner.

»Macht das Ihre Theorie nicht hinfällig?«

»Dr. Klien behauptet, daß ein Massenmörder durchaus Frau und Kinder haben kann oder eine normale Beziehung zu einer Freundin«, widersprach Nancy.

»Sehen wir uns den Lake-Mord an«, schlug Turner vor. »Wir wissen von einem seiner Partner, der noch länger gearbeitet hat, daß Lake bis kurz vor sieben im Büro war. Der Nachbar hat ihn gegen zwanzig nach sieben nach Hause kommen sehen. Erst fünfundvierzig Minuten später ist der Anruf eingegangen. Was hat er im Haus bei seiner toten Frau und der Tochter gemacht? Wenn sie da schon tot waren, das ist der Punkt.«

»Wir glauben, daß er nach Hause kam und seine Frau ihn mit etwas konfrontierte, das ihn in Verbindung mit den verschwundenen Frauen brachte.«

»Aber es war nichts bekannt. Niemand wußte davon«, gab O'Malley zu bedenken.

»Scheiße!« fluchte Michaels.

»Was?«

»Der Zettel. Es war der einzige mit Fingerabdrücken.«

»Und?« fragte Grimsbo.

»Die anderen Zettel wiesen keine Fingerabdrücke auf, aber auf dem Zettel neben Sandra Lakes Leiche waren ihre Abdrücke. Der Autopsiebericht sagt, daß sie gleich tot war, zumindest aber war sie nach dem Schlag auf den Kopf sofort bewußtlos. Wann soll sie den Zettel angefaßt haben?«

»Ich weiß immer noch nicht ...«

»Sie hat den Zettel gefunden oder die Rose oder beides. Sie fragt ihren Mann, was das zu bedeuten hat. Ihm ist klar, daß die Sache mit den Frauen irgendwann durch die Zeitungen gehen wird. Gleichgültig, was er ihr jetzt auch erzählt, sie wird dann wissen, daß er der Rosenmörder ist. Er gerät in Panik und bringt sie um, legt die Rose und den Zettel neben die Leiche, um uns auf eine falsche Spur zu locken. Das erklärt, warum der Zettel, den wir bei den Lakes gefunden haben, Fingerabdrücke aufweist«, erklärte Michaels. »Sie hat den Zettel in der Hand gehabt, bevor sie ermordet wurde.«

»Das erklärt auch, warum niemand ein fremdes Fahrzeug in The Meadows gesehen hat.«

Mit gequältem Gesichtsausdruck lehnte sich O'Malley zurück. »Ihr habt mich überzeugt«, sagte er. »Aber eine Theorie ist noch kein Beweis. Wenn es Lake war, woher bekommen wir die Beweise, die vor Gericht standhalten?«

Bevor jemand antworten konnte, öffnete sich die Tür von O'Malleys Büro.

»Entschuldigung, daß ich störe, Chef, aber wir haben gerade einen Notruf hereinbekommen, der etwas mit den verschwundenen Frauen zu tun hat. Haben Sie einen Verdächtigen namens Waters?«

»Was ist los?« fragte Grimsbo.

»Der Anrufer sagt, er hätte mit einem Kerl namens Henry Waters im *One Way Inn* gesprochen, und Waters habe behauptet, er hätte eine Frau in seinem Keller.«

»Hat der Anrufer seinen Namen genannt?«

Der Beamte schüttelte den Kopf. »Er hat gesagt, daß er

nicht mit hineingezogen werden will, doch er müsse immer an das ermordete kleine Mädchen denken, und sein Gewissen lasse ihm keine Ruhe.«

»Wann hat die Unterhaltung in der Bar stattgefunden?« fragte Nancy.

»Vor ein paar Tagen.«

»Hat Waters ihm die Frau beschrieben oder irgendwelche Einzelheiten genannt?«

»Waters sagte ihm, daß die Frau rote Haare hätte.«

»Patricia Cross«, meinte Turner sofort.

»Da steckt Lake dahinter«, erklärte Nancy. »Das ist ein zu großer Zufall.«

»Ich bin derselben Meinung«, pflichtete Turner bei. »Waters als Täter, das ergibt einfach keinen Sinn.«

»Können wir das Risiko eingehen?« gab Michaels zu bedenken. »In puncto Lake haben wir nur logische Schlußfolgerungen. Wir wissen, daß Waters zu dem Zeitpunkt, als Gloria Escalante verschwand, in der Nähe ihres Hauses war, und er ist einschlägig vorbestraft.«

»Ihr Vier macht euch sofort auf die Socken!« befahl O'Malley. »Lieber irre ich mich, als hier herumzusitzen, wenn wir vielleicht eine der Frauen retten können.«

Henry Waters wohnte in einem der älteren Teile von Hunters Point. Eichen beschatteten die breiten Straßen, und hohe Hecken schützten die Bewohner vor neugierigen Blikken. Die meisten der Häuser und Gärten waren gut gepflegt, nur Waters' Haus auf einem Eckgrundstück schien ziemlich baufällig zu sein. Der Rinnstein war verstopft, und eine der Stufen, die zur vorderen Veranda hinaufführten, war kaputt. Der Rasen stand hoch und war voller Unkraut.

Die Sonne ging gerade unter, als Nancy Gordon, Wayne Turner und Frank Grimsbo den mit Schieferplatten gepflasterten Weg zu Henry Waters' Haustür hinaufgingen. Michaels wartete im Auto, um, falls nötig, Spuren am Tatort zu sichern. Drei Streifenbeamte waren in einer kleinen Seitenstraße hinter dem Haus postiert. Zwei weitere begleiteten die Detectives den Weg entlang und bauten sich mit gezogenen, aber noch gesicherten Waffen links und rechts neben der Haustür auf.

»Wir sind ganz ruhig und höflich«, sagte Turner leise. »Ich will, daß er mit uns zusammenarbeitet, sonst wird diese Aktion noch übel ausgehen.«

Alle nickten. Nancy schaute zurück auf das hohe Gras des Vorgartens. Das Haus sah verfallen aus, die braune Farbe blätterte ab. Ein Rolladen am vorderen Fenster hing gerade noch an einer Schraube. Nancy spähte durch einen Spalt zwischen der Jalousie und dem Fensterbrett. Im vorderen Raum befand sich niemand. Sie konnten den Ton eines Fernsehapparats hören, der irgendwo hinten im Haus lief.

»Er wird weniger vorsichtig sein, wenn er eine Frau sieht«, gab Nancy zu bedenken. Grimsbo nickte, und Nancy drückte auf die Türklingel. Sie trug einen Blazer, um ihr Pistolenhalfter zu verbergen. Die Hitze des Tages hatte etwas nachgelassen, doch es war immer noch warm. Nancy fühlte, wie der Schweiß an ihrem Körper herunterlief.

Nancy klingelte noch einmal, und der Fernseher wurde leiser gedreht. Durch den halb durchsichtigen Vorhang, der die Glasscheibe über der Tür verdeckte, sah sie einen undeutlichen Schatten den Flur entlang kommen. Als sich die Tür öffnete, zog Nancy das Fliegengitter auf und lächelte. Der schlaksige, feingliedrige Mann erwiderte das Lächeln nicht. Er war in Jeans und ein schmutziges T-Shirt gekleidet; sein langes fettiges Haar war ungekämmt. Waters trübe Augen fixierten zuerst Nancy, dann die uniformierten Polizisten. Er zog die Augenbrauen zusammen, so, als ob er eine Rechenaufgabe lösen wollte. Nancy zeigte ihm ihre Polizeimarke.

»Mr. Waters, ich bin Nancy Gordon von der Hunters Point Polizei.«

»Ich habe nichts getan«, sagte Waters ängstlich.

»Das glaube ich Ihnen«, entgegnete Nancy in freundlichem, aber festem Ton, »aber wir haben einen Hinweis bekommen, dem wir nachgehen müssen. Dürfen wir hereinkommen?«

»Wer ist da?« rief eine dünne Frauenstimme aus dem Hintergrund.

»Das ist meine Mutter«, erklärte Waters. »Sie ist krank.«

»Tut mir leid. Wir werden versuchen, sie nicht zu belästigen.«

»Sie ist krank. Warum müssen Sie sie stören?« fragte Waters mit wachsender Verärgerung.

»Sie verstehen mich falsch, Mr. Waters. Wir werden Ihre Mutter nicht belästigen. Wir möchten uns nur umsehen. Dürfen wir? Es wird nicht lange dauern.«

»Ich habe nichts getan«, stammelte Waters, und sein Blick glitt nervös von Grimsbo zu Turner, dann zu den beiden Uniformierten. »Sprechen Sie mit Miß Cummings! Sie ist meine Bewährungshelferin. Sie weiß Bescheid.«

»Wir haben schon mit Ihrer Bewährungshelferin gesprochen. Sie hat eine gute Meinung von Ihnen. Sie sagt, daß die Zusammenarbeit mit Ihnen sehr gut ist. Wir möchten, daß Sie jetzt auch mit uns zusammenarbeiten. Sie wollen doch nicht, daß wir hier warten, bis einer der Beamten mit einem Durchsuchungsbefehl kommt, oder?«

»Warum wollen Sie mein Haus durchsuchen?« fragte Waters plötzlich wütend. Die Streifenbeamten spannten die Muskeln. »Warum, zum Teufel, laßt ihr mich nicht in Ruhe? Ich kümmere mich nicht mehr um das Mädchen. Ich habe eine Arbeit. Miß Cummings weiß das.«

»Kein Grund, sich aufzuregen«, beschwichtigte Nancy ihn. »Je eher wir uns umsehen können, desto schneller haben Sie Ihre Ruhe wieder.«

Waters dachte nach. »Was wollen Sie sehen?« wollte er wissen.

»Den Keller.«

»Da ist nichts im Keller«, erklärte Waters und blickte völlig verwirrt drein.

»Dann werden wir auch nicht lange bleiben«, versicherte ihm Nancy.

Waters schnaufte. »Der Keller. Sie können alle Keller sehen, die Sie wollen. Da gibt es nichts außer Spinnen im Keller.«

Waters deutete in den dunklen Flur an der Treppe vorbei in den hinteren Teil des Hauses.

»Warum kommen Sie nicht mit uns, Mr. Waters? Sie können uns dann alles zeigen.«

Der Flur lag im Dunkeln, nur in der Küche brannte Licht. Nancy sah eine mit dreckigem Geschirr gefüllte Spüle und die Reste von zwei Schnellgerichten auf dem Tisch. Der Küchenboden war fleckig und voller Schmutz. Gegenüber der Küche unter der Treppe befand sich eine massive Holztür. Waters öffnete sie, dann weiteten sich seine Augen, und er trat zurück. Nancy drängte sich an ihm vorbei. Der Geruch war so intensiv, daß sie einen Schritt zurücktaumelte.

»Bleiben Sie bei Waters«, befahl Nancy den Polizisten. Sie holte tief Luft und betätigte den Lichtschalter neben der Tür. Am Fuß der hölzernen Stufen war nichts Ungewöhnliches zu sehen. Nancy hatte ihre Waffe in der einen Hand, die andere lag auf dem wackligen Treppengeländer. Der Leichengeruch wurde intensiver, als sie die Treppe hinunterstieg. Grimsbo und Turner folgten ihr; keiner sprach ein Wort.

Auf halbem Weg die Treppe hinunter bückte sich Nancy und sah in den Keller. Die einzige Lichtquelle war eine nackte Glühbirne, die von der Decke hing. In einer Ecke konnte sie einen Heizkessel erkennen. Seltsame Möbelstücke, die alle irgendwie zerbrochen schienen, standen an der Wand, umgeben von Kartons mit Zeitungen und alten Zeitschriften. In der Wand, die zu der kleinen Seitenstraße hinter dem Haus zu lag, befand sich eine Tür. Ein Großteil des Bereichs neben der Tür lag im Dunkeln, dennoch konnte Nancy einen menschlichen Fuß in einer riesigen Blutlache erkennen.

»Scheiße!« flüsterte sie und schnappte nach Luft.

Grimsbo schob sich an ihr vorbei. Nancy folgte direkt hinter ihm. Sie war sich klar darüber, daß es im Keller nichts gab, was eine Bedrohung darstellte, trotzdem hielt sie die Luft an. Turner richtete eine Taschenlampe in die Ecke und schaltete sie an.

»Mein Gott!« stammelte er mit gebrochener Stimme.

Die nackte Frau lag in einem See von Blut auf dem kalten Beton. Ein bestialischer Verwesungsgeruch ging von ihr aus. Sie war nicht einfach »getötet« oder »ermordet« worden. Sie war regelrecht geschlachtet worden wie ein Vieh. Nancy konnte Stellen verkohlten Fleisches erkennen, dort wo die Haut nicht voller Blut oder Kot war. Die Gedärme der Frau hingen aus einer großen Öffnung im Bauch. Sie erinnerten Nancy an eine Kette von Würsten in einem Metzgerladen. Sie wandte sich ab.

»Bringt Waters hier herunter!« bellte Grimsbo. Nancy sah, wie die Sehnen in seinem Nacken hervortraten und seine Augen sich weiteten.

»Du läßt ihn in Ruhe, Frank«, warnte Turner ihn zwischen zwei tiefen Atemzügen.

Nancy griff nach Grimsbos muskulösem Arm. »Wayne hat recht. Ich nehme das in die Hand. Geh zur Seite!«

Einer der Streifenpolizisten schob Waters die Stufen hinunter. Als Waters die Leiche sah, wurde er bleich und fiel auf die Knie. Er versuchte zu sprechen, brachte aber keinen Ton heraus.

Nancy schloß die Augen und sammelte sich. Es gab keine Leiche; es gab keinen Verwesungsgeruch; dann kniete sie sich neben Waters hin.

»Warum, Henry?« fragte sie leise.

Waters blickte sie mit verzerrtem Gesicht an wie ein verwundetes Tier.

»Warum?« wiederholte Nancy.

»O nein, o nein«, heulte Waters, den Kopf in den Händen vergraben.

»Wer soll das denn getan haben? Sie liegt hier, Henry. In Ihrem Keller.«

Waters starrte Nancy mit weit offenem Mund an.

»Ich lese Ihnen jetzt Ihre Rechte vor. Sie haben das doch schon einmal gehört, nicht wahr?« fragte Nancy, doch es war klar, daß Waters nicht in der Lage war, über seine verfassungsmäßigen Rechte nachzudenken. Er hatte den Kopf weit zurückgeworfen und gab kaum noch menschlich zu nennende, bellende Geräusche von sich.

»Bringen Sie ihn auf die Wache!« wies sie den Beamten an, der hinter Waters stand. »Wenn Sie oder irgendein anderer dem Mann auch nur eine Frage stellen, dann werden Sie für den Rest Ihres Lebens die Toiletten in der öffentlichen Bedürfnisanstalt schrubben. Haben Sie mich verstanden? Bringt ihn in ein Zimmer mit zwei Männern zur Bewachung im Raum und einem weiteren vor der Tür. Keiner, auch nicht der Chef, darf mit ihm reden. Ich rufe von hier aus O'Malley an, um ihn zu informieren. Schicken Sie Michaels her. Er soll ein komplettes Spurensicherungsteam anfordern. Ein Posten kommt an die Treppe. Niemand kommt ohne die Einwilligung von Glen hier herunter. Ich möchte nicht, daß Spuren am Tatort verwischt werden.«

Grimsbo und Turner waren näher an die Leiche herangetreten. Dabei hatten sie peinlich darauf geachtet, nicht in die Blutlache zu treten. Grimsbo atmete stoßweise, Turner zwang sich, der Frau ins Gesicht zu sehen. Es war das Gesicht von Patricia Cross, zumindest das, was von ihm übrig war. Der Mörder hatte nicht nur ihren Körper bestialisch zugerichtet.

Die Aufmerksamkeit des jungen Beamten war ebenfalls auf die Leiche gerichtet, deshalb reagierte er zu langsam, als Waters aufsprang. Nancy hatte sich halb abgewandt und sah die Bewegung nur aus dem Augenwinkel. Als sie sich umdrehte, lag der Polizist schon auf dem Boden, und Waters stürmte, nach seiner Mutter schreiend, die Treppe hinauf.

Der Beamte, der die Kellertür bewachte, hörte Waters' Schreie. Er trat mit gezogener Waffe in die Türöffnung. Waters stürmte auf ihn zu.

»Nicht schießen!« schrie Nancy in dem Moment, als der Schuß knallte. Der Polizist stolperte nach hinten gegen die Wand auf der anderen Flurseite. Die Kugel traf Waters mitten ins Herz. Er taumelte die Stufen hinunter und schlug mit dem Kopf auf den Zementboden. Waters spürte nichts mehr davon. Er war bereits tot.

10

»Es kam in den Spätnachrichten. Ich kann gar nicht glauben, daß ihr ihn gefaßt habt«, hörte Nancy Peter Lake sagen. Sie war allein im Büro der Sonderkommission und schrieb Berichte. Nancy drehte ihren Stuhl in Richtung der Stimme. Lake stand in der Tür des Büros. Er trug Jeans mit Bügelfalten und ein braun-blaues Polohemd. Sein Haar war perfekt gekämmt. Er sah aufgeregt und glücklich aus. Nichts deutete darauf hin, daß er an seine Frau und seine Tochter dachte; kein Zeichen der Trauer.

»Wie sind Sie dahintergekommen?« fragte Lake, der sich in einen Stuhl Nancy gegenüber gesetzt hatte.

»Ein anonymer Hinweis, Peter. Nichts, auf das wir stolz sein könnten.«

»Das ist doch wunderbar.«

»Sieht so aus, als ob Sie recht gehabt hätten.«

Lake zuckte mit den Schultern und unterdrückte ein Lächeln. »Sagen Sie«, fragte Lake scheinheilig, »Sie haben doch niemandem davon erzählt, daß ich ihn beobachtet habe, oder?«

»Das bleibt unser Geheimnis.«

»Danke. Ich habe mich wie ein Idiot benommen bei meiner Extratour. Sie haben recht gehabt. Wenn Waters dahintergekommen wäre, hätte er mich vielleicht auch umgebracht.«

»Sie müssen doch erleichtert sein, jetzt, da Sie wissen, daß der Mörder von Sandy und Melody gefaßt ist«, warf Nancy ein und wartete auf seine Reaktion.

Lake wirkte auf einmal ernüchtert.

»Es ist, als ob eine riesige Last von mir abgefallen wäre. Vielleicht kommt jetzt alles wieder ins Lot.«

»Wissen Sie, Peter«, sagte Nancy ganz beiläufig, »es gab eine Zeit, da dachte ich über die Möglichkeit nach, daß Sie der Mörder sind.«

»Wieso?« fragte Peter überrascht.

»Sie standen nie ernsthaft unter Verdacht, aber in Ihrer Aussage gab es ein paar Ungereimtheiten.«

»Zum Beispiel?«

»Die Zeit, zum Beispiel. Sie haben erst um Viertel nach acht den Notruf gewählt, aber ein Nachbar hat Sie um zwanzig nach sieben nach Hause kommen sehen. Ich kann mir keinen Reim darauf machen, warum Sie so lange gebraucht haben, die Polizei anzurufen.«

»Sie machen Witze.«

Nancy zuckte mit den Schultern.

»Sie haben mich wegen dieser Sache mit der Zeit verdächtigt?«

»Was haben Sie fast eine Stunde lang gemacht?«

»Mein Gott, Nancy, ich weiß es nicht. Ich war gar nicht mehr richtig bei mir. Ich meine, vielleicht bin ich für kurze Zeit ohnmächtig geworden.«

»Das haben Sie nie erwähnt.«

Lake starrte Nancy mit offenem Mund an. »Stehe ich noch immer unter Verdacht? Soll das ein Verhör sein?«

Nancy schüttelte den Kopf. »Der Fall ist abgeschlossen, Peter. Der Chef wird morgen eine Pressekonferenz geben.

Auf einem Regal im Keller lagen drei schwarze Rosen und einer dieser Zettel. Und natürlich war da auch noch die arme Patricia Cross.«

»Aber Sie glauben nicht daran? Sie glauben wirklich, ich hätte ...«

»Beruhigen Sie sich, Peter«, meinte Nancy und schloß die Augen. »Ich bin todmüde und kann keinen klaren Gedanken mehr fassen. Es war ein sehr harter Tag.«

»Ich kann mich nicht so einfach beruhigen. Ich meine, ich mag Sie wirklich, und ich dachte, Sie mich auch. Es ist ein Schock für mich, zu erfahren, daß Sie ernsthaft geglaubt haben, ich könnte etwas tun ... so etwas, was dieser Frau angetan wurde.«

Nancy öffnete die Augen. Lakes Blick war abwesend, so, als hätte er Patricia Cross' gemarterten Körper vor Augen. Doch er war nicht mit am Tatort gewesen und hatte auch den Autopsiebericht nicht gelesen. Den Medien war der Zustand von Patricia Cross' Leiche verschwiegen worden.

»Ich sagte, Sie waren nie ernsthaft unter Verdacht, und das stimmt«, log Nancy mit einem gezwungenen Lächeln. »Wenn es anders gewesen wäre, dann hätte ich Turner und Grimsbo von Ihrem nächtlichen Ausflug erzählt, oder?«

»Das ist anzunehmen.«

»Nun, das habe ich nicht, und jetzt, da Waters entlarvt ist, können Sie gar nicht mehr unter Verdacht stehen, klar?«

Lake schüttelte den Kopf.

»Hören Sie«, sagte Nancy, »ich bin wirklich am Ende meiner Kräfte. Ich muß noch einen Bericht schreiben, und dann verschwinde ich. Warum gehen Sie nicht auch nach Hause und beginnen mit Ihrem neuen Leben?«

Lake stand auf. »Das ist ein guter Rat. Ich werde ihn befolgen. Ich möchte Ihnen für alles danken, was Sie für mich getan haben. Ich wüßte nicht, wie ich das alles ohne Sie durchgestanden hätte.«

Lake streckte ihr die Hand entgegen. Nancy starrte einen Augenblick darauf. War das die Hand, die Patricia Cross und Sandra und Melody Lake ermordet hatte, oder sah sie schon Gespenster? Nancy gab Lake die Hand. Er hielt sie etwas länger als notwendig, dann ließ er sie nach einem kurzen Druck los.

»Wenn die Dinge bei uns beiden wieder im Lot sind, dann würde ich Sie gerne zum Essen einladen«, fügte Lake hinzu.

»Rufen Sie mich an«, antwortete Nancy, und ihr Magen verkrampfte sich. Sie lächelte, aber dieses Lächeln kostete sie alle Kraft.

Lake verließ den Raum, und Nancys Lächeln verschwand augenblicklich. Waters als Täter, das war zu schön, um wahr zu sein. Sie glaubte nicht, daß er für die Schweinerei in seinem Keller verantwortlich war. Lake mußte von der Seitenstraße und der Hintertür gewußt haben. Wenn Waters arbeitete und seine Mutter krank war, mußte es ein leichtes gewesen sein, mit dem Wagen hinter das Haus zu fahren, ohne gesehen zu werden. Dann hätte er den Körper in den Keller bringen und dort so bestialisch zurichten können. Lake war der anonyme Anrufer, da war sie sich sicher. Aber sie hatte keinerlei Beweise. O'Malley würde der Öffentlichkeit schon bald mitteilen, das Henry Waters der Mörder war, und der Fall der verschwundenen Frauen war abgeschlossen.

Teil 3

Klare Beweise

Kapitel sechs

»Das ist alles, Mr. Page«, schloß Nancy Gordon. »Der Fall wurde abgeschlossen. Henry Waters gilt seitdem offiziell als der Rosenmörder. Kurz danach verschwand Peter Lake. Sein Haus wurde verkauft, er löste seine Bankkonten auf und übergab seinen Partnern eine gutgehende Kanzlei. Man hat nie mehr etwas von ihm gehört.«

Page sah verwirrt drein. »Vielleicht habe ich etwas nicht richtig mitbekommen. Ihr Verdacht gegen Lake war also nur eine Vermutung. Wenn es nicht mehr Indizien gegeben hat, dann verstehe ich nicht, warum Sie so sicher sind, daß Peter Lake die Frauen umgebracht und es Waters in die Schuhe geschoben hat.«

Nancy Gordon nahm ihre Aktentasche und holte einen Zeitungsausschnitt und ein Foto von einem Mann heraus, der gerade im Begriff war, ein Motelzimmer zu verlassen. Sie legte sie nebeneinander.

»Erkennen Sie diesen Mann?« fragte sie, wobei sie auf das Foto deutete. Page beugte sich vor und nahm das Bild in die Hand.

»Das ist Martin Darius.«

»Schauen Sie sich das Bild in der Zeitung genau an, und sagen Sie mir, was Sie dazu meinen.«

Page studierte die beiden Bilder. Er versuchte, sich Lake

mit einem Bart vorzustellen und Darius ohne. Er schätzte die Figur der beiden Männer ab und verglich ihren Körperbau.

»Es könnte sich um ein und dieselbe Person handeln«, meinte er schließlich.

»Es ist dieselbe Person. Und der Mann, der die Frauen hier umbringt, ist derselbe, der die Frauen in Hunters Point umgebracht hat. Wir haben niemals die Farbe der Rose oder den Inhalt der Zettel an die Öffentlichkeit weitergegeben. Wer immer die Frauen hier umgebracht hat, besitzt Informationen, die nur die Sonderkommission der Polizei in Hunters Point und der Mörder selbst kennt.«

Nancy Gordon nahm eine Fingerabdruckkarte aus der Aktentasche und reichte sie Page.

»Das sind Lakes Fingerabdrücke. Vergleichen Sie sie mit denen von Darius. Sie müssen doch welche bei den Akten haben!«

»Wie sind sie Lake hier auf die Spur gekommen?« fragte Page.

Nancy Gordon zog einen Briefbogen aus der Aktentasche und legte ihn neben die Fotos auf den Tisch.

»Ich habe ihn auf Fingerabdrücke untersucht, aber es sind keine darauf.«

Page nahm den Brief. Er war mit einem Computer geschrieben. Das Briefpapier sah billig aus, es war wahrscheinlich von der Sorte, die man in Hunderten von Läden kaufen und dessen Ursprung man nicht zurückverfolgen konnte. Auf dem Briefbogen stand: »Frauen in Portland, Oregon sind AUF EWIG UNVERGESSEN«. Die Anfangsbuchstaben eines jeden Wortes waren groß geschrieben, so wie auf den Zetteln, die man in den Häusern der Opfer gefunden hatte.

»Den habe ich gestern erhalten. Der Umschlag ist in Portland abgestempelt. Die Fotografie von Darius und eine Beschreibung seiner Aktivitäten hier in Portland waren beigelegt. In dem Moment, als ich das Bild sah, wußte ich, daß es Lake war. Der Brief enthielt außerdem noch Informationen über Sie, Mr. Page, Ihre Adresse und ein Flugticket für einen United Airline Flug. Am Flughafen hat mich niemand erwartet, also kam ich zu Ihnen.«

»Was sollen wir jetzt unternehmen, Detective Gordon? Wir können Darius mit dem, was Sie mir gesagt haben, nicht festnehmen.«

»Nein!« fuhr Nancy Gordon auf. »Machen Sie ihn bloß nicht mißtrauisch. Sie dürfen Martin Darius nicht damit konfrontieren, bis die Sache wasserdicht ist. Sie haben keine Vorstellung davon, wie gerissen er ist.«

Nancys Erregung überraschte Page. »Wir kennen unser Geschäft, Detective Gordon«, beruhigte er sie.

»Sie kennen Peter Lake nicht. Sie haben es noch nie mit jemandem wie ihm zu tun gehabt.«

»Das sagten Sie schon.«

»Sie müssen mir glauben.«

»Gibt es noch etwas, was Sie mir sagen wollen?«

Nancy setzte zum Sprechen an, doch dann schüttelte sie den Kopf.

»Ich bin erschöpft, Mr. Page. Ich muß mich ausruhen. Sie wissen nicht, wie ich mich fühle. Daß Lake nach all den Jahren wieder auftaucht. Wenn Sie gesehen hätten, was er Patricia Cross angetan ...«

Page erwiderte nichts darauf. Es herrschte lange Zeit Stille im Raum.

»Ich muß irgendwo bleiben«, unterbrach Nancy abrupt das Schweigen. »Können Sie mir ein Motel empfehlen? Etwas Ruhiges?«

»Das Lakeview. Dort quartieren wir Zeugen ein, die von außerhalb kommen. Ich kann Sie hinfahren.«

»Nicht nötig. Ich nehme ein Taxi. Können Sie mir eins rufen?«

»Sicher. Das Telefon ist im Schlafzimmer. Ich bin gleich wieder da.«

»Ich lasse Ihnen die Fingerabdruckkarte, das Foto und

den Zeitungsausschnitt hier. Ich habe Kopien davon«, sagte Nancy, als sie den Brief wieder einpackte.

»Soll ich Sie nicht doch zum Motel bringen? Es macht mir wirklich keine Umstände.«

Nancy schüttelte den Kopf, und Page ging ins Schlafzimmer, um ein Taxi zu rufen. Als er zurückkam, lag sie mit geschlossenen Augen auf der Couch.

»Das Taxi wird in zehn Minuten hier sein«, kündigte er an.

Sofort öffnete Nancy die Augen. Sie sah irgendwie überrascht aus, so, als ob sie ein paar Minuten weggetreten gewesen und plötzlich aus dem Schlaf gerissen worden wäre.

»Es war ein langer Tag«, erklärte sie verlegen.

»Das macht die Zeitverschiebung«, meinte Page, nur um etwas zu sagen. »Ich hoffe, Sie haben in bezug auf Darius recht!«

»Ganz bestimmt!« gab Nancy mit versteinerter Miene zurück. »Ich habe hundertprozentig recht. Das müssen Sie mir glauben, Mr. Page! Das Leben einer ganzen Anzahl von Frauen hängt davon ab.«

KAPITEL SIEBEN

1

Etwas an Nancy Gordons Geschichte war eindeutig falsch. Es war wie ein Buch mit einer tollen Handlung und einem unbefriedigenden Ende. Außerdem gab es Ungereimtheiten. So, wie Nancy es dargestellt hatte, waren sie, Grimsbo und Turner begnadete Polizeibeamte. Wenn sie davon überzeugt gewesen wären, daß Lake sechs Frauen umgebracht und Waters dafür ans Messer geliefert hatte, wie konnten sie den Fall dann so einfach auf sich beruhen lassen? Und warum sollte Lake so plötzlich eine gutgehende Kanzlei aufgeben und verschwinden, wenn er der Meinung war, jeden Verdacht ausgeräumt und alles überstanden zu haben? Hatte Lake jemals seine romantischen Neigungen Nancy gegenüber weiterverfolgt? Sie hatte kein weiteres Treffen mehr erwähnt. Schließlich gab es da noch eine Frage, die Page vergessen hatte zu stellen. Was war mit den Frauen? Nancy Gordon hatte nichts darüber gesagt, was mit den vermißten Frauen war.

Während er wartete, daß auf der Polizeiwache in Hunters Point jemand das Telefon abnahm, schrieb Page alle diese Punkte auf einen Zettel. Drohende Gewitterwolken zogen aus dem Westen heran. Page hatte den Regen mehr als satt. Vielleicht hatten diese Wolken ein Einsehen und zogen über die Stadt hinweg, bevor sie ihre Last abluden. Vielleicht gewährten sie der Sonne eine kleine Lücke, um hindurch zu scheinen.

»Roy Lenzer.«

Page legte seinen Stift auf den Block.

»Detective Lenzer, mein Name ist Alan Page. Ich bin Bezirksstaatsanwalt von Multnomah County. Das liegt in Portland, Oregon.«

»Was kann ich für Sie tun?« fragte Lenzer freundlich.

»Gibt es bei Ihnen eine Beamtin namens Nancy Gordon?«

»Selbstverständlich, aber sie ist in Urlaub und wird nicht vor einer Woche oder so zurückerwartet.«

»Können Sie sie beschreiben?«

Lenzers Beschreibung paßte genau auf die Frau, die Page in seiner Wohnung besucht hatte.

»Kann ich Ihnen sonst irgendwie helfen?« fragte Lenzer.

»Vielleicht. Wir stecken hier in einer merkwürdigen Sache. Drei Frauen sind verschwunden. Jedesmal haben wir einen Zettel und eine Rose gefunden. Detective Gordon hat mir berichtet, daß sie es vor ungefähr zehn Jahren mit einem identischen Fall in Hunters Point zu tun hatte.«

»Ich glaube, ich habe mal etwas darüber gehört, aber ich bin erst seit fünf Jahren hier. Ich komme aus Indiana. Ich kann Ihnen da nicht viel sagen.«

»Was ist mit Frank Grimsbo und Wayne Turner? Das waren die beiden anderen Beamten, die damit zu tun hatten.«

»Bei uns gibt es keinen Grimsbo oder Turner mehr.«

Page hörte es donnern und schaute aus dem Fenster. Die Fahne auf dem Gebäude gegenüber schlug wild hin und her. Es sah aus, als würde sie sich gleich vom Mast losreißen.

»Ich nehme doch an, daß es eine Möglichkeit gibt, an eine Kopie der Akten zu kommen? Der Mann, dem man damals die Verbrechen anlastete, heißt Henry Waters ...«

»W-A-T-E-R-S?«

»Richtig. Er wurde bei der Festnahme erschossen. Ich glaube, es handelt sich um sechs ermordete Frauen. Eine von ihnen hieß Patricia Cross. Dann waren da noch Melody Lake, ein kleines Mädchen, und Sandra Lake, ihre Mutter. An die Namen der anderen kann ich mich nicht erinnern.«

»Wenn das vor zehn Jahren passiert ist, dann sind die Akten im Archiv. Ich kümmere mich darum und gebe Ihnen Nachricht, wenn ich etwas gefunden habe. Wie ist Ihre Adresse und die Telefonnummer?«

Page gab ihm beides durch, als Randy Highsmith, sein Stellvertreter, die Tür für William Tobias, den Chef der Polizei, und Ross Barrow, der die Untersuchungen im Fall Schwarze Rose leitete, aufhielt. Page bedeutete ihnen, sich zu setzen, und legte auf.

»Vielleicht stehen wir im Fall der vermißten Frauen vor einem Durchbruch«, begann Page und erzählte Nancy Gordons Geschichte von den Ereignissen in Hunters Point.

»Bevor man die Leiche in Waters' Haus gefunden hat, war der Hauptverdächtige Peter Lake, der Ehemann eines der Opfer«, kam Page zum Schluß. »Es gab genug Indizien, die darauf hindeuteten, daß Lake Waters den Schwarzen Peter zugeschoben hat. Kurz nachdem der Fall offiziell abgeschlossen war, ist Lake verschwunden.

Vor zwei Tagen hat Nancy Gordon eine anonyme Mitteilung mit den Worten erhalten ›Frauen in Portland, Oregon, sind AUF EWIG UNVERGESSEN.‹ Die Anfangsbuchstaben der Worte waren groß geschrieben, ganz so, wie unser Freund es macht. Dabei lag eine Fotografie von Martin Darius, wie er gerade ein Motelzimmer verläßt. Martin Darius könnte Peter Lake sein. Nancy Gordon glaubt, daß er unser Mörder ist.«

»Ich kenne Martin Darius«, bemerkte Tobias skeptisch.

»Jeder kennt Darius«, entgegnete Page, »doch was wissen wir wirklich über ihn?«

Page schob die Fotografie von Darius und den Zeitungsausschnitt mit Lakes Bild über den Schreibtisch. Barrow, Tobias und Highsmith beugten sich darüber.

»Mann«, bemerkte Highsmith und schüttelte den Kopf.

»Ich weiß nicht, Al«, meinte Tobias. »Das Zeitungsbild ist nicht allzu gut.«

»Nancy Gordon hat mir Lakes Fingerabdrücke zum Vergleich gegeben. Können Sie das überprüfen, Ross?«

Barrow nickte und nahm die Karte von Page entgegen.

»Es fällt mir schwer, das zu glauben«, erklärte Tobias. »Ich möchte gern persönlich mit der Beamtin sprechen.«

»Ich werden sie herbitten. Hören Sie sich die Geschichte aus ihrem Mund an« sagte Page, ohne seine Zweifel auszusprechen, denn er wollte, daß man Nancy Gordon unvoreingenommen zuhörte.

Page wählte die Nummer des Motels und bat darum, mit Nancys Zimmer verbunden zu werden. Während der Angestellte am Empfang es klingeln ließ, lehnte sich Page in seinem Stuhl zurück.

»Nicht da? Nun, das ist interessant. Wissen Sie, wann sie weg ist? Ja, verstehe. Gut, richten Sie ihr bitte aus, daß sie sofort Alan Page anrufen soll, wenn sie wieder zurück ist.«

Page hinterließ seine Nummer und legte auf. »Sie ist letzte Nacht so gegen ein Uhr angekommen, aber jetzt ist sie nicht da. Möglich, daß sie Frühstücken gegangen ist.«

»Was haben Sie jetzt vor, Al?« wollte Highsmith wissen.

»Ich will, daß Darius rund um die Uhr beobachtet wird, für den Fall, daß Nancy Gordon recht hat.«

»Das läßt sich machen«, sagte Barrow.

»Sorgen Sie dafür, daß das gute Leute machen, Ross! Ich möchte nicht, daß Darius Verdacht schöpft. Randy, überprüfen Sie Darius! Ich möchte so schnell wie möglich seinen Lebenslauf haben.«

Highsmith nickte.

»Sobald sich Gordon meldet, informiere ich Sie.«

Highsmith führte Tobias und Barrow hinaus und schloß die Tür. Page überlegte, ob er noch mal im Lakeview anrufen sollte, aber es war seit seinem ersten Anruf kaum Zeit vergangen. Er drehte sich zum Fenster. Draußen schüttete es.

Warum waren ihm die Ungereimtheiten in Nancy Gordons Geschichte gestern nacht nicht aufgefallen? Hatte es an ihr gelegen? Sie hatte den Anschein erweckt, als habe sie sich gerade noch unter Kontrolle, als wanderte sie auf einem schmalen Grat. Auf ihn hatte sie den Eindruck gemacht, bis zum Zerreißen angespannt zu sein. Er hatte kaum die Augen von ihren abwenden können, als sie gesprochen hatte, aber das hatte nichts mit körperlicher Anziehung zu tun. Etwas anderes hatte ihn an ihr fasziniert: ihre Leidenschaftlichkeit, ihre Verzweiflung. Jetzt, nachdem sie weg war, konnte er klarer denken. Wenn sie in seiner Nähe war, brach sie in seine Gedanken ein wie der Blitz, der jetzt über dem Fluß herunterzuckte.

2

Betsy blickte sich in dem Restaurant nach allein sitzenden Frauen um, während sie der Bedienung zwischen einer Reihe von Tischen hindurch folgte. Eine große, athletisch gebaute Frau in einer gelben Bluse und einem marineblauen Kostüm, die in einer Nische an der Wand saß, fiel ihr auf. Als Betsy näher kam, stand die Frau auf.

»Sie müssen Nora Sloane sein«, sagte Betsy, als sie sich die Hände gaben. Nora Sloane hatte ein blasses Gesicht und blaßblaue Augen. Ihr rotes Haar war kurz geschnitten. Betsy bemerkte ein paar graue Strähnen. Sie schätzte, daß sie etwa das gleiche Alter hatte wie sie selbst.

»Vielen Dank, daß Sie gekommen sind, Mrs. Tanenbaum.«

»Nennen Sie mich einfach Betsy. Sie verstehen es wirklich, Leute neugierig zu machen. Als Sie heute morgen am Telefon von einer Einladung zum Mittagessen sprachen, hatten Sie schon gewonnen.«

Nora lachte. »Ich bin froh, daß Sie es so leicht nehmen, denn ein kostenloses Essen ist alles, was Sie von mir bekommen werden. Ich schreibe diesen Artikel ins Blaue hinein. Die Idee dazu ist mir gekommen, als ich über Ihren Prozeß gegen die Anti-Abtreibungsliga für die *Arizona Republic* berichtete.«

»Sie kommen aus Phoenix?«

»Eigentlich aus New York. Mein Mann nahm eine Stelle in Phoenix an, doch ein Jahr, nachdem wir umgezogen waren, ließen wir uns scheiden. Ich bin nie wild auf Arizona gewesen, besonders jetzt nicht mehr, weil mein Exmann da lebt, und als ich über Ihren Prozeß berichtete, habe ich mich in Portland verliebt. Vor einem Monat habe ich meinen Job aufgegeben und bin hierher gezogen. Ich lebe von meinen Ersparnissen und sehe mich nach einer Arbeit um. Inzwischen bin ich zu dem Schluß gekommen, daß ich genausogut heute wie morgen mit diesem Artikel beginnen kann. Ich habe Gloria Douglas, einer Redakteurin beim *Pacific West Magazin*, das Projekt vorgestellt; sie ist sehr interessiert, will aber nichts entscheiden, bevor sie nicht eine Rohfassung gesehen hat.«

»Von was genau wird der Artikel handeln?«

»Prozesse mit Frauen. Und Sie und Ihre Fälle sollen im Mittelpunkt stehen.«

»Ich hoffe, Sie stellen mich nicht zu sehr in den Vordergrund.«

»He, nun werden Sie mal nicht zu bescheiden«, meinte Nora lächelnd. »Bis vor kurzem waren weibliche Anwälte nur für Testamentseröffnungen oder Scheidungen gut. Sachen, die man als Weiberkram bezeichnen konnte. Mein Standpunkt ist, daß Sie die Vorhut einer neuen Generation von Frauen sind, die sich mit Mordprozessen beschäftigen und Schadenersatzforderungen in Millionenhöhe herausschlagen. Bereiche, die traditionell den Männern vorbehalten waren.«

»Klingt interessant.«

»Freut mich, daß Sie so denken, denn die Leute wollen über Sie lesen. Sie sind der beste Aufhänger für meine Story.«

»Was muß ich machen?«

»Nicht viel. Im Wesentlichen sollen Sie mir über den Hammermill Prozeß und andere Fälle erzählen. Und wenn möglich, möchte ich mit Ihnen zusammen ins Gericht gegen.«

»Das scheint in Ordnung zu sein. Ich denke, wenn ich über meine Fälle spreche, hilft es auch mir, die richtige Einschätzung zu finden. Während der Prozesse stecke ich immer zu sehr in der Sache drin.«

Der Kellner kam, und Nora bestellte einen Salat und ein Glas Weißwein. Betsy orderte Thunfisch mit Nudeln, ließ aber den Wein aus.

»Was wollen Sie heute von mir?« fragte Betsy, sobald der Kellner gegangen war.

»Ich denke, wir sollten über Ihr Leben sprechen. Ich habe den Artikel im *Time Magazin* gelesen, fand ihn aber sehr oberflächlich. Daraus habe ich nicht erfahren können, was Sie zu dem gemacht hat, was Sie heute sind. Waren Sie auf der High School zum Beispiel ein Cheer Leader?«

»Mein Gott, nein!« lachte Betsy. »Ich war so schüchtern. Ein richtiges Mauerblümchen.«

Nora lächelte. »Das glaube ich gern. Sie waren zu groß, stimmt's? Ich hatte das gleiche Problem.«

»Ich überragte jeden. In der Grundschule lief ich mit niedergeschlagenen Augen und gekrümmtem Rücken herum und wünschte, ich wäre unsichtbar. Auf der Mittelschule wurde es noch schlimmer, denn da kamen noch die dicken Brillengläser und die Zahnspange dazu. Ich habe wie Frankenstein ausgesehen.«

»Wann haben Sie ihr Selbstbewußtsein entwickelt?«

»Ich weiß nicht, ob ich überhaupt eins habe. Ich meine, ich weiß, daß ich meine Arbeit gut mache, aber ich frage mich immer, ob es nicht noch besser geht. Ich denke, in meinem letzten Jahr auf der High School habe ich begonnen, an mich selbst zu glauben. Ich war eine der besten in meiner Klasse, die Zahnspange war weg, meine Eltern hatten mir Kontaktlinsen gekauft, und die Jungs begannen sich für mich zu interessieren. Als ich dann meinen Abschluß in Berkeley machte, ging ich schon viel mehr aus mir heraus.«

»Sie haben Ihren Ehemann während Ihres Studiums kennengelernt, stimmt das?«

Betsy nickte. »Wir leben jetzt aber getrennt.«

»Oh, das tut mir leid.«

Betsy hob die Schultern. »Ich möchte wirklich nicht über mein Privatleben sprechen. Muß ich das unbedingt?«

»Nein, wenn Sie nicht wollen. Ich schreibe meinen Artikel nicht für die Klatschspalte.«

»Gut, denn ich möchte nicht über Rick sprechen.«

»Ich verstehe Sie gut. Ich habe in Phoenix das gleiche durchgemacht. Ich weiß, wie schwer das sein kann. Sprechen wir über etwas anderes!«

Der Kellner brachte das Essen, und Nora stellte Betsy noch ein paar Fragen über ihre Kindheit, während sie aßen.

»Sie haben nach dem Examen nicht sofort eine eigene Kanzlei aufgemacht, oder?« wollte Nora wissen, nachdem der Kellner die Teller abgeräumt hatte.

»Nein.«

»Und warum nicht? Es läuft doch alles hervorragend.«

»Das war reines Glück«, antwortete Betsy und errötete ein wenig. »Ich habe damals nicht daran gedacht, mich auf eigene Füße zu stellen. Mein Examen war in Ordnung, aber nicht gut genug für eine der großen Kanzleien. Ich habe vier Jahre für den Staatsanwalt im Bereich Umweltschutzrecht gearbeitet. Mir hat die Arbeit gefallen, aber ich habe gekündigt, als ich mit Kathy schwanger wurde.«

»Wie alt ist sie?«

»Sechs Jahre.«

»Wie sind Sie wieder in Ihren Beruf hineingekommen?«

»Als Kathy in die Vorschule kam, wurde es mir zu Hause zu langweilig. Rick und ich haben darüber gesprochen und beschlossen, daß ich zu Hause arbeiten könnte, so daß es keine Probleme mit Kathy gäbe. Margaret McKinnon, eine

Freundin aus der Studienzeit, ließ mich ihr Konferenzzimmer benutzen, wenn ich mich mit Klienten treffen mußte. Ich habe nicht viele Fälle gehabt. Einige kleinere Strafsachen, einfache Scheidungsfälle, gerade genug, um beschäftigt zu sein.

Dann bot mir Margaret ein fensterloses Büro von der Größe einer Besenkammer an. Mietfrei im Austausch für zwanzig Stunden Arbeit im Monat. Ich stöhnte über die Bedingungen, doch Rick sagte, das ginge in Ordnung. Er meinte, es wäre gut für mich, wenn ich aus dem Haus käme, solange ich die Anzahl meiner Fälle so klein halten würde, daß ich Kathy vom Kinderhort abholen und bei ihr bleiben könnte, wenn sie einmal krank wäre. Sie wissen, die Mutterpflichten. Na egal, es klappte ganz gut, und ich übernahm einige schwerere Straffälle und ein paar strittige Scheidungen, die mehr Geld brachten.«

»Der Peterson-Prozeß war Ihr großer Durchbruch, stimmt's?«

»Ja. Eines Tages saß ich herum, ohne viel zu tun zu haben, da wurde ich gefragt, ob ich den Fall Grace Peterson übernehmen wolle. Ich wußte nicht viel über die Problematik von geprügelten Frauen, aber ich erinnerte mich daran, Dr. Lenore Walker in einer Talk Show darüber sprechen gehört zu haben. Sie ist auf diesem Gebiet eine Expertin. Das Gericht bewilligte das Geld, und Dr. Walker kam aus Denver, um ein Gutachten über Grace abzugeben. Es war ziemlich schlimm, was ihr Mann ihr angetan hatte. Ich habe ein behütetes Leben geführt, möchte ich sagen. Niemand in meinem Umfeld hat jemals solche Dinge gemacht.«

»Niemand, von dem Sie es erfahren hätten.«

Betsy nickte traurig. »Niemand, von dem ich es erfahren hätte. Wie auch immer, der Prozeß erweckte eine Menge Aufmerksamkeit. Einige Frauengruppen unterstützten mich, und die Presse stand hinter mir. Nach dem Freispruch gingen meine Geschäfte wesentlich besser. Dann kam Andrea Hammermill aufgrund des Urteils im Peterson-Prozeß auf mich zu.«

Der Kellner brachte den Kaffee, und Nora schaute auf ihre Uhr. »Sie sagten, daß Sie um halb zwei eine Verabredung haben, ja?«

Betsy warf einen Blick auf ihre eigene Uhr. »Schon zehn nach eins? Ich habe wirklich die Zeit ganz vergessen.«

»Gut. Ich habe gehofft, Sie würden von dem Projekt genauso begeistert sein wie ich.«

»Bin ich auch. Rufen Sie mich doch an, damit wir uns schon bald weiter unterhalten können.«

»Prima! Das werde ich tun. Und vielen Dank, daß Sie sich die Zeit genommen haben. Das war wirklich nett von Ihnen.«

3

Randy Highsmith schüttelte den Regen von seinem Schirm und legte ihn auf den Wagenboden unter das Armaturenbrett, während Alan Page aus dem Parkhaus fuhr. Der Schirm hatte bei dem strömenden Regen nicht viel geholfen, denn Highsmith war total durchnäßt und fror.

Highsmith hatte etwas Übergewicht, sah intelligent aus, war überzeugter Konservativer und der beste Ankläger im Büro des Bezirksstaatsanwalts, Page eingeschlossen. Während er auf der Georgetown Universität Jura studierte, hatte er sich in Patty Archer verliebt, die Angestellte eines Kongreßabgeordneten. Dann verliebte er sich in die Stadt Portland, als er bei Pattys Familie zu Besuch war. Als Pattys Abgeordneter sich nicht mehr zur Wahl stellte, zogen die Frischverheirateten nach Portland, wo Patty eine Beratungsfirma eröffnete und Randy sich vom Büro des Bezirksstaatsanwalts von Multnomah County anheuern ließ.

»Erzählen Sie mir von Darius!« forderte Page ihn auf, als sie auf dem Freeway waren.

»Er ist vor acht Jahren nach Portland gekommen. Er hatte Geld genug, um sich am Anfang etwas aufzubauen und lieh sich dann weiteres. Darius machte sich einen Namen und vergrößerte sein Vermögen, indem er auf die Wiederbelebung der City von Portland setzte. Sein erster großer Erfolg war die *Couch Street Boutique.* Für 'nen Appel und 'n Ei kaufte er einen Straßenzug mit heruntergekommenen Häusern und errichtete ein Einkaufszentrum. Dann veränderte er das Umfeld der *Boutique* und machte es zu einer der angesehensten Gegenden von Portland, indem er die renovierten Häuser zu niedrigen Mieten an hochklassige Geschäfte und teure Restaurants pachtete. Sobald die Geschäfte bessergingen, stiegen auch die Mieten. Die oberen Geschosse der meisten Gebäude wurden in Eigentumswohnungen verwandelt. Das ist seine Strategie. Kaufe alle Gebäude in einer Slumgegend, setze einen Anziehungspunkt hinein und dann saniere das Umfeld. In letzter Zeit richtete er seine Aktivitäten auf die Einkaufszentren in den Vororten, Eigentumswohnungen und was noch dazugehört.

Vor zwei Jahren hat Darius Lisa Ryder geheiratet, die Tochter eines Richters am obersten Gerichtshof von Oregon, Victor Ryder. Ryders ehemalige Kanzlei PARISH, MARQUETTE & REEVES betreut ihn in juristischer Hinsicht. Ein paar Freunde, die dort angestellt sind, haben mir im Vertrauen gesagt, daß Darius brillant und skrupellos ist. Die eine Hälfte der Firma ist damit beschäftigt, seine Weste sauberzuhalten. Die andere Hälfte muß sich um die Prozesse kümmern, wenn die erste versagt.«

»Was heißt ›skrupellos‹? Moralisch oder wie?«

»Nichts Illegales. Aber er hat seine eigenen Gesetze und kümmert sich keinen Deut um die Gefühle anderer. Zum Beispiel hat er in diesem Jahr einen Straßenzug mit historischen Gebäuden drüben im Nordwesten der Stadt gekauft, um sie abzureißen und Apartmenthäuser hinzustellen. Verschiedene Bürgerinitiativen gingen dagegen vor. Sie erreichten eine einstweilige Verfügung und versuchten, die Häuser unter Denkmalschutz stellen zu lassen. Ein cleverer junger Anwalt von Parish, Marquette & Reeves brachte den Richter dazu, die Verfügung zu widerrufen. Darius schickte noch in der Nacht Bulldozer dorthin und ließ die Häuser dem Erdboden gleich machen, noch bevor irgend jemand wußte, was überhaupt vorging.«

»Ein Kerl wie der muß doch Dreck am Stecken haben.«

»Das Belastendste, was ich in Erfahrung bringen konnte, ist ein Gerücht, daß Darius eng mit Manuel Ochoa befreundet ist, einem mexikanischen Geschäftsmann, der bei der Rauschgiftbehörde im Verdacht steht, Geld für ein südamerikanisches Drogenkartell zu waschen. Ochoa hat Darius möglicherweise Geld für ein großes Projekt geliehen, das den Banken zu risikoreich war.«

»Was ist mit seiner Vergangenheit?« wollte Page wissen, als sie auf den Parkplatz des Lakeview Motels abbogen.

»Er hat keine. Das würde dafür sprechen, daß er mit Lake identisch ist.«

»Haben Sie nach Zeitungsberichten gesucht?«

»Mehr noch. Ich habe mit dem bekanntesten Wirtschaftsjournalisten von Oregon gesprochen. Darius gibt keine Auskünfte über sein Privatleben. Alles, was man weiß, deutet quasi darauf hin, daß er bis vor acht Jahren überhaupt nicht existent war.«

Page fuhr auf den Parkplatz vor dem Motelbüro. Die Uhr im Armaturenbrett zeigte fünf Uhr sechsundzwanzig.

»Bleiben Sie im Wagen! Ich frage, ob Nancy zurück ist.«

»In Ordnung, aber da ist noch etwas, was Sie wissen sollten.« Page hielt inne, die Wagentür halb geöffnet. »Wir haben eine Verbindung zwischen Darius und den verschwundenen Frauen gefunden.«

Page schloß die Tür wieder, während Highsmith ihn angrinste.

»Ich habe das Beste bis zum Schluß aufgehoben. Tom Reiser, der Mann von Wendy Reiser, arbeitet für Parish,

Marquette. Er ist der Anwalt, der den Richter dazu gebracht hat, die einstweilige Verfügung zurückzunehmen. Letzte Weihnachten waren die Reisers auf einer Feier in der Villa von Darius. Diesen Sommer waren sie zu einer Party eingeladen, mit der die Eröffnung eines Einkaufszentrums gefeiert wurde, genau zwei Wochen, bevor die erste Frau verschwand. Reiser hat geschäftlich viel mit Darius zu tun.

Larry Farrars Finanzierungsbüro hat Darius als Klienten. Er und seine Frau Laura waren ebenfalls auf der Eröffnungsfeier. Er hat viel für Darius getan.

Und schließlich Victoria Miller; ihr Mann, Russel, arbeitet für BRAND, GATES & VALCROFT. Das ist die Werbeagentur, die für Darius' Baugesellschaft arbeitet. Russel Miller hat vor kurzem die Verantwortung für den Darius-Etat übernommen. Sie waren auf seiner Yacht und haben ihn zu Hause besucht. Auch sie waren auf der Eröffnungsfeier.«

»Unglaublich. Hören Sie, ich möchte eine Liste der Frauen, die zu der Feier geladen waren. Wir müssen Bill Tobias und Barrow alarmieren.«

»Habe ich schon gemacht. Sie setzen eine zweite Gruppe auf Darius an.«

»Gute Arbeit. Nancy Gordon kann die Schlüsselfigur in diesem Fall werden.«

Highsmith schaute zu, wie Page in das Büro des Motels ging. Ein rundlicher Mann in einem karierten Hemd stand hinter dem Empfangsschalter. Page zeigte dem Manager seine Marke und stellte eine Frage. Highsmith sah, wie dieser den Kopf schüttelte. Page sagte offenbar noch etwas. Der Manager verschwand in ein Hinterzimmer und kam mit einem Regenmantel wieder. Er nahm einen Schlüssel von einem Haken an der Wand. Page folgte dem Mann nach draußen und gab Highsmith ein Zeichen.

Highsmith warf die Wagentür zu und rannte zu dem Überbau des ersten Stocks, der Schutz vor dem Regen bot. Nancy Gordons Zimmer war um die Ecke herum im Erdgeschoß des Motels. Highsmith kam dazu, als der Manager an die Tür klopfte und Nancys Namen rief. Es erfolgte keine Antwort. Das Fenster lag zum Parkplatz hin, die grünen Vorhänge waren geschlossen. Ein Schild »Bitte nicht stören« hing am Türknopf.

»Miß Gordon!« rief der Mann noch einmal. Er wartete einen Augenblick, dann zuckte er mit den Schultern. »Soweit ich weiß, ist sie den ganzen Tag nicht dagewesen.«

»In Ordnung«, sagte Page. »Lassen Sie uns rein!«

Der Manager öffnete die Tür mit seinem Schlüssel und trat zur Seite. Der Raum lag im Dunkeln, aber jemand hatte das Licht im Badezimmer angelassen, das jetzt einen fahlen Schein in das leere Zimmer warf. Page schaltete das Licht ein und sah sich um. Das Bett war unbenutzt. Nancys Koffer lag geöffnet auf der Ablage neben dem Kleiderschrank. Page ging ins Badezimmer. Eine Zahnbürste, Zahnpasta und Make-up befanden sich auf der Konsole des Waschbeckens. Page zog den Duschvorhang zur Seite. Eine Flasche mit Shampoo stand in der Dusche. Page verließ das Bad.

»Sie hat ihre Waschsachen ausgepackt. Eine Flasche mit Shampoo steht in der Dusche. Sie gehört nicht zum Motelinventar. Sieht aus, als hätte sie eine Dusche nehmen wollen, sobald sie ausgepackt hatte.«

»Dann hat sie jemand dabei unterbrochen«, bemerkte Highsmith und deutete auf die halboffene Schublade des Kleiderschranks. Ein paar Kleidungsstücke lagen darin, während andere sich noch im Koffer befanden.

»Sie hatte eine Aktentasche dabei, als sie mich besuchte. Sehen Sie die hier irgendwo?«

Die zwei Männer durchsuchten den Raum, ohne fündig zu werden.

»Sehen Sie mal hier!« rief Highsmith, der neben dem Nachttisch stand. Page schaute sich den Notizblock mit dem Zeichen des Motels an, der neben dem Telefon lag.

»Sieht aus wie eine Wegbeschreibung und eine Adresse.«

»Nicht anfassen. Ich will die Spurensicherung hier ha

ben. Bis wir Genaueres wissen, behandeln wir das hier wie einen Tatort.«

»Es gibt keine Anzeichen für einen Kampf.«

»Bei den verschwundenen Frauen haben wir auch keine gefunden.«

Highsmith nickte. »Ich rufe vom Motelbüro aus an, falls Fingerabdrücke auf dem Telefon hier sein sollten.«

»Haben Sie eine Ahnung, wo das ist?« fragte Page, als er die Notiz auf dem Block noch einmal gelesen hatte.

»Ja, das weiß ich. Erinnern Sie sich, was ich Ihnen über die Häuser erzählt habe, die Darius niedergewalzt hat? Das scheint mir die Adresse zu sein.«

»Was ist jetzt dort?«

»Ein großer freier Platz. Als die Nachbarn sahen, was Darius angerichtet hatte, rasteten sie aus. Es hat Proteste gegeben, Klagen wurden eingereicht, doch Darius baute unbeeindruckt weiter. Drei Wohnhäuser hat er hochgezogen, aber irgend jemand hat sie angesteckt und abgebrannt. Seitdem ruhen die Bauarbeiten.«

»Die Sache gefällt mir nicht. Wie konnte jemand wissen, wo sich Nancy aufhielt? Ich habe ihr das Lakeview vorgeschlagen.«

»Sie könnte jemanden angerufen haben.«

»Nein. Ich habe mich bei dem Manager erkundigt. Von hier wurden keine Gespräche geführt, außerdem kannte sie niemanden in Portland. Deshalb ist sie zu mir gekommen. Sie hat angenommen, daß die Person, die ihr den anonymen Brief geschrieben hat, sie am Flughafen abholen würde, aber dort hat sich niemand mit ihr in Verbindung gesetzt. Ein Bericht über mich und meine Anschrift war ebenfalls in dem Brief. Wenn sie jemanden sonst gekannt hätte, dann hätte sie die Nacht dort verbracht.«

»Dann muß ihr jemand vom Flugplatz zu Ihnen gefolgt sein und dann weiter bis hierher.«

»Das ist anzunehmen.«

»Was ist, wenn die Person gewartet hat, bis Nancy im

Motel war, und sie dann angerufen und zu dem Baugelände bestellt hat.«

»Oder die Person kam hierher, schlug Nancy vor mitzukommen oder brachte sie mit Gewalt von hier fort.«

»Nancy Gordon ist Polizeibeamtin«, warf Highsmith ein. »Ich meine, sie wird genug Verstand haben, um vorsichtig zu sein.«

Page dachte an Nancy; daran, daß ihre Nerven zum Zerreißen gespannt waren, dachte an das Zittern ihres Körpers.

»Sie ist hinter etwas her, Randy. Nancy hat mir erzählt, daß sie nur deshalb bei der Polizei geblieben ist, um Lake zu kriegen. Sie arbeitet seit zehn Jahren an dem Fall und träumt schon nachts davon. Sie ist bestimmt clever, aber möglicherweise nicht, wenn es um diese Sache geht.«

Das Baugelände war größer, als Page erwartet hatte. Die Häuser, die Darius abgerissen hatte, waren entlang einer Anhöhe gebaut gewesen, von wo man den Columbia River überblickte. Das Gelände umfaßte einen steilen Abhang, der zum Fluß hinunter führte. Ein hoher Maschendrahtzaun umschloß das Gelände. Im Zaun war ein Schild »DARIUS BAUGESELLSCHAFT – BETRETEN VERBOTEN« angebracht. Page und Highsmith, unter ihre Regenschirme geduckt, die Kragen der Regenmäntel hochgeschlagen, musterten das Vorhängeschloß am Tor. Wolken verdeckten in kurzen Abständen den Mond. Der strömende Regen machte die Nacht noch dunkler.

»Was meinen Sie?« fragte Highsmith.

»Gehen wir am Zaun entlang, vielleicht gibt es noch einen anderen Eingang. Es deutet nichts darauf hin, daß sie hier hineingegangen ist.«

»Ich habe ganz neue Schuhe an«, beschwerte sich Highsmith.

Page schaute am Zaun entlang, ohne darauf zu antworten.

Das Gelände war während der Bauarbeiten geradezu in einen Acker verwandelt worden, keine Spur von Rasen mehr. Page spürte, wie der Matsch unter seinen Schuhen quatschte. Er spähte durch den Zaun, während er daran entlang ging. Ab und zu leuchtete er mit seiner Taschenlampe hinein. Der größte Teil des Geländes war leer und von Bulldozern plattgewalzt. An einer Stelle stand eine Hütte, an einer anderen konnte er im Licht seiner Taschenlampe verbrannte Holzreste sehen, die einmal das Gerüst eines der Appartementhäuser von Darius gewesen sein mußten.

»Al, kommen Sie mal mit der Lampe her«, rief Highsmith, der vorausgegangen war. Er deutete auf eine Stelle im Zaun, die aufgeschnitten und zur Seite gedrückt war. Page rannte zu Highsmith hinüber. Ein kalter Windstoß traf ihn ins Gesicht. Page drehte sich für einen Moment zur Seite und zog den Mantelkragen höher.

»Sehen Sie hier!« sagte Page. Er stand unter einer alten Eiche und richtete den Lichtstrahl der Taschenlampe auf den Boden. An der Stelle, an der sie standen, sah man Reifenspuren im Schlamm. Die Blätter der Eiche schützten etwas vor dem Regen, so daß die Spuren noch deutlich zu erkennen waren. Page und Highsmith folgten ihnen vom Zaun weg.

»Jemand ist von der Straße herunter über das Feld in diesen Dreck gefahren«, stellte Page fest.

»Aber das muß nicht unbedingt heute nacht gewesen sein.«

Die Spuren führten bis zur Straße und verschwanden dann. Wahrscheinlich hatte der Regen den Schlamm vom Asphalt gewaschen.

»Ich nehme an, daß der Fahrer rückwärts bis zum Zaun gefahren ist, Al. Es gibt keine Anzeichen, daß er gewendet hat.«

»Warum rückwärts? Warum ist er überhaupt zum Zaun gefahren und das Risiko eingegangen, im Dreck steckenzubleiben?«

»Was war in dem Wagen?«

Page nickte und stellte sich vor, wie Nancy Gordon zusammengeschnürt im Kofferraum eines Autos lag.

»Gehen wir«, meinte Page und bewegte sich wieder in Richtung der Öffnung im Zaun. Er glaubte zu wissen, daß sie dort war, begraben in der weichen Erde.

Highsmith folgte Page durch das Loch im Zaun. Als er sich hindurch duckte, blieb er mit dem Mantel an einem vorstehenden Drahtstück hängen. Bis er sich befreit hatte, war Page schon ein ganzes Stück voraus und von der Dunkelheit fast verschluckt. Nur der zitternde Lichtstrahl der Taschenlampe zeigte an, wo er war.

»Haben Sie irgendwelche Spuren gesehen?« fragte Highsmith, als er Page erreicht hatte.

»Vorsicht!« rief Page und griff nach Highsmiths Mantel. Sofort blieb Highsmith stehen. Page richtete die Taschenlampe nach unten. Sie standen am Rand einer tiefen Grube, die wohl für das Fundament eines Hauses ausgehoben worden war. Schlammige Wände führten nach unten zum Grund, der in der Dunkelheit nicht zu erkennen war. Plötzlich kam der Mond heraus und tauchte den Boden der Grube in ein fahles Licht. Die bucklige Oberfläche warf Schatten über Steine und Dreckhaufen.

»Ich gehe hinunter«, beschloß Page und begann mit dem Abstieg. Er tastete sich seitlich an der Wand nach unten, lehnte sich dagegen und bohrte seine Schuhe in den Schlamm. Auf halbem Wege rutschte er aus, fiel auf die Knie und glitt im weichen Matsch nach unten. Eine herausstehende Wurzel, an der er sich festhielt, stoppte ihn. Sie war aber wohl von der Schaufel eines Bulldozers gekappt worden und löste sich, doch Page hatte inzwischen schon mit den Füßen wieder Halt gefunden.

»Alles in Ordnung?« rief Highsmith in den Wind.

»Ja. Kommen Sie herunter, Randy, jemand hat vor kurzem hier gegraben!«

Highsmith stieß einen Fluch aus, begann dann aber mit

dem Abstieg. Als er unten angekommen war, lief Page vorsichtig über den schlammigen Boden. Alles, was in den Lichtstrahl der Taschenlampe kam, musterte er intensiv. Der Boden sah aus, als sei er vor kurzem umgegraben worden. Page untersuchte das Gelände, so gut es in der Dunkelheit möglich war.

Plötzlich legte sich der Wind, und Page glaubte, ein Geräusch zu hören. Etwas rutschte in der Dunkelheit herum, gerade außerhalb seines Gesichtskreises. Er konzentrierte sich und versuchte, etwas aus den Geräuschen des wiederauflebenden Windes herauszuhören, während er hilflos in die Dunkelheit starrte. Schließlich kam er zu dem Schluß, Opfer seiner Einbildung geworden zu sein. Er drehte sich um und richtete den Lichtstrahl auf ein Gittereisen. Dann richtete er sich auf und trat einen Schritt zurück, wobei er mit dem Fuß an einem aus dem Boden ragenden Stück Holz hängenblieb. Er stolperte, die Lampe entglitt seiner Hand, der Lichtstrahl huschte über den nassen Boden, und etwas Weißes tauchte in ihm auf. Ein Stein oder ein Plastikbecher. Page beugte sich schnell nach unten und hob die Lampe auf. Er ging zu dem Ding hinüber und kniete sich hin. Sein Atem stockte. Aus dem Boden ragte eine menschliche Hand.

Bei Sonnenaufgang hatten sie die letzte Leiche ausgegraben. Der Horizont hatte sich blutrot verfärbt, als zwei Polizisten den Körper auf eine Tragbahre legten. Um sie herum suchten weitere Polizisten vorsichtig das Gelände nach weiteren Gräbern ab, doch die Baugrube war schon so genau inspiziert worden, daß niemand erwartete, noch weitere Leichen zu finden.

Ein Streifenwagen stand oben am Rand der Baugrube. Die Tür auf der Fahrerseite war offen. Alan Page saß auf dem Sitz, einen Fuß neben dem Wagen auf den Boden gestellt, in der Hand einen Plastikbecher mit schwarzem

Kaffee. Er versuchte, nicht an Nancy Gordon zu denken, aber es gelang ihm nicht.

Page legte den Kopf an die Rückenlehne. Im aufkommenden Licht des Tages gewann der Fluß an Dimensionen. Page beobachtete, wie das flache, schwarze Band in der Morgenröte Konturen bekam. Er war davon überzeugt, daß Nancy dort unten unter Massen von Schlamm begraben war, und fragte sich, ob er etwas hätte tun können, um sie davor zu bewahren. Er stellte sich Nancys Wut und Enttäuschung vor, als sie von dem Mann getötet wurde, den zu fassen sie sich geschworen hatte.

Der Regen hatte aufgehört, kurz nachdem der erste Streifenwagen erschienen war. Ross Barrow hatte die Aufsicht über den Tatort übernommen, nachdem er sich mit den Leuten von der Spurensicherung beraten hatte, wie die Sache am besten zu behandeln sei. Vom Rand der Baugrube beleuchteten Flutlichter die Arbeiter unten am Boden. Die einzelnen Untersuchungsbereiche waren mit gelbem Band abgegrenzt. Man hatte Absperrungen errichtet, um die Schaulustigen zurückzuhalten. Sobald Page davon überzeugt war, daß Barrow ohne ihn zurechtkam, waren er und Highsmith in ein nahegelegenes Restaurant gegangen, um eine Kleinigkeit zu essen. Als sie zurückkamen, hatte Barrow Wendy Reisers Leiche eindeutig identifiziert, und einer der Beamten hatte ein zweites Grab gefunden.

Durch die Windschutzscheibe beobachtete Page, wie Randy Highsmith auf den Wagen zustapfte. Er hatte sich in der Baugrube umgesehen, während Page sich eine Pause gönnte.

»Das war jetzt die letzte«, sagte Highsmith.

»Wie viele haben wir?«

»Vier Leichen, drei davon sind eindeutig identifiziert. Laura Farrar, Wendy Reiser und Victoria Miller.«

»Wie sahen sie aus? Sind sie genauso zugerichtet wie Patricia Cross in Hunters Point?«

»So genau habe ich sie mir nicht angesehen, Al. Um die Wahrheit zu sagen, ich war nicht scharf darauf. Dr. Gregg ist da unten, sie kann Ihnen alles ganz genau sagen, wenn sie fertig ist.«

Page nickte. Er war an Leichen gewöhnt, aber das bedeutete nicht, daß es ihm Spaß machte, sie sich anzusehen. Wie Highsmith fürchtete auch er den Anblick.

»Was ist mit der vierten Frau?« fragte Page zögernd. »Könnte es Nancy Gordon sein?«

»Es ist keine Frau, Al.«

»Wie bitte?«

»Es ist ein Mann, ebenfalls nackt. Drei Finger wurden ihm abgeschnitten, sein Gesicht und die restlichen Fingerkuppen sind mit Säure weggeätzt. Wir werden viel Glück brauchen, um ihn identifizieren zu können.«

Page sah Ross Barrow durch den Schlamm stapfen und stieg aus dem Wagen.

»Hören Sie schon auf, Ross?«

»Da unten gibt's nichts mehr. Sie können es sich ansehen, wenn Sie wollen.«

»Ich war sicher, daß Nancy Gordon ... Es ergibt keinen Sinn. Sie hat sich diese Adresse notiert.«

»Vielleicht hat sie sich hier mit jemandem getroffen, und sie sind dann zusammen weggefahren«, gab Barrow zu bedenken.

»Es gibt keine Fußspuren«, erinnerte ihn Highsmith. »Vielleicht hat sie den Weg nicht gefunden.«

»Haben Sie irgendwas dort unten gesehen, was uns einen Hinweis auf den Täter gibt?«

»Nichts, Al. Ich nehme an, alle vier sind woanders umgebracht und dann hierher transportiert worden.«

»Wie kommen Sie darauf?«

»Bei einigen der Leichen fehlen Organe. Die haben wir nicht gefunden, auch keine Knochensplitter oder Fleischstücke. Niemand kann den Platz so sauber aufgeräumt haben.«

»Glauben Sie, daß wir genug haben, um Darius zu verhaften?« wollte Page von Highsmith wissen.

»Nicht ohne Nancy Gordon oder ein paar klare Beweise aus Hunters Point.«

»Was ist, wenn wir sie nicht finden?« fragte Page ängstlich.

»Im Zweifelsfall können Sie beschwören, was Nancy Ihnen erzählt hat. Damit kriegen wir vielleicht einen Haftbefehl. Sie ist bei der Polizei; sie ist glaubwürdig, aber ich weiß nicht recht. In dieser Sache sollten wir nichts überstürzen.«

»Und wir haben auch keinen Hinweis auf eine direkte Beziehung zwischen Darius und den Opfern«, ergänzte Barrow. »Daß wir sie auf einem Baugelände des Darius Bauunternehmens gefunden haben, beweist gar nichts. Besonders, da es verlassen ist und jeder hinein konnte.«

»Ist inzwischen sicher, daß Darius und Lake ein und dieselbe Person sind?« fragte Page Barrow.

»Ja, die Fingerabdrücke stimmen überein.«

»Na, das ist doch schon etwas«, warf Highsmith ein. »Wenn wir feststellen, daß die Reifenabdrücke zu einem von Darius' Wagen passen ...«

»Und wenn wir Nancy Gordon finden«, fügte Page hinzu und starrte in die Baugrube. Verzweifelt wünschte er sich, daß Nancy am Leben sei, aber er war schon zu lange im Geschäft der brutalen Morde und vergeblichen Hoffnungen, als daß er sich an einen Strohhalm klammern würde.

Kapitel acht

1

»Detective Lenzer, hier spricht Alan Page aus Portland, Oregon. Wir haben kürzlich schon miteinander telefoniert.«

»Stimmt. Ich wollte Sie gerade anrufen. Die Akten, nach denen Sie sich erkundigt haben, gibt es nicht mehr. Wir haben vor sieben Jahren alles auf Computer umgestellt, aber ich habe trotzdem noch einmal alles überprüft. Als ich sie nicht in der Liste finden konnte, habe ich eine Sekretärin ins Archiv geschickt, aber es existiert keine Karteikarte für die Akten und auch keine Akten.«

»Sind sie von jemandem entliehen worden?«

»Wenn dem so ist, dann sicher nicht ordnungsgemäß. Wenn man eine Akte entnimmt, muß man das ins Bestandsbuch eintragen für den Fall, daß ein anderer die Akte ebenfalls braucht. Ein solcher Eintrag existiert aber nicht.«

»Könnte Detective Gordon die Akten entnommen haben? Sie hatte eine Fingerabdruckkarte bei sich, die möglicherweise aus den Akten stammt. Die Akten sind nicht bei ihren Sachen hier im Präsidium, und es ist nicht erlaubt, Akten mit nach Hause zu nehmen, außer man trägt sie ins Bestandsbuch ein. Es gibt keinen Hinweis darauf, daß jemand diese Akten ausgeliehen hat. Außerdem, wenn es sich, wie Sie sagen, um sechs ermordete Frauen handelt, dann wäre das der bedeutendste Fall, den wir hier jemals hatten. Dann reden wir hier über Akten, die wahrscheinlich ein ganzes Regalbrett einnehmen, vielleicht sogar mehr. Warum sollte sich Nancy mit einer solchen Menge Zeug abquälen? Teufel noch mal, man würde ein paar Koffer brauchen, um das wegzuschaffen.«

Page dachte darüber nach. »Sind Sie sicher, daß die Akten nicht im Archiv sind? Könnten sie nicht lediglich falsch abgelegt worden sein?«

»Die Akten sind nicht im Archiv, glauben Sie mir. Die Person, die nachgesehen hat, hat alles genau überprüft, und ich selbst habe mich auch noch vergewissert.«

Page wartete einen Moment, dann beschloß er, Lenzer reinen Wein einzuschenken.

»Detective Lenzer, ich bin ziemlich sicher, daß Nancy Gordon in Gefahr ist. Vielleicht ist sie sogar schon tot.«

»Was?«

»Ich habe sie vor zwei Tagen zum ersten Mal gesehen. Sie hat mir von den Hunters-Point-Morden erzählt. Sie war davon überzeugt, daß der Mann, der die Morde auf dem Gewissen hat, in Portland lebt und für eine Reihe ähnlicher Verbrechen hier verantwortlich ist.

Nancy ist kurz nach Mitternacht mit einem Taxi von meiner Wohnung zum Motel gefahren. Kurz nachdem sie ihr Zimmer bezogen hatte, verließ sie es überstürzt wieder. Auf einem Notizblock des Motels fanden wir die Adresse eines Baugeländes. Wir haben das Gelände untersucht und die Leichen von drei vermißten Frauen und einem unbekannten Mann gefunden. Sie sind zu Tode gefoltert worden. Wir haben keine Ahnung, wo sich Nancy aufhält, aber ich bin davon überzeugt, daß sie recht hatte. Der Mörder von Hunters Point ist jetzt in Portland.«

»Mein Gott. Ich mag Nancy. Sie ist ein bißchen überdreht, aber eine gute Kriminalistin.«

»Der Schlüssel zu diesem Fall kann in den Akten von Hunters Point liegen. Sie hat sie vielleicht doch zu sich nach Hause geschafft. Ich würde vorschlagen, daß Sie dort einmal nachsehen.«

»Ich werde alles in meiner Macht Stehende tun, um Ihnen zu helfen.«

»Sie können mich jederzeit anrufen«, meinte Page, gab Lenzer seine Privatnummer und legte auf. Lenzer hatte Nancy als etwas überdreht beschrieben, und Page mußte ihm recht geben. Außerdem konnte sie offenbar sehr verbissen sein. Zehn Jahre war sie jetzt schon auf dieser Spur, und immer noch brannte in ihr das Feuer. Page war früher genauso gewesen, doch die Jahre hatten ihren Tribut gefordert. Nach Tinas Seitensprung und der Scheidung fühlte er sich emotional ausgelaugt, aber er hatte auch schon Ermüdungserscheinungen gezeigt, bevor ihre Untreue ihm den Rest gegeben hatte. Um das Amt des Bezirksstaatsanwalts zu kämpfen war eine Herausforderung gewesen; jeder Tag brachte Aufregungen und etwas Neues. Dann wachte er eines Morgens auf, hatte die Verantwortung der Position und die Furcht, den Anforderungen nicht gerecht werden zu können. Er hatte diese Furcht durch harte Arbeit in den Griff bekommen, genauso wie das Amt, daß er übernommen hatte, doch die Herausforderung war dahin. Die Tage begannen sich zu gleichen, und er fragte sich, wo er wohl in weiteren zehn Jahren sein mochte.

Das Telefon klingelte, und Page drückte den Sprechknopf.

»Auf Leitung drei ist ein Mann, der Informationen über eine der Frauen hat, die auf dem Baugelände getötet wurden«, meldete sich seine Sekretärin. »Ich denke, Sie sollten sich anhören, was er zu sagen hat.«

»In Ordnung. Wie ist sein Name?«

»Ramon Gutierrez. Er ist Angestellter im Hacienda Motel in Vancouver, Washington.«

Page drückte den Knopf für Leitung drei und sprach fünf Minuten mit Ramon Gutierrez. Als er aufgelegt hatte, rief er Ross Barrow an und stürmte dann aus seinem Büro den Flur hinunter in das von Randy Highsmith. Eine Viertelstunde später sammelte Barrow Page und Highsmith ein. Sie starteten in Richtung Vancouver.

2

»Darf ich fernsehen?« bettelte Kathy.

»Magst du keine Pizza mehr?«

»Ich bin satt.«

Betsy fühlte sich schuldig wegen des einfallslosen Essens, aber sie hatte einen aufreibenden Tag bei Gericht hinter sich und keine Energie mehr gehabt, etwas zu kochen.

»Kommt Papi heute abend nach Hause?« fragte Kathy und schaute Betsy erwartungsvoll an.

»Nein«, gab Betsy zurück und hoffte, daß Kathy sie nicht weiter über Rick ausfragen würde. Sie hatte schon ein paar Mal versucht, ihrer Tochter die Trennung zu erklären, aber Kathy konnte die Tatsache, daß Rick wahrscheinlich nie mehr mit ihnen zusammenleben würde, einfach nicht akzeptieren.

Kathy machte ein betrübtes Gesicht. »Warum ist Papi nicht bei uns?«

Betsy nahm ihre Tochter auf den Arm und trug sie auf die Couch im Wohnzimmer.

»Wer ist deine beste Freundin?«

»Melanie.«

»Erinnerst du dich an den Streit, den ihr vorige Woche hattet?«

»Ja.«

»Nun, dein Papi und ich hatten auch einen Streit. Einen sehr ernsten. Genau wie du und deine beste Freundin.«

Kathy blickte verwirrt drein. Betsy hatte sie auf ihren

Schoß genommen und drückte ihr einen Kuß auf den Scheitel.

»Melanie und ich haben uns wieder vertragen. Vertragt ihr euch auch wieder, du und Papi?«

»Vielleicht. Ich weiß es nicht. In der Zwischenzeit wohnt Papi woanders.«

»Ist Papi böse mit dir, weil er mich vom Kinderhort abholen mußte?«

»Wie kommst du denn darauf?«

»Er war ganz schön böse an dem Tag, und ich habe gehört, wie ihr euch wegen mir gezankt habt.«

»Nein, Liebling«, beruhigte Betsy sie und drückte sie an sich. »Das hat nichts mit dir zu tun. Das betrifft nur uns. Wir sind böse aufeinander.«

»Warum?« wollte Kathy wissen, und ihr Mund zitterte.

»Nicht weinen, Kleines.«

»Ich will, daß Papi hier ist!« schluchzte sie an Betsys Schulter. »Ich möchte nicht, daß er weggeht.«

»Er wird nicht weggehen. Er wird immer dein Papi bleiben, Kathy. Er liebt dich doch.«

Plötzlich stieß Kathy Betsy weg und sprang von ihrem Schoß.

»Es ist deine Schuld. Weil du arbeitest!« schrie sie.

Betsy war völlig überrascht. »Wer hat das denn gesagt?«

»Papi. Du solltest zu Hause bei mir bleiben, wie Melanies Mama.«

»Papi arbeitet«, sagte Betsy und bemühte sich, ruhig zu bleiben. »Er arbeitet mehr als ich.«

»Männer müssen arbeiten. Du mußt dich um mich kümmern.«

Betsy wünschte sich, daß Rick hier wäre, damit sie ihm ihre Faust ins Gesicht rammen könnte.

»Wer ist bei dir geblieben, als du die Erkältung hattest?« fragte Betsy.

Kathy dachte einen Moment nach. »Du, Mami«, antwortete sie und schaute zu Betsy auf.

»Und als du dir dein Knie in der Schule aufgeschlagen hattest, wer ist da gekommen und hat dich nach Hause gebracht?«

Kathy schaute zu Boden.

»Was möchtest du einmal werden, wenn du groß bist?«

»Schauspielerin oder Ärztin.«

»Das ist Arbeit, meine Kleine. Ärztinnen und Schauspielerinnen arbeiten genauso, wie es Anwälte tun. Wenn du den ganzen Tag zu Hause bist, kannst du deine Arbeit nicht erledigen.«

Kathy hörte auf zu weinen, und Betsy hob sie wieder auf ihren Schoß.

»Ich arbeite, weil es mir Spaß macht. Daneben kümmere ich mich auch um dich, das macht mir noch mehr Spaß. Ich liebe dich viel mehr als meine Arbeit, das ist keine Frage. Aber ich will nicht den ganzen Tag allein hier sitzen, während du in der Schule bist. Das ist langweilig, glaubst du nicht auch?«

Kathy dachte darüber nach.

»Wirst du dich mit Papi wieder vertragen, so wie ich und Melanie?«

»Ich bin mir nicht sicher, Liebling. Aber wie auch immer, du wirst viel von deinem Papi haben. Er liebt dich sehr, und er wird immer dein Papi bleiben.

Komm, sieh ein bißchen fern, und ich räume auf, danach lese ich dir dann noch ein Kapitel aus dem *Zauberer von Oz* vor.«

»Ich habe keine Lust auf Fernsehen heute abend.«

»Willst du mir in der Küche helfen?«

Kathy zuckte mit den Schultern.

»Wie ist es mit einer heißen Schokolade? Ich kann dir eine machen, während ich abwasche.«

»Gut«, sagte Kathy ohne viel Begeisterung. Betsy folgte ihrer Tochter in die Küche. Sie war viel zu klein, um sich mit den Problemen ihrer Eltern zu belasten, und trotzdem bekam sie ihren Teil davon ab. So liefen die Dinge nun mal, und Betsy konnte nichts daran ändern.

Nachdem sie in der Küche fertig waren, las sie Kathy zwei Kapitel aus *Der Zauberer von Oz* vor und brachte sie dann ins Bett. Es war schon fast neun Uhr, als Betsy einen Blick in die Programmzeitschrift warf. Gerade als sie den Apparat anschaltete, klingelte das Telefon. Sie ging in die Küche. Beim dritten Klingeln nahm sie den Hörer ab.

»Betsy Tanenbaum?« fragte eine Männerstimme.

»Am Apparat.«

»Hier ist Martin Darius. Die Polizei ist mit einem Durchsuchungsbefehl bei mir zu Hause. Ich möchte, daß Sie sofort herkommen.«

Eine hohe Mauer schloß Darius' Besitz ein. In einem Streifenwagen, der neben dem schwarzen schmiedeeisernen Tor geparkt war, saß ein Polizist. Als Betsy den Subaru die Auffahrt hinein lenkte, kam der Beamte aus dem Wagen und stellte sich neben ihre Seitenscheibe.

»Tut mir leid, Sie können da nicht hinein.«

»Ich bin Mr. Darius' Rechtsanwältin«, sagte Betsy und hielt ihren Anwaltsausweis aus dem Wagen. Einen Moment studierte der Beamte den Ausweis, dann gab er ihn zurück.

»Ich habe den Befehl, niemanden hineinzulassen.«

»Ich kann Ihnen versichern, daß dies für mich als seine Rechtsanwältin nicht gilt.«

»Meine Dame, da drinnen findet eine Hausdurchsuchung statt. Da würden Sie nur im Weg sein.«

»Wegen der Durchsuchung bin ich hier. Ein Durchsuchungsbefehl gibt der Polizei noch nicht das Recht, Anwälte von dem Ort der Durchsuchung fernzuhalten. Sie haben doch ein Funkgerät in ihrem Wagen. Warum rufen Sie nicht den Beamten, der die Sache leitet, an und fragen ihn, ob ich hereinkommen kann?«

Das väterliche Lächeln des Polizisten verschwand, sein Blick wurde kalt, aber er ging zu seinem Wagen und hängte sich an das Funkgerät. Kaum eine Minute später kam er zurück. Er sah nicht gerade glücklich aus.

»Detective Barrow meint, Sie können reinkommen.«

»Danke«, sagte Betsy höflich. Als sie anfuhr, sah sie im Rückspiegel das Gesicht des Polizisten, der ihr nachstarrte.

Da Betsy die alte Backsteinmauer und die Ornamente an dem schmiedeeisernen Tor gesehen hatte, nahm sie an, daß Darius in einem vornehmen Haus aus der Kolonialzeit wohnte. Was sie aber vorfand, war eine Ansammlung von Glas und Stahl, mit scharfen Kanten und verwegenen Biegungen, die nicht das Mindeste mit dem neunzehnten Jahrhundert zu tun hatte. Sie parkte neben einem Streifenwagen fast am Ende der geschwungenen Auffahrt. Ein Steg, der von einer blauen Markise überdacht war, führte von der Auffahrt zur Haustür. Betsy schaute durch ein Glasdach, während sie über den Steg zum Haus ging, und sah eine Reihe von Polizeibeamten am Rande eines Swimmingpools im Haus stehen.

Einer der Beamten erwartete Betsy an der Eingangstür. Er führte sie ein paar Stufen in ein großzügiges Wohnzimmer hinunter. Darius stand vor einem riesigen abstrakten Gemälde, das in lebhaften Rot- und grellen Grüntönen gehalten war. Neben ihm stand eine schlanke Frau in Schwarz. Ihr glänzendes schwarzes Haar fiel über ihre Schultern. Ihre Sonnenbräune zeigte, daß sie erst vor kurzem in den Tropen Ferien gemacht hatte. Sie war hinreißend schön.

Das konnte man von dem Mann, der neben Darius stand, nicht behaupten. Er hatte einen Bierbauch und ein Gesicht, das besser in eine billige Bar denn in diese Umgebung paßte. Er trug einen zerknitterten braunen Anzug und ein weißes Hemd. Seine Krawatte hing schief. Er hatte seinen Regenmantel nachlässig über die Lehne eines schneeweißen Sofas geworfen.

Bevor Betsy noch etwas sagen konnte, reichte ihr Darius ein zusammengerolltes Stück Papier.

»Ist das ein rechtmäßiger Durchsuchungsbefehl? Ich erlaube niemandem, in meinem Privatbesitz herumzuschnüffeln, bevor Sie sich nicht das Ding angesehen haben.«

»Ich bin Ross Barrow, Mrs. Tanenbaum«, stellte sich der Mann im braunen Anzug vor. »Der Durchsuchungsbefehl ist von Richter Reese unterschrieben. Je schneller Sie ihrem Klienten klarmachen, daß die Sache in Ordnung ist, desto früher sind wir hier wieder weg. Ich hätte schon anfangen können, aber wir haben auf Sie gewartet, damit Mr. Darius während der Durchsuchung einen Rechtsbeistand hat.«

Betsy war klar, wenn Darius ein schwarzer Dealer statt eines prominenten weißen Geschäftsmannes gewesen wäre, dann hätte das Haus schon wie ein Schlachtfeld ausgesehen. Jemand hatte Barrow angewiesen, in diesem Fall sehr zurückhaltend vorzugehen.

»Der Durchsuchungsbefehl scheint in Ordnung zu sein, aber ich möchte die Beschuldigung sehen«, erklärte Betsy und fragte nach dem Dokument, daß die Polizei vorlegen mußte, um einen Richter davon zu überzeugen, daß eine Durchsuchung angemessen war. Dieses Schriftstück mußte eine Begründung für die Durchsuchung enthalten und außerdem erklären, für welches Verbrechen man Beweise zu finden glaubte.

»Tut mir leid, aber das Beschuldigungsdokument ist versiegelt.«

»Können Sie mir zumindest den Grund für die Durchsuchung nennen? Ich meine, wie lautet die Anklage?«

»Es gibt noch keine Anklage.«

»Kommen Sie, treiben wir keine Spielchen, Detective. Sie behelligen einen Mann wie Martin Darius doch nicht ohne Grund.«

»Sie müssen sich in diesem Fall an den Bezirksstaatsanwalt Page wenden, Mrs. Tanenbaum. Mir wurde gesagt, daß ich alle Anfragen an ihn verweisen soll.«

»Wo kann ich ihn erreichen?«

»Tut mir leid, das weiß ich nicht. Wahrscheinlich ist er zu Hause, aber ich bin nicht autorisiert, Ihnen seine Privatnummer zu geben.«

»Was soll dieser Scheiß?« fragte Darius aufgebracht.

»Beruhigen Sie sich, Mr. Darius«, beschwichtigte ihn Betsy. »Der Durchsuchungsbefehl ist rechtens, und die Polizei darf sich hier umsehen. Wir können nichts dagegen machen. Wenn sich herausstellen sollte, daß an der Beschuldigung etwas faul ist, dann können wir jeden Beweis, den sie finden, ablehnen.«

»Beweise für was?« bemerkte Darius. »Sie sagen mir nicht, nach was sie suchen.«

»Martin«, sagte die Frau in Schwarz und legte ihre Hand auf seinen Arm. »Laß sie doch suchen, bitte. Ich möchte, daß sie hier verschwinden, und das werden sie nicht, bevor sie fertig sind.«

Darius zog seinen Arm weg. »Durchsuchen Sie das verdammte Haus«, sagte er wütend zu Barrow, »aber Sie besorgen sich besser schon einmal einen guten Anwalt, denn ich werde Ihnen den Arsch aufreißen.«

Barrow ging. Die Beleidigung schien wirkungslos von seinem breiten Rücken abzuprallen. Gerade als er die Stufen, die aus dem Wohnzimmer führten, erreicht hatte, betrat ein grauhaariger Mann in einer Windjacke das Haus.

»Die Reifen von seinem BMW passen, es ist aber auch noch ein schwarzer Ferrari in der Garage«, hörte Betsy ihn sagen. Barrow begab sich zu zwei uniformierten Beamten, die am Eingang standen, mit denen er dann zu Darius zurückkam.

»Mr. Darius, ich verhafte Sie wegen Mordes an Wendy Reiser, Laura Farrar und Victoria Miller.«

Aus Darius' Gesicht wich alle Farbe. Die Frau schlug sich die Hand vor den Mund, so, als ob ihr schlecht würde.

»Sie haben das Recht, die Aussage zu verweigern ...«

erklang Barrows Stimme, wobei er von einer Karte ablas, die er aus seiner Brieftasche gezogen hatte.

»Was soll diese Scheiße hier?« explodierte Darius.

»Von was spricht er?« wollte die Frau von Betsy wissen.

»Ich muß Sie über Ihre Rechte belehren, Mr. Darius.«

»Ich denke, wir haben das Recht auf eine Erklärung, Detective Barrow«, meldete sich Betsy zu Wort.

»Nein, verehrte Dame, das haben Sie nicht«, entgegnete Barrow und las Darius weiter seine verfassungsmäßigen Rechte vor.

»Nun, Mr. Darius«, fuhr Barrow fort, »muß ich Ihnen Handschellen anlegen. Das ist so üblich, das machen wir bei jeder Verhaftung.«

»Sie legen hier niemandem Handschellen an«, widersprach Darius und trat einen Schritt zurück.

»Mr. Darius, leisten Sie keinen Widerstand«, beschwor ihn Betsy. »Das dürfen Sie nicht, auch wenn die Verhaftung nicht rechtens ist. Gehen Sie mit, aber sagen Sie kein Wort.«

»Detective Barrow, ich begleite Mr. Darius auf die Polizeiwache.«

»Das wird nicht möglich sein. Ich nehme an, Sie sind nicht damit einverstanden, daß wir ihn verhören, also liefern wir ihn so bald als möglich im Gefängnis ein. An ihrer Stelle würde ich nicht vor morgen früh dort hinkommen. Ich kann nicht sagen, wann er mit der Aufnahmeprozedur durch ist.«

»Wie hoch ist die Kaution?« wollte Darius wissen.

»Es gibt keine Kaution für Mörder, Mr. Darius«, belehrte ihn Barrow ruhig. »Mrs. Tanenbaum kann eine Kautionsanhörung beantragen.«

»Was sagt er da?« fragte die Frau in Schwarz ungläubig.

»Kann ich einen Moment mit Mr. Darius allein sprechen«, bat Betsy Barrows.

Barrow nickte. »Gehen Sie dort hinüber«, sagte er und deutete auf eine Ecke des Wohnzimmers auf der anderen Seite des Raumes. Betsy führte Darius in die Ecke. Die Frau wollte ihnen folgen, doch Barrow hielt sie zurück.

»Was soll das, es gibt keine Kaution? Ich will nicht mit einer Horde von Dealern und Zuhältern in einem Gefängnis sitzen.«

»Bei Mord und Hochverrat gibt es keine im Vorhinein festgesetzte Kaution, Mr. Darius. So ist das Gesetz. Aber es gibt einen Weg, daß der Richter eine Kaution festsetzt. Ich werde so schnell wie möglich eine Kautionsanhörung anberaumen und Sie gleich morgen früh aufsuchen.«

»Das ist doch alles nicht wahr!«

»Leider doch, und jetzt hören Sie mir genau zu: Alles, was Sie irgendwem erzählen, kann gegen Sie verwendet werden. Ich möchte, daß Sie mit keiner Menschenseele sprechen. Nicht zu einem Polizisten, nicht zu einem Zellengenossen. Zu niemandem. Es gibt im Gefängnis Spitzel, die Sie ans Messer liefern würden, um sich selbst zu retten, und jeder Wächter wird jedes Wort, das Sie sagen, an den Bezirksstaatsanwalt weitergeben.«

»Verdammt, Mrs. Tanenbaum. Sie müssen mich schnell da rausholen! Ich habe Sie bezahlt, damit Sie mich schützen. Ich will nicht im Gefängnis verrotten.«

Betsy sah, wie Detective Barrow und die beiden Uniformierten auf sie zukamen.

»Denken Sie daran, zu niemandem ein Wort!« wiederholte sie eindringlich, als Barrow sie erreicht hatte.

»Bitte die Hände auf den Rücken!« befahl einer der Uniformierten. Darius fügte sich, und der Beamte ließ die Handschellen zuschnappen. Die Frau in Schwarz beobachtete ungläubig, was sich abspielte.

»Ich erwarte Sie morgen früh«, erinnerte Darius Betsy an ihr Versprechen, als sie ihn abführten.

»Ich werde da sein.«

Betsy spürte eine Hand auf ihrem Arm.

»Mrs. Tanenbaum ...?«

»Nennen Sie mich Betsy.«

»Ich bin Lisa, Martins Ehefrau. Was geht hier vor? Warum nehmen die Martin mit?«

Lisa Darius wirkte verstört, doch Betsy sah dennoch keine Tränen in ihren Augen. Sie wirkte eher wie eine Hosteß, deren Party ein absoluter Reinfall war, als eine Frau, deren Ehemann gerade wegen mehrfachen Mordes verhaftet worden war.

»Sie wissen genausoviel wie ich, Lisa. Hat die Polizei irgendwas erwähnt, warum sie hierher gekommen ist?«

»Sie sagten ... Ich kann mich nicht erinnern, was sie sagten. Sie fragten uns über die drei Frauen aus, die auf einer von Martins Baustellen gefunden worden sind.«

»Das geht in Ordnung«, beruhigte sie Betsy. Plötzlich fiel ihr ein, warum die Namen, die Barrow genannt hatte, so vertraut geklungen hatten.

»Martin kann damit nichts zu tun haben. Wir kennen die Millers. Sie waren in diesem Sommer auf unserer Yacht. Das muß ein Irrtum sein.«

»Mrs. Darius?«

Betsy und Lisa blickten zu den Stufen hinüber, die ins Wohnzimmer herabführten. Ein schwarzer Kriminalbeamter in Jeans und einer Jacke der Portland Traiblazers kam auf sie zu.

»Wir müssen Ihren BMW sicherstellen. Kann ich bitte die Schlüssel haben?« fragte er höflich und reichte ihr eine Quittung für die Beschlagnahmung.

»Unseren Wagen? Dürfen die das?« frage Lisa Betsy.

»Der Durchsuchungsbefehl schloß die Autos ein.«

»Mein Gott, wo soll das enden?«

»Es tut mir leid, daß wir Ihr Haus durchsuchen müssen«, entschuldigte sich der Beamte. »Wir versuchen, vorsichtig zu sein und alles, was wir nicht mitnehmen, wieder dahin zu stellen, wo wir es vorgefunden haben. Wenn Sie wollen, können Sie mitkommen.«

»Nein. Beeilen Sie sich bitte! Ich möchte Sie aus meinem Haus haben!«

Die Worte hatten den Mann verletzt. Er blickte zu Boden, während er den Raum verließ. Barrow hatte seinen Regenmantel mitgenommen; an der Stelle, wo er auf dem Sofa gelegen hatte, zeigte sich jetzt ein feuchter Fleck. Lisa Darius musterte den Fleck mit Abscheu und setzte sich so weit wie möglich davon entfernt auf das Sofa. Betsy setzte sich neben sie.

»Wie lange wird Martin im Gefängnis bleiben müssen?«

»Kommt darauf an. Der Staatsanwalt muß das Gericht davon überzeugen, daß er eine wasserdichte Anklage gegen Martin hat, wenn er nicht will, daß er gegen Kaution freikommt. Ich werde mich um eine sofortige Kautionsanhörung kümmern. Wenn es dem Staatsanwalt nicht gelingt, dann ist Martin schnell wieder draußen. Gelingt es dem Staatsanwalt aber, das Gericht zu überzeugen, dann kriegen wir Martin erst mit einem Freispruch heraus.«

»Das ist unglaublich.«

»Lisa«, fragte Betsy vorsichtig, »haben Sie jemals gefürchtet, daß so etwas passieren könnte?«

»Wie meinen Sie das?«

»Meine Erfahrung sagt mir, daß die Polizei normalerweise nichts ohne wirkliche Beweise unternimmt. Sie machen Fehler, na gut, aber das kommt seltener vor, als man glaubt. Und Ihr Mann ist kein kleiner Straßenganove. Ich kann mir nicht vorstellen, daß Alan Page sich an jemanden mit Martins Reputation herantraut, ohne eindeutige Beweise zu haben. Besonders mit einer solchen Anklage.«

Lisa starrte Betsy einen Moment lang mit offenem Mund an. »Glauben Sie etwa ...? Ich dachte, Sie seien Martins Anwalt. Wenn Sie ihm nicht glauben, haben Sie hier nichts zu suchen. Ich weiß sowieso nicht, warum er sie angestellt hat. Mein Vater sagt, daß Oscar Montoya und Matthew Reynolds die besten Strafverteidiger in Oregon sind. Er hätte jeden haben können.«

»Ein Rechtsanwalt, der immer nur das glaubt, was sein Klient möchte, kann keine gute Arbeit leisten«, warf Betsy ruhig ein. »Wenn es etwas gibt, das Sie über diese Anschuldigungen wissen, dann muß ich es auch wissen, damit ich Martin ordentlich verteidigen kann.«

»Nun, da gibt es nichts«, antwortete Lisa, ohne Betsy anzublicken. »Die ganze Sache ist einfach unerhört.«

Betsy beschloß, Lisa nicht weiter zu drängen. »Haben Sie jemanden, der sich um Sie kümmern kann?« fragte sie.

»Ich komme schon allein zurecht.«

»Die Sache wird hart werden, Lisa. Die Presse wird Sie Tag und Nacht verfolgen, und im Rampenlicht zu stehen ist viel schlimmer, als sich die meisten Leute vorstellen können. Haben Sie einen Anrufbeantworter?«

Lisa nickte.

»Gut. Stellen Sie ihn an, und beantworten Sie keine Anrufe von den Medien! Da wir noch keine Ahnung haben, was hinter der ganzen Sache steckt, wissen wir auch nicht, was ihm schaden kann. Es kann zum Beispiel zum entscheidenden Punkt werden, wo Martin an einem bestimmten Tag war. Wenn Sie der Presse sagen, daß er an diesem Tag nicht mit Ihnen zusammen war, kann das sein Alibi zusammenbrechen lassen. Also sagen Sie nichts! Wenn ein Reporter bis zu Ihnen vordringt, schicken Sie ihn zu mir! Und sprechen Sie auf keinen Fall mit der Polizei oder jemandem aus dem Büro des Staatsanwalts. Sie als Ehefrau genießen besonderen Schutz. Sie können es ablehnen, mit irgend jemandem zu sprechen. Haben Sie das verstanden?«

»Ja. Mir geht es gut, und es tut mir leid, daß ich vorhin gesagt habe, Martin hätte einen besseren Verteidiger bekommen können. Ich bin nur ...«

»Kein Grund, sich zu entschuldigen oder Erklärungen abzugeben. Die ganze Sache muß sehr verwirrend für Sie sein.«

»Sie müssen nicht hierbleiben.«

»Ich bleibe, bis die Durchsuchung vorbei ist. Ich will mir ansehen, was sie mitnehmen. Vielleicht gibt uns das Aufschlüsse darüber, warum die Polizei annimmt, daß Martin etwas damit zu tun hat. Ich habe gehört, wie einer der

Beamten zu Barrow gesagt hat, daß das Reifenprofil des BMW zu etwas paßt. Das heißt, sie können nachweisen, daß Martins Wagen an einem bestimmten Ort war. Vielleicht am Tatort.«

»Und weiter? Er fährt sehr häufig zu seinen Baustellen. Die ganze Sache ist einfach unglaublich.«

»Wir werden schon bald mehr wissen«, sagte Betsy, doch sie machte sich Sorgen. Lisa Darius war vielleicht überrascht und geschockt von der Verhaftung ihres Mannes, aber Betsy wußte, daß Martin Darius es nicht war. Niemand gab einem Anwalt 58 000 Dollar Vorschuß, wenn er damit rechnete, wegen Ladendiebstahl festgenommen zu werden. Das war die Art von Vorschuß, die ein guter Anwalt für einen Mordprozeß bekam.

Kapitel neun

»Es freut mich, Sie zu sehen, Mrs. Tanenbaum«, begrüßte Alan Page Betsy, als sie sich auf den Stuhl vor seinem Schreibtisch setzte. »Randy Highsmith war sehr beeindruckt von der Art, wie Sie den Fall *Hammermill* gehandhabt haben. Er war voll des Lobes über Sie. Das ist wirklich etwas Besonderes, denn Randy haßt es zu verlieren.«

»Ich glaube, Randy wäre gar nicht erst vor Gericht gegangen, wenn er gewußt hätte, wie brutal Andreas Mann gewesen ist.«

»Das ist sehr nachsichtig von Ihnen. Sehen wir den Tatsachen doch ins Gesicht. Randy hat geglaubt, er könnte Sie überfahren. Sie haben ihm eine Lektion erteilt. Die Niederlage im *Hammermill*-Prozeß wird ihn zu einem noch besseren Staatsanwalt machen. Aber Sie sind nicht gekommen, um über alte Sachen zu reden, stimmt's? Sie sind hier, um über Martin Darius zu reden.«

»Detective Barrow muß Sie zu Hause angerufen haben, über die Telefonnummer, die er mir nicht geben wollte.«

»Ross Barrow ist ein guter Polizist, der seine Befehle befolgt.«

»Wollen Sie mir nicht endlich sagen, warum Sie meinen Klienten verhaftet haben?«

»Ich glaube, daß er die vier Menschen umgebracht

hat, die wir, auf seiner Baustelle vergraben, gefunden haben.«

»Das ist schon klar, Mr. Page ...«

»Warum nennen Sie mich nicht Al?«

»Gerne, ich heiße Betsy. Und nun, da wir uns schon mit Vornamen anreden, warum sagen Sie mir nicht, warum Sie Martins Haus durchsucht und ihn verhaftet haben?«

Page lächelte. »Tut mir leid, das kann ich nicht.«

»Sie wollen es nicht, stimmt's?«

»Betsy, Sie wissen, daß sie kein Recht auf Einsicht in die Polizeiberichte haben, solange noch keine Anklageschrift eingereicht wurde.«

»Bei der Kautionsanhörung müssen Sie dem Richter schon sagen, was Sie in der Hand haben.«

»Richtig. Doch der Termin steht noch nicht fest, und es gibt noch keine Anklage. Also halte ich mich ganz an die Beschuldigungsschrift.«

Betsy lehnte sich in ihrem Stuhl zurück und lächelte gewinnend.

»Sie müssen nicht gerade von Ihrem Fall überzeugt sein, Al.«

Page lachte, um die Tatsache zu überspielen, daß Betsy ihn so einfach durchschaut hatte.

»Ich bin von dem Fall völlig überzeugt«, log er. »Aber gleichzeitig habe ich einen höllischen Respekt vor Ihren Fähigkeiten. Ich werde nicht Randys Fehler machen und Sie unterschätzen. Ich muß zugeben, daß ich bei Ihrer feministischen Überzeugung erstaunt war, als Ross mir mitteilte, daß Sie Darius vertreten würden.«

»Was hat Feminismus damit zu tun, daß ich Martin Darius vertrete?«

»Hat er Ihnen nicht erzählt, was er getan hat?« Page musterte sie einen Moment und traf dann eine Entscheidung. »Ich denke, es ist nicht fair, wenn ich Sie ganz im Dunkeln tappen lasse, also werde ich Ihnen sagen, daß wir Ihren Klienten wegen Entführung, Folterung und Ermordung von drei Frauen und einem Mann anklagen werden.«

Page zog ein Farbfoto von Wendy Reisers Leiche aus einem Briefumschlag und reichte es Betsy. Sie erbleichte. Das Bild war unmittelbar, nachdem man die Leiche ausgegraben hatte, gemacht worden. Die nackte Frau lag im Schlamm. Betsy konnte die Einstiche am Bauch sehen und die Einschnitte und Brandmale an ihren Beinen. Außerdem konnte sie deutlich Wendy Reisers Gesicht sehen; selbst im Tode schien sie noch zu leiden.

»Das ist es, was Martin Darius Frauen antut, Betsy, und das ist möglicherweise nicht das erste Mal. Wir haben ziemlich sichere Beweise, daß vor zehn Jahren ein Mann namens Peter Lake in Hunters Point im Staat New York sechs Frauen auf dieselbe Art umgebracht hat. Außerdem haben wir den unumstößlichen Beweis, daß Peter Lake und Martin Darius ein und dieselbe Person sind. Vielleicht sollten Sie mal Ihren Klienten darüber befragen.

Und noch etwas. Es wird noch eine Frau vermißt. Dies ist ein einmaliges Angebot: Wenn sie lebt und Darius uns sagt, wo sie ist, können wir vielleicht ein Geschäft machen.«

Die Tür des Gefängnisaufzuges öffnete sich in einen schmalen Flur, der in braunen und gelben Pastelltönen gestrichen war. Dem Aufzug gegenüber lagen drei massive Türen. Betsy benutzte den Schlüssel, den ihr die Wache gegeben hatte, als sie sich am Besucherschalter angemeldet hatte. Die mittlere Tür öffnete sich in einen kleinen Raum. Vor ihr befand sich eine Wand, die in der Mitte durch eine schmale Balustrade geteilt wurde. Unterhalb war Beton, darüber kugelsicheres Glas. Betsy legte ihren Notizblock auf die Balustrade und setzte sich auf den unbequemen Klappstuhl. Dann nahm sie den Hörer von dem Telefonapparat, der an der Wand neben ihr befestigt war.

Auf der anderen Seite der Glaswand hob Martin Darius

den Hörer ab. Er trug einen orangefarbenen Overall, doch sah er immer noch so beeindruckend aus wie damals in ihrem Büro. Sein Haar und der Bart waren sorgsam gekämmt.

Er saß aufrecht und locker auf seinem Stuhl. Darius beugte sich vor, bis er fast die Scheibe berührte. Nur seine Augen blickten etwas wild, doch war dies das einzige Zeichen von Beunruhigung.

»Wann ist die Kautionsanhörung angesetzt?« fragte Darius.

»Noch überhaupt nicht.«

»Ich habe Ihnen gesagt, daß ich hier heraus will. Sie hätten als erstes heute morgen einen Termin dafür festlegen müssen.«

»So läuft das nicht. Ich bin Anwalt und kein Laufbursche. Wenn Sie jemanden brauchen, den Sie herumkommandieren können, dann empfehle ich Ihnen ein Hausmädchen.«

Darius starrte Betsy einen Moment an, dann verzog er den Mund zu einem eisigen Grinsen.

»Tut mir leid. Zwölf Stunden an diesem Ort sind nicht gut fürs Gemüt.«

»Ich habe mich heute morgen mit Alan Page getroffen, dem Bezirksstaatsanwalt. Er hat mir ein paar interessante Sachen erzählt. Außerdem zeigte er mir Fotos vom Tatort. Die drei Frauen sind gefoltert worden, Martin. Ich habe schon eine Menge Schreckliches gesehen, doch so etwas noch nicht. Der Mörder hat sie nicht einfach umgebracht, er hat sie abgeschlachtet. Sie aufgeschnitten ...«

Betsy brach ab; die Erinnerung an das, was sie gesehen hatte, nahm ihr den Atem. Darius beobachtete sie, und sie wartete darauf, daß er etwas sagen würde. Als er keine Anstalten machte, fragte sie: »Kommt Ihnen etwas davon bekannt vor?«

»Ich habe diese Frauen nicht umgebracht.«

»Ich habe Sie nicht gefragt, ob Sie sie umgebracht haben. Ich habe gefragt, ob Ihnen das bekannt vorkommt.«

Darius studierte Betsy. Ihr gefiel gar nicht, wie er sie beobachtete; sie fühlte sich wie auf dem Seziertisch.

»Warum verhören Sie mich?« wollte Darius wissen. »Sie arbeiten für mich und nicht für den Staatsanwalt.«

»Mr. Darius, ich entscheide, für wen ich arbeite, und im Moment bin ich nicht so sicher, ob ich für Sie arbeiten will.«

»Page hat Ihnen irgend etwas erzählt, stimmt's? Er hat Ihnen etwas in den Kopf gesetzt.«

»Wer ist Peter Lake?«

Betsy hatte mit einer heftigen Reaktion gerechnet, doch nicht mit dieser. Der eisige Ausdruck in Darius' Gesicht verschwand. Seine Lippen begannen zu zittern; plötzlich sah er aus wie ein Mann, der gleich in Tränen ausbrechen würde.

»Also weiß Page über Hunters Point Bescheid.«

»Sie sind nicht aufrichtig zu mir gewesen, Mr. Darius.«

»Ist das der Grund hierfür?« fragte Darius und deutete auf die schußsichere Glasscheibe. »Darum wollten Sie also keinen offenen Besuchsraum haben? Haben Sie Angst, mit mir in einem ungeschützten Raum zu sein? Befürchten Sie ...«

Darius brach ab und schlug die Hände vors Gesicht.

»Ich denke, ich bin nicht die richtige Person, um Sie zu vertreten«, teilte ihm Betsy mit.

»Warum?« wollte Darius mit schmerzerfüllter Stimme wissen. »Weil Page behauptet, ich hätte diese Frauen mißhandelt und umgebracht? Haben Sie sich geweigert, Andrea Hammermill zu verteidigen, als der Staatsanwalt behauptete, sie hätte ihren Mann getötet?«

»Andrea Hammermill war das Opfer ihres Ehemannes, der sie während ihrer Ehe fortgesetzt verprügelt hat.«

»Aber sie hat ihn getötet, Betsy. Ich habe diese Frauen *nicht* getötet. Das schwöre ich. Und ich habe in Hunters Point *niemanden* umgebracht. Ich war Peter Lake, aber wissen Sie, wer Peter Lake war? Hat Page Ihnen das gesagt? Weiß er es überhaupt?

Peter Lake war mit der schönsten Frau der Welt verheiratet. Er war der Vater eines liebreizenden Kindes. Eines kleinen Mädchens, das niemandem etwas getan hatte. Seine Frau und seine Tochter sind von einem Verrückten namens Henry Waters umgebracht worden. Damit konnte Peter nie fertig werden.

Peter war Anwalt und machte viel Geld. Er wohnte in einem wundervollen Haus und fuhr ein tolles Auto, aber all sein Geld und alles andere konnten ihn seine Tochter und seine Frau, die ihm genommen worden waren, nicht vergessen machen. Also rannte er davon, nahm eine neue Identität an und begann ein neues Leben, denn das alte konnte er nicht länger ertragen.«

Darius brach ab, Tränen in den Augen. Betsy wußte nicht, was sie davon halten sollte. Eben noch war sie davon überzeugt gewesen, daß Darius ein Ungeheuer war, doch jetzt, als sie seinen Schmerz sah, war sie sich nicht mehr so sicher.

»Ich schlage Ihnen ein Geschäft vor, Betsy.« Darius' Stimme war nur ein Flüstern. »Wenn Sie an den Punkt kommen, wo Sie nicht mehr an meine Unschuld glauben, dann können Sie mit meinem Segen aussteigen und Ihren Vorschuß behalten.«

Betsy wußte nicht, was sie sagen sollte. Die Bilder. Sie fragte sich, was diese Frauen wohl empfunden hatten, in diesen langen Minuten der Qual, als das beste, was ihnen in ihrem verbleibenden Leben noch widerfahren konnte, der Tod war, der sie von ihren Schmerzen erlösen würde.

»Schon gut«, sagte Darius, »ich weiß, wie Sie fühlen. Sie haben nur die Bilder angeschaut. Ich habe die Leichen meiner Frau und meines Kindes gesehen. Und ich sehe sie immer noch vor mir, Betsy.«

Betsy fühlte sich schlecht und mußte ein paar Mal tief durchatmen. Sie konnte nicht länger in diesem engen Raum bleiben, sie brauchte frische Luft. Und sie mußte wesentlich mehr über Peter Lake und darüber, was in Hunters Point damals passiert war, herausfinden.

»Sind Sie in Ordnung?« fragte Darius.

»Nein. Ich bin ganz verwirrt.«

»Ich kann es mir vorstellen. Page hat Ihnen da ganz schön was in den Kopf gesetzt. Man hat mir gesagt, daß ich morgen angeklagt werde. Schlafen Sie sich aus, und sagen Sie mir dann morgen, wie Sie sich entschieden haben.«

Betsy nickte.

»Zwei Dinge noch«, sagte Darius und schaute Betsy direkt in die Augen.

»Was?«

»Wenn Sie mich als Klient behalten, dann müssen Sie wie der Teufel um mich kämpfen.«

»Und das zweite?«

»Ab jetzt findet jeder Besuch in einem offenen Raum statt. Keine Glaskäfige mehr. Ich möchte nicht, daß mich mein Verteidiger wie ein Tier im Zoo behandelt.«

Kapitel zehn

Sobald Rita Cohen die Tür weit genug geöffnet hatte, drängte sich Kathy hinein und rannte in die Küche.

»Du hast doch nicht wieder die Corn Flakes mit dem Kaugummigeschmack gekauft, Mutter?« wollte Betsy wissen.

»Sie ist ein kleines Mädchen, Betsy. Wer erträgt schon alle Tage dieses Gesundheitszeug, das du ihr gibst? Laß ihr den Spaß.«

»Genau das versuche ich. Wenn es nach dir ginge, wäre sie schon auf einem reinen Cholesterin-Trip.«

»Als ich jung war, haben wir nichts von Cholesterin gewußt. Wir haben gegessen, was uns geschmeckt hat, und nicht das Zeug, mit dem man sonst Pferde füttert. Und schau mich an. Vierundsiebzig und immer noch fit.«

Betsy umarmte ihre Mutter und gab ihr einen Kuß auf die Stirn. Da Rita nur einen Meter sechzig groß war, mußte sich Betsy hinunterbeugen. Betsys Vater war auch nur knapp über einen Meter siebzig, und niemand wußte, wie Betsy zu ihrer Größe gekommen war.

»Wieso ist heute keine Schule?« fragte Rita.

»Wieder einmal ein Organisationstag für die Lehrer. Ich habe vergessen, den Brief zu lesen, den mir die Schule geschickt hat, deshalb wußte ich nichts davon, bis Kathy es gestern abend erwähnte.«

»Hast du Zeit für eine Tasse Kaffee?« fragte ihre Mutter.

Betsy schaute auf die Uhr. Es war erst zwanzig nach sieben, und vor acht Uhr würde man sie nicht zu Darius ins Gefängnis lassen.

»Natürlich«, gab sie zurück, legte den Rucksack mit Kathys Sachen auf einen Stuhl und folgte ihrer Mutter ins Wohnzimmer. Im Fernsehen lief eine morgendliche Talk Show.

»Laß sie nicht zu lange vor dem Fernseher sitzen«, sagte Betsy, während sie sich auf der Couch niederließ. »Ich habe ihr ein paar Bücher und Spiele eingepackt.«

»Ein bißchen Fernsehen wird ihr nicht mehr schaden als die Corn Flakes.«

Betsy lachte. »Ein Tag mit dir, und all die guten Angewohnheiten, die ich ihr in einem Jahr beigebracht habe, sind dahin. Du bist unmöglich.«

»Blödsinn«, meinte ihre Mutter mürrisch und schenkte zwei Tassen Kaffee aus der Kanne ein, die sie in Erwartung ihrer Tochter vorbereitet hatte. »Also, was hast du heute morgen so Wichtiges vor, daß du einen so süßen Engel einer alten Hexe in die Arme treibst?«

»Du hast von Martin Darius gehört?«

»Natürlich.«

»Ich verteidige ihn.«

»Was hat er getan?«

»Der Staatsanwalt geht davon aus, daß er die drei Frauen, die auf seiner Baustelle gefunden wurden, mißhandelt und getötet hat. Er glaubt auch, daß Darius vor zehn Jahren in Hunters Point im Staat New York sechs Menschen gefoltert und getötet hat.«

»Mein Gott! Stimmt das?«

»Ich weiß es nicht. Darius beschwört seine Unschuld.«

»Und du glaubst ihm?«

Betsy schüttelte den Kopf. »Es ist noch zu früh, etwas dazu zu sagen.«

»Er ist reich, Betsy. Die Polizei verhaftet niemanden, der so bekannt ist, ohne Beweise.«

»Wenn ich jedes Wort des Staatsanwalts für bare Münze nehmen würde, dann wären Andrea Hammermill und Grace Peterson jetzt im Gefängnis.«

Rita war beunruhigt. »Du willst einen Mann verteidigen, der Frauen gefoltert und ermordet hat, und das bei deinem Engagement für die Frauenbewegung?«

»Es steht noch nicht fest, ob er überhaupt jemanden gefoltert hat, Mutter. Und das feministische Aushängeschild ist etwas, was mir die Zeitungen verpaßt haben. Ich setze mich für die Rechte der Frauen ein, aber ich bin nicht ausschließlich ein Anwalt für Frauen. Dieser Fall wird mir helfen, den Leuten zu zeigen, daß ich nicht in eine Schublade passe. Damit kann ich den endgültigen Durchbruch schaffen. Und, was noch wichtiger ist, Darius ist vielleicht unschuldig. Der Staatsanwalt hat mir nicht gesagt, warum er von Darius' Schuld überzeugt ist. Das kommt mir sehr verdächtig vor. Wenn er sich seiner Sache wirklich so sicher wäre, dann würde er mir sagen, was er in der Hand hat.«

»Ich möchte nur nicht, daß man dir weh tut.«

»Mir wird schon niemand weh tun, Mutter, denn ich versteh' meinen Beruf. Als ich den Peterson-Prozeß gewonnen habe, ist mir etwas klargeworden, ich habe Talent. Ich bin sehr gut vor Gericht. Ich weiß, wie man die Geschworenen nehmen muß, und ich bin sehr gut im Kreuzverhör. Wenn ich diesen Prozeß gewinne, werden die Leute im ganzen Land wissen, wie gut ich bin. Deshalb bin ich so hinter dem Fall her. Dabei brauche ich aber deine Hilfe.«

»Was heißt das?«

»Der Sache wird sich mindestens ein Jahr hinziehen. Der Prozeß selbst kann Monate dauern. Der Staatsanwalt wird die Todesstrafe fordern, das heißt, daß ich um jede Kleinigkeit kämpfen muß, und der Fall ist sehr kompliziert. Ich werde viel Zeit brauchen. Es geht um Geschehnisse, die zehn Jahre zurückliegen. Ich muß alles über Hunters Point und Darius' Vergangenheit herausfinden. Das bedeutet, ich werde lange im Büro sein, an Wochenenden arbeiten müssen, und ich brauche Hilfe bei Kathy. Jemand muß sie vom Kinderhort abholen, wenn ich im Gericht festsitze, muß ihr zu essen machen ...«

»Was ist mit Rick?«

»Den kann ich nicht fragen, du kennst die Gründe.«

»Nein, die kenne ich nicht. Er ist Kathys Vater. Er ist außerdem noch immer mit dir verheiratet. Er sollte dich am ehesten unterstützen.«

»Nun, das tut er nicht. Er hat es niemals wahrhaben wollen, daß ich eine erfolgreiche Anwältin mit eigener Praxis bin.«

»Was hat er denn geglaubt, als du deine Praxis aufgemacht hast?«

»Ich glaube, er dachte, es sei so eine Art Hobby von mir, so wie Briefmarken sammeln, etwas, mit dem ich mich beschäftige, wenn ich nicht koche oder putze.«

»Nun, er ist der Mann im Haus. Männer wollen im Mittelpunkt stehen. Und dann bist du in den Schlagzeilen und gibst Interviews im Fernsehen.«

»Hör zu, Mutter! Ich möchte nicht über Rick sprechen, in Ordnung? Dabei werde ich nur wütend.«

»In Ordnung, sprechen wir nicht über ihn, und natürlich helfe ich dir.«

»Ich wüßte nicht, was ich ohne dich machen sollte, Mutter.«

Rita wurde rot und winkte mit der Hand ab. »Dafür sind Mütter nun einmal da.«

»Oma!« brüllte Kathy aus der Küche, »ich kann den Schokoladensirup nicht finden.«

»Wozu braucht sie um halb acht Uhr morgens Schokoladensirup?« wollte Betsy mißtrauisch wissen.

»Das geht dich nichts an«, erklärte ihre Mutter bestimmt.

»Ich komme schon, Liebling. Er steht zu weit oben, da kommst du nicht dran.«

»Ich muß gehen«, meinte Betsy und schüttelte resignierend den Kopf. »Und bitte beschränke das Fernsehen auf ein Minimum.«

»Wir werden heute morgen ausschließlich Shakespeare lesen und Algebra üben«, gab ihre Mutter zur Antwort und verschwand in der Küche.

Reggie Stewart wartete am Besuchsschalter des Gefängnisses auf Betsy. Stewart hatte in einigen unbefriedigenden Berufen gearbeitet, bis ihm klargeworden war, daß er Talent für Nachforschungen besaß. Er war schlank, einen Meter achtzig groß, hatte struppiges braunes Haar und wasserblaue Augen und fühlte sich in karierten Flanellhemden, Jeans und Cowboystiefeln am wohlsten. Stewart hatte eine ungewöhnliche Art, die Dinge zu sehen, und verbreitete um sich eine Aura des Sarkasmus, die manche Leute abschreckte. Betsy gefiel, wie er seine Phantasie einsetzte und seine Fähigkeit, bei anderen Leuten Vertrauen zu erwecken. Diese Fähigkeiten hatten sich bei den Fällen Hammermill und Peterson als unschätzbar erwiesen, wo die eindeutigsten Beweise für die Erniedrigung der Frauen von den Verwandten des Opfers geliefert worden waren und die wahrscheinlich unter Haß und Familienstolz begraben geblieben wären, wenn es da nicht Reggies Überzeugungskraft und Beharrlichkeit gegeben hätte.

»Fertig, Chef?« fragte Stewart und erhob sich von der Bank, auf der er gewartet hatte.

»Immer«, gab Betsy mit einem Lächeln zurück.

Stewart hatte den Besuchsschein für sie beide ausgefüllt. Ein Beamter saß hinter einer Glasscheibe in einem Wachraum. Betsy schob ihren Besuchsschein und ihren Ausweis durch einen Schlitz in der Scheibe und bat um einen offenen Besuchsraum für Darius. Sobald der Wachbeamte ihr sein Okay gab, nahmen sie und Reggie sämtliche Metallgegenstände aus ihren Taschen, legten Uhren und

Schmuck ab und durchquerten den Metalldetektor. Die Wache untersuchte Betsys Aktenkoffer und holte dann den Aufzug herunter. Als er da war, steckte Betsy den Schlüssel für den siebten Stock in das passende Schloß und drehte ihn um. Der Aufzug fuhr nach oben, und die Türen öffneten sich in den gleichen engen Flur, den Betsy schon gestern betreten hatte. Diesmal ging sie ganz zum Ende des Flurs und wartete vor einer massiven Stahltür, in deren obere Hälfte eine dicke Glasscheibe eingelassen war. Durch die Scheibe konnte sie die beiden Besuchszimmer sehen. Sie waren leer.

»Darius entwickelt sich zu einem sehr anspruchsvollen Klienten«, erzählte Betsy Stewart, als sie auf den Wachbeamten warteten. »Er ist gewohnt, das Kommando zu haben, er ist hochintelligent und steht unter enormem Druck.«

»Verstanden.«

»Wir hören heute nur zu. Die Kautionsanhörung ist nicht vor neun, also haben wir eine Stunde. Ich möchte seine Version von den Vorfällen in Hunters Point hören. Wenn wir bis neun nicht fertig sind, dann machen wir später weiter.«

»Wegen was ist er angeklagt?«

Betsy zog eine Kopie der Anklageschrift aus ihrem Aktenkoffer.

»Das sieht nicht gut aus, Chef«, meinte Stewart, nachdem er die Anklagepunkte gelesen hatte. »Wer ist ›Mister X‹?«

»Der Mann. Die Polizei hat keine Ahnung, wer er ist. Drei Finger wurden ihm abgeschnitten. Sein Gesicht und die restlichen Fingerspitzen waren mit Säure verätzt. Der Mörder hat außerdem den gesamten Kiefer mit einem Hammer zertrümmert, um eine Identifizierung anhand der Zähne zu verhindern.«

Stewart zog eine Grimasse. »Auf die Fotos vom Tatort bin ich nicht scharf.«

»Sie sind das Schlimmste, was mir je untergekommen ist,

Reg. Schau sie dir bloß vor dem Frühstück an. Mir ist es fast wieder hochgekommen.«

»Und?«

»Du meinst, ob ich glaube, daß er es getan hat?« Betsy schüttelte den Kopf. »Ich weiß nicht. Page ist davon überzeugt, aber entweder hat mir Darius gestern eine oskarreife Vorstellung geboten, oder er ist unschuldig.«

»Also haben wir hier einen klassischen Fall von: Wer ist der Täter?«

»Vielleicht.«

Außerhalb ihres Gesichtsfeldes öffnete sich mit einem Knacken ein schweres Schloß. Betsy reckte den Hals und sah, wie Darius von einem Wachbeamten in den schmalen Raum vor den beiden Besucherzimmern geführt wurde. Nachdem ihr Klient in einem der beiden Räume eingeschlossen war, ließ der Beamte Betsy und Stewart in das Besuchszimmer und sicherte dann die Tür, durch die sie gekommen waren. Nachdem er sie mit Darius eingeschlossen hatte, verließ er den Besuchsbereich durch die Tür, durch die er ihn betreten hatte.

Das Besuchszimmer war klein. Den meisten Raum nahmen ein runder Tisch und drei Plastikstühle ein. Auf einem der Stühle saß Darius. Als Betsy den Raum betrat, stand er nicht auf.

»Wie ich sehe, haben Sie einen Leibwächter mitgebracht«, bemerkte Darius und musterte Stewart eingehend.

»Das ist Reggie Stewart, er stellt Nachforschungen für mich an. Das ist Martin Darius«, stellte Betsy die beiden vor.

»Sie haben nur eine Person dafür?« fragte Darius und übersah Reggies ausgestreckte Hand. Stewart zog seine Hand langsam zurück.

»Reggie ist sehr gut. Ohne ihn hätte ich den Hammermill-Prozeß nicht gewonnen. Wenn ich zu der Überzeugung komme, daß ich weitere Leute brauche, werde ich sie einstellen. Hier ist eine Kopie der Anklage.«

Darius nahm das Blatt und las.

»Page erhebt bei jedem der Opfer unter verschiedenen Punkten Anklage: Tötung eines Menschen in Verbindung mit Entführung; Folterung bis zum Tode; Mord. Wenn er auch nur mit einem davon durchkommt, dann wird der Prozeß eröffnet. Und dann geht es um den Schuldspruch.

Dann, im Hauptprozeß, muß der Staatsanwalt die Geschworenen davon überzeugen, daß Sie vorsätzlich gemordet haben, daß eine Provokation durch die Opfer, wenn es sie gegeben haben sollte, keine mildernden Umstände bedingt und daß die Möglichkeit besteht, daß Sie auch in Zukunft eine Gefahr darstellen. Wenn die Geschworenen diese drei Fragen vorbehaltlos mit ja beantworten, dann werden Sie zum Tode verurteilt. Wenn es nicht einen mildernden Umstand gibt, der einen der Geschworenen davon überzeugt, daß kein Todesurteil gegen Sie verhängt werden sollte.

Wenn einer der Geschworenen eine Frage mit Nein beantwortet, dann entscheiden sie, ob Sie lebenslänglich ohne die Möglichkeit eines Gnadengesuchs bekommen oder lebenslänglich mit einer Begrenzung auf dreißig Jahre mindestens. Soweit alles klar?«

»Ja, Mrs. Tanenbaum«, bestätigte Darius und blickte Betsy mit amüsiertem Lächeln an. »Warum verschwenden Sie Ihre Zeit, mir den Prozeßablauf zu erklären? Ich habe diese Frauen nicht entführt, gefoltert oder umgebracht. Ich erwarte, daß Sie das den Geschworenen erklären.«

»Was war mit Hunters Point?« wollte Betsy wissen. »Das wird bei Ihrem Prozeß eine große Rolle spielen.«

»Ein Mann namens Henry Waters war der Mörder. Er wurde bei der Festnahme erschossen. Man hat die Leiche eines seiner Opfer verstümmelt in seinem Keller gefunden. Jeder weiß, daß Waters der Mörder war. Der Fall wurde abgeschlossen.«

»Warum ist Page dann überzeugt, daß Sie die Frauen in Hunters Point umgebracht haben?«

»Ich habe keine Ahnung. Ich war ein Opfer, verdammt

noch mal. Das habe ich Ihnen schon gesagt. Waters hat Sandy und Melody umgebracht. Ich war in der Sonderkommission, die die Morde untersucht hat.«

»Wie kam das?« fragte Betsy überrascht.

»Ich habe mich freiwillig gemeldet. Ich war ein guter Anwalt und habe eine Menge Strafsachen vor Gericht ausgetragen. Ich war der Meinung, daß meine Kenntnis der kriminellen Denkweise von Nutzen sein könnte, und der Bürgermeister gab mir recht.«

»Warum haben Sie hier in Oregon keine Rechtsanwaltspraxis aufgemacht?«

Darius' Lächeln verschwand. »Wieso ist das von Interesse?«

»Es erweckt den Eindruck, daß sie etwas verheimlichen. Ebenso wie die Tatsache, daß Sie Ihr Haar schwarz färben.«

»Meine Frau und mein Kind wurden umgebracht, Mrs. Tanenbaum. Ich habe sie gefunden. Diese Morde waren Teil meines alten Lebens. Als ich hierher kam, hatte ich die Chance, neu anzufangen. Ich wollte mein altes Gesicht nicht im Spiegel sehen, denn es hätte mich daran erinnert, wie Sandy und Melody auf alten Fotos neben mir aussahen. Ich wollte nicht in meinem alten Beruf arbeiten, denn es gab zu viele Verbindungen zwischen diesem Beruf und meinem ehemaligen Leben.«

Darius beugte sich nach vorn und legte die Ellenbogen auf den Tisch. Er stützte seinen Kopf mit den schlanken Fingern ab und massierte sich die Stirn, so, als ob er die schmerzvollen Erinnerungen wegwischen wollte.

»Tut mir leid, wenn das ein bißchen verrückt klingt, aber ich war eine Zeitlang etwas daneben. Ich war so glücklich. Dann kam dieser Wahnsinnige ...«

Darius schloß die Augen, während Stewart ihn genau beobachtete. Betsy hatte recht, entweder war der Kerl ein begnadeter Schauspieler, oder er war unschuldig.

»Wir brauchen die alten Akten aus Hunters Point«, trug Betsy Stewart auf. »Du wirst wahrscheinlich hinfliegen und mit den Leuten sprechen müssen, die an dem Fall gearbeitet haben. Pages Anklage fällt in sich zusammen, wenn Martin die Frauen in Hunters Point nicht umgebracht hat.«

Stewart nickte und beugte sich dann zu Darius.

»Haben Sie Feinde, Mr. Darius? Wer haßt Sie so sehr, daß er Ihnen diese Morde anhängen will?«

Darius hob die Schultern. »Ich habe viele Feinde. Zum Beispiel diese Dummköpfe, die das Bauvorhaben verhindern wollen, dort, wo die Leichen gefunden wurden.«

»Mr. Darius«, sagte Stewart geduldig, »mit allem Respekt, Sie wollen doch nicht ernsthaft behaupten, daß eine Gruppe, die sich für die Denkmalspflege einsetzt, hinter dieser Sache steckt?«

»Sie haben drei von meinen Häusern angezündet.«

»Sehen Sie keinen Unterschied darin, ob man Feuer in einem Gebäude legt oder ob man drei Frauen zu Tode quält? Wir suchen hier nach einem Monster, Mr. Darius. Wen kennen Sie, der kein Gewissen, kein Mitgefühl hat und glaubt, daß Menschen nicht mehr wert sind als Ungeziefer, und der Sie darüber hinaus noch bis auf den Tod haßt?«

Betsy hatte nicht erwartet, daß sich Darius Stewarts Unverschämtheit gefallen lassen würde, doch er überraschte sie. Anstatt wütend zu werden, lehnte er sich auf seinem Stuhl zurück, seine Augenbrauen zogen sich zusammen, als er über eine Antwort auf Stewarts Frage nachdachte.

»Was ich jetzt sage, bleibt unter uns, klar?«

»Reggie arbeitet für uns. Das Recht, die Aussage zu verweigern, das für Anwälte gilt, gilt auch für ihn.«

»In Ordnung. Mir fällt ein Name ein. Es gibt ein Projekt im südlichen Oregon. Ich konnte kein Geld dafür bekommen. Die Banken trauten meiner Einschätzung nicht. Also ging ich zu Manuel Ochoa. Er ist ein Mann, der nicht viel tut, aber eine Menge Geld hat. Ich habe nie danach gefragt, wo es herkommt, aber ich habe so einiges gehört.«

»Sprechen wir von Kolumbianern, Mr. Darius? Kokain, Rohheroin?« versicherte sich Reggie.

»Ich weiß es nicht, und ich will es auch gar nicht wissen. Ich habe ihn um das Geld gebeten, und er hat es mir gegeben. Es gab Vereinbarungen, denen ich zugestimmt habe. Wenn ich im Gefängnis bleibe, dann wird die Sache eng. Und wenn die Darius-Baugesellschaft keinen Erfolg hat, dann verdient Ochoa eine Menge Geld.«

»Und die Drogenmafia bringt ein paar Frauen um, ohne sich viel Gedanken zu machen«, fügte Stewart hinzu.

»Weiß Ochoa etwas von Hunters Point?« fragte Betsy plötzlich. »Wir suchen nicht einfach nur einen Psychopathen. Wir suchen einen Psychopathen, der Ihre Vergangenheit genau kennt.«

»Richtig«, warf Stewart ein. »Wer weiß außer Ihnen von Hunters Point?«

Darius sah plötzlich mitgenommen aus. Er legte seine Ellenbogen wieder auf den Tisch und stützte den Kopf schwer in seine Handflächen.

»Diese Frage habe ich mir schon selbst gestellt, Mrs. Tanenbaum. Seit mir klar ist, daß man mich hereingelegt hat. Aber ich weiß keine Antwort. Ich habe nie jemandem in Portland von Hunters Point erzählt. Niemals. Doch die Person, die mich hereinlegt, muß die ganze Geschichte kennen. Ich, ich habe keine Ahnung, wie das möglich ist.«

»Kaffee, schwarz!« rief Betsy ihrer Sekretärin zu, als sie durch die Eingangstür stürmte, »und besorgen Sie mir ein Truthahn-Schinken-Käse-Sandwich aus dem Heathman Pub.«

Betsy stellte den Aktenkoffer auf ihren Schreibtisch und warf einen kurzen Blick auf die Post und die Mitteilungen, die Ann in eine Mappe gelegt hatte. Die Werbesendungen warf Betsy gleich in den Papierkorb, die wichtigen Briefe legte sie in das Posteingangskörbchen und entschied, daß sie keinen der Anrufer sofort zurückrufen mußte.

»Das Sandwich ist in einer Viertelstunde da«, teilte ihr

Ann mit, als sie die Kaffeetasse auf Betsys Schreibtisch stellte.

»Prima.«

»Wie lief die Anhörung?«

»Ein Irrenhaus. Der Gerichtssaal war voll von Reportern. Es war schlimmer als beim Fall Hammermill.«

Ann ging wieder. Betsy nahm einen Schluck Kaffee und schlug die Telefonnummer von Dr. Raymond Keene, einem ehemaligen Gerichtsmediziner, nach, der jetzt eine Privatpraxis hatte. Wenn ein Verteidiger die gerichtsmedizinische Untersuchung überprüfen lassen wollte, dann ging er zu Dr. Keene.

»Was gibt's denn, Betsy?«

»Hallo, Ray. Ich sitze an dem Fall Darius.«

»Wirklich?«

»Ja. Drei Frauen und ein Mann. Alle wurden brutal gefoltert. Ich möchte genau wissen, wie sie gestorben sind und was man ihnen angetan hat, bevor sie gestorben sind.«

»Wer hat die Autopsie durchgeführt?«

»Susan Gregg.«

»Sie hat Ahnung. Gibt es einen besonderen Grund, daß du ihre Ergebnisse überprüfen willst?«

»Es geht nicht so sehr um die Ergebnisse. Der Staatsanwalt geht davon aus, daß Darius etwas Ähnliches schon einmal gemacht hat, vor zehn Jahren in Hunters Point, New York. Soweit ich weiß, wurden damals sechs Frauen umgebracht. Es gab einen Verdächtigen in diesem Fall, der bei der Festnahme erschossen wurde. Page glaubt nicht, daß er der Mörder war. Wenn wir die Autopsieberichte aus Hunters Point bekommen, möchte ich, daß du die Fälle vergleichst und auf Übereinstimmungen untersuchst.«

»Klingt interessant. Hat Page das schon überprüft?«

»Ich habe ihn nach der Anhörung nicht danach gefragt.«

»Ich rufe Sue an und will sehen, daß ich heute nachmittag rüber in das Leichenschauhaus kann.«

»Je eher, desto besser.«

»Willst du, daß ich selbst eine Autopsie durchführe, oder soll ich nur ihre Ergebnisse überprüfen?«

»Mach alles, was dir einfällt. Im Moment habe ich keine Ahnung, was wichtig sein könnte.«

»Welche Laboruntersuchungen hat Sue durchgeführt?«

»Keine Ahnung.«

»Möglicherweise nicht alle, die sie hätte machen sollen. Ich finde das heraus. Der Polizeietat begünstigt solche Untersuchungen nicht gerade.«

»Wir brauchen uns keine Sorgen um das Geld zu machen. Darius zahlt jeden Preis.«

»Das höre ich gern. Ich rufe dich an, sobald ich etwas habe. Mach ihnen die Hölle heiß.«

»Das werde ich, Ray.«

Betsy legte den Hörer auf.

»Sind Sie fertig zum Essen?« fragte Nora Sloane zögernd von der Bürotür her. Betsy blickte erstaunt auf.

»Ihre Empfangsdame ist nicht da. Ich habe schon ein paar Minuten gewartet.«

»Tut mir leid, Nora. Haben wir eine Verabredung zum Essen?«

»Für zwölf Uhr.«

»Tut mir wirklich leid, aber das habe ich ganz vergessen. Ich habe gerade einen neuen Fall übernommen, dem ich meine ganze Zeit widmen muß.«

»Martin Darius. Ich weiß. Es ist die Schlagzeile im *Oregonian.*«

»Tut mir leid, aber heute paßt es mir überhaupt nicht. Ich stecke bis über beide Ohren in der Arbeit. Können wir es auf einen anderen Tag verschieben?«

»Kein Problem. Ich habe schon damit gerechnet, daß Sie absagen würden. Ich wollte anrufen, aber ... Betsy«, sagte Nora Sloane aufgeregt, »kann ich Sie bei diesem Fall beobachten, bei den Besprechungen dabeisein, mit ihren Leuten reden? Es ist eine faszinierende Gelegenheit zu verfolgen, wie sie an einem wichtigen Fall arbeiten.«

»Ich weiß nicht ...«

»Ich werde selbstverständlich nichts weitergeben. Ich weiß, daß das alles streng vertraulich ist. Ich werde wie ein Mäuschen in der Ecke sitzen.«

Nora Sloane war so aufgeregt, daß Betsy sie nicht enttäuschen wollte, doch wenn etwas von ihrer Verteidigungsstrategie nach draußen drang, konnte das ein Desaster zur Folge haben. Die Eingangstür ging auf, und Ann erschien mit einer braunen Papiertüte in der Hand.

»Entschuldigung«, sagte Ann und trat ein paar Schritte zurück. Betsy bedeutete ihr zu bleiben.

»Ich werde mit Darius sprechen«, entschied Betsy. »Zuerst muß er seine Einwilligung geben, dann denke ich darüber nach. Ich werde nichts tun, was gefährlich für meinen Klienten werden könnte.«

»Das verstehe ich«, sagte Nora. »Ich rufe Sie in ein paar Tagen an, um zu hören, wie Sie sich entschieden haben.«

»Tut mir leid wegen des Essens.«

»Keine Ursache. Das ist schon in Ordnung, und vielen Dank.«

Als Betsy in die Auffahrt zu ihrem Haus einbog, sah sie zwei Wagen, den einen mit dem CBS-Emblem und den anderen mit dem ABC-Emblem, vor dem Haus stehen.

»Wer sind die, Mami?« wollte Kathy wissen, als zwei gutaussehende und perfekt gekleidete Blondinen sich dem Wagen näherten. Die beiden Frauen hielten Mikrofone in ihren Händen und wurden von kräftigen Männern mit tragbaren Fernsehkameras begleitet.

»Monika Blake, von CBS, Mrs. Tanenbaum«, stellte sich die etwas kleinere von beiden vor, als Betsy die Wagentür heftig aufstieß. Monika Blake sprang einen Schritt zurück, während die andere Frau ihre Chance nutzte.

»Wie erklären Sie, daß eine Frau, die für ihre feministische Einstellung bekannt ist, einen Mann verteidigt, der angeklagt ist, drei Frauen entführt, gefoltert und dann getötet zu haben?«

Betsy wurde rot. Sie drehte sich abrupt um und starrte die Reporterin von ABC an, ohne sich um das Mikrofon vor ihrem Gesicht zu kümmern.

»Erstens, ich muß gar nichts erklären. Der Staatsanwalt muß beweisen, daß Darius schuldig ist. Zweitens, ich bin Anwalt. Meine Aufgabe ist es, Menschen, ob männlich oder weiblich, die eines Verbrechens angeklagt sind, zu verteidigen. Manchmal ist die Anklage nicht berechtigt, weil der Staatsanwalt einen Fehler gemacht hat. Martin Darius ist unschuldig, und ich bin stolz darauf, ihn gegen diese falschen Beschuldigungen verteidigen zu dürfen.«

»Was ist, wenn sie nicht falsch sind?« wollte die CBS-Reporterin wissen. »Wie können Sie nachts schlafen mit dem Wissen, was er diesen Frauen angetan hat?«

»Ich schlage vor, daß Sie einmal in der Verfassung nachlesen, Mrs. Blake. Mr. Darius gilt als unschuldig, bis er verurteilt ist. Jetzt muß ich mich um das Essen und um meine kleine Tochter kümmern. Im Haus stehe ich für keine Fragen zur Verfügung. Ich stelle fest, daß dies ein Eindringen in meine Privatsphäre ist. Wenn Sie mit mir sprechen wollen, dann lassen Sie sich von meinem Büro einen Termin geben. Ich ersuche Sie, nicht mehr hierher zu kommen!«

Betsy ging um den Wagen herum und öffnete Kathy die Tür. Sie sprang heraus. Als Betsy sie zum Haus schob, schaute sie über die Schulter zu den Kameramännern. Die zwei Frauen riefen Betsy immer noch Fragen hinterher.

»Kommen wir ins Fernsehen?« fragte Kathy, als Betsy die Tür zuwarf.

Kapitel elf

1

Alan Page war in einem Auto gefangen, das mit halsbrecherischer Geschwindigkeit eine abschüssige Straße hinunterfuhr. Die Bremsen kreischten, die Reifen radierten über den Asphalt, und Page drehte wie wild am Steuerrad, um einen unausweichlich erscheinenden Zusammenprall mit einem der anderen Wagen zu vermeiden. Als er sich im Bett aufrichtete, war er gerade noch ein paar Zentimeter von den blendenden Scheinwerfern eines Kleinlasters entfernt gewesen. Sein Pyjama klebte schweißnaß auf seiner kalten Haut, und er spürte, wie sein Herz raste. Page atmete tief durch. Er war sich immer noch nicht klar, wo er sich befand und ob er damit rechnen mußte, in einem Feuersturm von sich verbiegendem Stahl und splitterndem Glas zu sterben.

»Mein Gott«, schnaufte er, nachdem er sich orientiert hatte. Die Uhr zeigte vier Uhr achtundfünfzig, eineinhalb Stunden, bevor der Wecker klingeln würde, viereinhalb Stunden vor der Kautionsanhörung. Er ließ sich ängstlich in die Kissen zurückfallen, sicher, daß er keinen Schlaf mehr finden würde. Seit der Festnahme von Martin Darius verfolgten ihn Fragen: Hatte er zu früh zugeschlagen? Hatte er klare Beweise, daß Martin Darius ein Mörder war?

Ross Barrow und Randy Highsmith hatten sich gegen

eine Durchsuchung von Darius' Haus ausgesprochen, selbst nach dem, was Gutierrez ihnen erzählt hatte. Sie wollten abwarten, bis man Nancy Gordon gefunden hatte, damit ihre Sache auf sichereren Füßen stand, aber er hatte sich darüber hinweggesetzt und Barrow angewiesen, Darius zu verhaften, wenn die Reifen an Darius' Wagen mit den Spuren übereinstimmten, die man am Tatort gefunden hatte. Jetzt fragte er sich, ob Barrow und Highsmith nicht recht gehabt hatten. Er hatte damit gerechnet, Nancy Gordon bis zur Kautionsanhörung ausfindig zu machen, doch selbst mit drei Polizeibeamten, die rund um die Uhr daran arbeiteten, waren sie noch keinen Schritt weitergekommen.

Wenn er schon nicht schlafen konnte, dann wollte er wenigstens versuchen, sich zu entspannen. Page schloß die Augen und dachte an Nancy. Seit er wußte, daß ihre Leiche nicht in der Baugrube gewesen war, hatte er pausenlos an sie gedacht. Wenn sie noch am Leben gewesen wäre, hätte sie, sobald sie von Darius' Verhaftung erfahren hätte, Verbindung zu ihm aufgenommen. Wenn sie noch am Leben gewesen wäre, dann wäre sie ins Lakeview zurückgekehrt. Oder war sie tot, mit dem Ausdruck unvorstellbarer Qual auf ihrem Gesicht? Darius kannte die Antwort auf Pages Fragen, aber das Gesetz erlaubte ihm zu schweigen.

Page würde vor Gericht all seine Kraft benötigen, doch die Angst in ihm ließ ihn nicht zur Ruhe kommen. Er beschloß, zu duschen, sich zu rasieren, zu frühstücken und dann ein Hemd, frisch gestärkt aus der Wäscherei, und seinen besten Anzug anzuziehen. Eine Dusche und ein ausgiebiges Frühstück würden ihn zu einem neuen Menschen machen. Danach würde er ins Gericht fahren und versuchen, den Ehrenwerten Patrick Norwood, Richter am Gerichtshof von Multnomah County, davon zu überzeugen, daß Darius ein mehrfacher Mörder war.

2

Martin Darius schlief ruhig und fühlte sich gut erholt, als er mit den anderen Insassen des Multnomah-Bezirksgefängnisses erwachte. Betsy Tanenbaum hatte arrangiert, daß ihm sein Friseur die Haare schneiden konnte, und der Wachhabende gewährte ihm eine Extradusche vor dem Gerichtstermin. Nur das Frühstück, das aus zusammengepappten Pfannkuchen, vollgesogen mit einem leimartigen Sirup, bestand, beeinträchtigte seine Laune. Darius benutzte den säuerlichen Geschmack des Gefängniskaffees, um die Süße der Pfannkuchen auszugleichen. Er aß sie, denn er wußte, daß es ein langer Tag werden würde.

Betsy hatte dafür gesorgt, daß Darius frische Sachen zum Anziehen erhalten hatte. Als Darius sie vor der Verhandlung im Verhörzimmer traf, trug er einen dunklen Zweireiher mit Nadelstreifen, ein weißes Hemd und eine marineblaue Seidenkrawatte mit kleinen weißen Punkten. Betsy trug eine einreihige Kostümjacke, einen dazu passenden schwarzweiß-karierten Rock und eine weiße Seidenbluse mit großem Kragen. Als sie im Licht der Fernsehscheinwerfer den Flur im Gerichtsgebäude hinuntergingen, sahen sie eher aus wie ein Paar, das man in »Das Leben der Reichen und Berühmten« bewundern konnte, denn wie ein mehrfacher Mörder und seine Verteidigerin.

»Wie fühlen Sie sich?« fragte Darius.

»Prima.«

»Gut. Ich will, daß Sie heute ihr Bestes geben. Das Gefängnis ist eine interessante Sache, wenn man es als Lehre betrachtet, aber ich bin soweit, die Prüfung abzulegen.«

»Ich bin froh, daß Sie ihren Humor noch nicht verloren haben.«

Darius zuckte mit den Schultern. »Ich vertraue Ihnen, Mrs. Tanenbaum, darum habe ich sie angestellt. Sie sind die Beste. Sie werden mich nicht hängen lassen.«

Betsy suhlte sich in seinem Lob und glaubte, was Darius

ihr sagte. Sie war die Beste. Deshalb hatte Darius sie genommen und nicht Matthew Reynolds oder Oscar Montoya oder einen der anderen bekannten Strafverteidiger.

»Wer ist der Richter?« fragte Darius.

»Pat Norwood.«

»Wie ist er?«

»Er ist ein komischer alter Kauz, der auf die Pensionierung zugeht. Er sieht wie ein Troll aus und benimmt sich im Gerichtssaal wie eine Furie. Er ist auch nicht das, was man einen Rechtsgelehrten nennen würde, aber er ist absolut unparteiisch. Norwood ist grob und ungeduldig, sowohl mit der Anklage als auch mit der Verteidigung, und läßt sich weder von Alan Page noch von der Presse einschüchtern. Wenn Page seine Hausaufgaben nicht ordentlich gemacht hat, dann wird Norwood das Richtige tun.«

»Glauben Sie denn, daß der Staatsanwalt seine Hausaufgaben gemacht hat?« fragte Darius.

»Nein, Martin, das glaube ich nicht.«

Darius lächelte. »Das wollte ich hören.« Das Lächeln verschwand, als er das Thema wechselte. »Wird Lisa hier sein?«

»Natürlich. Ich habe gestern mit ihr gesprochen.«

»Sieht aus, als ob Sie mehr Erfolg hätten, meine Frau zu erreichen, als ich.«

»Lisa ist bei ihrem Vater. Sie fühlt sich nicht wohl, allein im Haus.«

»Das ist komisch«, meinte Darius, grimmig lächelnd. »Ich habe Euer Ehren gestern abend angerufen. Er hat mir gesagt, daß sie nicht da sei.«

»Vielleicht war sie weggegangen.«

»Wahrscheinlich. Wenn Sie das nächste Mal mit meiner Frau sprechen, dann richten Sie ihr aus, daß sie mich hier besuchen soll.«

»Sicher. Ach ja, bevor ich es vergesse, da ist eine Frau namens Nora Sloane, die einen Artikel über weibliche Strafverteidiger schreibt. Sie möchte mich während ihres Falles beobachten. Wenn ich das zulasse, dann kann sie möglicherweise etwas über unsere Verteidigungsstrategie erfahren und über Dinge, die der Schweigepflicht unterliegen. Ich habe ihr gesagt, daß ich erst Ihre Zustimmung brauche, bevor ich einwilligen kann. Haben Sie etwas dagegen, wenn sie dabei ist?«

Darius dachte einen Moment über die Frage nach, dann schüttelte er den Kopf.

»Das stört mich nicht, und außerdem«, meinte er mit einem Grinsen, »liegt Ihnen wahrscheinlich noch mehr daran, gute Arbeit zu leisten, wenn jemand darüber schreibt.«

»So habe ich das noch nicht betrachtet.«

»Darum bin ich Millionär, Mrs. Tanenbaum. Ich betrachte alles immer von allen Seiten.«

3

Es gab Verhandlungsräume, die mit modernsten Videogeräten und Computertechnologie ausgestattet waren und die Patrick L. Norwood aufgrund seines Status für sich hätte in Anspruch nehmen können, doch Richter Norwood zog den Saal vor, in dem er seit zwanzig Jahren mit eiserner Faust regierte. Es war ein hoher Raum mit Ahornsäulen und einer handgeschnitzten hölzernen Empore; ein altmodischer Gerichtssaal, der perfekt zu einem Mann mit dem juristischen Gemüt eines Scharfrichters aus dem neunzehnten Jahrhundert paßte.

Für die Kautionsanhörung im Fall Darius war der Verhandlungssaal bis zum Bersten gefüllt. Diejenigen, die zu spät gekommen waren, standen auf dem Flur in einer Reihe. Zuschauer mußten durch einen Metalldetektor gehen, bevor sie den Gerichtssaal betreten durften, und im Saal selbst gab es zusätzliche Wachen, denn es waren Morddrohungen laut geworden.

Harvey Cobb, ein älterer Schwarzer, rief das Gericht auf. Er war Norwoods Gerichtsdiener seit dem Tag, als dieser berufen worden war. Durch eine Tür hinter dem Richtertisch kam Norwood aus seinem Zimmer. Klein und gedrungen, war er häßlich wie die Nacht. Doch sein schönes weißes Haar stand in absolutem Gegensatz zu seinem Froschgesicht.

»Setzen Sie sich!« sagte Cobb. Betsy nahm neben Martin Darius Platz und warf einen kurzen Blick zu Alan Page hinüber, der neben Randy Highsmith saß.

»Rufen Sie ihren ersten Zeugen auf, Mr. Page!« befahl Norwood.

»Die Anklage ruft Ross Barrow auf, Euer Ehren.«

Harvey Cobb ließ Barrow die rechte Hand heben und den Eid schwören. Barrow setzte sich in den Zeugenstand, und Page legte seine Identifizierung als Beamter der Mordkommission vor.

»Detective Barrow, irgendwann Mitte August sind Sie auf eine Reihe von ungewöhnlichen Vermißtenmeldungen gestoßen?«

»Ja, das bin ich. Im August erzählte mir ein Beamter der Vermißtenabteilung, daß eine Frau namens Laura Farrar von ihrem Mann, Larry Farrar, als vermißt gemeldet worden sei. Der Mann hat dem Beamten gesagt ...«

»Einspruch, das sind Gerüchte«, rief Betsy dazwischen.

»Abgelehnt«, entschied Norwood. »Das hier ist eine Kautionsanhörung und kein Strafprozeß. Ich werde dem Staatsanwalt etwas Spielraum gewähren. Sie haben nachher Gelegenheit, den Zeugen zu befragen. Machen Sie weiter, Mr. Page!«

Page nickte Barrow zu, der mit seiner Darstellung der Untersuchungen fortfuhr.

»Farrar erzählte dem Beamten, daß er am zehnten August ungefähr um acht Uhr von der Arbeit nach Hause gekommen ist. Im Haus war alles in Ordnung, nur seine Frau war nicht da. Keines ihrer Kleidungsstücke fehlte. Tatsache war, daß nichts im Haus fehlte, soweit Farrar es beurteilen konnte. Das einzig Ungewöhnliche waren eine schwarze Rose und ein Zettel, den er auf dem Bett seiner Frau fand.«

»Gab es an der Rose etwas Besonderes?«

»Ja, Sir. Das Labor hat herausgefunden, daß die Rose schwarz gefärbt worden war.«

»Was stand auf dem Zettel?«

»AUF EWIG UNVERGESSEN.«

Page gab dem Gerichtsdiener ein Dokument und eine Fotografie.

»Das ist eine Fotokopie des Zettels und eine Fotografie der Rose, Euer Ehren. Die Originale sind noch im Labor. Ich habe mit Mrs. Tanenbaum darüber gesprochen, und sie hat eingewilligt, daß diese und andere Beweisstücke hier nur als Kopien vorgelegt werden.«

»Stimmt das?« fragte Norwood Betsy. Sie nickte.

»Die Beweisstücke werden anerkannt«, erklärte daraufhin Norwood.

»Hat Ihnen der Beamte aus der Vermißtenabteilung von einer weiteren verschwundenen Person Mitte September berichtet?«

»Ja, Sir. Wendy Reiser, die Frau von Thomas Reiser, wurde von ihrem Ehemann unter ähnlichen Umständen als vermißt gemeldet.«

»In dem Haus fehlte ebenfalls nichts, und es war auch nichts in Unordnung?«

»Genau.«

»Hat Mr. Reiser eine schwarze Rose und einen Zettel auf dem Bett seiner Frau gefunden?«

»Das hat er.«

Page zeigte eine Fotokopie des Zettels und eine Fotografie der Rose aus dem Haus der Reisers.

»Was hat das Labor in bezug auf die zweite Rose und den zweiten Zettel festgestellt?«

»Sie stimmen mit dem Zettel und der Rose, die man bei den Farrars gefunden hat, überein.«

»Schließlich, Detective, gab es noch einen dritten Fall.«

»Ja, Sir. Russell Miller hat seine Frau Victoria als vermißt gemeldet. Die Umstände waren identisch mit den beiden anderen Fällen. Ein Zettel und eine Rose auf dem Bett. Keine Unordnung im Haus, nichts fehlte.«

»Vor einigen Tagen haben Sie dann erfahren, wo diese Frauen waren?«

Barrow nickte ernst. »Die drei Frauen und ein unidentifizierter Mann sind auf einem Baugelände der Darius-Baugesellschaft gefunden worden.«

»Wer ist der Eigentümer der Darius-Baugesellschaft?«

»Der Beschuldigte Martin Darius.«

»War das Tor zu der Baustelle verschlossen?«

»Ja, Sir.«

»Gab es ein großes Loch im Zaun, in der Nähe der Stelle, wo die Leichen gefunden wurden?«

»Ja, Sir.«

»Haben Sie Reifenspuren in der Nähe des Lochs gefunden?«

»Ja, Sir.«

»An dem Abend, als Mr. Darius festgenommen wurde, haben Sie da eine Haussuchung bei ihm durchgeführt?«

»Ja, Sir.«

»Haben Sie im Zuge der Haussuchung irgendwelche Fahrzeuge vorgefunden?«

»Ja, einen Kombi, einen BMW und einen schwarzen Ferrari.«

»Gehen wir zu den Beweisstücken zehn bis dreiundzwanzig. Das sind Fotografien von dem Baugelände, dem Loch im Zaun, den Reifenspuren, den Stellen, wo die Leichen vergraben waren, den Leichen und den Fahrzeugen.«

»Kein Einspruch«, erklärte Betsy.

»Beweise anerkannt.«

»Hat man von den Reifenspuren einen Abdruck genommen?«

»Ja, Sir. Die Reifenspuren auf dem Baugelände passen zu

den Reifen des BMW, den wir bei Mr. Darius gefunden haben.«

»Haben Sie den Kofferraum des BMW auf Spuren wie Haare und Fasern untersucht, die von einem der Opfer stammen könnten?«

»Ja, Sir. Es wurde nichts gefunden.«

»Sagt der Laborbericht, warum?«

»Der Kofferraum ist vor kurzem ausgesaugt und gereinigt worden.«

»Wie alt ist der BMW?«

»Ein Jahr.«

»Kein ganz neuer Wagen?«

»Nein, Sir.«

»Detective Barrow, haben Sie Hinweise auf eine Verbindung zwischen den ermordeten Frauen und dem Beschuldigten?«

»Ja, die habe ich. Mr. Reiser arbeitet in einem Anwaltsbüro, das die Darius-Baugesellschaft vertritt. Er und seine Frau haben den Beschuldigten auf einer Feier getroffen, die Mr. Darius zur Eröffnung eines neuen Einkaufszentrums diesen Sommer gab.«

»Wie lange vor dem Verschwinden der ersten Frau, Laura Farrar, fand diese Feier statt?«

»Ungefähr drei Wochen.«

»Waren Mr. und Mrs. Farrar auch auf der Feier?«

»Ja. Mr. Farrar arbeitet für das Finanzierungsbüro, dessen sich Mr. Darius bedient.«

»Und Russel und Victoria Miller?«

»Die waren ebenfalls auf der Feier, haben aber engere Verbindung zu dem Beschuldigten. Mr. Miller hat die Leitung über den Werbeetat für die Darius-Baugesellschaft bei der Werbeagentur BRAND, GATES & VALCROFT. Sie kennen Mr. und Mrs. Darius auch privat.«

Page warf einen Blick auf seine Notizen, sprach kurz mit Randy Highsmith und sagte dann: »Ihr Zeuge, Mrs. Tanenbaum.«

Betsy schaute auf ihr Blatt, auf dem sie einige Punkte notiert hatte, die sie mit Barrow klären wollte. Sie nahm sich einige der Polizeiberichte vor, die sie vom Bezirksstaatsanwalt erhalten hatte.

»Guten Morgen, Detective Barrow. Ein Team vom staatlichen Kriminallabor in Oregon hat alle drei Häuser untersucht, stimmt das?«

»Das stimmt.«

»Stimmt es auch, daß keiner dieser hervorragenden Wissenschaftler auch nur einen einzigen Hinweis dafür gefunden hat, daß Martin Darius die Häuser von Laura Farrar, Victoria Miller oder Wendy Reiser betreten hat?«

»Die Person, die diese Frauen umgebracht hat, ist sehr gerissen. Sie weiß, wie man einen Tatort von Spuren säubert.«

»Euer Ehren«, sagte Betsy ruhig, »würden Sie bitte Detective Barrow anweisen, auf meine Fragen zu achten und diese zu beantworten. Ich bin sicher, daß Mr. Page die Probleme, die er mit dem Fall hat, während seines Plädoyers zur Sprache bringt.«

Richter Norwood musterte Betsy. »Ich brauche keine Belehrungen von Ihnen, Mrs. Tanenbaum. Erheben Sie einfach Einspruch.« Dann wandte sich Norwood dem Zeugen zu. »Und Sie, Sie haben schon oft genug im Zeugenstand gesessen, um zu wissen, daß Sie nur die Fragen zu beantworten haben, die man Ihnen gestellt hat. Behalten Sie die geschickten Antworten für sich! Damit imponieren Sie mir nicht!«

»Also, Detective Barrow, wie lautet Ihre Antwort? Gab es irgendeinen Hinweis, daß sich mein Klient in einem der Häuser der vermißten Frauen aufgehalten hat?«

»Nein.«

»Wie ist es mit den Leichen?«

»Wir haben die Reifenspuren gefunden.«

»Euer Ehren?« fragte Betsy.

»Detective Barrow, waren auf den Körpern der Frauen Reifenspuren?« fragte der Richter sarkastisch.

Barrow blickte niedergeschlagen drein. »Tut mir leid, Euer Ehren.«

»Fahren Sie jetzt fort, Detective«, befahl Norwood.

»Am Fundort der Leichen gab es keine Beweise, die den Beschuldigten mit einer der Frauen in Verbindung brächte.«

»Es wurde auch noch ein toter Mann dort gefunden?«

»Ja.«

»Wer ist es?«

»Das wissen wir nicht.«

»Also gibt es nichts, was diesen Mann in Verbindung mit Martin Darius bringt?«

»Das wissen wir nicht. Wenn wir wissen, wer er ist, dann können wir mögliche Verbindungen zu Ihrem Klienten untersuchen.«

Betsy wollte Einspruch erheben, entschied dann aber, die Bemerkung durchgehen zu lassen. Wenn Barrow so weitermachte, dann würde er es sich mit dem Richter verderben.

»Sie haben dem Richter von den Reifenspuren erzählt, die Sie in der Nähe des Zauns gefunden haben. Sollten Sie ihm nicht auch von dem Gespräch berichten, das Sie mit Rudy Doschman geführt haben?«

»Ich habe ihn befragt. Was ist dabei?«

»Haben Sie das Protokoll der Befragung?« fragte Betsy, als sie auf den Zeugenstand zuging.

»Nicht dabei.«

»Nehmen Sie einfach meine Kopie und lesen diesen Abschnitt durch«, sagte Betsy und reichte dem Beamten den Polizeibericht, den sie aus den Akten gezogen hatte. Barrow las den Bericht und schaute dann auf.

»Mr. Doschman ist Vorarbeiter bei der Darius-Baugesellschaft und hat auf der Baustelle gearbeitet, wo die Leichen gefunden wurden?« wollte Betsy wissen.

»Ja.«

»Er hat Ihnen gesagt, daß Mr. Darius die Baustelle häufig besucht hat?«

»Ja.«

»Mit seinem BMW?«

»Ja.«

»Er hat Ihnen auch gesagt, daß das Loch im Zaun schon seit einiger Zeit dort war?«

»Ja.«

»Tatsache ist, daß die Aktionisten, die Mr. Darius' Appartementhäuser angezündet haben, sich auf diese Weise vor ein paar Wochen Zugang verschafft haben könnten?«

»Das könnte sein.«

»Es gibt keinen Beweis, der Mr. Darius mit den Rosen und den Zetteln in Verbindung bringt?«

Barrow schien etwas sagen zu wollen, schwieg dann jedoch und schüttelte den Kopf.

»Und sie bleiben dabei, selbst nachdem Beamte der Polizei von Portland Mr. Darius' Haus sorgfältig durchsucht haben.«

»Wir haben nichts gefunden, was ihn mit den Rosen oder den Zetteln in Verbindung bringen würde«, antwortete Barrow knapp.

»Auch keine Mordwerkzeuge?«

»Nein.«

»Nichts in dem Kofferraum des BMW deutet auf eine Verbindung hin?«

»Nein.«

Betsy wandte sich an Darius. »Soll ich ihn noch etwas fragen?«

Darius lächelte. »Sie machen das sehr gut, Mrs. Tanenbaum.«

»Keine weiteren Fragen.«

Barrow erhob sich aus dem Zeugenstand und ging schnell in den hinteren Teil des Gerichtssaals, während Page seinen nächsten Zeugen aufrief.

»Dr. Susan Gregg«, sagte Page. Eine attraktive Frau, Anfang vierzig, mit graumeliertem Haar, die ein streng geschnittenes graues Kostüm trug, ging in den Zeugenstand.

»Möchten Sie einen Nachweis von Dr. Greggs Befähigung, hier auszusagen?« fragte Page Betsy.

»Wir bestätigen, daß Dr. Gregg dem Gericht bekannt ist«, erklärte Betsy, »und erklären für diese Anhörung, daß Dr. Gregg Gerichtsmediziner und befähigt ist, qualifizierte Aussagen über Todesursachen zu treffen.«

»Danke«, sagte Page in Betsys Richtung. »Dr. Gregg, wurden Sie Anfang dieser Woche zu einem Baugelände gerufen, das der Darius-Baugesellschaft gehört, um die Leichen von vier Menschen zu untersuchen, die dort vergraben waren?«

»Das war so.«

»Und Sie haben bei allen vier Opfern die Autopsie durchgeführt?«

»Ja.«

»Was ist eine Autopsie, Dr. Gregg?«

»Es ist die Untersuchung eines Körpers nach dem Tode, um neben anderen Dingen auch die Todesursache festzustellen.«

»Erklären Sie bitte, was Ihre Autopsie umfaßt hat?«

»Gern. Ich habe die Leichen auf schwere Verletzungen, natürliche Krankheiten oder andere natürliche Todesursachen hin untersucht.«

»Ist eines der Opfer eines natürlichen Todes gestorben?«

»Nein.«

»Welche Verletzungen haben Sie festgestellt?«

»Alle vier Personen hatten eine Vielzahl von Verbrennungen sowie Schnittwunden an sämtlichen Körperteilen. Drei Finger der männlichen Leiche waren entfernt worden. Es gab Anzeichen von Einschnitten an den Brüsten der Frauen. Die Brustwarzen der Frauen sind verstümmelt worden, genauso die Genitalien des Mannes und der Frauen. Soll ich ins Detail gehen?«

»Das wird heute nicht notwendig sein. Woran sind die drei Frauen gestorben?«

»Die Bäuche wurden aufgeschlitzt, was zu schweren inneren Verletzungen geführt hat.«

»Stirbt man an solchen Verletzungen schnell?«

»Nein. Mit diesen Verletzungen kann man noch eine Zeitlang leben.«

»Können Sie dem Gericht eine grobe Schätzung geben?«

Dr. Gregg zuckte mit den Schultern. »Schwer zu sagen. Zwei bis vier Stunden. Normalerweise stirbt man am Schock und am Blutverlust.«

»Das war die Todesursache bei diesen Frauen?«

»Ja.«

»Und bei dem Mann?«

»Der starb an einer tödlichen Schußwunde im Hinterkopf.«

»Haben Sie Laboruntersuchungen durchgeführt?«

»Ja. Ich habe das Blut auf Alkohol untersucht. Das Ergebnis war bei allen vier Opfern negativ. Ich habe Urinuntersuchungen auf Drogen durchgeführt. Der Test schließt den Nachweis von Kokain, Morphium, Marihuana, Amphetaminen und PCP ein. Alle Ergebnisse waren negativ.«

Page studierte seine Notizen, sprach mit Highsmith und gab dann die Zeugin für Betsy frei. Betsy las sich noch einmal eine Stelle im Autopsiebericht durch und runzelte die Stirn.

»Dr. Gregg, mich verwirren einige Anmerkungen, die Sie auf Seite vier Ihres Berichts machen. Wurden die Frauen vergewaltigt?«

»Kann man schwer sagen. Ich habe Blutergüsse und Einrisse im Scheiden- und Analbereich gefunden. Risse, die darauf hindeuten, daß fremde Objekte eingeführt wurden.«

»Haben Sie einen Spermatest durchgeführt?«

»Ich habe keine Spuren von Sperma gefunden.«

»Sie können also nicht mit Bestimmtheit sagen, daß die Frauen vergewaltigt wurden?«

»Ich kann nur sagen, daß eine Penetration und brutale Verletzungen stattgefunden haben. Es gibt keinen Hinweis auf eine Ejakulation.«

»Haben Sie eine Vermutung geäußert, ob die Frauen auf der Baustelle umgebracht wurden?«

»Ich bin davon überzeugt, daß sie woanders ermordet wurden.«

»Warum?«

»Aufgrund der schweren Verletzungen müßte am Tatort eine Menge Blut gewesen sein. Außerdem wurden aus zwei der Frauenkörper Organe entfernt.«

»Könnte nicht der Regen das Blut weggewaschen haben?«

»Nein. Sie waren vergraben. Der Regen hätte nur das Blut auf der Oberfläche weggewaschen, wir hätten aber größere Mengen unter ihren Körpern in den Gruben finden müssen.«

»Also glauben Sie, daß die Frauen woanders getötet und dann zu der Baustelle gebracht worden sind?«

»Ja.«

»Wenn man sie im Kofferraum des BMW transportiert hätte, wäre es da möglich gewesen, alle Blutspuren zu entfernen?«

»Einspruch«, meldete sich Page. »Dr. Gregg ist nicht qualifiziert, diese Frage zu beantworten. Sie ist Doktor der Medizin und nicht kriminaltechnisch ausgebildet.«

»Sie darf die Frage beantworten, wenn sie kann«, bestimmte der Richter.

»Es tut mir leid, das fällt nicht unter mein Fachgebiet«, erklärte Dr. Gregg.

»Der Mann war nicht aufgeschlitzt?«

»Nein.«

»Keine weiteren Fragen.«

Alan Page stand auf. Er machte einen etwas unsicheren Eindruck.

»Euer Ehren, ich werde mich selbst als Zeugen benennen. Mr. Highsmith wird mich befragen.«

»Einspruch, Euer Ehren. Es ist nicht zulässig, daß ein Staatsanwalt in einem Fall, den er selbst vertritt, eine Aussage macht.«

»Das mag für ein Verfahren vor einem Geschworenengericht zutreffen, Euer Ehren«, entgegnete Page, »aber das Gericht wird keine Probleme mit meiner Glaubwürdigkeit als Zeuge haben, wenn das der Grund sein sollte. Ich werde natürlich auch als Zeuge für die Sache des Staatsanwalts aussagen.«

Norwood war verwirrt. »Das ist höchst ungewöhnlich. Warum wollen Sie als Zeuge auftreten?«

»Was hat er vor?« flüsterte Darius Betsy ins Ohr.

Betsy schüttelte den Kopf und beobachtete Page. Er sah verbittert aus. Etwas bereitete dem Bezirksstaatsanwalt große Sorgen.

»Euer Ehren, ich habe Kenntnis von Beweisen, die Sie kennen müssen, um eine richtige Entscheidung in dieser Kautionsanhörung treffen zu können. Wenn ich nicht aussagen darf, dann kennen Sie die wichtigsten Beweise, die wir dafür haben, daß Martin Darius der Mann ist, der Laura Farrar, Wendy Reiser und Victoria Miller getötet hat, nicht.«

»Ich bin verwirrt, Mr. Page«, erklärte Norwood zögernd. »Woher haben Sie diese Beweise? Waren Sie Augenzeuge?« Norwood schüttelte den Kopf. »Das ist mir zu hoch.«

Page räusperte sich. »Euer Ehren, es gibt eine Zeugin. Ihr Name ist Nancy Gordon.« Darius zog hörbar die Luft ein und beugte sich nach vorn. »Vor zehn Jahren kam es zu einer identischen Reihe von Morden in Hunters Point im Staat New York. Am Abend, bevor wir die Leichen fanden, hat mir Detective Gordon alles von den Morden berichtet und warum sie davon überzeugt ist, daß Martin Darius der Mörder ist.«

»Dann rufen Sie Nancy Gordon in den Zeugenstand«, meinte Norwood.

»Das geht nicht. Sie wird vermißt und ist möglicherweise tot. Nachdem sie bei mir war, hat sie sich in einem Motel einquartiert. Ich habe am nächsten Morgen mehrmals dort angerufen, um acht, um halb neun, aber sie war nicht da. Ich glaube, irgendwas ist passiert, kurz nachdem sie dort angekommen ist. Es sieht aus, als ob sie gerade beim Auspacken war, als sie von jemandem unterbrochen wurde. All ihre Sachen waren noch im Zimmer, aber sie ist nicht zurückgekommen. Mehrere Beamte suchen nach ihr, aber bis jetzt ohne Ergebnis.«

»Euer Ehren«, meldete sich Betsy. »Wenn Mr. Page die Aussagen dieser Frau hier wiederholt, um zu beweisen, daß mein Klient vor zehn Jahren mehrere Frauen umgebracht hat, dann sind das unbewiesene Behauptungen. Ich weiß, daß das Gericht Mr. Page viel Spielraum läßt, aber Mr. Darius hat nach der Verfassung das Recht, daß er mit der Zeugin konfrontiert wird.«

Norwood nickte. »Das ist richtig, Mrs. Tanenbaum. Mr. Page, diese Sache ärgert mich. Gibt es keinen anderen Zeugen aus Hunters Point, der über diese Verbrechen aussagen kann?«

»Nicht so kurzfristig. Ich kenne die Namen der anderen Beamten, die an dem Fall gearbeitet haben, aber die sind nicht mehr bei der Polizei in Hunters Point, und ich habe sie noch nicht ausfindig machen können.«

Norwood lehnte sich zurück. Er war fast nicht mehr zu sehen. Betsy hätte ein Königreich dafür gegeben, zu erfahren, was die vermißte Beamtin Page erzählt hatte, aber sie mußte diese Aussage verhindern, wenn die Gefahr bestand, daß Page Darius damit im Gefängnis behalten konnte.

»Es ist Viertel nach elf«, erklärte Norwood. »Wir vertagen die Sitzung auf halb zwei. Dann werde ich dazu Stellung nehmen.«

Norwood stand auf und verließ den Gerichtssaal. Harvey Cobb schlug mit dem Hammer, und alle anderen erhoben sich ebenfalls.

»Jetzt weiß ich, warum Page glaubt, ich hätte die Frauen umgebracht«, flüsterte Darius Betsy zu. »Wann können wir uns unterhalten?«

»Ich komme jetzt gleich ins Gefängnis.«

Betsy wandte sich an einen der Wachbeamten. »Können

Sie Mr. Darius in einen der Besuchsräume bringen? Ich möchte mit ihm sprechen.«

»Natürlich, Mrs. Tanenbaum. Wir warten noch, bis sich der Saal geleert hat, bevor wir ihn rausbringen. Wenn Sie möchten, können Sie zusammen mit uns den Gefängnisaufzug benutzen.«

»Danke, das ist nett.«

Der Beamte legte Darius Handschellen an. Betsy schaute zum hinteren Teil des Gerichtssaals und sah Lisa Darius neben der Tür stehen. Sie unterhielt sich mit Nora Sloane. Betsy lächelte ihr zu. Lisa gab das Lächeln nicht zurück, nickte aber in ihre Richtung. Betsy machte eine Handbewegung, die ihr bedeuten sollte, sie sei gleich bei ihr. Lisa sagte etwas zu Nora, Nora lächelte und tätschelte Lisas Schulter, dann verließ sie den Gerichtssaal.

»Ich muß kurz mit Lisa sprechen«, erklärte Betsy ihrem Klienten. Lisa wartete unmittelbar an der Tür des Gerichtssaals und beobachtete durch die Glasscheibe nervös die wartenden Reporter auf dem Gang.

»Diese Frau hat gesagt, sie arbeitet zusammen mit Ihnen an einem Artikel für den *Pacific West*«, sagte Lisa.

»Das stimmt. Sie will sich an meine Fersen heften, während ich Martins Fall bearbeite, um zu sehen, wie ich arbeite.«

»Sie wollte mit mir sprechen. Was soll ich machen?«

»Mrs. Sloane scheint vertrauenswürdig zu sein, aber das ist Ihre Entscheidung. Wie fühlen Sie sich?«

»Es ist fürchterlich. Die Reporter lassen mich einfach nicht in Ruhe. Als ich zu meinem Vater zog, mußte ich mich von unserem Grundstück durch die Wälder schleichen, damit sie nicht mitkriegten, wo ich hinging.«

»Tut mir leid, Lisa, aber das wird vorläufig nicht anders werden.«

Lisa zögerte einen Moment, dann fragte sie: »Wird der Richter Martin gegen Kaution freilassen?«

»Es ist gut möglich, daß er dazu gezwungen ist. Die Beweise des Staatsanwalts sind bis jetzt ziemlich dünn.«

Lisa sah betrübt aus.

»Bereitet Ihnen etwas Sorgen?«

»Nein«, antwortete Lisa ein bißchen zu schnell.

»Wenn Sie etwas über diese Sache wissen, dann sagen Sie es mir bitte. Ich möchte keine Überraschungen erleben.«

»Es liegt an den Reportern, die gehen mir wirklich auf die Nerven«, erklärte Lisa, doch Betsy wußte, daß sie log.

»Wir sind soweit«, meinte der Wachbeamte zu Betsy.

»Ich muß mit Martin sprechen. Er will, daß Sie ihn besuchen.«

Lisa nickte, doch in Gedanken schien sie weit weg zu sein.

»Wer ist Nancy Gordon?« fragte Betsy Darius. Sie saßen in dem kleinen Raum eng nebeneinander.

»Eines der Mitglieder der Sonderkommission. Ich habe sie an dem Abend, als Sandy und Melody ermordet wurden, zum ersten Mal gesehen. Sie hat mich in meinem Haus befragt. Nancy Gordon war mit einem Polizisten verlobt, der ein paar Wochen vor der Hochzeit erschossen wurde. Sie trauerte noch um ihn, als ich zu der Sonderkommission stieß. Sie versuchte, mir in meiner Trauer beizustehen.

Nancy und ich hatten verschiedentlich miteinander zu tun. Es war mir nicht klar, daß sie in meine freundschaftlichen Gefühle mehr hineininterpretierte, aber, nun ...« Darius sah Betsy in die Augen. Ihre Knie berührten sich fast. Er beugte den Kopf in ihre Richtung. »Ich war allein. Wir beide waren allein. Sie können nicht verstehen, was es bedeutet, wenn man das Liebste auf der Welt verliert, bis es Ihnen widerfährt.

Ich war davon überzeugt, daß Waters der Rosenmörder ist, und machte eine Dummheit. Ohne jemanden davon zu unterrichten, begann ich, ihn zu observieren. Ich habe sogar sein Haus durchsucht, um ihn auf frischer Tat zu ertappen.« Darius lächelte ein wenig dümmlich. »Ich habe Mist gebaut und fast die ganze Untersuchung in Gefahr gebracht. Ich habe mich so dumm angestellt, daß ein Nachbar die Polizei auf den verdächtigen Mann aufmerksam gemacht hat, der da vor dem Haus herumlungerte. Die Polizei rückte an, und ich kam mir vor wie ein Idiot. Nancy hat mich da herausgeholt. Wir haben uns dann in einem Restaurant in der Nähe der Polizeistation getroffen, und sie hat mir den Kopf zurechtgerückt.

Als wir mit dem Essen fertig waren, war es schon spät. Weil ihr Wagen zur Reparatur war, bot ich ihr an, sie nach Hause zu fahren. Wir hatten beide ein paar Bier getrunken, und ich kann mich nicht mehr erinnern, wie es dann genau weiterging. Im Endeffekt endete die Geschichte im Bett.«

Darius sah auf seine Hände, als ob er sich schämte. Dann schüttelte er den Kopf.

»Das war eine Dummheit. Ich hätte wissen müssen, daß sie es zu ernst nehmen würde. Ich meine, es tat uns beiden gut, jemanden bei sich zu haben. Wir waren beide so einsam. Aber sie glaubte, daß ich sie liebte, und das stimmte nicht. Es war zu kurz nach Sandy. Als ich die Beziehung nicht fortsetzen wollte, wurde sie böse. Glücklicherweise wurde Waters kurze Zeit später gefaßt, und meine Arbeit bei der Sonderkommission war zu Ende. Also gab es keinen Anlaß mehr, sich zu sehen. Doch Nancy konnte sich nicht damit abfinden. Sie rief mich zu Hause und im Büro an. Sie wollte, daß wir uns trafen und über uns sprachen. Ich habe ihr gesagt, daß es ein ›uns‹ nicht gab, aber ihr fiel es schwer, das zu begreifen.«

»Hat sie es denn schließlich begriffen?«

Darius nickte. »Sie rief nicht mehr an, doch ich wußte, daß sie mir böse war. Aber ich verstehe einfach nicht, wie sie darauf kommt, ich könnte Sandy und Melody getötet haben.«

»Wenn der Richter Page aussagen läßt, werden wir es erfahren.«

Kapitel zwölf

»Ich sage Ihnen, wie ich die Sache sehe, Mrs. Tanenbaum«, hob Richter Norwood an. »Ich weiß, was in der Verfassung über die Zeugen, mit denen der Angeklagte konfrontiert werden muß, steht, und ich behaupte nicht, daß Sie unrecht haben, aber dies hier ist eine Kautionsanhörung, und da liegt die Sache etwas anders als bei einem Prozeß. Mr. Page versucht, mich davon zu überzeugen, daß er so klare Beweise hat, daß eine Verurteilung in einem Prozeß fast sicher ist. Er glaubt, daß einige der Beweise im Prozeß von der vermißten Beamtin oder jemand anderem aus Hunter Point geliefert werden. Ich werde ihn reden und seine Beweise vorbringen lassen, aber ich werde ebenso in Rechnung stellen, daß seine Zeugin nicht da und er vielleicht beim Prozeß nicht in der Lage ist, sie oder einen der anderen Beamten zu präsentieren. Ich werde ihn aussagen lassen, behalte mir aber die Entscheidung vor, welche Bedeutung ich der Aussage beimesse. Wenn Ihnen meine Verhandlungsführung nicht gefällt, ist das Ihre Sache. Vielleicht irre ich mich. Dafür haben wir Berufungsgerichte. Doch jetzt und hier darf Mr. Page aussagen.«

Betsy hatte ihren Einspruch schon zu Protokoll gegeben, deshalb sagte sie nichts mehr, als Alan Page vereidigt wurde.

»Mr. Page«, begann Randy Highsmith die Befragung,

»am Abend, bevor die Leichen Victoria Millers, Wendy Reisers, Laura Farrars und des unbekannten Mannes auf dem Baugelände, das dem Beschuldigten gehört, gefunden wurden, hat Sie da eine Frau besucht?«

»Ja.«

»Wer war diese Frau?«

»Nancy Gordon, eine Polizeibeamtin aus Hunters Point im Staat New York.«

»Zum Zeitpunkt, als Nancy Gordon Sie aufgesucht hat, waren da die Einzelheiten im Zusammenhang mit dem Verschwinden der drei Frauen in Portland allgemein bekannt?«

»Im Gegenteil, Mr. Highsmith. Die Polizei und das Büro des Bezirksstaatsanwalts waren sich über die Zusammenhänge im Fall der verschwundenen Frauen nicht im klaren, deshalb wurden sie als vermißte Personen behandelt. Niemand wußte von den Parallelen zwischen den Fällen, und die Ehemänner haben mit uns zusammengearbeitet, um die Einzelheiten bei dem Verschwinden geheimzuhalten.«

»Was sind das für Gemeinsamkeiten, von denen Sie gesprochen haben?«

»Die schwarze Rose und der Zettel, auf dem steht AUF EWIG UNVERGESSEN.«

»Was hat Nancy Gordon gesagt, das Sie glauben ließ, sie verfüge über Informationen, die Ihnen bei der Aufklärung des mysteriösen Verschwindens der drei Frauen helfen könnten?«

»Sie wußte von den Rosen und den Mitteilungen.«

»Sagte sie, wo sie ihre Informationen herhat?«

»Aus Hunters Point, wo es vor zehn Jahren eine identische Serie von Fällen verschwundener Personen gab.«

»In welchem Zusammenhang stand sie mit den Fällen in Hunters Point?«

»Sie war Mitglied der Sonderkommission, die mit der Aufklärung der Verbrechen beschäftigt war.«

»Auf welche Weise erfuhr Nancy Gordon von den Ereignissen hier und den Gemeinsamkeiten zwischen beiden Fällen?«

»Sie sagte mir, daß sie eine Nachricht erhalten habe, die sie davon überzeugte, daß der Mörder von Hunters Point jetzt in Portland lebt.«

»Wer ist diese Person?«

»Sie kannte ihn als Peter Lake.«

»Hat Sie Ihnen Hintergrundinformationen über Peter Lake gegeben?«

»Ja. Peter Lake war ein erfolgreicher Anwalt in Hunters Point. Mit seiner Frau Sandra hatte er eine sechs Jahre alte Tochter, Melody. Die Frau und das Kind wurden umgebracht. Neben der Leiche Sandras wurden ein Zettel mit der Aufschrift AUF EWIG UNVERGESSEN und eine schwarze Rose gefunden. Lake besaß großen Einfluß in Hunters Point. Deshalb veranlaßte der Bürgermeister, daß der Rechtsanwalt in die Sonderkommission aufgenommen wurde. Lake wurde aber bald zum Hauptverdächtigen, ohne daß er etwas davon bemerkte.«

»Sind die Fingerabdrücke von Peter Lake mit denen von Martin Darius verglichen worden?«

»Ja.«

»Mit welchem Ergebnis?«

»Martin Darius und Peter Lake sind ein und dieselbe Person.«

Highsmith übergab dem Gerichtsdiener zwei Fingerabdruckkarten und das Gutachten eines Abdruckexperten und ließ sie als Beweise aufnehmen.

»Mr. Page, hat Detective Gordon Ihnen gesagt, warum sie davon überzeugt war, daß der Beschuldigte die Frauen in Hunters Point umgebracht hat?«

»Ja.«

»Erzählen Sie dem Gericht, was sie Ihnen mitgeteilt hat!«

»Zwischen Peter Lake und jeder der Frauen, die in Hunters Point getötet wurden, gab es Verbindungen. Gloria

Escalante saß bei einem Prozeß von Lake auf der Geschworenenbank. Samantha Reardon gehörte demselben County Club an wie die Lakes. Anne Hazeltons Mann war Anwalt. Sie und die Lakes haben sich auf Veranstaltungen der Anwaltskammer getroffen. Patricia Cross und Sandra Lake, Peters Frau, waren beide in der Junior League.

Detective Gordon traf Lake an dem Abend, als Sandra und Melody Lake ermordet worden waren. Es war dies das erste Mal, daß man eine Leiche gefunden hatte. In all den anderen Fällen, in denen Frauen verschwunden waren, fand man die Rose und den Zettel auf dem Bett der Frauen, nicht aber die Frauen. Keiner der Zettel wies Fingerabdrücke auf. Auf dem Zettel, den man bei den Lakes fand, waren die Abdrücke von Sandra Lake. Die Beamten waren davon überzeugt, daß Mrs. Lake den Zettel gefunden hatte und von ihrem Mann ermordet wurde, damit sie ihn nicht mit den verschwundenen Frauen in Verbindung bringen konnte, wenn die Sache irgendwann an die Öffentlichkeit kam. Die Beamten waren davon überzeugt, daß Melody sah, von wem ihre Mutter umgebracht wurde, und daß sie deshalb ebenfalls sterben mußte.«

»Gab es irgendwelche Unklarheiten über den Zeitpunkt, zu dem Peter Lake die Morde der Polizei meldete?«

»Ja. Peter Lake sagte aus, daß er die Leichen gleich, nachdem er das Haus betreten hatte, gefunden habe. Er habe sich dann im Schock einen Moment auf die Treppe gesetzt und danach den Notruf gewählt. Der Notruf wurde um Viertel nach acht entgegengenommen. Ein Nachbar sah Peter Lake allerdings kurz nach sieben Uhr zwanzig nach Hause kommen. Die Sonderkommission war deshalb davon überzeugt, daß die Opfer noch lebten, als Lake nach Hause kam, und daß er darum fünfundfünfzig Minuten brauchte, um die Morde zu melden.«

»Gab es noch etwas, was auf Lake hindeutete?«

»Ja, die Sache mit einem Mann namens Henry Waters, der bei einer Blumenhandlung angestellt war. Sein Lieferwagen wurde in der Nähe des Escalante-Hauses gesehen, als die Frau verschwand. Waters war als Exhibitionist einschlägig vorbestraft. Die Leiche von Patricia Cross wurde im Keller von Waters' Haus gefunden. Sie war bestialisch zugerichtet, genauso wie die drei Frauen hier in Portland.

Waters stand nie wirklich unter Verdacht, aber das wußte Lake nicht. Waters befand sich in ständiger Behandlung, und er war noch nie als gewalttätig aufgefallen. Zwischen ihm und den anderen Opfern gab es keine Verbindung. Ohne jemandem davon zu erzählen, hatte Lake Waters observiert und war einige Tage, bevor die Leiche von Patricia Cross gefunden wurde, in sein Haus eingedrungen.«

»Was hat die Polizei zu Waters' Haus geführt?«

»Ein anonymer Anrufer, der nie identifiziert werden konnte. Die Beamten der Sonderkommission waren davon überzeugt, daß Lake Patricia Cross in Waters Haus gebracht, sie im Keller umgebracht und selbst die Polizei angerufen hat.«

»Warum wurde Lake in Hunters Point nicht angeklagt?«

»Waters wurde bei der Festnahme erschossen. Der Polizeichef und der Bürgermeister stellten auf einer Pressekonferenz Waters als den Rosenmörder hin. Es gab keine weiteren Morde, und der Fall wurde abgeschlossen.«

»Warum kam Detective Gordon nach Portland?«

»Als sie von den besonderen Umständen der Fälle, den Rosen und den Mitteilungen, hier in Portland erfuhr, war ihr klar, daß ein und dieselbe Person für die Verbrechen in Hunters Point und in Portland verantwortlich sein mußte, denn die Farbe der Rosen und der Inhalt der Mitteilungen ist der Öffentlichkeit in Hunters Point nie zugänglich gemacht worden.«

»Wohin ging Nancy Gordon, nachdem Sie Ihre Wohnung verlassen hatte?«

»Ins Lakeview Motel. Der Manager sagt aus, daß sie ungefähr zwanzig Minuten, nachdem sie bei mir weggefahren ist, dort ankam.«

»Haben Sie Detective Gordon seitdem getroffen oder mit ihr gesprochen?«

»Nein. Sie ist verschwunden.«

»Haben Sie ihr Zimmer im Motel durchsucht?«

Page nickte. »Es machte alles den Anschein, als ob sie beim Auspacken war, als irgend etwas passierte. Als sie bei mir war, hatte sie eine Aktentasche bei sich, in der sich Unterlagen befanden, die den Fall betrafen. Diese fehlte. Außerdem fanden wir die Adresse des Baugeländes, auf dem wir die Leichen gefunden haben, auf einem Zettel neben dem Telefon.«

»Was schließen Sie daraus?«

»Jemand muß sie angerufen und ihr die Adresse durchgegeben haben.«

»Was, glauben Sie, ist dann passiert?«

»Nun, sie hatte selbst keinen Wagen. Wir haben alle Taxi-Unternehmen überprüft. Keines hat sie vom Lakeview abgeholt. Ich glaube, die Person, die sie angerufen hat, hat sie auch abgeholt.«

»Keine weiteren Fragen, Euer Ehren.«

Betsy lächelte Page zu, doch der gab das Lächeln nicht zurück. Grimmig dreinblickend, saß er steif mit geradem Rücken da, die Hände im Schoß gefaltet.

Betsy begann mit ihrer Befragung.

»Mr. Page, in Hunters Point hat sicher eine sehr umfangreiche polizeiliche Untersuchung stattgefunden, oder?«

»Das hat Detective Gordon gesagt.«

»Ich nehme an, Sie haben die Berichte gelesen.«

»Nein, das habe ich nicht«, antwortete Page und rutschte dabei nervös auf seinem Stuhl herum.

»Warum nicht?«

»Ich habe sie nicht.«

»Haben Sie sie aus Hunters Point angefordert?«

»Nein.«

Betsy zog die Brauen hoch. »Wenn Sie vorhaben, Detective Gordon als Zeugin zu benennen, dann müssen Sie ihre Berichte vorlegen!«

»Das weiß ich.«

»Warum haben Sie die Berichte nicht angefordert?«

Page wurde rot. »Sie sind verlegt worden.«

»Wie bitte?«

»Die Polizei in Hunters Point sucht danach. Die Akten hätten im Archiv sein müssen. Dort waren sie aber nicht. Wir glauben, daß Detective Gordon wissen könnte, wo sie sind, weil sie mir einige Unterlagen gab. Dazu gehört Peter Lakes Fingerabdruckkarte, die aus den Akten stammen könnte.«

Betsy entschied sich, zu einem anderen Punkt überzugehen.

»Bei der Befragung haben Sie wiederholt gesagt ›die Beamten der Sonderkommission sind überzeugt‹. Haben Sie mit diesen Beamten gesprochen?«

»Mit niemandem, außer mit Detective Gordon.«

»Wissen Sie überhaupt, wo die anderen Beamten sind?«

»Ich habe vor kurzem erfahren, daß Frank Grimsbo inzwischen Sicherheitschef bei der Marlin Steel Company ist.«

»Wo hat er sein Büro?«

»In Albany, New York.«

Betsy machte sich eine Notiz.

»Sie haben noch nicht mit Grimsbo gesprochen?«

»Nein.«

»Kennen Sie die Namen der anderen Beamten?«

»Außer Nancy Gordon und Frank Grimsbo gab es noch einen Mann von der Spurensicherung, Glen Michaels, und einen weiteren Detective namens Wayne Turner.«

Betsy notierte auch diese Namen. Als sie wieder aufsah, saß Page wie versteinert da.

»Mr. Page, stimmt es, daß Sie keinen Beweis für die Geschichte haben, die Ihnen Ihre geheimnisvolle Besucherin erzählt hat?«

»Außer der Aussage des Detectives, nein.«

»Welches Detectives?«

»Nancy Gordon.«

»Sie haben diese Frau an diesem Abend zum ersten Mal gesehen, stimmt das?«

Page nickte.

»Haben Sie jemals eine Fotografie von Nancy Gordon gesehen?«

»Nein.«

»Also können Sie nicht sagen, daß diese Person, die sich Ihnen als Detective Nancy Gordon vorgestellt hat, wirklich Nancy Gordon war, oder?«

»Bei der Polizei in Hunters Point arbeitet eine Nancy Gordon.«

»Das bezweifle ich nicht. Aber Sie wissen nicht, ob dies die Person ist, die Sie aufgesucht hat?«

»Nein.«

»Es gibt auch keinen Beweis, daß diese Frau tot oder Opfer einer Verschwörung ist?«

»Nein.«

»Oder Anzeichen eines Kampfes?«

»Nein«, gab Page widerstrebend zu.

»Gab es Zeugen bei der Ermordung von Melody und Sandra Lake?«

»Möglicherweise ist Ihr Klient Zeuge gewesen«, gab Page provozierend zurück.

»Sie haben nichts außer Theorien, vorgebracht von dieser geheimnisvollen Frau, um Ihre Position zu stützen.«

»Das stimmt.«

»Stimmt es nicht auch, daß der Polizeichef von Hunters Point und der Bürgermeister offiziell erklärt haben, daß Henry Waters der Mörder der Frauen gewesen ist?«

»Ja.«

»Das schließt auch Sandra und Melody Lake ein?«

»Ja.«

»Das macht Mr. Lake oder Mr. Darius zu einem der Betroffenen, nicht wahr?«

Page antwortete nicht, und Betsy zwang ihn auch nicht dazu.

»Mr. Page, in Hunters Point gab es sechs Opfer, einschließlich eines sechs Jahre alten Mädchens. Können Sie sich einen Grund vorstellen, warum Vertreter des öffentlichen Lebens den Fall abschließen und eine Person als Täter benennen, wenn auch nur der geringste Verdacht besteht, daß der Mörder noch frei herumläuft?«

»Vielleicht wollten die Verantwortlichen die Öffentlichkeit beruhigen.«

»Sie meinen also, daß diese öffentliche Ankündigung ein geplanter Schachzug war, um den Mörder in Sicherheit zu wiegen, während man immer noch auf seiner Spur war?«

»Genau.«

»Aber die Untersuchungen waren abgeschlossen, war es nicht so?«

»Nicht nach dem, was Detective Gordon sagt.«

»Die Mordserie brach ab, nachdem Mr. Waters tot war?«

»Ja.«

Betsy legte eine Pause ein und schaute Richter Norwood in die Augen.

»Keine weiteren Fragen, Euer Ehren.«

»Mr. Highsmith?« wand sich Richter Norwood an ihn.

»Ich habe auch keine Fragen mehr an Mr. Page.«

»Mr. Page, Sie sind als Zeuge entlassen.«

Page stand langsam auf. Er wirkte müde und niedergeschlagen. Betsy war zufrieden mit sich. Es machte ihr keinen Spaß, Page auseinanderzunehmen, denn er war einer von der anständigen Sorte, doch er verdiente den Ärger, den er sich selbst zuzuschreiben hatte. Es war klar, daß er Martin Darius mit fadenscheinigen Beweisen hatte verhaften, ihn einige Tage im Gefängnis hatte schmoren lassen und außerdem Darius' Ruf erheblich geschädigt hatte. Eine öffentliche Niederlage war ein niedriger Preis, den er für diese Art von Mißbrauch seines Amtes bezahlen mußte.

»Gibt es noch weitere Zeugen?« fragte der Richter.

»Ja, Euer Ehren. Zwei, aber das wird nicht lange dauern«, antwortete Highsmith.

»Fahren Sie fort!«

»Wir rufen Ian White in den Zeugenstand.«

Ein untersetzter Mann in einem schlecht sitzenden braunen Anzug eilte von der Rückseite des Gerichtssaals nach vorn. Bei der Vereidigung lächelte er nervös. Betsy schätzte ihn auf Anfang Dreißig.

»Mr. White, womit verdienen Sie Ihren Lebensunterhalt?« fragte ihn Randy Highsmith.

»Ich bin Vertreter für Werkzeuge.«

»Wo ist der Sitz Ihres Unternehmens?«

»Phoenix, Arizona, aber mein Verkaufsgebiet ist Oregon, Montana, Washington, Idaho und Teile von Nordkalifornien an der Grenze zu Oregon.«

»Wo waren Sie am elften Oktober dieses Jahres um zwei Uhr nachmittags?«

Das Datum kam Betsy bekannt vor. Sie schaute im Polizeibericht nach. An diesem Abend wurde Victoria Miller als vermißt gemeldet.

»In meinem Zimmer im Hacienda Motel«, antwortete White.

»Wo ist dieses Motel?«

»In Vancouver, Washington.«

»Warum waren Sie in Ihrem Zimmer?«

»Ich war gerade angekommen. Ich hatte eine Verabredung um drei. Ich wollte vorher noch meine Koffer auspacken, mich duschen und umziehen.«

»Erinnern Sie sich an die Zimmernummer?«

»Nun, Sie haben mir eine Kopie meines Anmeldeformulars gezeigt, meinen Sie das?«

Highsmith nickte.

»Die Nummer war 102.«

»Wo liegt dieser Raum von der Rezeption aus gesehen?«

»Direkt daneben im Erdgeschoß.«

»Mr. White, haben Sie so gegen zwei Uhr irgend etwas in dem Raum neben sich gehört?«

»Ja. Eine Frau weinte und schrie.«

»Erzählen Sie dem Richter davon.«

»Gut«, sagte White und rutschte auf seinem Sitz herum, so daß er zu Norwood aufsehen konnte. »Ich habe erst etwas gehört, als ich aus der Dusche kam und das Wasser nicht mehr lief. Sobald ich es abgedreht hatte, hörte ich einen Schrei, so, als ob jemand Schmerzen hat. Ich war entsetzt. Die Wände in dem Hotel sind nicht besonders massiv. Ich hörte eine Frau betteln, daß man ihr nicht weh tun solle, sie weinte und schluchzte. Es war schwer, einzelne Worte zu verstehen, aber ein paar konnte ich aufschnappen.«

»Wie lange hat das gedauert?«

»Nicht lange.«

»Haben Sie den Mann oder die Frau aus dem anderen Raum irgendwann gesehen?«

»Ich habe die Frau gesehen. Ich überlegte, ob ich den Manager anrufen sollte, aber dann war wieder alles ruhig. Wie ich schon sagte, es dauerte nicht lang. Egal, ich zog mich für meine Verabredung an und verließ mein Zimmer gegen halb drei. Die Frau kam zur selben Zeit aus ihrem Zimmer.«

»Die Frau aus dem Raum nebenan?«

White nickte.

»Können Sie sich erinnern, wie sie ausgesehen hat?«

»Ja. Sehr attraktiv. Eine Blondine mit einer Spitzenfigur.«

Highsmith ging zum Zeugenstand und zeigte White eine Fotografie.

»Kommt Ihnen diese Frau bekannt vor?«

White studierte das Foto. »Das ist sie.«

»Sind sie sicher?«

»Hundertprozentig sicher.«

»Euer Ehren«, sagte Highsmith, »ich lege den Beweis der Staatsanwaltschaft Nr. 35 vor, eine Fotografie von Victoria Miller.«

»Kein Einspruch«, erklärte Betsy.

»Keine weiteren Fragen«, schloß Highsmith die Vernehmung ab.

»Ich habe keine Fragen an Mr. White«, meinte Betsy zum Richter.

»Sie sind entlassen, Mr. White«, beschied Norwood dem Zeugen.

»Die Staatsanwaltschaft ruft Ramon Gutierrez in den Zeugenstand.«

Ein gut angezogener, braunhäutiger Mann mit einem bleistiftdünnen Schnurrbart betrat den Zeugenstand.

»Wo arbeiten Sie, Sir?« fragte ihn Randy Highsmith.

»Im Hacienda Motel.«

»Das ist in Vancouver?«

»Ja.«

»Als was arbeiten Sie dort?«

»Als Tagesportier.«

»Was machen Sie an den Abenden?«

»Ich besuche Collegekurse an der Portland State University.«

»Was studieren Sie?«

»Grundkurs Medizin.«

»Sie wollen also Ihren Weg machen?« fragte Highsmith lächelnd.

»Ja.«

»Dazu gehört bestimmt viel Energie.«

»Es ist nicht immer leicht.«

»Mr. Gutierrez, haben sie am elften Oktober dieses Jahres im Hacienda gearbeitet?«

»Ja.«

»Beschreiben Sie doch bitte die Örtlichkeiten des Motels.«

»Es ist ein zweistöckiges Gebäude. Eine Balustrade führt in Höhe des ersten Stockes um das Gebäude herum. Die Rezeption befindet sich am nördlichen Ende des Erdgeschosses, daran schließen sich die Zimmer an.«

»Wie sind die Zimmer im Erdgeschoß numeriert?«

»Das Zimmer direkt neben der Rezeption hat die Nummer 102. Das Zimmer danach die Nummer 103 und so weiter.«

»Haben Sie die Belegungsliste vom elften Oktober mitgebracht?«

»Ja«, Gutierrez reichte dem stellvertretenden Staatsanwalt ein großes, gelbes Blatt.

»Wer hat den Raum 102 an diesem Tag bezogen?«

»Ian White aus Phoenix, Arizona.«

Highsmith drehte dem Zeugen den Rücken zu und blickte zu Martin Darius.

»Wer hatte den Raum 103?«

»Eine Elizabeth McGovern aus Seattle.«

»Haben Sie Mrs. McGovern den Schlüssel ausgehändigt?«

»Ja.«

»Um welche Zeit?«

»Kurz nach zwölf Uhr.«

»Ich zeige dem Zeugen das Beweisstück 35. Erkennen Sie diese Frau?«

»Das ist Mrs. McGovern.«

»Sind Sie sicher?«

»Ja. Sie war ein Ereignis«, sagte Gutierrez traurig. »Später sah ich ihr Bild dann im *Oregonian*. Ich erkannte sie sofort wieder.«

»Von welchem Bild sprechen Sie?«

»Das Bild der ermordeten Frauen. Nur daß dort behauptet wurde, ihr Name sei Victoria Miller.«

»Haben sie das Büro des Bezirksstaatsanwalts sofort, nachdem Sie die Zeitung gelesen hatten, angerufen?«

»Sofort. Ich habe mit Mr. Page gesprochen.«

»Warum haben Sie angerufen?«

»In der Zeitung stand, daß die Frau an diesem Abend, dem elften Oktober, verschwunden ist. Also dachte ich, daß die Polizei vielleicht daran interessiert ist, was ich über den Kerl zu sagen habe.«

»Welchen Kerl?«

»Der, der mit ihr in dem Zimmer war.«

»Sie haben einen Mann in Mrs. Millers Zimmer gesehen?«

»Nun, nicht im Zimmer selbst, sondern ich habe ihn kommen und gehen gesehen. Er war schon öfters dagewesen.«

»Mit Mrs. Miller?«

»Ja. So ein-, zweimal in der Woche. Sie mietete das Zimmer, und er kam später nach.« Gutierrez schüttelte den Kopf. »Ich verstehe aber eins nicht. Wenn er schon auf einen heimlichen Seitensprung aus war, warum ist er dann mit diesem Wagen gefahren?«

»Welchem Wagen?«

»Diesem wunderbaren schwarzen Ferrari.«

Highsmith suchte zwischen den Beweisstücken auf dem Tisch des Gerichtsdieners nach einem Foto und reichte es dann dem Zeugen.

»Ich lege dem Zeugen das Beweisstück Nr. 19 der Staatsanwaltschaft vor, eine Fotografie von Martin Darius' schwarzem Ferrari, und frage ihn, ob dies der Wagen ist, den der Mann fuhr, der Mrs. Miller in dem Motelzimmer besuchte.«

»Ich weiß, das ist der Wagen.«

»Woher wissen Sie das?«

Gutierrez deutete zum Tisch der Verteidigung hinüber. »Das ist Martin Darius, richtig?«

»Ja, Mr. Gutierrez.«

»Das ist der Kerl.«

»Warum haben Sie mir nichts von Victoria Miller gesagt?« fragte Betsy Martin Darius, sobald sie allein im Besuchsraum waren.

»Beruhigen Sie sich!« meinte Darius geduldig.

»Sagen Sie nicht, ich soll mich beruhigen!« entgegnete ihm Betsy, wütend über die eiskalte Ruhe ihres Klienten.

»Verdammt, Martin, ich bin Ihr Anwalt! Glauben Sie nicht, daß es mich interessieren könnte, wenn Sie eines der Opfer am Tag seines Verschwindens mißhandelt haben?«

»Ich habe sie nicht mißhandelt. Ich habe ihr gesagt, daß Schluß ist, da wurde sie hysterisch. Sie ist auf mich losgegangen, also mußte ich mich wehren. Und außerdem, was hat der Umstand, daß ich Vicky gebumst habe, mit der Kaution zu tun?«

Betsy schüttelte den Kopf. »Das bricht Ihnen das Genick, Martin. Ich kenne Norwood. Er ist geradeheraus und genau das, was man konservativ nennt. Der Mann ist seit vierzig Jahren mit der gleichen Frau verheiratet und geht jeden Sonntag in die Kirche. Wenn Sie mir Bescheid gesagt hätten, dann hätte ich den Knalleffekt vielleicht etwas abschwächen können.«

Darius zuckte mit den Schultern. »Tut mir leid«, erklärte er, aber er meinte offensichtlich nicht, was er sagte.

»Hatten Sie auch ein Verhältnis mit Laura Farrar oder Wendy Reiser?«

»Ich habe sie kaum gekannt.«

»Was war mit dieser Feier für das Einkaufszentrum?«

»Da waren Hunderte von Leuten. Ich kann mich nicht einmal erinnern, ob ich mit Laura oder Wendy geredet habe.«

Betsy lehnte sich zurück. Sie fühlte sich sehr unwohl mit Darius allein in der Enge des Besuchszimmers.

»Wohin sind Sie gegangen, nachdem sie das Hacienda Motel verlassen haben?«

Darius lächelte dümmlich. »Zu einem Geschäftstermin bei BRAND, GATES & VALCROFT. Dort habe ich mit Russ Miller und den anderen über den Werbeetat für die Baugesellschaft gesprochen. Ich wollte ihm die Leitung über den Etat geben. Aber das ist ja jetzt nicht mehr nötig.«

»Sie sind vielleicht ein Scheißkerl, Martin. Sie treiben es mit seiner Frau und werfen ihm dann einen Knochen hin. Nun, da sie tot ist, machen Sie auch noch Witze über sie.

Dr. Gregg hat ausgesagt, daß sie noch Stunden, nachdem man sie aufgeschlitzt hat, mit wahnsinnigen Schmerzen gelebt haben könnte. Können Sie sich vorstellen, wie sie gelitten haben muß, bevor sie starb?«

»Nein, Mrs. Tanenbaum, ich weiß nicht, wie sie gelitten hat«, meinte Darius, und das Lächeln auf seinem Gesicht verschwand, »weil ich sie nicht umgebracht habe. Wie wäre es, wenn Sie etwas von Ihrem Mitgefühl an mich verschwenden würden? Ich bin der, den man hereinlegen will. Ich bin derjenige, der jeden Morgen im Gefängnis aufwacht und den Fraß essen muß, den sie hier als Essen bezeichnen.«

Betsy starrte Darius an und stand auf. »Wache!« rief sie und schlug gegen die Tür. »Für heute habe ich genug von Ihnen, Martin.«

»Beruhigen Sie sich!«

Der Wachbeamte bückte sich, um den Schlüssel ins Schloß zu stecken.

»Wenn wir das nächste Mal miteinander reden, dann möchte ich die ganze Wahrheit. Und das schließt Hunters Point mit ein.«

Die Tür öffnete sich. Als Darius Betsy nachblickte, wie sie davonging, zeigte sich auf seinen Lippen ein dünnes Lächeln.

KAPITEL DREIZEHN

1

Die Firma International Exports hatte eine kleine Büroflucht im zweiundzwanzigsten Stock des First Interstate Bank Towers. Versteckt in einer Ecke, befanden sich die Räume neben einer Versicherungsgesellschaft. Eine Lateinamerikanerin in mittleren Jahren blickte von ihrem Computer auf, als Reggie Stewart den Raum betrat. Sie sah überrascht aus, so, als ob Besucher etwas höchst Ungewöhnliches waren.

Wenig später saß Stewart Manuel Ochoa, einem gut gekleideten, dicken Mexikaner dunkler Hautfarbe mit graumeliertem Schnurrbart an dessen Schreibtisch gegenüber.

»Diese Geschichte mit Martin ist einfach schrecklich. Euer Staatsanwalt muß verrückt sein, einen so prominenten Mann einzusperren. Bestimmt gibt es keine Beweise gegen ihn«, sagte Ochoa, während er Stewart ein dünnes Zigarillo anbot.

Stewart wies das Angebot mit einer Handbewegung zurück.

»Um ehrlich zu sein, wir wissen nicht, was Page in der Hand hat. Er spielt mit verdeckten Karten. Darum suche ich Leute auf, die Mr. Darius kennen. Wir wollen herausbekommen, was Page vorhat.«

Anteilnehmend schüttelte Ochoa den Kopf. »Ich werde alles tun, um Ihnen zu helfen, Mr. Stewart.«

»Dann erzählen Sie mir doch mal, in welchem Verhältnis Sie zu Mr. Darius stehen.«

»Wir sind Geschäftspartner. Er wollte ein Einkaufszentrum in der Nähe von Medford bauen, und die Banken waren nicht bereit, ihm das Geld dafür zu geben. Also kam er zu mir.«

»Wie läuft das Unternehmen?«

»Leider nicht gut. Martin hat in der letzten Zeit Ärger gehabt. Da ist die unglückliche Sache mit den Leichen, die man auf seinem Baugelände gefunden hat. Außerdem hat er in diesen Appartementkomplex eine Menge Geld investiert. Die Schulden erdrücken ihn fast. Unser Unternehmen stagniert auch.«

»Wie ernst ist Darius' finanzielle Situation?«

Ochoa stieß den Rauch in Richtung Decke aus. »Ernst. Ich bin etwas beunruhigt über meine Investition, aber natürlich habe ich mich abgesichert.«

»Wenn Mr. Darius in Haft bleiben muß oder gar verurteilt wird, was wird mit seinem Geschäft?«

»Das weiß ich nicht. Martin ist das Gehirn seiner Firma, aber er hat auch kompetente Leute, die für ihn arbeiten.«

»Wie gut sind Sie mit Mr. Darius befreundet?«

Ochoa nahm einen tiefen Zug an seinem Zigarillo.

»Bis vor kurzem waren wir befreundet, könnte man sagen, aber wir waren eigentlich eher Geschäftspartner. Ich habe Martin zu mir nach Hause eingeladen, und wir haben uns gelegentlich getroffen. Wie auch immer, die geschäftlichen Schwierigkeiten haben das Verhältnis abgekühlt.«

Stewart legte Fotografien der drei Frauen auf den Tisch und ein Blatt Papier, auf dem die Daten ihres Verschwindens standen.

»Waren Sie an einem der Tage mit Mr. Darius zusammen?«

»Ich denke nicht.«

»Was ist mit den Bildern? Haben Sie Mr. Darius jemals mit einer dieser drei Frauen gesehen?«

Ochoa studierte die drei Fotos, dann schüttelte er den Kopf. »Nein, aber ich habe Darius mit anderen Frauen gesehen.« Stewart zog einen Notizblock heraus. »Ich habe ein großes Haus und lebe allein. Ich bin gern mit Freunden zusammen. Einige dieser Freunde sind attraktive, alleinstehende Frauen.«

»Können Sie mir das bitte erklären, Mr. Ochoa?«

Ochoa lachte. »Martin hat eine Vorliebe für attraktive junge Frauen, aber er war immer diskret. Ich habe Gästezimmer für meine Freunde.«

»Hat Mr. Darius Drogen genommen?«

Ochoa blickte Stewart verwundert an. »Was hat das mit Ihrem Fall zu tun, Mr. Stewart?«

»Ich muß alles wissen, was ich über meinen Klienten erfahren kann. Man weiß nie im voraus, was wichtig werden könnte.«

»Ich weiß nichts von Drogen«, sagte Ochoa. Er warf einen Blick auf seine Rolex: »Es tut mir leid, aber ich habe jetzt einen Termin.«

»Danke, daß Sie sich Zeit für mich genommen haben.«

»Es war mir ein Vergnügen. Wenn ich noch helfen kann, lassen Sie es mich wissen. Und ich wünsche Martin alles Gute.«

2

Nora Sloane wartete auf einer der Bänke neben den Aufzügen des Gerichtsgebäudes auf Betsy.

»Haben Sie mit Mr. Darius gesprochen?«

»Martin ist einverstanden.«

»Prima!«

»Treffen wir uns nach der Verhandlung, damit ich Ihnen einige grundlegende Verhaltensmaßregeln mitteile.«

»In Ordnung. Wissen Sie, wie der Richter Norwood entscheiden wird?«

»Nein. Sein Büro hat nur mitgeteilt, daß wir um zwei hier sein sollen.«

Betsy lief um die Ecke in Richtung des Verhandlungssaals, der sich am Ende des Flurs befand. Vor dem Gerichtssaal wimmelte es von Menschen. Fernsehteams standen vor der Tür herum, und ein Wachbeamter kontrollierte die Leute mit einem Metalldetektor. Betsy zeigte ihren Ausweis, und der Beamte trat zur Seite. Betsy und Nora Sloane gingen hinter ihm vorbei in den Gerichtssaal, ohne durch den Metalldetektor zu müssen.

Martin Darius und Alan Page befanden sich schon im Saal. Betsy glitt auf den Stuhl neben Darius und nahm ihre Unterlagen und einen Schreibblock aus ihrem Aktenkoffer.

»Haben Sie Lisa gesehen?« fragte er.

Betsy schaute sich in dem vollbesetzten Gerichtssaal um. »Ich habe meiner Sekretärin gesagt, sie soll sie anrufen, aber bis jetzt ist sie noch nicht da.«

»Wie wird er entscheiden, Mrs. Tanenbaum?«

Darius versuchte, beiläufig zu klingen, doch seine Stimme zitterte etwas.

»Bald werden wir es wissen«, antwortete Betsy, als Harvey Cobb den Hammer erklingen ließ.

Richter Norwood kam gemessenen Schrittes aus seinem Zimmer. Er hatte mehrere gelbe Blätter linierten Papiers in der Hand. Norwood gehörte zu den Männern, die die direkte Art vorzogen. Wenn er sich die Zeit genommen hatte, die Gründe für seine Entscheidung aufzuschreiben, dann erwartete er, daß der Fall in die Berufung ging.

»Diese Sache ist ziemlich problematisch«, begann der Richter ohne lange Vorrede. »Jemand hat vier unschuldige Menschen brutal gefoltert und getötet. Diese Person darf nicht frei herumlaufen. Auf der anderen Seite gibt es in diesem Land den Grundsatz, daß jede Person als unschuldig zu gelten hat, bis ihre Schuld bewiesen ist. Gleichzeitig haben wir das verfassungsmäßige Recht auf Freilassung nach Stellung einer Kaution, die einem Beschuldigten in einer Mordsache nur dann verweigert werden kann, wenn die Staatsanwaltschaft sichere Beweise dafür hat, daß er schuldig ist.

Mr. Page, Sie haben bewiesen, daß diese Personen ermordet wurden. Sie haben bewiesen, daß diese Menschen auf einem Baugelände vergraben waren, das der Darius-Baugesellschaft gehört und das er öfters aufgesucht hat. Sie haben bewiesen, daß Mr. Darius die drei weiblichen Opfer gekannt hat. Sie haben auch bewiesen, daß er eine Affäre mit einem der drei Opfer hatte und daß er die Frau am Tag ihres Verschwindens wahrscheinlich geschlagen hat. Was Sie jedoch nicht mit klaren Beweisen belegt haben, ist die Verbindung des Beschuldigten mit den Morden.

Niemand hat gesehen, daß Mr. Darius diese Menschen umgebracht hat. Es gibt keinen Indizienbeweis, der ihn mit einer der Leichen oder einem der Orte, an dem die Frauen verschwanden, in Verbindung bringen würde. Sie haben festgestellt, daß die Reifenspuren an der Baustelle mit dem Profil der Reifen an Mr. Darius' BMW übereinstimmen, doch Mr. Darius hat die Baustelle häufig aufgesucht. Zugegeben, es ist verdächtig, daß die Spuren zu dem Loch im Zaun führen, doch das reicht nicht aus, besonders, wenn es keinen Beweis für eine Verbindung eines der Opfer mit dem BMW gibt.

Ich weiß, Sie haben angeführt, daß Mr. Darius die Beweise beseitigt hat, indem er den Kofferraum gereinigt hat. Das wirkt verdächtig. Aber der Maßstab, den ich bei dieser Kautionsanhörung anlegen muß, heißt: klare und überzeugende Beweise, und das Nichtvorhandensein dieser Beweise, egal, wie verdächtig die Umstände sein mögen, kann kein Ersatz für die Beweise selbst sein.

Nun, Mr. Page, die Krux in Ihrem Fall sind die Informationen, die Sie von dieser Nancy Gordon erhalten haben. Aber sie war nun einmal nicht hier, und so konnte sie von

Mrs. Tanenbaum nicht ins Kreuzverhör genommen werden. Warum ist sie nicht hier? Wir wissen es nicht. Liegt es daran, daß sie ein falsches Spiel treibt, sich die Geschichte, die sie Ihnen erzählt hat, nur ausgedacht hat und intelligent genug ist, diesem Gericht aus dem Weg zu gehen?

Selbst wenn ich glaube, was Sie sagen, Mr. Page, dann hat Mr. Darius nur dann die Morde in Hunters Point begangen, wenn wir Detective Gordons Theorie für zutreffend halten. Dieser Henry Waters wurde von der Polizei in Hunters Point als Mörder präsentiert. Wenn Waters der Mörder ist, dann ist Mr. Darius eins seiner Opfer.«

Norwood machte eine Pause und trank einen Schluck Wasser. Betsy unterdrückte ein siegessicheres Lächeln. Sie warf einen Blick zur Seite auf Alan Page, der steif dasaß, die Augen unverwandt nach vorn gerichtet.

»Die Kaution wird auf eine Million Dollar festgesetzt. Mr. Darius wird gegen Hinterlegung von zehn Prozent der Summe auf freien Fuß gesetzt.«

»Euer Ehren!« rief Page und sprang auf.

»Das wird Ihnen nicht helfen, Mr. Page. Ich habe eine Entscheidung getroffen. Ich persönlich bin überrascht, daß Sie so schlecht vorbereitet in diese Anhörung gegangen sind.«

Norwood drehte dem Staatsanwalt den Rücken zu und verließ den Saal.

»Ich wußte, daß es richtig war, Sie anzustellen, Mrs. Tanenbaum«, meinte Darius. »Wie lange wird es dauern, bis ich hier heraus bin?«

»So lange wie Sie brauchen, um die Kaution zu hinterlegen, und das Gefängnis, um die Entlassungspapiere auszustellen.«

»Dann rufen Sie Terry Stark, meinen Buchhalter, in der Firma an. Er wartet schon darauf. Teilen Sie ihm die Summe mit. Er soll sie sofort hier hinterlegen.«

Nora Sloane wartete, bis Betsy die Fragen der Presse beantwortet hatte, dann ging sie mit ihr zu den Aufzügen.

»Sie müssen sich toll fühlen«, meinte Nora.

Betsy wollte Nora schon das gleiche sagen, was sie den Reportern erzählt hatte, aber sie mochte Nora und fühlte, daß sie ihr vertrauen konnte.

»Eigentlich nicht.«

»Warum nicht?«

»Ich gebe zu, es ist ein tolles Gefühl, gewonnen zu haben, aber Norwood hat recht. Page hat den Fall sehr schlecht vorbereitet. Jeder hätte bei der Anhörung gewonnen. Wenn das alles ist, was Page in der Hand hat, dann wird der Fall nicht einmal verhandelt.

Gleichzeitig frage ich mich, wer Martin Darius wirklich ist. Wenn er der Ehemann und Vater ist, dessen Frau und Kind brutal ermordet von ihm gefunden wurden, dann habe ich heute das Richtige getan. Was aber, wenn er die Frauen in der Baugrube doch ermordet hat?«

»Sie halten ihn für schuldig?«

»Das habe ich nicht gesagt. Martin schwört darauf, unschuldig zu sein, und mir ist nichts untergekommen, was das Gegenteil beweisen würde. Ich meine damit, ich weiß immer noch nicht genau, was hier oder in Hunters Point passiert ist.«

»Wenn Sie sicher wüßten, daß Darius der Rosenmörder ist, würden Sie ihn dann weiter verteidigen?«

»Wir haben hier in Amerika ein bestimmtes Rechtssystem. Es ist nicht perfekt, aber es funktioniert jetzt schon seit zweihundert Jahren. Es beruht darauf, daß man jedem, der vor Gericht muß, einen fairen Prozeß garantiert, egal, was er getan hat. Wenn man einmal damit anfängt, jemanden, aus welchen Gründen auch immer, schon vorher zu diskriminieren, dann bricht das System zusammen. Wirkliche Belastungsproben für ein solches System sind Fälle, in denen man es mit Leuten wie Bundy oder Manson zu tun hat, die jedermann fürchtet und verachtet. Wenn auch diese Leute einen fairen Prozeß bekommen, dann können wir behaupten, daß wir in einem Rechtsstaat leben.«

»Können Sie sich einen Fall vorstellen, den Sie nicht übernehmen würden?« wollte Nora wissen. »Einen Klienten, den Sie vielleicht als so abstoßend empfinden, daß Ihr Gewissen es nicht zulassen würde?«

»Das ist die Frage, mit der man sich auseinandersetzen muß, wenn man sich für diesen Beruf entscheidet. Wenn man einen solchen Klienten nicht verteidigen kann, dann sollte man die Finger vom Strafrecht lassen.«

Betsy sah auf die Uhr. »Hören Sie, Nora, das muß für heute reichen. Ich muß mich vergewissern, daß die Kaution hinterlegt wird. Außerdem: Meine Mutter paßt auf Kathy auf, deshalb muß ich heute etwas früher Schluß machen.«

»Kathy ist Ihre Tochter?«

Betsy lächelte nur.

»Ich würde sie gerne kennenlernen.«

»Ich werde Sie Ihnen bald vorstellen. Und auch meine Mutter; Sie werden sie mögen. Vielleicht lade ich Sie mal zum Abendessen ein.«

»Das wäre wunderbar«, sagte Nora Sloane.

3

»Lisa Darius wartet in Ihrem Büro«, sagte Ann, als Betsy durch die Tür kam. »Ich hoffe, das ist okay. Sie wirkt ziemlich aufgeregt und wollte nicht im Wartezimmer bleiben.«

»Schon gut. Weiß sie, daß Martin gegen Kaution herauskommt?«

»Ja. Ich fragte sie, wie das Urteil ausgefallen ist, und sie sagte, daß Sie gewonnen haben.«

»Ich habe sie im Gerichtssaal nicht gesehen.«

»Ich habe sie sofort wegen des Gerichtstermins angerufen, als Sie es mir gesagt haben.«

»Das glaube ich. Hören Sie, rufen Sie Terry Stark bei der Darius-Baugesellschaft an!« bat Betsy und schrieb Namen und Telefonnummer auf. »Vor ein paar Tagen habe ich ihm erklärt, wie man eine Kaution hinterlegt. Er braucht einen Barscheck über einhunderttausend. Wenn es Probleme gibt, sagen Sie mir Bescheid!«

Im ersten Moment erkannte Betsy Lisa gar nicht. Sie trug enge Jeans, einen blauen Rollkragenpullover und darüber einen bunten Skipullover. Ihre langen schwarzen Haare waren hochgesteckt, ihre grünen Augen vom Weinen gerötet.

»Lisa, sind Sie in Ordnung?«

»Ich habe nie geglaubt, daß sie ihn freilassen. Ich habe solche Angst.«

»Vor Martin? Warum?«

Lisa schlug die Hände vors Gesicht. »Er ist so brutal. Niemand kann sich vorstellen, wie brutal. In der Öffentlichkeit ist er charmant. Und manchmal, wenn wir allein sind, ist er auch sehr nett zu mir. Dann überrascht er mich mit Blumen oder Schmuck. Wenn es ihm paßt, dann behandelt er mich wie eine Königin, und ich vergesse, wie er wirklich ist. Mein Gott, Betsy, ich glaube, er hat die Frauen umgebracht.« Lisa begann zu weinen.

Betsy war wie vor den Kopf gestoßen. »Möchten Sie ein Glas Wasser?« fragte sie.

Lisa schüttelte den Kopf. »Geben Sie mir eine Minute!«

Sie saßen stumm da, während Lisa sich um Fassung bemühte. Als sie dann zu sprechen begann, sprudelten die Worte nur so aus ihr heraus.

»Ich verstehe, was Andrea Hammermill durchgemacht hat. Man erträgt es, weil man nicht will, daß jemand erfährt, wie schlimm es ist, und weil es ja auch die guten Zeiten gibt und ... und weil man ihn liebt.«

Lisa schluchzte immer noch, ihre Schultern zitterten. Betsy wollte sie trösten, doch mehr noch war sie daran interessiert, was Darius Lisa angetan hatte, was sie in diesen

Zustand versetzt hatte. Betsy blieb steif sitzen und wartete darauf, daß Lisa ihre Fassung wiedergewann.

»Ich liebe ihn, und ich hasse ihn. Ich habe Angst vor ihm«, sagte Lisa verzweifelt. »Doch wenn ... Falls er ...«

»Eine Frau zu verprügeln, das ist weit verbreitet. Frauen umzubringen ist etwas ganz anderes. Warum glauben Sie, Martin könnte diese Frauen getötet haben?«

»Es ist schlimmer als Prügel. In dem, was er tut, liegt etwas ... er hat eine perverse Ader. Seine sexuellen Ansprüche ... Einmal ... Das fällt mir sehr schwer.«

»Lassen Sie sich Zeit.«

»Er wollte mit mir schlafen. Wir waren auf einer Party gewesen. Ich war müde. Ich sagte es ihm, aber er bestand darauf. Wir stritten, nein, das ist nicht richtig. Er streitet nie. Er ... Er ...«

Lisa schloß die Augen, ihre Hände lagen in ihrem Schoß verkrampft. Ihr Körper war ganz steif. Während sie sprach, hielt sie die Augen geschlossen.

»Er meinte ganz ruhig, daß er mit mir schlafen würde. Ich wurde immer wütender. Und sein Tonfall. So spricht man mit einem kleinen Kind oder jemandem, der geistig behindert ist. Das machte mich rasend. Je mehr ich tobte, desto ruhiger wurde er.

Schließlich befahl er mir ›Zieh deine Sachen aus!‹ in der Art, wie man einem Hund befehlen würde, sich hinzulegen. Ich sagte ihm, er solle sich zum Teufel scheren. Das nächste, woran ich mich erinnern kann, ist, daß ich auf dem Boden lag. Er hatte mich in den Magen geschlagen, mir war die Luft weggeblieben, und ich war hilflos.

Als ich wieder atmen konnte, schaute ich auf. Er lächelte und befahl mir im gleichen Tonfall noch einmal, meine Sachen auszuziehen. Ich schüttelte den Kopf. Ich konnte noch nicht wieder sprechen, aber ich wollte auf keinen Fall nachgeben. Er kniete sich hin, griff sich durch die Bluse hindurch meine Brustwarze und quetschte sie zusammen. Der Schmerz raubte mir fast die Sinne. Ich schrie und wälzte mich am Boden. Er machte dasselbe mit meiner anderen Brustwarze; es war nicht zum Aushalten. Das Schreckliche daran war, wie methodisch er vorging. Ganz ohne Gefühl. Auf seinem Gesicht war ein dünnes Lächeln, so, als ob er sich königlich amüsierte und nicht wollte, daß jemand es bemerkt.

Ich war kurz davor, ohnmächtig zu werden, als er aufhörte. Ich lag erschöpft auf dem Boden. Ich wußte, daß ich verloren hatte. Als er mir erneut befahl, meine Sachen auszuziehen, tat ich es.«

»Hat er Sie vergewaltigt?« fragte Betsy. Ihr war schlecht.

Lisa schüttelte den Kopf. »Das war das Schlimmste. Er schaute mich einen Moment an. Auf seinem Gesicht lag ein Ausdruck der Befriedigung, den ich nie vergessen werde. Dann sagte er mir, daß ich immer mit ihm schlafen müsse, wenn er es wolle, und daß ich bestraft werden würde, wenn ich ihm nicht gehorchen sollte. Er befahl mir, mich hinzuknien. Ich dachte, er wolle mich von hinten nehmen. Statt dessen befahl er mir, auf dem Boden herumzukriechen wie ein Hund.

In unserem Schlafzimmer sind Wandschränke. Er öffnete einen und schickte mich hinein, nackt. Er sagte mir, ich müsse darin bleiben, bis er mich wieder hinausließe, und dürfe keinen Ton von mir geben. Er sagte, daß er mich hart bestrafen würde, wenn ich nur einen Mucks von mir geben würde.«

Lisa begann wieder zu schluchzen.

»Er ließ mich das ganze Wochenende ohne etwas zu essen in dem Schrank. Er gab mir etwas Toilettenpapier und einen Eimer, falls ich ... wenn ich ... Ich war so hungrig und hatte solche Angst.

Er sagte mir, daß er mich, wenn die Zeit gekommen sei, herausließe, und daß ich dann sofort mit ihm schlafen müßte, oder er würde mich wieder zurückschicken. Als er den Schrank aufmachte, kroch ich einfach heraus und ... und machte alles, was er von mir verlangte. Als er mit mir fertig war, brachte er mich ins Badezimmer und badete mich wie ein Baby. Auf dem Bett lagen Kleidungsstücke. Ein Abendkleid und ein Armreif. Er muß ein Vermögen gekostet haben. Diamanten, Rubine, Gold. Es war meine Belohnung dafür, daß ich gehorcht hatte. Als ich angezogen war, führte er mich in ein exklusives Restaurant zum Essen aus. Den ganzen Abend über behandelte er mich wie eine Königin.

Ich war sicher, daß er wieder mit mir schlafen wollte, wenn wir zu Hause waren. Die ganze Zeit dachte ich daran. Ich mußte mich zum Essen zwingen, denn ich überlegte nur, was kommen würde, hatte aber auch Angst davor, was er mir antun würde, wenn ich nicht aß. Zu Hause ging er dann sofort ins Bett und hat mich eine Woche lang nicht angefaßt.«

»Hat er Ihnen jemals wieder so etwas angetan?«

»Nein«, antwortete Lisa und ließ den Kopf hängen. »Das war nicht nötig. Ich hatte meine Lektion gelernt. Wenn er mit mir schlafen wollte, dann tat ich es und erhielt meine Belohnung. Bis heute weiß niemand, was ich durchgemacht habe.«

»Haben Sie jemals daran gedacht, Martin zu verlassen?« wollte Betsy wissen.

»Er ... er sagte mir, wenn ich je erzählen würde, was passiert ist, oder versuchen sollte wegzulaufen, dann würde er mich umbringen. Wenn Sie gehört hätten, in welchem Ton er das gesagt hat, so ruhig, so emotionslos ... Ich wußte, er würde es tun. Ich wußte es.«

Lisa holte tief Luft. Jetzt hatte sie sich wieder unter Kontrolle.

»Da ist noch etwas«, fuhr sie fort. Betsys Blick fiel auf eine Einkaufstasche, die neben Lisas Stuhl lag. Lisa beugte sich darüber und zog ein Album heraus, das sie auf ihren Schoß legte.

»Ich war mir sicher, daß Martin ein Verhältnis hat. Er hat nie etwas gesagt, und ich habe ihn auch nie mit jemandem gesehen, aber ich wußte es. Eines Tages, während er im Geschäft war, habe ich seine Sachen durchsucht, um einen Beweis zu finden, Statt dessen fand ich das hier.«

Lisa tippte auf das Album und reichte es dann Betsy. Betsy legte es auf den Schreibtisch vor sich. Das Album hatte einen dunkelbraunen, verblichenen Umschlag mit Goldprägung. Sie öffnete es. Auf der ersten Seite, unter einer Plastikfolie, befanden sich Zeitungsausschnitte, die die Morde in Hunters Point betrafen. Betsy blätterte weiter, ohne die Berichte zu lesen. Sie handelten alle von Hunters Point.

»Haben Sie Martin je gefragt, was das zu bedeuten hat?« fragte Betsy.

»Nein. Ich hatte viel zuviel Angst. Ich habe es wieder zurückgelegt. Aber ich habe etwas anderes gemacht. Ich habe einen Privatdetektiv angeheuert, der Martin beobachten und alles über Hunters Point herausfinden sollte.«

»Wie ist der Name des Detektivs?«

»Sam Oberhurst.«

»Haben Sie seine Telefonnummer und die Adresse, wo ich ihn erreichen kann?«

»Ich habe eine Telefonnummer.«

»Keine Adresse?«

»Ich habe den Namen von einer Freundin, die ihn bei ihrer Scheidung angeheuert hat. Sie gab mir die Nummer. Es meldet sich ein Anrufbeantworter. Wir haben uns dann in einem Restaurant getroffen.«

»Wo haben Sie seine Schecks hingeschickt?«

»Ich habe immer bar bezahlt.«

»Geben Sie mir den Namen Ihrer Freundin, dann kann mein Ermittler sich mit ihr in Verbindung setzen, falls es notwendig sein sollte.«

»Sie heißt Peggy Fulton. Ihr Scheidungsanwalt war Gary Telford. Er hatte ihr den Mann empfohlen. Wenn es nicht unbedingt sein muß, dann gehen Sie bitte nicht zu ihr.«

»Der Detektiv ist besser«, meinte Betsy, zog ein Formular aus der Schublade und füllte einige Spalten aus.

»Das ist eine Freigabeerklärung, die mir oder meinem Ermittler das Recht einräumt, Oberhursts Akten einzusehen.«

Während Lisa sich das Formular durchlas, gab Betsy Ann den Auftrag, Reggie Stewart sofort ins Büro zu bestellen. Lisa unterschrieb die Erklärung und gab sie Betsy zurück.

»Was hat Oberhurst Ihnen berichtet?«

»Er war sicher, daß Martin ein Verhältnis hat, doch er hatte noch keinen Namen.«

»Und Hunters Point?«

»Er sagte mir, daß er mit diesem Teil der Ermittlungen noch nicht begonnen habe.«

Lisas Bericht hatte Betsy tief betroffen gemacht. Der Gedanke, daß Darius seine Frau wie ein Tier behandelte, machte sie wütend, und Lisas Erzählung hatte ihr körperliches Unwohlsein bereitet. Doch das bedeutete noch nicht, daß Darius ein Mörder war, und sie war immer noch sein Anwalt.

»Warum sind Sie zu mir gekommen, Lisa?«

»Ich weiß nicht. Ich bin so verwirrt. Als Sie bei der Durchsuchung bei uns waren, da erschienen Sie mir so verständnisvoll, und ich wußte, wie Sie für Andrea Hammermill und die Frau von Patterson gekämpft hatten. Ich habe gehofft, Sie könnten mir sagen, was ich tun soll.«

»Haben Sie vor, dem Bezirksstaatsanwalt zu sagen, was Sie mir erzählt haben, oder ihm das Album zu geben?«

Lisa blickte sie erstaunt an. »Nein, warum sollte ich das tun?«

»Um Martin zu schaden.«

»Nein. Das will ich nicht ... Ich liebe ihn noch immer. Oder ich ... Mrs. Tanenbaum, wenn Martin diese Dinge getan hat ... Wenn er diese Frauen gefoltert und getötet hat, dann muß ich das wissen.«

Betsy beugte sich vor und schaute Lisas tief in die feuchten grünen Augen.

»Ich bin Martins Anwalt, Lisa. Darum muß ich ihm gegenüber loyal bleiben, selbst wenn er schuldig ist.«

»Sie würden ihn weiter verteidigen, selbst wenn er es getan hätte?« fragte Lisa schockiert.

Betsy nickte. »Aber vielleicht hat er es ja nicht getan, Lisa, und das, was Sie mir gesagt haben, kann sehr wichtig sein. Wenn Oberhurst Martin an dem Tag, an dem eine der Frauen verschwunden ist, verfolgt hat, dann könnte er Martin ein Alibi liefern. Page behauptet, daß ein Mann alle drei Frauen umgebracht hat, und so ist es wahrscheinlich auch. Alles, was ich tun muß, ist zu beweisen, daß Martin eines der Opfer gar nicht getötet haben kann. Dann bricht die Argumentation des Staatsanwalts zusammen.«

»Daran habe ich nicht gedacht.«

»Wann haben Sie zuletzt mit Oberhurst gesprochen?«

»Vor ein paar Wochen. Ich habe ein paar Mal auf seinen Anrufbeantworter gesprochen, aber er hat nie zurückgerufen.«

»Mein Ermittler wird sich mit Oberhurst in Verbindung setzen. Kann ich das Album behalten?«

Lisa nickte. Betsy ging um den Schreibtisch herum und legte Lisa die Hand auf die Schulter.

»Danke, daß Sie mir vertraut haben. Ich weiß, wie schwer es Ihnen gefallen ist.«

»Ich mußte es jemandem sagen«, flüsterte Lisa. »Ich habe es so lange mit mir herumgetragen.«

»Ich habe eine Freundin, die Ihnen vielleicht helfen kann. Alice Knowland. Sie ist sehr nett und sehr einfühlsam. Ich habe schon andere Frauen mit ähnlichen Problemen zu ihr geschickt, und einigen von ihnen konnte sie helfen.«

»Ist sie Ärztin?«

»Sie ist Psychiater, doch lassen Sie sich davon nicht irritieren. Psychiater ist nur eine dumme Bezeichnung für jemanden, der gut zuhören kann und große Erfahrung darin hat, anderen Leuten zu helfen. Sie könnte ihnen vielleicht helfen. Gehen Sie ein paar Mal zu ihr, und wenn es Ihnen nichts bringt, dann lassen Sie es. Denken Sie mal darüber nach, und rufen Sie mich an.«

»Das mache ich«, versprach Lisa und stand auf. »Und danke, daß Sie Zeit für mich hatten.«

»Sie stehen nicht allein, Lisa. Denken Sie immer daran.« Betsy umarmte die Frau und zog sie fest an sich.

»Martin wird heute abend nach Hause kommen. Wollen Sie dann bei ihm sein?« fragte Betsy.

»Das bringe ich nicht fertig. Ich bleibe bei meinem Vater, bis ich weiß, was ich machen soll.«

»In Ordnung.«

»Bitte erzählen Sie Martin nicht, daß ich hier war.«

»Wenn es irgend geht, sage ich ihm nichts. Er ist mein Klient, doch ich will Ihnen auf keinen Fall Schwierigkeiten bereiten.«

Lisa trocknete sich die Tränen und verließ das Büro.

Betsy fühlte sich völlig ausgelaugt. Sie stellte sich Lisa vor, hungrig und verängstigt, in den Wandschrank gesperrt, zusammen mit dem Geruch ihrer Fäkalien. Es drehte ihr den Magen um. Sie verließ ihr Büro und ging den Flur hinunter zu den Toiletten, wo sie kaltes Wasser in den Spülstein ließ. Dann warf sie sich ein paar Handvoll ins Gesicht und trank ein paar Schlucke.

Sie erinnerte sich an die Fragen Nora Sloanes und der Reporter. Würde sie noch ruhig schlafen können, wenn sie Martin Darius mit dem, was sie jetzt über ihn wußte, retten würde? Was tat ein Mann, der seine eigene Frau wie einen Hund behandelte, einer Frau an, die er nicht kannte und die ganz in seiner Gewalt war? Tat er das, was der Rosenmörder seinen Opfern angetan hatte? War Martin der Mörder?

Betsy fiel das Album wieder ein. Sie trocknete ihr Gesicht und kehrte in ihr Büro zurück. Als Reggie Stewart ins Büro kam, hatte sie sich halb durch das Album gearbeitet.

»Glückwunsch zu der Kautionsanhörung.«

»Nimm dir einen Stuhl. Ich habe hier etwas, was den Durchbruch in Martins Fall bedeuten kann.«

»Wunderbar.«

»Lisa Darius war gerade hier. Sie hatte den Verdacht, daß

Martin sie betrügt. Deshalb hat sie einen Privatdetektiv angeheuert, der ihn beobachten soll. Hast du schon mal was von einem Sam Oberhurst gehört?«

Stewart dachte einen Moment nach, dann schüttelte er den Kopf.

»Der Name klingt irgendwie bekannt, aber ich bin sicher, daß ich ihm noch nie begegnet bin.«

»Hier ist seine Telefonnummer und eine Erklärung von Lisa. Oberhurst hat einen Anrufbeantworter. Wenn du keinen Kontakt mit ihm bekommst, dann versuch es über den Scheidungsanwalt Gary Telford. Lisa hat den Tip mit Oberhurst von einer seiner Klientinnen bekommen. Sag Gary, daß du für mich arbeitest. Wir kennen uns. Versuch herauszufinden, ob Oberhurst Darius an einem der Tage observiert hat, an dem eine der Frauen verschwunden ist. Er könnte Martins Alibi sein.«

»Ich lege sofort los.«

Betsy deutete auf das Album. »Lisa hat das hier zwischen Martins Sachen gefunden, als sie nach Beweisen für seine Affäre suchte. Es ist voll von Zeitungsausschnitten über die Hunters-Point-Morde.«

Stewart schaute über Betsys Schulter, als sie die Seiten umblätterte. Die meisten der Artikel handelten von dem Verschwinden der Frauen. Mehrere Berichte befaßten sich mit der Ermordung von Sandra und Melody Lake. Ein Teil war dem Auffinden des aufgeschlitzten Körpers von Patricia Cross in Henry Waters' Keller und Waters' Tod gewidmet. Betsy kam zum letzten Abschnitt im Album und erstarrte.

»Mein Gott, es gab Überlebende.«

»Wie bitte? Ich dachte, alle Frauen wären umgebracht worden.«

»Nein. Sieh dir das an! Hier steht, daß Gloria Escalante, Samantha Reardon und Anne Hazelton lebend in einem alten Bauernhof gefunden wurden.«

»Wo?«

»Das steht hier nicht. Warte mal! Nein, nichts mehr. Dem

Artikel nach haben es die Frauen abgelehnt, mit der Presse zu sprechen.«

»Das verstehe ich nicht. Hat dir Darius nichts davon erzählt?«

»Nicht ein Wort.«

»Und Page?«

»Er spricht von ihnen immer, als ob sie tot seien.«

»Vielleicht weiß Page nichts von dem hier«, vermutete Stewart.

»Kann das sein?«

»Was ist, wenn Nancy Gordon ihm nichts davon gesagt hat?«

»Warum sollte sie nicht? Und warum hat Martin mir nichts davon gesagt? Irgend etwas stimmt hier nicht, Reg. Das ergibt einfach keinen Sinn. Weder Nancy Gordon noch Martin erwähnten die Überlebenden, und die Akten in Hunters Point sind verschwunden. Das gefällt mir nicht.«

»Ich weiß, daß du Geheimnisse liebst, Betsy, doch das ist unsere große Chance. Die Überlebenden wissen, wer sie entführt und gefoltert hat. Wenn Darius es nicht war, dann haben wir gewonnen.«

»Vielleicht hat Martin die Überlebenden deshalb nicht erwähnt, weil sie ihn wiedererkennen würden.«

»Es gibt nur einen Weg, dies herauszufinden«, erklärte Stewart. »Ann soll mich auf den ersten Flug morgen früh nach Hunters Point buchen.«

»Geh zuerst nach Albany. Frank Grimsbo, eins der Mitglieder der Sonderkommission, ist Sicherheitschef bei der Marlin Steel Company. Er sitzt in Albany.«

»Genau.«

Betsy gab Ann durch, was zu erledigen war. Dann fragte Stewart: »Was ist mit dem Privatdetektiv?«

»Ich werde mich um Oberhurst kümmern. Wichtig ist, daß du nach Hunters Point fliegst. Etwas an diesem Fall ist geheimnisvoll, Reg, und ich wette, die Antworten, die wir benötigen, kriegen wir in Hunters Point.«

4

Alan Page verließ wie benommen den Gerichtssaal. Er hörte kaum auf die Fragen der Reporter und beantwortete sie rein mechanisch. Randy Highsmith tröstete ihn, er solle die Niederlage nicht persönlich nehmen, und versicherte ihm, daß es nicht seine Schuld war, daß sie Nancy Gordon nicht finden konnten. Aber Highsmith und Barrow hatten ihn gewarnt, hatten gesagt, daß es ein Fehler sei, die Verhaftung von Darius zu überstürzen. Obwohl sie von dem Zwischenfall im Hacienda Motel wußten, hatten ihn der stellvertretende Bezirksstaatsanwalt und der Polizeibeamte bekniet, vorsichtig vorzugehen. Page hatte sie überstimmt, nun mußte er den Preis dafür bezahlen.

Page verließ sein Büro, so früh es möglich war. Im hinteren Teil der Büroräume des Bezirksstaatsanwalts gab es einen Lift, der direkt ins Erdgeschoß führte. Er benutzte ihn und schlich über die Straße in das Parkhaus. Er hoffte, daß niemand ihn sehen und ihn auf seine öffentliche Niederlage ansprechen würde.

Sobald er seinen Regenmantel ausgezogen hatte, schenkte sich Page seinen ersten Scotch ein. Er stürzte ihn hinunter, füllte sein Glas wieder und nahm es mit ins Schlafzimmer. Warum war er nur so durcheinander? Seit Tina ihn verlassen hatte, war er zu keinem klaren Gedanken mehr fähig gewesen. Heute hatte ihn sein vermindertes Denkvermögen zum ersten Mal in Schwierigkeiten gebracht, aber es war sowieso nur eine Frage der Zeit gewesen. Er schlief kaum noch, er aß nicht richtig, und er konnte sich nicht konzentrieren. Jetzt kam noch dazu, daß er von dem Geist einer Frau heimgesucht wurde, die er gerade einmal zwei Stunden gesehen hatte.

Page ließ sich, vom Alkohol benebelt, vor dem Fernsehgerät nieder. Den alten Film, der lief, hatte er schon viele Male gesehen. Die Schwarzweißbilder flimmerten über den Bildschirm, ohne daß er sie wahrnahm. Hatte er die Verhaftung von Darius angeordnet, um Nancy Gordon zu schützen? Glaubte er, sie so retten zu können? Ergab das einen Sinn? Hatte dieses Leben überhaupt noch einen Sinn?

5

Martin Darius stellte den Ferrari vor dem Haus ab. Es war kalt, und Nebel hüllte ihn ein, kaum daß er den Wagen verlassen hatte. Nach einer Woche im Gefängnis tat ihm die kalte, feuchte Luft gut. Darius ging über den Steg zum Haus, kein Licht brannte. Er konnte kaum das glatte Wasser des Swimmingpools durch das Glasdach erkennen. Der Rest des Hauses war ebenso dunkel. Er öffnete die Haustür und gab den Code ein, der die Alarmanlage abstellte.

Lisa versteckte sich wahrscheinlich bei ihrem Vater vor ihm. Es war ihm egal. Nach einer Woche, eingesperrt mit ungewaschenen, ängstlichen Männern in der abgestandenen Luft des Untersuchungsgefängnisses, würde eine Nacht ganz allein eine Wohltat sein. Er würde die Stille und den Luxus genießen, sich den sauren Geruch des Gefängnisses abwaschen, der sich in seinen Poren festgesetzt hatte.

Im Wohnzimmer gab es eine Hausbar, an der sich Darius einen Drink machte. Er schaltete die Außenbeleuchtung an und beobachtete durch das Panoramafenster, wie der Regen auf den Rasen fiel. Er haßte das Gefängnis. Er haßte es, Befehle von Dummköpfen entgegenzunehmen und mit Idioten zusammenzusein. Als Anwalt für Strafsachen in Hunters Point hatte er für seine Klienten nur Verachtung übriggehabt. Sie waren Verlierer, die das Leben nicht meistern konnten, also lösten sie ihre Probleme mit Diebstahl und Gewalt. Ein überlegener Mann kontrollierte die Lage und machte sich andere gefügig.

Nach Darius' Einstellung gab es nur einen Grund, diese minderwertigen Subjekte zu tolerieren; jemand mußte schließlich die Dreckarbeit erledigen. Martin fragte sich, wie die Welt wohl aussähe, wenn sie von starken Männern regiert würde, während eine Rasse von Sklaven, die sich aus minderwertigen, geistig zurückgebliebenen Männern und Frauen zusammensetzte, die Dreckarbeit erledigte. Die Männer konnten die Schwerarbeit erledigen, während die Frauen zu Schönheiten gezüchtet würden.

Es war kalt im Haus, und Darius fröstelte. Er dachte an Frauen; unterwürfige Frauen, deren einzige Bestimmung es war, schön zu sein und zu gehorchen. Sie wären die perfekten Haustiere gewesen. Er stellte sich vor, wie seine weiblichen Sklaven ohne zu zögern seine Befehle ausführten. Natürlich würde es auch Sklavinnen geben, die nicht gehorchten, diese Frauen würde er dann züchtigen müssen.

Darius' Gesichtszüge verhärteten sich, während er an die Frauen dachte. Es war einfach, sich in Phantasien zu verlieren, darin aufzugehen und sich den schönen Gefühlen hinzugeben. Sich hinzugeben war aber ein Zeichen der Schwäche, deshalb öffnete er die Augen und holte tief Luft. Der minderwertige Mensch lebte nur in Phantasien, denn ihm fehlte die Kraft und der Wille. Der überlegene Mensch ließ seine Phantasien Realität werden.

Darius nahm noch einen Schluck und hielt sich dann das kalte Glas an die Stirn. Während er im Gefängnis war, hatte er viel über das Dilemma, in dem er steckte, nachgedacht. Ihm war ziemlich klar, was als nächstes kommen würde. Er war frei. Die Zeitungen hatten die Meinung des Richters wiedergegeben, daß die Beweise nicht ausreichten, um ihn zu verurteilen. Das bedeutete, daß es jemand anderen erwischen mußte.

Darius blickte auf seine Uhr; es war fast zehn. Lisa würde noch aufsein. Das Problem war, zu ihr durchzukommen. Im Gefängnis waren nur R-Gespräche erlaubt gewesen, und Lisas Vater, Richter Ryder, hatte jeden Versuch, den Darius gemacht hatte, abgelehnt anzunehmen. Darius wählte die Nummer des Richters.

»Ryder«, meldete sich eine tiefe Stimme nach dem dritten Klingeln.

»Holst du bitte meine Frau ans Telefon.«

»Sie will nicht mit dir sprechen, Martin.«

»Das will ich von ihr selbst hören.«

»Es tut mir leid, das geht nicht.«

»Ich bin jetzt aus dem Gefängnis raus und muß mich nicht mehr mit deinen Spielchen abfinden. Lisa ist meine Frau. Wenn sie nicht mit mir sprechen will, dann akzeptiere ich das, aber sie muß es mir schon selbst sagen.«

»Ich spreche mit ihm, Vater«, hörte er Lisa im Hintergrund.

Ryder hatte wohl die Hand über die Sprechmuschel gelegt, denn Darius konnte nur dumpf die Geräusche einer Auseinandersetzung hören. Dann war Lisa am Telefon.

»Ich möchte nicht, daß du mich anrufst, Martin.«

Ihre Stimme klang brüchig. Darius stellte sich vor, wie sie zitterte.

»Richter Norwood hat mich auf freien Fuß gesetzt, weil er glaubt, daß ich unschuldig bin, Lisa.«

»Er ... er weiß nicht, was ich weiß.«

»Lisa ...«

»Ich will dich nicht sehen!«

»Hast du Angst?«

»Ja.«

»Gut. Dann hab' weiter Angst. Etwas geht hier vor, von dem du nichts verstehst.« Darius hörte, wie sie die Luft einsog. Ihr Vater fragte sie, ob Darius sie belästige. »Ich möchte nicht, daß du hierher kommst. Es ist zu gefährlich für dich. Aber ich will auch nicht, daß du bei deinem Vater bleibst, dort bist du auch nicht sicher. In ganz Portland gibt es keinen sicheren Ort für dich.«

»Wovon redest du?«

»Ich möchte, daß du irgendwo hingehst und dort bleibst,

bis ich dir sage, daß du zurückkommen kannst. Wenn du Angst vor mir hast, dann sag mir nicht, wo du hingehst. Ich werde über deinen Vater Kontakt mit dir aufnehmen.«

»Ich verstehe nicht. Wovor sollte ich Angst haben?«

Darius schloß die Augen. »Das kann ich dir nicht sagen, und du mußt es auch gar nicht wissen. Glaub mir einfach, wenn ich dir sage, daß du in großer Gefahr bist.«

»Was für eine Gefahr?«

Lisa klang panisch. Ryder nahm ihr den Hörer aus der Hand. »Schluß jetzt, Darius! Leg auf, oder ich rufe jetzt persönlich Norwood an, damit er dich wieder ins Gefängnis bringt.«

»Ich versuche, Lisas Leben zu retten, und du bringst sie in Gefahr. Es ist wichtig, daß ...«

Ryder warf den Hörer auf die Gabel, Darius hörte nur noch den Wählton. Ryder war schon immer ein Riesenarschloch gewesen. Jetzt konnte seine Starrköpfigkeit Lisa das Leben kosten. Wenn Darius ihm erklärt hätte, warum, Ryder hätte ihm kein Wort geglaubt. Zum Teufel, er hätte es dazu benutzt, Darius an den Galgen zu bringen. Darius wünschte sich, über dieses Problem mit Betsy Tanenbaum sprechen zu können. Sie war intelligent, und ihr wäre vielleicht eine Lösung eingefallen, doch zu ihr konnte er auch nicht gehen. Sie würde die Schweigepflicht nicht verletzen, aber ihn sofort als Klienten abgeben, und er brauchte sie.

Während der gesamten Zeit im Gefängnis hatte Darius den Mond nicht gesehen. Jetzt hielt er nach ihm Ausschau, doch er war hinter Wolken versteckt. Er fragte sich, in welcher Phase der Mond sich gerade befand. Er hoffte, daß nicht Vollmond war. Da kamen die Verrückten aus ihren Löchern, er mußte es ja wissen. Martin zitterte, doch das hatte nichts mit der Kälte zu tun. Im Moment war er der einzige, der sich nicht in Gefahr befand, doch das konnte sich mit jedem Augenblick ändern. Darius wollte es nicht wahrhaben, aber er hatte Angst.

Teil 4

Das Geschäft mit dem Teufel

KAPITEL VIERZEHN

1

Gary Telford hatte das Lächeln und die hellen Augen eines jungen Mannes, doch sein schwammiger Körper und sein zurückweichender Haaransatz ließen ihn wie einen Mann in mittleren Jahre wirken. Er teilte sich eine Büroetage mit sechs anderen Anwälten in einem der dreißiggeschossigen Glaspaläste, die in der City von Portland in den letzten zwölf Jahren aus dem Boden geschossen waren. Von Telfords Büro aus konnte man auf den Willamette River sehen. An einem klaren Tag waren die Berge der Cascade Range zu sehen, sogar der majestätische Mount Hood und der Mount St. Helens, ein aktiver Vulkan, der zuletzt Anfang der achtziger Jahre ausgebrochen war. Heute hingen die Wolken tief am Himmel, und man konnte kaum das gegenüberliegende Flußufer im Nebel erkennen.

»Danke, daß Sie Zeit für mich haben«, begrüßte Betsy ihn, als sie sich die Hände gaben.

»Es ist schon lange her«, entgegnete Gary freundlich. »Außerdem bin ich gespannt zu erfahren, was ich mit dieser Darius-Sache zu tun habe.«

»Bei der Scheidung von Peggy Fulton, haben Sie da auf einen Privatdetektiv namens Sam Oberhurst zurückgegriffen?«

Telfords Lächeln erstarb. »Warum wollen Sie das wissen?«

»Lisa Darius hatte den Verdacht, daß ihr Mann ein Verhältnis hat. Sie hat Ihre Klientin um Rat gefragt, und die hat ihr Oberhursts Namen genannt. Er hat Darius observiert. Ich hoffe, daß Oberhurst Darius an einem der Tage auf den Fersen war, an dem eine der Frauen verschwand, und ihm so ein Alibi beschaffen kann.«

»Wenn Lisa Darius Oberhurst angeheuert hat, warum sprechen Sie dann mit mir?«

»Sie hat seine Adresse nicht. Nur eine Telefonnummer. Ich habe schon einige Male da angerufen, aber immer nur den Anrufbeantworter erreicht. Oberhurst hat nicht zurückgerufen. Ich hoffte, Sie hätten seine Büroadresse.«

Telford dachte einen Moment darüber nach. Ihm war offenbar nicht wohl in seiner Haut. »Ich glaube nicht, daß Oberhurst ein Büro hat.«

»Was macht er, arbeitet er zu Hause?«

»Nehme ich an. Wir haben uns immer hier getroffen.«

»Was ist mit Rechnungen? Wohin haben Sie seine Schecks geschickt?«

»Bargeld. Er wollte immer Bargeld. Glatt auf die Hand.«

»Hört sich ein bißchen seltsam an.«

»Ja. Nun, er ist ein bißchen seltsam.« Telford machte eine Pause.

»Hören Sie, ich versuche Ihnen zu helfen, Oberhurst zu finden, aber es gibt da etwas, was Sie wissen sollten. Einige der Sachen, die er macht, sind nicht lupenrein. Sie verstehen?«

»Ich bin mir nicht sicher.«

Telford beugte sich geheimnisvoll nach vorn. »Sagen wir mal, Sie möchten wissen, was jemand sagt, wenn er glaubt, ein Gespräch findet unter vier Augen statt. Dann heuern Sie Oberhurst an. Verstehen Sie, was ich meine?«

»Abhören!«

Telford nickte. »Das Telefon, Räume. Er hat gesagt, er

habe da seine Erfahrungen. Und er ist einschlägig vorbestraft. Ich glaube, er hat unten im Süden einige Zeit wegen Einbruchs gesessen.«

»Klingt ziemlich widerlich.«

»Ja. Ich kann ihn nicht leiden. Ich habe ihn nur das eine Mal beschäftigt, und das tut mir heute noch leid.«

»Warum?«

Telford klopfte mit den Fingern auf den Schreibtisch. Betsy wartete.

»Können wir das vertraulich behandeln?«

Betsy nickte.

»Was Peg wollte ... Nun, sie war etwas hysterisch. Kam mit der Scheidung nicht zurecht. Nun, ich habe bei der Sache irgendwie den Vermittler gespielt. Sie sagte mir, daß sie jemanden bräuchte, der etwas für sie macht, einen Privatdetektiv, der nicht zu viele Fragen stellt. Ich brachte sie zusammen und bezahlte ihn. Ich habe ihn nie an dem Fall arbeiten lassen.

Na egal, jemand hat Mark Fulton ungefähr eine Woche, nachdem ich Oberhurst und Peg zusammengebracht habe, zusammengeschlagen. Soweit ich gehört habe, muß es ziemlich schlimm gewesen sein. Die Polizei glaubte an einen Raubüberfall.«

»Warum denken Sie, es war etwas anderes?«

»Oberhurst wollte mich erpressen. Eine Woche nach der Sache kam er in mein Büro und zeigte mir einen Zeitungsbericht darüber. Er sagte, er könne mich heraushalten, wenn ich ihm zweitausend Mäuse gebe.

Ich habe ihm gesagt, er solle sich zum Teufel scheren. Ich wüßte nicht das Geringste davon. Er könne meinetwegen die ganze Sache an die Öffentlichkeit bringen. Ich meine, er hat den Zeitungsartikel gelesen, sich überlegt, daß er mir zwei Riesen herausleiern kann und ich stillhalten würde, weil der Betrag nicht das Risiko wert sei.«

»Hatten Sie keine Angst?«

»Natürlich. Er ist ein großer Kerl, sieht aus wie ein Ganove. Sein Nasenbein war mal gebrochen, und er hat eine brutale Ausdrucksweise, alles was dazugehört. Nur, ich hatte den Eindruck, daß er einen Versuch unternimmt. Wenn ich nachgegeben hätte, wäre er zurückgekommen. Außerdem habe ich nichts Unrechtmäßiges getan. Wie ich schon sagte, ich habe die beiden nur zusammengebracht.«

»Wie komme ich an Oberhurst heran?« fragte Betsy.

»Ich habe seinen Namen von Steve Wong auf einer Party bekommen. Versuchen Sie es bei ihm. Sagen Sie, daß ich Sie geschickt habe!«

Telford blätterte in seinem Telefonverzeichnis und schrieb Wongs Nummer auf eine Visitenkarte.

»Danke.«

»Schön, daß ich Ihnen helfen konnte. Und seien Sie vorsichtig, Oberhurst ist ein übler Bursche.«

2

Betsy aß im Restaurant Zen zu Mittag, dann ging sie zu Saks auf der Fifth Avenue, um sich nach einem Kostüm umzusehen. Es war Viertel nach eins, als sie wieder in ihrem Büro war. Eine Menge von Telefonnotizen befand sich in ihrem Körbchen und zwei Dutzend rote Rosen auf ihrem Schreibtisch. Ihr erster Gedanke war, daß sie von Rick wären, und ihr Herz begann wild zu schlagen. Rick hatte ihr an jedem Hochzeitstag und am Valentinstag Blumen geschickt. Das würde ihm ähnlich sehen, wenn er vorhatte, zu ihr zurückzukehren.

»Von wem sind die Blumen«, fragte sie Ann.

»Keine Ahnung. Sie sind gerade gebracht worden. Es ist eine Karte dabei.«

Betsy legte die Telefonnotizen weg. Ein kleiner Umschlag klebte an der Vase. Ihre Finger zitterten, als sie den Umschlag aufriß und eine kleine weiße Karte herauszog. Dann las sie:

»Für den besten Freund eines Mannes,
seinen Rechtsanwalt.
Sie haben hervorragende Arbeit geleistet.

EIN SEHR DANKBARER KLIENT

Martin«

Betsy legte die Karte weg. Ihre Erregung war verflogen.

»Sie sind von Darius«, sagte sie zu Ann und hoffte, daß man ihr die Enttäuschung nicht anmerkte.

»Wie aufmerksam.«

Betsy sagte nichts dazu. Sie hatte sich so gewünscht, daß die Blumen von Rick waren. Sie focht einen inneren Kampf aus, dann wählte sie seine Nummer.

»Büro von Mr. Tanenbaum«, meldete sich Ricks Sekretärin.

»Julie, hier ist Betsy. Ist Rick da?«

»Es tut mir leid, Mrs. Tanenbaum, er ist den ganzen Tag außer Haus. Soll ich ihm ausrichten, daß Sie angerufen haben?«

»Nein, danke. Es ist schon gut.«

Die Leitung war tot. Betsy hielt den Hörer noch einen Moment in der Hand, dann legte sie auf. Was hätte sie gemacht, wenn Rick dagewesen wäre? Wäre sie das Risiko eingegangen, sich lächerlich zu machen und Rick zu sagen, daß sie wieder mit ihm zusammensein wollte? Was hätte Rick geantwortet? Betsy schloß die Augen und atmete ein paar Mal tief durch, um sich zu beruhigen. Sie blätterte die Telefonnotizen durch, um sich abzulenken. Die meisten konnte man vergessen. Eine jedoch war von Dr. Keene. Als Betsy sich wieder unter Kontrolle hatte, wählte sie seine Nummer.

»Sue hat gute Arbeit geleistet, Betsy«, sagte der Pathologe, als sie schließlich zur Sache kamen, »aber ich habe trotzdem etwas für Sie.«

»Moment, ich nehme mir etwas zu schreiben. In Ordnung, schießen Sie los!«

»Ein Gerichtsmediziner nimmt immer Urinproben, um sie auf Drogen zu untersuchen. Die meisten Labors machen nur einen Test, mit dem sie die fünf gebräuchlichsten Drogen nachweisen können, Morphium, Kokain und so weiter. Das hat auch Sue gemacht. Ich habe mein Labor angewiesen, auch nach anderen Substanzen zu suchen. Wir haben einen deutlichen Nachweis von Barbituraten bei allen drei Frauen. Daraufhin habe ich noch mal das Blut untersucht. Alle drei Frauen hatten astronomische Pentobarbitalwerte.«

»Was bedeutet das?«

»Pentobarbital ist kein gewöhnliches Mittel, darum hat das Labor es auch nicht gefunden. Es ist ein Betäubungsmittel.«

»Da kann ich nicht folgen.«

»Es wird in Krankenhäusern benutzt, um Patienten zu narkotisieren. Das ist kein Mittel, was die Frauen sich selbst hätten beibringen können. Jemand hat es ihnen verabreicht. Und nun, Betsy, wird die ganze Sache höchst merkwürdig. Jede der drei Frauen hatte drei bis vier Prozent Pentobarbital im Blut. Das ist sehr viel. Tatsächlich ist es eine tödliche Konzentration.«

»Was soll das heißen?«

»Das soll heißen, daß die Frauen an einer Überdosis Pentobarbital starben, nicht an ihren Verletzungen.«

»Aber sie wurden gefoltert?«

»Sie wurden verstümmelt, das stimmt. Ich habe Brandmale festgestellt, die wahrscheinlich von Zigaretten und elektrischem Strom herrühren. Ihre Brustwarzen wurden mit Rasierklingen abgeschnitten, die Schamlippen waren verbrannt und die Klitoris abgeschnitten. Die Brüste wurden verstümmelt, und es gibt Hinweise, daß verschiedene Objekte in ihre After eingeführt wurden. Doch es besteht die Möglichkeit, daß die Frauen nicht bei Bewußtsein waren, als ihnen diese Verletzungen beigebracht wurden. Mikroskopische Untersuchungen an den Wunden zeigen einen Heilungsprozeß. Das bedeutet, daß der Tod zwischen zwölf und vierundzwanzig Stunden nach den Verletzungen eingetreten ist.«

Betsy blieb einen Moment stumm. Als sie die Sprache wiedergefunden hatte, klang sie ziemlich verwirrt. »Das ergibt keinen Sinn, Ray. Was kann es für einen Zweck haben, jemanden zu foltern, der bewußtlos ist?«

»Sie können mich schlagen, ich weiß es nicht. Das ist Ihr Problem. Ich habe es nur mit den Leichen zu tun gehabt.«

»Was ist mit dem Mann?«

»Da liegt der Fall anders. Erstens haben wir kein Pentobarbital gefunden. Zweitens ist der Heilungsprozeß an den Wunden weiter fortgeschritten, das heißt, daß er über einen längeren Zeitraum gequält wurde. Der Tod trat durch die Schußwunde ein, genau wie Sue festgestellt hat.«

»Wieso konnte sich Dr. Gregg bei der Todesursache der drei Frauen irren?«

»Sehr einfach. Man sieht einen Menschen, der vom Bekken bis zur Brust aufgeschlitzt ist, das Herz ist herausgerissen, die Gedärme hängen heraus, also nimmt man an, daß ihn das getötet hat. Ich hätte das gleiche geglaubt, wenn ich nicht das Pentobarbital gefunden hätte.«

»Sie bereiten mir höllische Kopfschmerzen, Ray.«

»Nehmen Sie zwei Aspirin, und rufen Sie mich morgen früh wieder an.«

»Sehr lustig.«

»Es freut mich, daß ich etwas Freude in Ihr Leben bringen konnte.«

Sie legten auf. Betsy starrte auf ihre Notizen und kritzelte auf dem Blatt herum. Ihre Kritzeleien ergaben ebensowenig Sinn wie das, was ihr Dr. Keene gerade gesagt hatte.

3

Reggie Stewarts Flug an die Ostküste hatte auf dem JFK-Flughafen Verspätung, deshalb mußte er durch den Terminal hetzen, um seinen Anschlußflug zu erreichen. Er fühlte sich ausgepumpt, als er schließlich auf dem Flugplatz von Albany landete. Nachdem er sich in ein Motel nahe dem Flughafen eingemietet hatte, ging er etwas essen, duschte und vertauschte seine Cowboystiefel, die Jeans und das Flanellhemd mit einem dunkelblauen Anzug, einem weißen Hemd und einer Krawatte mit schmalen roten und gelben Streifen. Als er seinen Mietwagen auf dem Parkplatz der Marlin Steel Company abstellte, fühlte er sich wieder wie ein Mensch. Er hatte noch eine Viertelstunde bis zu seinem Termin bei Frank Grimsbo.

»Danke, daß Sie bereit waren, mich so kurzfristig zu empfangen«, sagte Stewart, sobald die Sekretärin ihn mit dem Sicherheitschef allein gelassen hatte.

»Das liegt an meiner Neugierde«, gab Grimsbo mit einem Lächeln zurück. »Ich kann mir nicht vorstellen, was ein Privatdetektiv aus Portland, Oregon, von mir will.« Grimsbo deutete auf die Hausbar und fragte: »Möchten Sie etwas trinken?«

»Einen kleinen Bourbon«, sagte Stewart, während er aus dem Fenster schaute und den atemberaubenden Ausblick auf den Hudson River bewunderte.

Grimsbos Büro war mit einem großen Rosenholzschreibtisch und einer ebensolchen Anrichte möbliert. Bilder mit altenglischen Jagdszenen hingen an den Wänden. Die Couch und die Sessel waren aus schwarzem Leder. Es war ein weiter Weg gewesen von dem muffigen, umgebauten Lagerhausbüro, das er mit den anderen Mitgliedern der Sonderkommission geteilt hatte, bis hierher. Wie seine Umgebung, so hatte sich auch Grimsbo verändert. Er fuhr jetzt einen Mercedes statt eines klapprigen Chevy, und schon lange hatte er seine Vorliebe für Polyester abgelegt. Sein konservativer grauer Nadelstreifenanzug war maßgeschneidert und verdeckte, was noch von seinem Bierbauch übriggeblieben war. Er hatte ihn durch Sport und Diäten fast gänzlich verloren. Genauso hatte er den größten Teil seiner Haare verloren, aber auf jeder anderen Ebene hatte er dazugewonnen. Wenn alte Bekannte glaubten, er trauere seinen Tagen als Polizeibeamter nach, dann täuschten sie sich gewaltig.

»Was führt Sie nun von Portland nach Albany?« fragte Grimsbo und reichte Stewart seinen Drink.

»Ich arbeite für eine Anwältin namens Betsy Tanenbaum. Sie vertritt einen bekannten Geschäftsmann, der wegen Mordes angeklagt ist.«

»Das haben Sie schon meiner Sekretärin am Telefon gesagt. Was habe ich damit zu tun?«

»Sie waren bei der Polizei in Hunters Point, ja?«

»Ich habe schon seit neun Jahren nichts mehr mit der Polizei in Hunters Point zu tun.«

»Mich interessiert ein Fall, an dem Sie vor zehn Jahren gearbeitet haben. Der Rosenmörder.«

Grimsbo wollte gerade sein Glas an die Lippen setzen, brach aber die Bewegung abrupt ab.

»Warum interessieren Sie sich für den Rosenmörder? Das ist doch eine uralte Geschichte.«

»Sagen Sie mir, was Sie wissen, dann kann ich Ihnen alles erklären.«

Grimsbo nickte bedächtig mit dem Kopf. »Diesen Fall kann man nur schwer vergessen.«

»Erzählen Sie mir davon!«

Grimsbo legte den Kopf zurück und schloß die Augen, als wolle er sich die Ereignisse wieder ins Gedächtnis rufen. Er nahm einen Schluck von seinem Scotch.

»Es begann mit Meldungen, daß Frauen verschwunden waren. Keine Anzeichen von Gewaltanwendung, kein Hinweis auf Diebstahl, aber jedesmal lagen am Tatort eine schwarze Rose und ein Zettel mit der Aufschrift AUF EWIG

Unvergessen, und zwar immer auf den Betten der Frauen. Dann wurden ein sechs Jahre altes Mädchen und seine Mutter umgebracht. Der Ehemann fand die Leichen, und auch da lagen eine Rose und ein Zettel neben der Frau.

Ein Nachbar hatte den Lieferwagen einer Blumenhandlung bei dem Haus eines der Opfer gesehen, oder vielmehr in der Nähe des Hauses. Es ist schon ganz schön lang her, vielleicht bringe ich einige Sachen nicht mehr richtig zusammen. Aber egal, wir haben nachgeforscht, wer der Fahrer war. Es war ein Kerl namens Henry Waters. Er war wegen Sexualdelikten vorbestraft. Später erhielten wir von einem Mann einen anonymen Anruf, der behauptete, Waters hätte ihm in einer Bar erzählt, daß er eine Frau in seinem Keller versteckt hielte. Wir gingen hin und fanden dort eine der vermißten Frauen.«

Grimsbo schüttelte den Kopf. »Mann, war das ein Anblick. Sie würden nicht glauben, was der Scheißkerl mit ihr gemacht hatte. Ich hätte ihn auf der Stelle umbringen können und hätte es bestimmt auch getan, aber das Schicksal nahm einen anderen Lauf. Der Scheißkerl versuchte zu fliehen, und ein anderer Beamter erschoß ihn. Das war's dann.«

»Hieß der Mann, der die beiden Leichen der Frau und des Mädchens fand, Peter Lake?«

»Richtig. Lake.«

»Waren Sie damit zufrieden, als Sie herausfanden, daß der Fahrer der Blumenhandlung der Mörder war?«

»Ganz bestimmt. Mein Gott, wir haben einige der beschriebenen Zettel und ein paar Rosen gefunden. Und natürlich die Leiche. Ja, wir haben den Richtigen erwischt.«

»Stimmt es, daß damals eine Sonderkommission zur Aufklärung des Falles eingerichtet wurde?«

Grimsbo nickte.

»War Nancy Gordon Mitglied dieser Sonderkommission?«

»Sicher.«

»Mr. Grimsbo ...«

»Nennen Sie mich doch einfach Frank.«

»Gerne. Frank, mein Klient ist Peter Lake. Er ist vor ungefähr acht Jahren nach Portland gekommen und nennt sich jetzt Martin Darius. Er ist ein sehr erfolgreicher Bauunternehmer und genießt großes Ansehen. Es begann vor etwa drei Monaten. Da verschwand eine Frau in Portland. Später wurden noch zwei andere als verschwunden gemeldet. Die Rosen und die Zettel, die man auf den Betten der vermißten Frauen fand, sind, nach bestimmten Informationen, mit denen von Hunters Point identisch. Vor zwei Wochen wurden die Leichen der Frauen und eines Mannes auf einer Baustelle, die Martin Darius gehört, vergraben gefunden. Nancy Gordon hat unserem Bezirksstaatsanwalt eingeredet, daß Darius – Lake – diese Morde begangen hat.«

Grimsbo schüttelte den Kopf. »Nancy hat schon immer einen Tick in bezug auf Lake gehabt.«

»Also sind Sie nicht ihrer Meinung?«

»Nein. Wie ich schon sagte, Waters war der Mörder. Ohne Zweifel. Nun, eine Zeitlang hatten wir die Vermutung, daß Lake vielleicht der Mörder sein könnte. Es gab Indizien, die darauf hindeuteten, und auch ich hatte bei dem Kerl ein ungutes Gefühl. Aber das waren nur Indizien, und bei Waters war der Fall glasklar.«

»Warum verließ Lake Hunters Point?«

»Das kann ich ihm nicht verübeln. Wenn meine Frau und mein Kind brutal ermordet worden wären, wollte ich auch nicht jeden Tag daran erinnert werden. Wegzugehen und neu anzufangen ist das Vernünftigste, was man tun kann.«

»Waren ihre Kollegen auch der Meinung, daß Lake unschuldig ist?«

»Alle, außer Nancy.«

»Gab es Beweise für Lakes Unschuld?«

»Was für Beweise?«

»Hatte er für jeden Zeitpunkt, an dem eine Frau verschwunden war, ein Alibi?«

»Daran kann ich mich nicht erinnern. Es ist auch schon einige Zeit her. Warum sehen Sie nicht in den Akten nach? Ich bin sicher, die liegen noch in Hunters Point.«

»Die Akten sind verschwunden.«

»Wie das?«

»Das wissen wir nicht.« Stewart legte eine Pause ein. »Was ist Nancy Gordon für ein Mensch?«

Grimsbo nahm einen Schluck aus seinem Glas und drehte sich zum Fenster. In Grimsbos Büro war es warm und gemütlich, doch draußen lag eine dünne Schneedecke, und die kahlen Bäume wurden von einem heftigen Wind geschüttelt.

»Nancy hat sich das zu sehr zu Herzen genommen. Der Fall hat uns alle mitgenommen, aber sie noch ein bißchen mehr. Das alles ereignete sich, nachdem sie ihren Verlobten kurz vor der Hochzeit verloren hatte. Auch ein Polizeibeamter, der im Dienst erschossen wurde. Eine wirklich tragische Angelegenheit. Ich denke, das brachte sie für eine Zeitlang aus dem Gleichgewicht. Dann verschwanden die Frauen, und Nancy kniete sich zu sehr in den Fall hinein.

Ich will nicht sagen, daß sie keine gute Polizeibeamtin ist. Das ist sie auf jeden Fall. Aber diese Sache hat sie nicht objektiv beurteilt.«

Stewart nickte und machte ein paar Notizen.

»Wie viele Frauen sind in Hunters Point verschwunden?«

»Vier.«

»Und eine hat man in Waters' Keller gefunden?«

»Richtig.«

»Was war mit den anderen Frauen?«

»Sie wurden, wenn ich mich richtig erinnere, lebend in einem alten Bauernhaus auf dem Land gefunden. Da war ich aber nicht dabei. Ich war im Präsidium und habe Berichte geschrieben.«

»Wie hat man sie gefunden?«

»Bitte?«

»Waters wurde doch, kurz nachdem man die Leiche im Keller entdeckt hatte, erschossen?«

Grimsbo nickte.

»Wer hat Ihnen also gesagt, wo die anderen Frauen sind?«

Grimsbo dachte nach, dann schüttelte er den Kopf.

»Hören Sie, ich kann mich wirklich nicht daran erinnern. Vielleicht seine Mutter. Waters lebte bei seiner Mutter. Oder vielleicht hatte er es irgendwo aufgeschrieben. Mir fällt es einfach nicht ein.«

»Hat eine der überlebenden Frauen Waters eindeutig als den Mörder identifiziert?«

»Kann sein. Wie ich schon sagte, ich habe keine von ihnen befragt. Soweit ich mich erinnern kann, waren die Frauen in einem schrecklichen Zustand, mehr tot als lebendig. Gefoltert. Sie wurden sofort in ein Krankenhaus gebracht.«

»Können Sie sich einen Reim darauf machen, daß Nancy Gordon dem Staatsanwalt nichts von den Überlebenden erzählt hat?«

»Das hat sie nicht?«

»Ich gehe davon aus.«

»Zum Teufel, ich weiß es nicht. Warum fragen Sie nicht Nancy?«

»Das geht nicht. Sie ist verschwunden.«

»Wie?« fragte Grimsbo aufgeschreckt.

»Nancy Gordon hat unseren Bezirksstaatsanwalt, Alan Page, eines Nachts zu Hause aufgesucht und ihm von Hunters Point erzählt. Danach mietete sie sich in ein Motel ein. Als Page sie am nächsten Tag anrief, war sie verschwunden. Ihre Sachen befanden sich noch in dem Zimmer, aber sie war weg.«

»Hat man nach ihr gesucht?« fragte Grimsbo besorgt.

»Natürlich. Sie ist die wichtigste Person in Pages Beweisführung. Er hat die Kautionsanhörung verloren, weil er sie nicht in den Zeugenstand rufen konnte.«

»Ich weiß nicht, was ich dazu sagen soll. Ist sie nach Hunters Point zurückgekehrt?«

»Nein. Dort haben sie geglaubt, sie sei auf Urlaub. Sie hat niemandem gesagt, daß sie nach Portland wollte, und sie haben auch nichts von ihr gehört.«

»Mein Gott, hoffentlich ist nichts Schlimmes passiert. Vielleicht ist sie woandershin gefahren. Sagten Sie nicht, die Polizei in Hunters Point glaubt, Nancy mache Urlaub?«

»Wenn sie woandershin gefahren wäre, dann hätte sie bestimmt nicht alle ihre Sachen zurückgelassen.«

»Stimmt«, bestätigte Grimsbo ernst. Er schüttelte den Kopf. Stewart beobachtete ihn. Der Sicherheitschef war deutlich verwirrt.

»Kann ich Ihnen noch irgendwie behilflich sein, Mr. Stewart? Es tut mir leid, aber die Arbeit wartet auf mich«, fragte Grimsbo.

»Nein, Sie haben mir schon viel geholfen.« Stewart legte seine und Betsys Visitenkarte auf Grimsbos Schreibtisch. »Wenn Ihnen noch etwas einfällt, was unserem Klienten helfen könnte, dann rufen Sie bitte an!«

»Das mach' ich.«

»Halt, da ist noch etwas. Ich möchte mit allen Mitgliedern der Sonderkommission sprechen. Wissen Sie, wo ich Glen Michaels und Wayne Turner finden kann?«

»Von Michaels habe ich schon seit Jahren nichts mehr gehört, aber Wayne können sie ganz leicht finden.«

»Ach ja?«

»Sie müssen nur den Fernseher anstellen. Er ist Assistent von Senator Colby. Er müßte während der Senatsanhörung direkt neben ihm sitzen.«

Stewart notierte sich die Angaben, dankte Grimsbo und ging. Sobald sich die Tür hinter ihm geschlossen hatte, wählte Grimsbo eine Telefonnummer in Washington D.C. Nach dem ersten Klingeln war Wayne Turner am Apparat.

KAPITEL FÜNFZEHN

1

Reggie Stewart ließ sich in einen Sessel vor Dr. Pedro Escalantes Schreibtisch nieder. Der Kardiologe hatte in den letzten zehn Jahren einige Pfund zugelegt. Sein gewelltes schwarzes Haar war fast vollständig ergraut. Er war immer noch umgänglich mit seinen Patienten, doch seine gute Laune war nicht mehr ein Teil seines Wesens.

Sie trafen sich im Behandlungszimmer des Arztes im Wayside Ärztezentrum. Ein Diplom der Brown-Universität und ein weiteres vom Tufs-Medizinerkolleg hingen an der Wand. Unter den Urkunden befand sich eine Kinderzeichnung von einem Strichmännchen, das neben einer gelben Blume stand, die fast genauso groß wie es selbst war. Ein Regenbogen erstreckte sich von einer Seite des Bildes zur anderen.

»Ist das Ihre Tochter?« fragte Stewart. Eine Fotografie von Gloria Escalante, die ein kleines Mädchen auf ihrem Schoß hielt, stand auf einer Ecke des Schreibtisches. Um ein Gespräch in Gang zu bringen, fragte Stewart, ob das Mädchen das Bild an der Wand gemalt hatte. So wollte er sich zu einem Gegenstand vortasten, der ganz bestimmt wieder schmerzhafte Erinnerungen würde aufbrechen lassen.

»Unsere Adoptivtochter«, antwortete Escalante traurig.

»Gloria war nach der schlimmen Sache nicht mehr in der Lage, Kinder zu bekommen.«

Stewart nickte. Er wußte nicht, was er sagen sollte.

»Wenn Sie Ihre Reise hierher nur gemacht haben, um mit meiner Frau zu sprechen, dann war es leider Zeitverschwendung. Wir haben unser Bestes getan, die Vergangenheit zu vergessen.«

»Ich verstehe, warum Ihre Frau nicht mit mir sprechen will, aber hier geht es buchstäblich um Leben und Tod. In Oregon gibt es die Todesstrafe, und es besteht kein Zweifel, daß mein Klient zum Tode verurteilt wird, wenn er schuldig gesprochen wird.«

Dr. Escalantes Gesichtszüge verhärteten sich. »Mr. Stewart, wenn Ihr Klient mit diesen Frauen das gemacht hat, was meiner Frau angetan wurde, dann ist der Tod noch eine zu milde Strafe.«

»Sie kennen meinen Klienten als Peter Lake, Dr. Escalante. Seine Frau und seine Tochter wurden von Henry Waters umgebracht. Er hat dasselbe durchgemacht wie Sie. Wir haben es hier mit einem Komplott der übelsten Sorte zu tun. Ihre Frau weiß vielleicht etwas, was einen Unschuldigen retten kann.«

Escalante senkte den Blick auf die Tischplatte. »Unsere Entscheidung steht fest, Mr. Stewart. Meine Frau wird über das, was ihr angetan wurde, mit niemandem sprechen. Es hat zehn Jahre gedauert, bis sie darüber hinweg war, und so soll es auch bleiben. Vielleicht kann ich Ihnen helfen. Ich weiß einiges.«

»Ich bin für jede Hilfe dankbar.«

»Ich möchte nicht, daß Sie meine Frau für hartherzig halten, Mr. Stewart. Wir haben Ihre Bitte um ein Gespräch sehr ernsthaft abgewogen, aber es wäre zuviel für Gloria. Sie ist stark, sehr stark. Sonst hätte sie das auch nicht durchgestanden. Doch so stark sie auch ist, erst in den letzten paar Jahren ist sie wieder in etwa zu der Frau geworden, die sie einmal war. Seit Ihrem Anruf sind die Alpträume zurückgekehrt.«

»Glauben Sie mir, ich würde Ihrer Frau nie Fragen ...«

»Nein, nein. Ich verstehe, warum Sie hier sind. Ich mache Ihnen keinen Vorwurf. Ich möchte Ihnen nur erklären, warum ich nicht zulassen kann, daß sie das alles noch einmal durchlebt.«

»Dr. Escalante, meine wichtigste Frage an ihre Frau ist, ob sie das Gesicht des Entführers gesehen hat.«

»Wenn Sie deshalb gekommen sind, dann muß ich Sie enttäuschen. Sie wurde von hinten genommen. Er hat Chloroform benutzt. Während ihrer Gefangenschaft mußte sie immer eine Lederkappe ohne Augenschlitze tragen, wenn ihr ... Peiniger ... Wenn er kam.«

»Sie hat sein Gesicht nie gesehen?«

»Nie.«

»Was ist mit den anderen Frauen? Haben sie den Mann gesehen?«

»Das weiß ich nicht.«

»Haben Sie eine Ahnung, wo ich Anne Hazelton oder Samantha Reardon finden kann?«

»Anne Hazelton hat sechs Monate später Selbstmord begangen. Samantha Reardon war eine Zeitlang in einer psychiatrischen Klinik. Sie hatte einen totalen Zusammenbruch. Simon Reardon, ihr Mann, hat sich von ihr scheiden lassen«, erklärte Escalante mit deutlichem Mißfallen in der Stimme. »Er ist vor Jahren weggezogen. Er ist Neurochirurg, Sie können ihn sicher über die amerikanische Ärztevereinigung ausfindig machen. Er weiß vielleicht, wo seine geschiedene Frau lebt.«

»Das hilft mir schon weiter«, sagte Stewart, während er sich Notizen machte.

»Sie können den anderen Privatdetektiv fragen. Er hat sie vielleicht schon gefunden.«

»Wie bitte?«

»Es war schon ein anderer Detektiv hier. Ihn habe ich auch nicht mit Gloria sprechen lassen. Das war im Sommer.«

»Die Frauen sind aber erst ab August verschwunden.«

»Nein, das muß schon im Mai, Anfang Juni gewesen sein. Irgendwann um die Zeit.«

»Wie hat er ausgesehen?«

»Es war ein kräftiger Mann. Ich habe mir gedacht, daß er wohl einmal Football gespielt oder geboxt haben muß, weil er eine gebrochene Nase hatte.«

»Das hört sich nicht danach an, als sei es jemand aus dem Büro des Staatsanwalts gewesen. Außerdem können sie zu diesem Zeitpunkt nichts damit zu tun gehabt haben. Können Sie sich an seinen Namen erinnern, oder von wo er kam?«

»Er war aus Portland. Ich habe seine Visitenkarte.« Escalante zog die oberste Schublade seines Schreibtisches auf und nahm eine weiße Visitenkarte heraus. »Samuel Oberhurst«, las er vor und reichte die Karte Stewart. Auf der Karte stand Oberhursts Name und eine Telefonnummer, keine Adresse. Die Nummer war die gleiche, die er von Betsy bekommen hatte.

»Dr. Escalante, was ist mit den Frauen passiert, nachdem sie entführt worden waren?«

Escalante holte tief Luft. Stewart konnte ihm den Schmerz selbst nach all den Jahren noch anmerken.

»Meine Frau hat mir erzählt, daß es außer ihr noch drei Frauen gab. Sie wurden in einem alten Bauernhaus gefangengehalten. Sie weiß nicht, wo das Haus ist, denn als sie dort hingebracht wurde, war sie bewußtlos, und als man sie wegbrachte, stand sie unter Schock. Sie war fast verhungert, ein Wunder, daß sie noch lebte.«

Escalante unterbrach sich, fuhr sich mit der Zunge über die Lippen und atmete nochmals tief durch.

»Die Frauen wurden nackt in Verschlägen gehalten. Ihre Knöchel waren mit Ketten gefesselt. Immer, wenn er gekommen ist, war er maskiert, und sie mußten die Kappen aufsetzen. Dann ... dann hat er sie gefoltert.« Escalante schloß die Augen und schüttelte den Kopf, so, als ob er

Bilder verscheuchen wollte, die zu schrecklich waren. »Ich habe nie gefragt, was er gemacht hat, aber ich habe die medizinischen Berichte über meine Frau gesehen.«

Escalante machte erneut eine Pause.

»Das muß ich nicht wissen, Doktor. Das hilft mir nicht weiter«, sagte Stewart einfühlsam.

»Danke.«

»Wichtig ist die Identifikation. Wenn sich Ihre Frau an irgend etwas in Verbindung mit ihrem Entführer erinnern könnte, das beweisen würde, daß es sich nicht um Peter Lake gehandelt hat.«

»Ich verstehe. Ich werde sie fragen, aber ich bin sicher, daß sie Ihnen nicht weiterhelfen kann.«

Dr. Escalante verabschiedete sich von Stewart und brachte ihn zur Tür. Dann ging er wieder in sein Büro und nahm die Fotografie seiner Frau und seiner Tochter in die Hand.

2

Betsy hatte am Freitag den Eröffnungstermin in einer Scheidungsangelegenheit. Sie war gerade dabei, die Unterlagen in ihren Aktenkoffer zu verstauen, als ihr Ann mitteilte, daß Reggie Stewart am Telefon sei.

»Wie war die Reise?« fragte Betsy.

»Ganz gut, aber es ist nicht viel dabei herausgekommen. Die ganze Sache hat etwas Mysteriöses an sich, und mit jeder Minute wird es mysteriöser.«

»Laß hören!«

»Ich kann es nicht festmachen. Ich weiß aber, daß etwas faul ist, wenn mich Leute anlügen und es keinen Grund dafür gibt.«

»Wieso anlügen?«

»Das ist es ja gerade. Ich habe keine Ahnung, aber ich weiß, daß da etwas im Busch ist.«

»Erzähl, was du bis jetzt weißt«, forderte ihn Betsy auf,

und Stewart berichtete ihr von seinen Gesprächen mit Frank Grimsbo und Dr. Escalante.

»Nachdem ich mich von Escalante verabschiedet hatte, bin ich in die öffentliche Bibliothek gegangen und habe mir die Zeitungsberichte über den Fall angesehen. Ich habe erwartet, Interviews mit den Opfern und den Polizeibeamten zu finden. Nichts. John O'Malley, der Chef der Polizei, war das Sprachrohr des Bürgermeisters. Er erklärte, daß Waters der Mörder sei. Damit war der Fall abgeschlossen. Die überlebenden Frauen wurden sofort ins Krankenhaus gebracht. Samantha Reardon sogar in eine psychiatrische Klinik. Gloria Escalante hat sich geweigert, mit Reportern zu sprechen; ebenso Anne Hazelton. Nach ein paar Wochen war das Interesse an den Fällen erloschen. Andere Sachen wurden aktuell. Doch wenn du die Zeitungsberichte und O'Malleys Erklärung liest, dann weißt du immer noch nicht, was den Frauen widerfahren ist.

Dann habe ich mit Roy Lenzer, dem Polizisten aus Hunters Point, der die Akten für Page ausfindig machen sollte, gesprochen. Er weiß, daß Nancy Gordon vermißt wird, und hat in ihrem Haus nach den Akten gesucht. Ohne Erfolg. Jemand hat sämtliche Akten des Falles verschwinden lassen. Denk daran, wir sprechen hier von einem ganzen Regal voll von Berichten, Analysen, Fotografien. Aber warum? Warum sollte jemand die Akten eines zehn Jahre alten Falles verschwinden lassen? Was war in diesen Akten?«

»Reg, hat Oberhurst Kontakt mit der Polizei aufgenommen?«

»Ich habe Lenzer danach gefragt; habe auch Grimsbo angerufen. Soweit ich weiß, hat Oberhurst mit niemandem mehr gesprochen, nachdem er bei Dr. Escalante war. Auch das ergibt keinen Sinn. Wenn er für Lisa Darius ermittelt hat, dann hätte die Polizei seine erste Adresse sein müssen.«

»Nicht unbedingt«, gab Betsy zurück und berichtete dem Detektiv von ihrem Treffen mit Gary Telford.

»Ich habe ein ungutes Gefühl bei der Sache. Nehmen wir

einmal an, du bist ein skrupelloser Privatdetektiv, ein ehemaliger Sträfling, der am Rande der Legalität arbeitet. Jemand, der nichts an einer kleinen Erpressung findet. Die Frau eines prominenten Geschäftsmanns stellt dich an, weil sie annimmt, daß ihr Mann ein Verhältnis hat. Sie gibt dir außerdem ein Album mit Zeitungsausschnitten über einen alten Mordfall.

Nehmen wir einmal an, dieser schräge Vogel fliegt nach Hunters Point und spricht mit Dr. Escalante. Da bekommt er nicht viel heraus, aber genug, um Samantha Reardon aufzuspüren, das einzige andere überlebende Opfer. Was ist, wenn Oberhurst Samantha Reardon gefunden hat und sie Peter Lake eindeutig als den Mann identifiziert hat, der sie entführt und gefoltert hat?«

»Nun, Oberhurst kommt nach Portland zurück, und weiter?« fragte Stewart. »Einen mehrfachen Mörder erpressen? Da muß man wohl verrückt sein.«

»Wer ist Mister X, Reg?«

In der Leitung herrschte für einen Moment Stille, dann fluchte Stewart: »Verdammte Scheiße.«

»Genau. Wir wissen, daß Oberhurst Lisa angelogen hat. Er sagte ihr, daß er die Hunters-Point-Sache noch nicht überprüft hätte, aber in Wirklichkeit war er schon in Hunters Point. Außerdem ist er verschwunden. Ich habe mit jedem Anwalt, der Oberhurst einmal beschäftigt hat, gesprochen. Er ist unauffindbar. Er ruft nicht zurück. Unser Mister X hat Oberhursts Figur und Größe. Was wettest du, daß die Leiche eine gebrochene Nase hat?«

»Keine Wette. Was willst du machen?«

»Nichts. Darius ist unser Klient. Wir arbeiten für ihn. Das hier ist alles streng vertraulich.«

»Selbst wenn er den Mann getötet hat?«

»Selbst wenn er den Mann getötet hat.«

Betsy hörte, wie am anderen Ende der Leitung scharf die Luft eingesogen wurde, dann meldete sich Stewart wieder: »Du bist der Chef. Was soll ich als nächstes tun?«

»Hast du versucht, einen Termin bei Wayne Turner zu bekommen?«

»Keine Chance. Seine Sekretärin sagte, er habe viel zuviel mit der Anhörung zu tun.«

»Verdammt. Gordon, Turner, Grimsbo. Sie alle wissen etwas. Was ist mit dem Polizeichef? Wie war sein Name?«

»O'Malley. Lenzer sagt, er wäre vor ungefähr neun Jahren in Pension gegangen und nach Florida gezogen.«

»In Ordnung«, meinte Betsy mit einer Spur Resignation. »Versuch, Samantha Reardon zu finden. Sie ist unsere Trumpfkarte.«

»Ich tue das für dich, Betsy. Wenn ein anderer ... Ich sage dir, normalerweise schere ich mich einen Dreck, warum ich ermittle, aber in dieser Sache fange ich langsam an, mir Gedanken zu machen. Mir gefällt dieser Fall nicht.«

»Da sind wir schon zu zweit. Ich weiß auch nicht, was ich machen soll. Wir sind noch nicht einmal sicher, ob ich recht habe. Das muß ich erst einmal herausfinden.«

»Und wenn es so ist?«

»Ich habe keine Ahnung.«

3

Um neun brachte Betsy Kathy ins Bett, dann zog sie sich einen Flanellbademantel über. Nachdem sie sich eine Tasse Kaffee gemacht hatte, breitete sie die Unterlagen für den Scheidungstermin am Freitag auf dem Eßtisch aus. Der Kaffee machte sie wieder wach, doch ihre Gedanken beschäftigten sich mit dem Darius-Prozeß. War Darius schuldig? Betsy konnte nicht aufhören, über die Frage, die sie Alan Page während des Kreuzverhörs an den Kopf geworfen hatte, nachzudenken. Bei sechs Opfern, einschließlich eines sechs Jahre alten Mädchens! Warum sollten der Bürgermeister und der Polizeichef den Fall abschließen, wenn die

Möglichkeit bestand, daß Peter Lake oder jemand anderes der wirkliche Mörder war? Es ergab einfach keinen Sinn.

Betsy schob die Akten zur Seite und nahm sich einen Notizblock. Sie schrieb auf, was sie im Fall Darius hatte. Die Liste wurde drei Seiten lang. Betsy kam zu den Dingen, die sie heute nachmittag von Stewart erfahren hatte. Ihr kam plötzlich ein Gedanke, und sie runzelte die Stirn.

Betsy wußte, daß Samuel Oberhurst einer Erpressung nicht abgeneigt war. Er hatte es bei Gary Telford versucht. Wenn Martin Darius der Rosenmörder war, dann wäre er nicht davor zurückgeschreckt, Oberhurst umzubringen, wenn dieser versucht hätte, ihn zu erpressen. Aber Betsys Vermutung, daß Mister X Samuel Oberhurst war, ergab nur einen Sinn, wenn Samantha Reardon Martin Darius als den Rosenmörder identifiziert hatte. Und da lag der Hund begraben. Die Polizei hatte Samantha Reardon bestimmt verhört, als sie sie befreit hatten. Wenn die Sonderkommission Peter Lake und nicht Waters verdächtigt hatte, dann hätte man Samantha Reardon Bilder von Lake gezeigt. Wenn sie Lake als den Entführer identifiziert hatte, warum hatten dann der Polizeichef und der Bürgermeister Waters als den Mörder hingestellt? Warum wurde der Fall abgeschlossen?

Dr. Escalante hatte gesagt, daß Samantha Reardon in einer psychiatrischen Klinik war. Vielleicht konnte sie nicht sofort verhört werden. Aber irgendwann bestimmt. Grimsbo hat Reggie gesagt, daß Nancy Gordon sich den Fall zu sehr zu Herzen genommen und nie geglaubt hatte, daß Waters der Mörder war. Nun, überlegte Betsy, nehmen wir einmal an, Samantha Reardon hat irgendwann einmal Lake als Mörder identifiziert. Warum hat Nancy Gordon oder ein anderer den Fall nicht wieder aufgerollt?

Betsy dachte darüber nach.

Vielleicht war Samantha Reardon nie gefragt worden, bevor Oberhurst mit ihr gesprochen hatte. Aber hätte sie nicht von Waters gelesen und gewußt, daß die Polizei den falschen Mann beschuldigte? Sie konnte natürlich ein solches Trauma davongetragen haben, daß sie alles, was ihr widerfahren war, vergessen wollte, selbst wenn das bedeutete, daß Lake davonkam. Aber wenn das wahr war, warum hatte sie dann Oberhurst gesagt, daß Lake der Entführer war?

Betsy stöhnte. Da mußte etwas sein, das sie übersah. Sie stand auf und trug ihre Kaffeetasse ins Wohnzimmer. Die *New York Times* vom Sonntag lag in einem Weidenkorb neben ihrem Lieblingssessel. Sie setzte sich und beschloß, die Zeitung durchzublättern. Es eine Zeitlang zu vergessen war manchmal der beste Weg, ein Problem zu lösen. Sie hatte das Feuilleton, das Magazin, den Kunstteil, aber immer noch nicht den Wochenrückblick gelesen.

Betsy überflog einen Artikel über die Kämpfe in der Ukraine, einen anderen über den Austausch von Gefangenen zwischen Nord und Süd Korea. Der Tod herrschte überall.

Betsy blätterte weiter und las einen Bericht über Raymond Colby. Sie war sicher, daß Colby ernannt würde, und das regte sie auf. Dann gab es am Gericht keine verschiedenen Meinungen mehr. Reiche, weiße Männer mit identischen Lebensläufen würden das Denken bestimmen. Männer, die keine Vorstellung davon hatten, was es bedeutete, arm und hilflos zu sein, und die vom republikanischen Präsidenten nur aus einem Grund nominiert worden waren, nämlich die Interessen der Reichen und der Regierung über die individuellen Rechte zu stellen. Colby machte da keine Ausnahme. Harvard-Absolvent, Direktor bei Marlin Steel, Gouverneur von New York, danach die letzten neun Jahre Mitglied des Senats. Betsy las eine Zusammenfassung dessen, was er als Gouverneur und Senator getan hatte, und eine Einschätzung, wie er bei einigen Fällen, die in letzter Zeit vor dem Supreme Court verhandelt worden waren, entschieden hätte. Danach überflog sie noch einen Wirtschaftsartikel. Als sie mit der Zeitung fertig war, ging sie wieder ins Eßzimmer.

Der Scheidungsfall war ein Mist. Betsys Klientin und ihr Mann hatten keine Kinder, sie hatten sich geeinigt, fast den gesamten Besitz zwischen sich aufzuteilen, und nun zogen sie vor Gericht wegen eines billigen Landschaftsbildes, das sie während ihrer Flitterwochen von einem Straßenkünstler in Paris gekauft hatten. Dafür vor Gericht zu gehen, kostete beide das Zehnfache des Wertes, den das Bild hatte, aber sie blieben knochenhart. Es ging eindeutig nicht um das Bild. Fälle wie diese waren es, die Betsy fast ins Irrenhaus brachten. Doch, seufzte Betsy still vor sich hin, es waren auch Fälle wie diese, die Geld brachten. Sie begann, den Scheidungsantrag zu lesen, als sie sich an etwas erinnerte, was sie in dem Artikel über Raymond Colby gelesen hatte.

Betsy legte den Antrag weg. Der Gedanke war ihr so plötzlich gekommen, daß ihr fast schwindlig wurde. Sie ging ins Wohnzimmer zurück und las noch einmal Colbys Biographie. Da war es. Er war neun Jahre Senator gewesen. Der Polizeichef John O'Malley war vor neun Jahren in Pension gegangen und nach Florida gezogen. Frank Grimsbo war seit neun Jahren bei Marlin Steel, Colbys ehemaliger Firma. Und Wayne Turner war der Assistent des Senators.

Die Heizung im Haus war angedreht, doch Betsy fror plötzlich. Sie ging zurück ins Eßzimmer und las sich ihre Liste mit den wichtigen Fakten im Fall Darius noch einmal durch. Alles stand da. Man mußte die Fakten nur unter einem bestimmten Blickwinkel betrachten, dann ergab alles einen Sinn. Martin Darius war der Rosenmörder. Die Polizei in Hunters Point wußte das, als sie Henry Waters als Täter präsentierte und den Fall abschloß. Jetzt war Betsy auch klar, warum Peter Lake mit all dem Blut an seinen Händen unbehelligt aus Hunters Point verschwinden konnte. Aber eine Frage blieb offen. Warum hatte der Gouverneur von New York mit dem Bürgermeister und dem Polizeichef von Hunters Point gemeinsame Sache gemacht, um einen mehrfachen Mörder davonkommen zu lassen?

KAPITEL SECHZEHN

1

Die Sonne schien zwar, aber die Temperatur lag knapp unter dem Gefrierpunkt. Betsy hängte ihren Mantel auf. Ihre Wangen schmerzten von der Kälte. Sie rieb die Hände aneinander und bat Ann, ihr einen Kaffee zu bringen. Als Ann die dampfende Tasse vor ihr absetzte, wählte Betsy gerade eine Nummer in der Hauptstadt Washington.

»Büro Senator Colby«, meldete sich eine Stimme.

»Kann ich bitte Wayne Turner sprechen?«

»Ich verbinde Sie mit seiner Sekretärin.«

Betsy griff nach der Kaffeetasse. Ihre Hand zitterte. Sie wollte sicher wirken, aber in Wirklichkeit hatte sie eine Heidenangst.

»Was kann ich für Sie tun?« fragte eine angenehme weibliche Stimme.

»Mein Name ist Betsy Tanenbaum. Ich bin Anwältin in Portland, Oregon. Ich möchte gerne Mr. Turner sprechen.«

»Mr. Turner ist sehr mit der Anhörung des Senators beschäftigt. Wenn Sie mir Ihre Nummer durchgeben, dann kann er Sie zurückrufen, wenn er Gelegenheit dazu findet.«

Betsy wußte, daß Turner sie nicht zurückrufen würde. Es gab nur einen Weg, ihn ans Telefon zu bringen. Betsy war davon überzeugt, daß sie jetzt wußte, was in Hunters Point vorgefallen war, und sie würde einen hohen Einsatz wagen müssen, um eine Bestätigung zu bekommen.

»Es ist dringend. Sagen Sie Mr. Turner, daß Peter Lakes Anwalt am Apparat ist.« Dann teilte Betsy der Sekretärin noch etwas mit, was sie Turner sagen sollte. Die Sekretärin ließ es sich wiederholen. »Wenn Mr. Turner nicht mit mir reden will, die Presse wird es bestimmt tun.«

Die Sekretärin ließ sie warten. Betsy schloß die Augen und übte sich in einer Meditationstechnik, die sie in einem Yogakurs beim Y.W.C.A. gelernt hatte. Es klappte nicht, und sie sprang auf, als Turner an den Apparat kam.

»Wer ist da?« bellte er ins Telefon.

»Ich habe es Ihrer Sekretärin schon gesagt, Mr. Turner. Mein Name ist Betsy Tanenbaum. Ich bin der Verteidiger von Martin Darius. Sie kennen ihn unter dem Namen Peter Lake, als er noch in Hunters Point lebte. Ich möchte sofort mit Senator Colby sprechen.«

»Der Senator ist überaus mit der Anhörung zu seiner Bestätigung beschäftigt, Mrs. Tanenbaum. Kann das nicht warten, bis die Sache vorbei ist?«

»Ich werde nicht warten, bis der Senator sicher auf seinem Richterstuhl sitzt, Mr. Turner. Wenn er nicht mit mir sprechen will, dann zwingen Sie mich, die Presse einzuschalten.«

»Verdammt, wenn Sie irgendwelche unmöglichen ...«

»Beruhigen Sie sich, Mr. Turner. Wenn Sie nüchtern darüber nachdenken, dann ist Ihnen klar, daß es auch meinem Klienten schaden würde, wenn ich mit den Zeitungen spreche. Das ist nur mein letzter Ausweg. Ich möchte nicht, daß Sie mich abwimmeln.«

»Wenn Sie über Lake Bescheid wissen und wenn Sie über den Senator Bescheid wissen, warum tun Sie das dann?« wollte Turner wissen.

Betsy blieb stumm. Turner hatte eine gute Frage gestellt. Warum behielt sie ihr Wissen für sich? Warum wollte sie sich nicht auf Reggie Stewart verlassen? Warum war sie bereit, quer über den Kontinent zu fliegen, um eine Antwort auf ihre Fragen zu erhalten?

»Ich tue es nur meinetwegen, Mr. Turner. Ich muß wissen, was für einen Mann ich verteidige. Ich muß die Wahrheit herausfinden. Ich muß Senator Colby sehen. Ich kann morgen nach Washington kommen.«

Turner schwieg einen Moment. Betsy schaute aus dem Fenster. In einem Büro auf der gegenüberliegenden Straßenseite diskutierten zwei Männer in Hemdsärmeln eine Blaupause. In dem Geschoß darüber tippte eine Gruppe von Schreibkräften an Computern. Weiter oben spiegelte sich der Himmel in der Glasfassade des Gebäudes.

»Ich spreche mit Senator Colby und rufe Sie dann zurück«, sagte Turner schließlich.

»Ich bin keine Gefahr für ihn, Mr. Turner. Ich will die Karriere des Senators nicht zerstören. Sagen Sie ihm das!«

Turner legte auf, und Betsy stieß hörbar die Luft aus. Sie war nicht daran gewöhnt, Senatoren zu drohen oder mit Dingen zu spielen, die die Reputation bekannter Personen vernichten konnten. Dann dachte sie an den Hammermill- und den Peterson-Prozeß. Zweimal schon hatte sie die Bürde auf sich genommen, einen Menschen zu retten. Es gab keine größere Verantwortung. Colby war auch nur ein Mann, auch wenn er Senator der Vereinigten Staaten von Amerika war, und er war möglicherweise dafür verantwortlich, daß Martin Darius frei herumlief und drei unschuldige Frauen in Portland ermordet hatte.

»Nora Sloane auf Leitung eins«, meldete sich Ann über die Sprechanlage.

Betsys Scheidungsklientin erwartete sie Viertel vor neun am Gericht. Jetzt war es schon zehn nach acht. Betsy wollte sich auf die Scheidungsangelegenheit konzentrieren, aber sie entschied, Nora doch eine Minute ihrer Zeit opfern zu können.

»Tut mir leid, daß ich Sie störe«, entschuldigte sich Nora Sloane. »Erinnern Sie sich, daß wir darüber gesprochen haben, daß Sie mir Ihre Mutter und Ihre Tochter verstellen? Ginge das an diesem Wochenende?«

»Ich werde wahrscheinlich nicht da sein, und meine Mutter paßt auf Kathy auf. Dann haben Sie die beiden gleich zusammen. Meine Mutter wird ganz aufgeregt sein, daß sie ein Interview geben soll. Ich kläre das ab und rufe Sie dann zurück. Wie ist die Nummer?«

»Besser, ich rufe Sie an, denn ich bin viel unterwegs.«

»In Ordnung. In einer halben Stunde habe ich eine Verhandlung. Damit werde ich gegen Mittag fertig sein. Rufen Sie mich am Nachmittag an.«

Betsy schaute auf die Uhr. Sie hatte noch zwanzig Minuten, um sich auf den Prozeß vorzubereiten, und keine Zeit mehr, über Martin Darius nachzudenken.

2

Reggie Stewart stieß auf Ben Singer, den Anwalt, der mit der Scheidung von Samantha Reardon befaßt war, als er die Gerichtsakten durchsah. Singer hatte schon seit Jahren nichts mehr von Samantha Reardon gehört, aber er hatte noch eine Adresse von ihr. Demnach wohnte sie in der Nähe des Universitätscampus.

Die meisten der Häuser in der Umgebung der Universität waren Einfamilienhäuser, umgeben von gut gepflegtem Rasen und von alten Eichen und Ulmen überschattet. Aber es gab auch eine Handvoll Appartementhäuser und Wohnheime, die von Studenten bewohnt waren. Sie lagen einige Straßenzüge vom Campus entfernt in der Nähe der Autobahn. Stewart fuhr auf einen Parkplatz, der sich in ganzer Länge vor einem abstoßenden, grauen Apartmentblock hinzog. In der Nacht zuvor hatte es geschneit. Stewart stieg über einen Schneehaufen auf den gefegten Weg vor dem Büro des Managers. Eine Frau, Anfang Vierzig, in einem dicken Jogginganzug und einem grünen Wollpullover, öffnete die Tür. Sie hielt eine Zigarette in der Hand, ihr Gesicht war gerötet. In ihrem rotblonden Haar steckten Lockenwickler.

»Ich heiße Reggie Stewart und suche den Verwalter.«

»Wir sind ausgebucht«, gab die Frau barsch zurück.

Stewart gab der Frau seine Karte. Sie schob eine Zigarette zwischen die Lippen und musterte die Karte genau.

»Sind Sie der Verwalter?« fragte Stewart. Die Frau nickte.

»Ich suche Samantha Reardon. Dies hier ist ihre letzte bekannte Adresse.«

»Was wollen Sie von ihr?« fragte die Frau mißtrauisch.

»Sie weiß vielleicht etwas, das einem meiner Klienten hilft, der früher in Hunters Point gelebt hat.«

»Da haben Sie kein Glück. Sie ist nicht da.«

»Wissen Sie, wann sie zurückkommt?«

»Da verlangen Sie viel. Sie ist schon seit dem Sommer weg.« Die Frau schaute noch mal auf die Karte. »Der andere Privatdetektiv kam auch aus Portland. Das weiß ich noch, denn Sie beide sind die einzigen Leute aus Oregon, die mir jemals begegnet sind.«

»War das ein Kerl mit gebrochener Nase?«

»Richtig. Kennen Sie ihn?«

»Nicht persönlich. Wann war er hier?«

»Es war heiß, das ist alles, woran ich mich erinnern kann. Samantha Reardon ist am nächsten Tag weg. Sie hat noch eine Monatsmiete im voraus bezahlt. Sie sagte, sie wisse nicht, wie lange sie wegbleiben würde. Eine Woche später kam sie zurück und zog endgültig aus.«

»Hat sie Ihnen irgendwas zur Aufbewahrung gegeben?«

»Nee. Das Zimmer ist möbliert, und sie hatte kaum persönliche Sachen.« Die Frau schüttelte den Kopf. »Ich war einmal bei ihr drin, um das undichte Waschbecken zu reparieren. Kein Bild an der Wand, kein Stück Krimskrams auf dem Tisch. Das Zimmer sah fast genauso aus wie beim Einzug. Unheimlich.«

»Haben Sie mal mit ihr gesprochen?«

»Ja sicher, von Zeit zu Zeit. Aber meistens hab' ich nur

›Guten Morgen‹ oder ›Wie geht's‹ gesagt, und von ihr kam auch nicht mehr. Sie lebte sehr zurückgezogen.«

»Hatte sie eine Arbeit?«

»Ja. Irgendwo hat sie gearbeitet. Ich nehme an, sie war Sekretärin oder Empfangsdame. Irgendwas in dieser Art. Vielleicht bei einem Arzt. Natürlich, bei einem Arzt, und sie hat ihm die Buchhaltung gemacht. Das war es. Sie sah auch wie eine Buchhalterin aus. Eine graue Maus. Sie hat sich nicht um ihr Äußeres gekümmert. Wenn man genau hinsah, hatte sie eine gute Figur. Groß, athletisch, aber sie hat sich immer wie eine alte Jungfer angezogen. Ich hatte den Eindruck, daß sie die Männer verschrecken wollte, verstehen Sie, was ich meine?«

»Sie haben nicht zufällig ein Bild von ihr?«

»Wo soll ich das herhaben? Wie ich schon sagte, ich glaube nicht, daß sie überhaupt Bilder hatte. Unheimlich. Jeder hat doch Fotografien, Kleinigkeiten, die an die guten Zeiten erinnern.«

»Es gibt Leute, die wollen die Vergangenheit vergessen«, meinte Stewart.

Die Frau zog an ihrer Zigarette und nickte zustimmend. »War das bei ihr so? Böse Erinnerungen?«

»Die Schlimmsten«, bestätigte Stewart. »Die Allerschlimmsten.«

3

»Ich helf' dir mit dem Abwasch«, bot Rita an. Das Geschirr war nach dem Essen stehen geblieben, weil sie Kathys Lieblingssendung mit ihr zusammen im Fernsehen angesehen hatte. Danach hatte Betsy Kathy ins Bett gebracht.

»Bevor ich es vergesse«, sagte Betsy, als sie die Teller aufeinanderstellte, »eine Frau namens Nora Sloane wird dich anrufen. Ich habe ihr deine Nummer gegeben. Es ist die Frau, die den Artikel für den *Pacific West* schreibt.«

»Ach ja?«

»Sie möchte mit dir und Kathy ein Interview machen, wegen der Hintergrundinformationen.«

»Ein Interview mit mir?« fragte Rita geschmeichelt.

»Ja, Mutter. Das ist deine Chance, unsterblich zu werden.«

»Meine Unsterblichkeit bist du, Liebling, aber ich stehe zur Verfügung, wenn sie anruft«, meinte Rita. »Wer ist besser dazu geeignet, ihr einen Blick hinter die Kulissen zu verschaffen, als deine Mutter.«

»Das ist es, wovor ich Angst habe.«

Betsy spülte Teller und Tassen kurz ab, Rita stellte sie in die Geschirrspülmaschine.

»Hast du noch etwas Zeit, bevor du nach Hause gehst? Ich möchte dich gern etwas fragen.«

»Sicher.«

»Kaffee oder Tee?«

»Lieber Kaffee.«

Betsy schenkte zwei Tassen ein, dann gingen sie ins Wohnzimmer.

»Es geht um den Darius-Fall«, begann Betsy. »Ich weiß nicht, was ich machen soll. Ich muß immer an diese Frauen denken, was sie durchgemacht haben. Mutter, was ist, wenn er sie umgebracht hat?«

»Hast du mir nicht immer erzählt, daß Schuld oder Unschuld keine Rolle spielen? Du bist seine Anwältin.«

»Ich weiß. Das sage ich auch immer. Und ich bin davon überzeugt. Außerdem brauche ich das Geld, das ich mit dem Fall verdiene, wenn Rick und ich ... Wenn wir uns scheiden lassen. Ganz zu schweigen von dem Prestige. Selbst wenn ich verliere, kennt man mich als Martin Darius' Verteidiger. Dieser Fall bringt mich in die erste Liga. Wenn ich jetzt aufgebe, dann wird man mir nachsagen, daß ich nicht mit dem Druck eines wichtigen Falles zurechtkomme.«

»Aber es macht dir Sorgen, daß du ihn herausholen könntest?«

»Genau das ist es, Mutter. Ich weiß, daß ich Darius da herauskriegen kann. Page hat nicht viel in der Hand. Der Richter hat ihm bei der Kautionsanhörung genau das gesagt. Aber ich weiß von Dingen, die Page nicht weiß, und ich ...«

Betsy schüttelte den Kopf. Man merkte ihr ihre Zerrissenheit deutlich an.

»Jemand muß Martin Darius verteidigen«, entgegnete Rita ruhig. »Wenn du es nicht tust, dann macht es ein anderer Anwalt. Ich habe gut zugehört, wenn du gesagt hast, daß jeder eine faire Chance braucht, selbst Mörder und Dealer. Es fällt mir schwer, das zu akzeptieren. Ein Mann, der einer Frau das antut, irgend jemandem antut, den möchte man am liebsten anspucken. Aber du verteidigst ja eigentlich nicht diese Person. Das erzählst du mir zumindest immer. Du stehst für ein gutes Rechtssystem ein.«

»Das ist die Theorie, aber was, wenn es dir zuwider ist? Was ist, wenn man nicht schlafen kann, weil man weiß, daß man dabei ist, jemanden frei zu kriegen, der ... Mutter, er hat das gleiche in Hunters Point gemacht. Ich bin mir sicher. Nun, wenn ich ihn freibekomme, wer ist sein nächstes Opfer? Ich denke an das, was diese Frauen durchgemacht haben. Allein, hilflos, bar jeder Würde.«

Rita griff nach der Hand ihrer Tochter.

»Ich bin so stolz auf das, was du aus deinem Leben gemacht hast. Ich selbst wäre nie auf die Idee gekommen, Anwältin zu werden. Du hast einen wichtigen Beruf. Du bist wichtig. Du machst wichtige Dinge. Dinge, zu denen andere Leute nicht den Mut haben. Aber das hat seinen Preis. Glaubst du, der Präsident schläft ruhig? Oder ein Richter? Oder Generäle? Nun lernst du die andere Seite der Verantwortung kennen. Bei diesen geprügelten Frauen war es einfach. Du standest auf der richtigen Seite. Jetzt ist man gegen dich. Doch du mußt deine Arbeit machen, auch wenn du leidest. Du mußt dabei bleiben und darfst nicht den einfachen Weg, die Flucht, wählen.«

Plötzlich brach Betsy in Tränen aus. Rita rutschte zu ihr hin und nahm sie in den Arm.

»Es ist alles so schwer, Mutter. Ich liebe Rick so sehr. Ich habe ihm alles gegeben, und dann verläßt er mich. Wenn er hier wäre, um mir zu helfen ... Ich schaffe das nicht allein.«

»Doch, du schaffst das. Du bist stark. Niemand kann das leisten, was du geleistet hast, ohne stark zu sein.«

»Warum sehe ich das nicht auch so? Ich fühle mich leer, ausgebrannt.«

»Es ist schwer, sich selbst so einzuschätzen, wie es andere tun. Du weiß, daß du nicht perfekt bist, also überbewertest du deine Schwächen. Aber du hast viel Kraft, glaub mir.«

Rita brach ab. Ihr Blick ging für einen Moment in die Ferne, dann schaute sie wieder Betsy an.

»Ich sage dir etwas, was sonst niemand auf der Welt weiß. In der Nacht, als dein Vater starb, hätte ich fast Selbstmord begangen.«

»Mutter!«

»Nachdem ich dich ins Bett gebracht hatte, saß ich in unserem Schlafzimmer. Ich hatte alle Pillen aus dem Toilettenschrank geholt. Ich muß diese Pillen eine Stunde lang angeschaut haben, aber ich konnte es nicht tun. Du hast es nicht zugelassen. Der Gedanke an dich. Wie ich es vermissen würde, dich aufwachsen zu sehen. Wie hätte ich denn jemals wissen können, was du aus deinem Leben gemacht hast. Diese Pillen nicht zu nehmen war die beste Entscheidung meines Lebens. Denn so kann ich sehen, was aus dir geworden ist. Ich bin so stolz auf dich.«

»Was ist, wenn ich selbst nicht stolz auf mich bin? Was ist, wenn ich diese Sache nur wegen des Geldes und der Anerkennung mache? Was ist, wenn ich einem Mann, der wirklich schuldig ist, helfe davonzukommen und er wieder Unschuldigen unvorstellbare Schmerzen und Leiden zufügt?«

»Ich weiß nicht, was ich dazu sagen soll«, gab Rita zurück. »Ich kenne nicht die ganze Geschichte, also kann ich mich auch nicht an deine Stelle versetzen. Aber ich vertraue dir, und ich weiß, daß du das Richtige tun wirst.«

Betsy wischte sich die Augen. »Tut mir leid, daß ich dich damit behelligt habe, aber du bist die einzige, bei der ich mich ausheulen kann, jetzt, nachdem Rick weg ist.«

»Es freut mich, daß ich wenigstens zu etwas gut bin«, sagte Rita und lächelte ihre Tochter an. Betsy umarmte sie. Es hatte ihr gut getan, sich auszuweinen, es war gut, über das zu sprechen, was sie bewegte, doch Betsy fühlte, daß sie der Antwort keinen Schritt nähergekommen war.

KAPITEL SIEBZEHN

Am Sonntagnachmittag stand Raymond Colby vor dem Kamin seines Hauses und wartete auf die Rechtsanwältin aus Portland. Ein Bediensteter hatte ein Feuer entfacht, und Colby hielt seine Hände, um sie aufzuwärmen, über die Flammen. Ihm war kalt, doch das hatte nichts mit dem eisigen Regen zu tun, der die Menschen von Georgetown von den Straßen fernhielt.

Die Eingangstür ging auf und wurde wieder geschlossen. Das mußte Wayne Turner mit Betsy Tanenbaum sein. Colby strich sein Jackett glatt. Was wollte die Anwältin? Das war die Frage. Konnte man vernünftig mit ihr reden? War sie käuflich? Turner war der Ansicht, daß sie nicht alles wußte, aber genug, um seine Nominierung zu vereiteln. Vielleicht würde sie sich auf seine Seite stellen, wenn sie erst einmal die ganze Geschichte kannte. Schließlich würde der Schritt an die Öffentlichkeit nicht nur seine Karriere zerstören, sondern auch die ihres Klienten.

Die Tür zum Wohnzimmer öffnete sich, und Wayne Turner trat zur Seite. Colby musterte seine Besucherin. Betsy Tanenbaum war attraktiv, doch Colby erkannte sofort, daß sie sich darauf nichts einbildete. Sie trug ein strenggeschnittenes schwarzes Kostüm und eine beige Bluse. Alles ganz geschäftsmäßig. Er vermutete, daß sie nervös war. Sie fühlte sich offensichtlich etwas fehl am Platz, war aber bereit, einem mächtigen Mann auf seinem eigenen Terrain gegenüberzutreten. Colby lächelte und streckte seine Hand zur Begrüßung aus. Sie hatte keine Angst davor, ihm in die Augen zu sehen und ihn genauso intensiv zu mustern, wie er es bei ihr getan hatte.

»Wie war der Flug?« fragte Colby.

»Gut.« Betsy sah sich in dem gemütlichen Raum um. Vor dem Kamin standen drei hochlehnige Armsessel, auf die Colby zuging.

»Kann ich Ihnen etwas anbieten, das die Kälte vertreibt?«

»Eine Tasse Kaffee, bitte.«

»Nichts Stärkeres?«

»Nein, danke.«

Betsy nahm den Sessel, der dem Fenster am nächsten stand. Colby setzte sich in den mittleren. Wayne schenkte aus einer silbernen Kanne Kaffee ein, die ein Bediensteter auf den antiken Walnußtisch gestellt hatte. Betsy starrte ins Feuer. Auf ihrem Weg vom Flughafen hierher hatte sie kaum auf das Wetter geachtet. Jetzt, da sie hier war, fröstelte es sie als verspätete Reaktion auf die Anspannung der letzten Stunden. Wayne Turner reichte Betsy eine feine Porzellantasse auf einer Untertasse, die mit zart gezeichneten Rosen verziert war. Die Blumen waren rosa, die Stengel mit Gold eingelegt.

»Wie kann ich Ihnen helfen, Mrs. Tanenbaum?«

»Ich weiß, was Sie vor zehn Jahren in Hunters Point getan haben, Senator. Ich möchte den Grund dafür wissen.«

»Und was habe ich getan?«

»Sie haben die Sonderkommission der Polizei in Hunters Point bestochen, Sie haben Polizeiakten verschwinden lassen, und Sie haben einem mehrfachen Mörder, der Spaß daran hatte, Frauen zu quälen, Straffreiheit gewährt.«

Colby nickte traurig. »Ein Teil von dem, was Sie sagen, stimmt, aber nicht alles. Keiner von der Sonderkommission ist bestochen worden.«

»Ich weiß von den Belohnungen«, entgegnete Betsy ganz höflich.

»Was glauben Sie denn zu wissen?«

Betsy errötete. Sie hatte Zusammenhänge hergestellt, war Vermutungen nachgegangen und schließlich zu der einzig möglichen Lösung gekommen, aber sie wollte nicht damit prahlen. Auf der anderen Seite, wenn sie Colby erzählte, wie sie darauf gekommen war, dann wußte er, daß er sie nicht für dumm verkaufen konnte.

»Ich weiß, daß die Amtsperiode eines Senators sechs Jahre beträgt«, gab Betsy zurück, »und Sie haben genau die Hälfte Ihrer zweiten Amtszeit hinter sich, ergibt also neun Jahre, in denen Sie Senator sind. Vor neun Jahren quittierte Frank Grimsbo seinen schlecht bezahlten Job bei der Polizei in einer kleinen Stadt und nahm eine hochdotierte Stellung bei der Marlin Steel Company an, ihrer alten Firma. Vor neun Jahren ging der Polizeichef dieser kleinen Stadt in Pension und zog sich nach Florida zurück. Wayne Turner, ein weiteres Mitglied der Rosenmörder-Sonderkommission, ist ihr Mitarbeiter. Ich habe mich gefragt, warum es drei Polizisten der gleichen Stadt auf einmal so gut ging und warum es genau in dem Jahr war, da Sie für den Senatorensitz kandidierten. Die Antwort lag auf der Hand. Ihr Schweigen wurde erkauft, und sie wurden auch dafür bezahlt, daß sie die Akten Fall Rosenmörder verschwinden ließen.«

Colby nickte. »Exzellente Schlußfolgerungen, doch nur teilweise richtig. Es waren Belohnungen und keine Schweigegelder. Frank Grimsbo hat sich selbst hochgearbeitet, nachdem ich ihm eine Stellung beim Werksschutz besorgt habe. Polizeichef O'Malley hatte einen Herzanfall und mußte in Pension gehen. Ich bin sehr wohlhabend. Wayne erzählte mir, daß John einige finanzielle Probleme hatte, und so half ich ihm. Und Wayne studierte gerade Jura, als die Entführungen und Morde stattfanden. Er schloß das Studium zwei Jahre später ab, und ich half ihm, eine Stellung in Washington zu finden, doch nicht bei mir. Wayne kam erst ein Jahr, bevor meine erste Amtsperiode ablief, zu mir. Da hatte er sich schon einen sehr guten Namen gemacht. Als Larry Merrill, mein vorheriger Assistent, wieder in eine Anwaltskanzlei in Manhattan ging, fragte ich Wayne, ob er die Stellung haben wolle. Also, Sie sehen, daß die Gründe für diese Ereignisse nicht ganz so mysteriös sind, wie Sie angenommen haben.«

»Doch das mit den Akten stimmt.«

»Darum hat sich Polizeichef O'Malley gekümmert.«

»Und die Straffreiheit?«

Auf einmal sah Colby sehr alt aus.

»Jeder hat wohl einmal etwas getan, das er ungeschehen machen möchte. Ich denke noch immer an Hunters Point, aber ich wüßte nicht, was man hätte anders machen können.«

»Warum haben Sie so etwas getan, Senator? Der Kerl ist kein Mensch. Sie hätten wissen müssen, daß er es wieder tut, irgendwo, irgendwann.«

Colby drehte den Kopf in Betsys Richtung, doch er sah sie nicht. Er schaute ganz verloren drein, wie ein Mann, der eben erfahren hat, daß er an einer unheilbaren Krankheit leidet.

»Wir wußten es, mein Gott. Wir wußten es, aber wir hatten keine Wahl.«

Teil 5

Hunters Point II

Kapitel achtzehn

1

Nancy Gordon hörte Glas splittern, als Peter Lake die untere Scheibe der Hintertür zerschlug, um durch die Öffnung die Tür von innen aufmachen zu können. Sie hörte die rostigen Türangeln quietschen. Sie rutschte unter das Bettlaken und versuchte, ihre Augen an die Dunkelheit zu gewöhnen, um besser zu sehen.

Nancy war allein im Büro der Sonderkommission gewesen, als Lake zwei Stunden zuvor auftauchte und ihr erzählte, daß er vom Tod Henry Waters' in den Spätnachrichten gehört hatte. Wie geplant, erzählte Nancy, er, Peter, sei verdächtigt worden, der Rosenmörder zu sein. Als Grund gab sie die Zeitspanne zwischen seinem Nachhausekommen und dem Anruf bei der Polizei an und die Tatsache, daß er Waters' Haus observiert hatte. Lake war mißtrauisch geworden, aber Nancy versicherte ihm, daß sie damit zufrieden war, daß Waters der Mörder war, und daß sie ihren Verdacht für sich behalten hatte. Dann hatte sie gegähnt und Lake gesagt, daß sie nach Hause ginge. Seitdem lag Nancy im Bett und wartete.

Eine schwarze Hose, eine schwarze Skimütze und ein schwarzer Rollkragenpullover ließen Lake fast in der Dunkelheit verschwinden. In der Hand hielt er einen häßlichen, kurzläufigen Revolver. Nancy hörte nicht, wie er durchs Wohnzimmer kam. In der einen Sekunde war er noch nicht zu sehen, in der anderen stand Lake in der Tür zum Schlafzimmer. Als er das Licht anknipste, fuhr Nancy hoch und täuschte Überraschung vor. Lake zog die Skimütze ab.

»Sie haben es gewußt, Nancy?« Sie starrte ihn an, als ob sein Eindringen sie überrascht hätte. »Ich kann Sie wirklich gut leiden, aber ich kann nicht das Risiko eingehen, daß Sie den Fall wieder aufrollen.«

Nancy schaute auf den Revolver. »Sie glauben doch nicht, daß Sie davonkommen, wenn Sie eine Polizeibeamtin umbringen.«

»Ich habe keine Wahl. Sie sind viel zu intelligent. Möglicherweise wären Sie dahinter gekommen, daß Waters unschuldig war. Dann wären Sie hinter mir hergewesen. Sie hätten vielleicht genug Beweise zusammenbekommen, um damit die Geschworenen zu überzeugen.«

Lake ging um das Bett herum. »Legen Sie Ihre Hände auf das Bettlaken, und ziehen Sie es ganz langsam zur Seite«, befahl er ihr und bewegte die Waffe. Wegen der Hitze lag Nancy nur unter einer einfachen Decke. Sie zog sie ganz langsam und vorsichtig zurück, damit Lake die Waffe nicht sehen konnte, die sie neben ihrer rechten Hüfte verborgen hatte. Nancy trug eine Bikinihose und ein T-Shirt. Das Shirt war bis zu ihren Brüsten hochgerutscht, und man konnte ihre feste Bauchmuskulatur sehen. Lake zog deutlich hörbar die Luft ein.

»Sehr hübsch«, bemerkte er. »Ziehen Sie das Hemd aus!«

Nancy zwang sich, ihn entsetzt anzusehen.

»Ich werde Sie nicht vergewaltigen«, versicherte ihr Lake. »Es ist nicht so, daß ich nicht möchte. Ich habe mir schon oft vorgestellt, daß ich meinen Spaß mit Ihnen hätte, Nancy. Sie sind so verschieden von den anderen Frauen. Die sind alle so weich, richtige Kühe, und so einfach abzurichten. Aber Sie sind hart. Ich bin sicher, Sie würden sich wehren, und das würde mir viel Spaß machen.

Aber die Behörden sollen weiterhin glauben, daß Henry Waters der Rosenmörder ist, also werden Sie bei einem Einbruch sterben.«

Nancy schaute Lake abfällig an. »Wie konnten Sie ihre Frau und Ihre Tochter töten?«

»Sie glauben doch nicht, das hätte ich geplant. Ich habe sie geliebt, Nancy. Doch Sandy fand einen Zettel und eine Rose, die ich am nächsten Tag benutzen wollte. Ich bin nicht stolz darauf, aber ich bin in Panik geraten. Mir fiel keine einzige Erklärung Sandy gegenüber ein, wenn diese Zettel erst einmal öffentlich bekannt würden. Sie wäre zur Polizei gegangen, und dann hätten sie mich gehabt.«

»Und warum haben sie Melody ermordet? Sie war doch noch ein Kind.«

Lake schüttelte den Kopf und machte einen ziemlich verwirrten Eindruck.

»Glauben Sie etwa, das war leicht?« Lakes Unterkiefer zitterte, und er hatte Tränen in den Augen. »Sandy hat geschrien, ich war bei ihr, bevor sie ein zweites Mal schreien konnte, aber Melody hatte es schon gehört. Sie stand auf der Treppe und schaute durch das Geländer hindurch nach unten. Ich habe sie dann eine Weile im Arm gehalten und nachgedacht, ob es eine Möglichkeit gab, sie zu verschonen. Aber es gab keine, und so machte ich es schnell und schmerzlos. Es war das Schwerste, was ich jemals getan habe.«

»Ich helfe Ihnen, Peter. Sie werden Sie nicht schuldig sprechen. Ich spreche mit dem Staatsanwalt, wir einigen uns auf geistige Unzurechnungsfähigkeit.«

Lake lächelte traurig und schüttelte ablehnend den Kopf. »Das wird nie funktionieren, Nancy. Niemand wird mich so leicht davonkommen lassen. Denken Sie daran, was ich Pat angetan habe. Denken Sie an die anderen Frauen. Außerdem bin ich nicht verrückt. Wenn Sie wüßten, warum ich das getan habe, würden Sie es verstehen.«

»Erzählen Sie es mir! Ich möchte es verstehen.«

»Tut mir leid, keine Zeit. Außerdem würde das für Sie keinen Unterschied machen. Sie werden sterben.«

»Bitte, Peter. Ich muß es wissen. Es muß doch für einen solchen brillanten Plan einen Grund geben.«

Lake grinste herablassend. »Lassen Sie das. Das klappt nicht. Warum sollten wir uns damit aufhalten?«

»Sie können mich vergewaltigen. Fesseln Sie mich. Das möchten Sie doch? Ich bin hilflos«, bettelte sie und ließ ihre rechte Hand unter die Decke gleiten.

»Das ist doch entwürdigend, Nancy. Ich dachte, Sie hätten mehr Format als die anderen.«

Lake bemerkte Nancys Handbewegung, und seine Miene verdüsterte sich. »Was ist das?«

Nancy griff nach der Waffe. Lake schlug ihr hart mit seinem Revolver ins Gesicht. Ein Knochen brach. Nancy konnte für einen Moment nichts sehen. Die Tür der Abstellkammer flog auf. Lake erstarrte, als Wayne Turner aus der Kammer hervorsprang. Turner schoß und traf Lake an der Schulter. Lakes Waffe fiel zu Boden. Frank Grimsbo hechtete durch die Schlafzimmertür und drückte Lake an die Wand.

»Bleib liegen!« schrie Turner Nancy an. Er warf sich auf das Bett und versetzte ihr einen Schlag. Lake klebte an der Wand und Grimsbo prügelte auf ihn ein.

»Hör auf, Frank!« rief Turner. Mit der einen Hand hielt er die Waffe auf Lake gerichtet, mit der anderen versuchte er, Grimsbos Arm festzuhalten. Grimsbo konnte noch einen Schlag anbringen, der Lakes Kopf gegen die Wand schmetterte. Ein feuchter Fleck breitete sich auf dem schwarzen Stoff an der Schulter aus, als das Blut aus seiner Wunde sickerte.

»Hol seine Waffe!« befahl Turner. »Sie liegt neben dem Bett, und sieh nach Nancy!«

Grimsbo stand zitternd auf.

»Ich bin in Ordnung«, meldete sich Nancy. Ihre linke Gesichtshälfte war taub, sie konnte kaum aus dem linken Auge sehen.

Grimsbo hob Lakes Revolver auf. Als er über Lake stand, wurde sein Atem heftiger.

»Leg ihm die Handschellen an«, befahl Turner. Grimsbo stand da, die Waffe in seiner Hand richtete sich auf Lake, so, als ob sie ein Eigenleben führte.

»Mach keinen Scheiß, Frank!« sagte Turner. »Leg ihm einfach die Handschellen an!«

»Warum?« fragte Grimsbo. »Wir hätten auch zweimal auf ihn schießen können, als er Nancy angriff. Du hast ihn an der Schulter getroffen, als du aus der Kammer kamst, und ich habe den tödlichen Schuß abgegeben, als dieses Stück Scheiße sich auf mich stürzen wollte. Wie das Schicksal so will, habe ich ihn genau zwischen die Augen getroffen.«

»Es hat sich nicht so abgespielt, und das weißt du«, warf Turner beiläufig ein.

»Und weiter? Du zeigst mich an und bist dann Zeuge in meinem Mordprozeß? Du schickst mich für den Rest meines Lebens ins Gefängnis, weil ich diesen Drecksack ausradiert habe?«

»Keiner würde davon erfahren, Wayne«, sagte Nancy ruhig. »Ich würde Frank Rückendeckung geben.«

Turner schaute Nancy an, die Lake mit tödlichem Haß musterte.

»Das kann ich nicht glauben. Ihr seid doch Polizeibeamte. Was ihr vorhabt, ist Mord.«

»Nicht in diesem Fall, Wayne«, entgegnete Nancy. »Du mußt ein menschliches Wesen umbringen, um einen Mord zu begehen. Lake ist kein menschliches Wesen. Ich weiß nicht, was er ist, aber er ist auf keinen Fall ein Mensch. Ein menschliches Wesen ermordet nicht sein eigenes Kind. Es reißt einer Frau nicht die Kleider vom Leib und schlitzt ihr dann den Bauch auf, reißt die Gedärme heraus und sieht sich an, wie sie langsam verreckt. Ich kann mir noch nicht einmal vorstellen, was er mit den verschwundenen Frauen gemacht hat.« Nancy erschauderte. »Ich will es mir auch gar nicht vorstellen.«

Lake verfolgte den Streit. Ohne den Kopf zu bewegen, heftete er seine Augen auf jeden der Sprecher, während diese über sein Schicksal stritten. Er bemerkte, wie Wayne ins Wanken geriet. Nancy stieg aus dem Bett und stellte sich neben Grimsbo.

»Er wird eines Tages rauskommen, Wayne«, meinte Nancy. »Er wird den Begnadigungsausschuß dazu bringen, ihn zu entlassen, oder er wird die Geschworenen davon überzeugen, daß er krank ist, und das Krankenhaus wird ihn nach einer Wunderheilung entlassen. Möchtest du eines Morgens aufwachen und von einer Frau lesen, die in Salt Lake City oder Minneapolis entführt wurde, und der Ehemann hat auf ihrem Bett einen Zettel mit den Worten AUF EWIG UNVERGESSEN gefunden?«

Turner ließ den Arm sinken, sein Mund war trocken, und sein Magen krampfte sich zusammen.

»Es ist meine Sache, Wayne«, sagte Grimsbo, zog seine Dienstwaffe und reichte Nancy Lakes Revolver. »Wenn du willst, dann geh nach draußen. Du wirst dich nicht mehr erinnern, wie es wirklich passierte, denn es ist so passiert, wenn wir uns alle einig sind.«

»Mein Gott!« stöhnte Turner. Die eine Hand hatte er zur Faust geballt, die andere so fest um seine Waffe geschlossen, daß das Metall in seine Handfläche schnitt.

»Ihr könnt mich umbringen«, keuchte Lake, denn der Schmerz in seiner Wunde machte es ihm schwer zu sprechen.

»Halt verdammt noch mal das Maul«, fluchte Grimsbo, »oder ich bringe dich sofort um.«

»Sie sind nicht tot«, brachte Lake hervor und preßte die Augen zu, als eine Welle des Schmerzes über ihn kam. »Die anderen Frauen leben noch. Wenn ihr mich umbringt, sterben sie auch. Bringt mich um, und ihr bringt auch sie um.«

2

Gouverneur Raymond Colby duckte sich unter die rotierenden Helikopterflügel und rannte dann zu dem wartenden Polizeifahrzeug. Larry Merrill, der Assistent des Gouverneurs, sprang hinter seinem Chef aus der Maschine und folgte ihm über das Flugfeld. Ein untersetzter rothaariger Mann und ein schlanker Schwarzer standen neben dem Wagen. Der Rothaarige öffnete die hintere Wagentür für Colby.

»John O'Malley, ich bin der Polizeichef von Hunters Point. Das ist Detective Wayne Turner. Er wird Sie über alles informieren. Wir stecken hier in einer üblen Sache.«

Gouverneur Colby setzte sich auf den Rücksitz, und Turner schob sich neben ihn. Als sich Merrill auf dem Beifahrersitz niedergelassen hatte, fuhr O'Malley in Richtung Nancy Gordons Haus los.

»Ich weiß nicht, wieviel Sie schon wissen, Gouverneur.«

»Fangen Sie ganz von vorne an, Detective Turner. Ich will sicher sein, daß ich vollständig informiert bin.«

»In Hunters Point sind Frauen verschwunden. Alle waren mit gutverdienenden Männern verheiratet und kinderlos. Kein Anzeichen eines Kampfes am Tatort. Bei der ersten Frau glaubten wir noch, wir hätten es mit einer Vermißtensache zu tun. Das einzig Befremdliche war ein Zettel auf dem Bett der Frau, auf dem stand AUF EWIG UNVERGESSEN. Auf dem Zettel lag eine schwarzgefärbte Rose. Wir nahmen an, daß die Frau das dort hingelegt hatte. Dann verschwand eine zweite Frau, und wir fanden einen identischen Zettel und eine identische Rose.

Nach der vierten Vermißten, bei allen fand man einen Zettel und eine Rose, wurden Sandra und Melody Lake ermordet. Sandra war die Frau von Peter Lake, den Sie, glaube ich, kennen. Melody war seine Tochter.«

»Das ist eine Tragödie«, warf Colby ein. »Peter gehört schon seit einiger Zeit zu den Leuten, die mich unterstützen. Ich habe ihm im letzten Herbst einen Sitz in einem Komitee besorgt.«

»Er hat sie umgebracht, Gouverneur. Er hat seine Frau und seine Tochter kaltblütig umgebracht. Dann hat er einem Mann namens Henry Waters die Sache in die Schuhe geschoben. Er hat eine der entführten Frauen in dessen Keller gebracht, dort abgeschlachtet und ein paar Rosen und Zettel im Keller zurückgelassen. Dann hat er anonym die Polizei angerufen.«

Es war vier Uhr morgens. Im Wagen war es stockfinster, aber Turner konnte sehen, wie Colby erbleichte, als der Wagen eine Straßenlaterne passierte.

»Peter Lake hat Sandy und Melody umgebracht?«

»Ja, Sir.«

»Das kann ich nicht glauben.«

»Was ich Ihnen jetzt sage, ist nur dem Polizeichef O'Malley, den Beamten Frank Grimsbo, Nancy Gordon und mir bekannt. Der Polizeichef hat eine Sonderkommission eingesetzt, um die Vermißtenfälle zu klären. Sie besteht aus Nancy Gordon, Grimsbo und mir, dazu ein Mann von der Spurensicherung. Wir waren der Ansicht, daß Lake der Mörder sein könnte, obwohl wir Patricia Cross' Leiche im Keller von Waters gefunden hatten, also stellten wir ihm eine Falle. Nancy Gordon erzählte Lake, daß sie ihn unter Verdacht, aber die Beweise bis jetzt für sich behalten hätte. Lake geriet in Panik, wie sie es sich erhofft hatte. Er brach in ihr Haus ein und wollte sie umbringen. Sie brachte ihn dazu, die Verbrechen zuzugeben. Wir hatten Wanzen installiert und haben sein Geständnis auf Band. Grimsbo und ich versteckten uns und haben alles gehört. Danach haben wir ihn verhaftet.«

»Nun, wo liegt das Problem?« wollte Merrill wissen.

»Drei der Frauen sind offenbar noch am Leben. Gerade noch so. Lake gab ihnen nur das absolute Minimum an Nahrung – nur einmal pro Woche. Er will uns nicht sagen, wann er ihnen zuletzt etwas zu essen gegeben hat oder wo sie sind, bevor der Gouverneur ihm nicht Straffreiheit zugesichert hat.«

»Wie bitte?« fragte Merrill ungläubig. »Der Gouverneur wird doch keinem mehrfachen Mörder Straffreiheit zusichern.«

»Können Sie die Frauen nicht finden?« wollte Colby wissen. »Sie müssen sich auf einem Besitz befinden, der Lake gehört. Haben Sie die schon alle abgesucht?«

»Lake hat in den letzten Jahren eine Menge Geld verdient und hat umfangreichen Grundbesitz. Oft steht der aber nicht einmal auf seinem Namen. Wir haben nicht genug Leute und nicht genug Zeit, das alles zu untersuchen. In der Zwischenzeit verhungern die Frauen.«

»Dann werde ich Peter Straffreiheit versprechen. Nachdem er uns gesagt hat, wo die Frauen sind, können Sie ihn verhaften. Ein Abkommen, das unter Druck geschlossen wurde, ist nicht gültig.«

Merrill machte ein besorgtes Gesicht. »Es tut mir leid, aber vielleicht doch, Ray. Als ich noch Staatsanwalt war, haben wir einem bezahlten Mörder der Mafia Immunität zugesichert, im Gegenzug ist er als Zeuge gegen einen der Bosse aufgetreten. Er hat uns erzählt, er wäre zwar dabei gewesen, als der Mord in Auftrag gegeben wurde, aber bei der Tat selbst sei er in Las Vegas gewesen. Wir haben seine Geschichte überprüft. Er war im Cesars Palace eingetragen, und mehrere glaubwürdige Zeugen haben ihn im Kasino gesehen. Wir haben das Abkommen geschlossen, der Boß wurde schuldig gesprochen, und er kam frei. Dann kamen wir dahinter, daß er den Mord doch begangen hat, doch er beging ihn Viertel vor zwölf und flog dann nach Las Vegas. Er hatte uns mit dem Zeitunterschied von drei Stunden gelinkt.

Wir waren außer uns vor Wut, haben ihn wieder verhaftet und wegen Mordes angeklagt, doch der Richter hielt uns unser Abkommen vor die Nase. Er stellte fest, daß alles, was uns der Angeklagte gesagt hatte, gestimmt habe.

Wir hatten einfach nicht die richtigen Fragen gestellt. Ich habe Himmel und Hölle in Bewegung gesetzt, um das Berufungsgericht dazu zu bringen, für uns zu entscheiden. Keine Chance. Wenn beide Seiten in gutem Glauben ein Abkommen schließen und der Angeklagte seinen Teil einhält, dann erklärt das Gericht das Abkommen für gültig. Wenn Sie das versprechen, Ray, dann hat der Straferlaß bestand.«

»Dann habe ich keine andere Wahl.«

»Doch, haben Sie«, beharrte Merrill. »Sie sagen ihm, es gibt keinen Handel. Sie können nicht einem mehrfachen Mörder Straffreiheit gewähren und gleichzeitig erwarten, wiedergewählt zu werden. Das ist politischer Selbstmord.«

»Verdammt, Larry!« blaffte Colby, »wie, glauben Sie, werden die Leute reagieren, wenn sie erfahren, daß ich drei Frauen geopfert habe, um wiedergewählt zu werden?«

Raymond Colby öffnete die Tür zu Nancy Gordons Schlafzimmer. Frank Grimsbo saß neben der Tür, die Waffe in der Hand. Er ließ kein Auge von dem Gefangenen. Die Rollos waren heruntergelassen und das Bett immer noch ungemacht. Peter Lake war mit Handschellen an einen Stuhl gefesselt. Sein Rücken war dem Fenster zugewendet. Niemand hatte die Verletzungen in seinem Gesicht behandelt. Das inzwischen getrocknete Blut gab ihm das Aussehen eines schwer angeschlagenen Boxers. Lake hätte eigentlich verängstigt sein müssen, doch erweckte er eher den Anschein, als hätte er die ganze Situation unter Kontrolle.

»Danke, daß du gekommen bist, Ray.«

»Was geht hier vor, Pete? Das alles ist doch verrückt. Ich kann nicht glauben, daß du Sandy und Melody umgebracht hast!«

»Ich mußte es tun, Ray. Das habe ich der Polizei auch schon erklärt. Du weißt, ich hätte sie nicht umgebracht, wenn es eine andere Möglichkeit gegeben hätte.«

»Das kleine, süße Mädchen. Wie hältst du das nur aus?«

Lake zuckte mit den Achseln. »Das hat hiermit wirklich nichts zu tun, Ray. Ich werde nicht ins Gefängnis gehen, das sollte dir klar sein.«

»Das liegt nicht in meiner Hand, Pete. Du hast drei Menschen umgebracht. Moralisch bist du auch für Waters' Tod verantwortlich. Ich kann nichts für dich tun.«

Lake lächelte. »Und warum bist du dann hier?«

»Um dich zu bitten, der Polizei zu sagen, wo die anderen drei Frauen sind.«

»Niemals, Ray. Mein Leben hängt davon ab, daß ich die Polizei im Dunkeln tappen lasse.«

»Du willst drei unschuldige Frauen sterben lassen?«

Lake hob die Schultern: »Drei Tote, sechs Tote. Mehr als lebenslänglich können sie mir nicht geben. Ich beneide dich nicht, Ray. Glaub mir, wenn ich dir sage, daß ich einen alten Freund, den ich tief bewundere, lieber nicht in die Sache mit hineinziehen würde. Aber wenn ich nicht Straffreiheit zugesichert bekomme, dann sage ich nicht, wo die Frauen sind. Und, glaub mir, jede Minute zählt. Diese Frauen sind jetzt schon ganz schön hungrig und durstig. Ich weiß nicht, wie lange sie es noch ohne Nahrung und Wasser aushalten.«

Colby setzte sich Lake gegenüber auf das Bett. Er beugte sich vor, die Arme auf die Knie gestützt, die Hände ineinander verschlungen.

»Ich bezeichne mich immer noch als deinen Freund, Pete. Ich kann einfach noch nicht glauben, was ich gehört habe. Als Freund beschwöre ich dich, das Leben der Frauen zu retten. Ich schwöre dir, daß ich mich bei den Behörden für dich einsetzen werde. Vielleicht kann man es so drehen, daß die Anklage auf Totschlag lautet.«

Lake schüttelte den Kopf. »Nicht ins Gefängnis, nicht

einen Tag. Ich weiß, was man im Gefängnis mit Leuten macht, die eine Frau vergewaltigt haben. Ich würde keine Woche überstehen.«

»Du erwartest ein Wunder, Pete. Wie soll ich das machen, daß du ungeschoren davonkommst?«

»Hör zu, Ray. Ich mach' es dir ganz einfach. Ich komme frei, oder die Frauen sterben. Es gibt keine andere Alternative, und du verschwendest nur kostbare Zeit, wenn du mit mir diskutierst.«

Colby starrte auf den Boden. Lakes Grinsen wurde breiter.

»Wie sind deine Bedingungen?« fragte Colby.

»Ich möchte Straffreiheit für jedes Verbrechen, das ich im Staat New York begangen habe. Ich möchte dieses Abkommen in schriftlicher Form und eine Videoaufzeichnung davon, wenn du es unterschreibst. Das Originalband und das Abkommen soll bei einem Anwalt meiner Wahl hinterlegt werden.

Ich will Immunität vor Strafverfolgung durch ein Bundesgericht ...«

»Das kann ich nicht garantieren. Das überschreitet meine Kompetenzen.«

»Ruf die Staatsbehörde an oder den Bundesanwalt. Ruf den Präsidenten an. Diese Forderung ist nicht verhandlungsfähig. Ich werde mich nicht mit einer Bundesanklage wegen Verletzung der Gesetze drankriegen lassen.«

»Ich will sehen, was ich machen kann.«

»Das ist alles, was ich will. Aber wenn du nicht machst, was ich will, dann sterben die Frauen. Und noch was. Ich will, daß der Staat New York alle Schadensersatzforderungen bezahlt, wenn mich die Ehemänner der Überlebenden oder Patricia Cross' Ehemann verklagen. Ich bin nicht bereit, bei der Sache Geld zu verlieren. Anwaltskosten eingeschlossen.«

Diese letzte Bemerkung machte dem Gouverneur klar, was für ein Mensch Lake wirklich war. Der hübsche junge

Mann, mit dem er so oft essen gegangen war und Golf gespielt hatte, das war nur eine Maske gewesen, unter der sich ein wahres Monster verbarg. Colby spürte, wie Wut die Betäubung verdrängte, die sich eingestellt hatte, als ihm Lakes wahre Natur aufging.

Er stand auf. »Ich muß wissen, wieviel Zeit den Frauen noch bleibt, damit ich dem Bundesanwalt sagen kann, wie schnell er handeln muß.«

»Das werde ich dir nicht sagen, Ray. Du bekommst von mir keine Information, bevor ich nicht habe, was ich will. Aber«, meinte Lake mit einem Lächeln, »ich sage dir, beeil dich!«

3

Polizeifahrzeuge und Krankenwagen holperten über die nicht asphaltierte Seitenstraße, die Sirenen heulten in der Hoffnung, daß die gefangenen Frauen sie hören würden. Insgesamt drei Krankenwagen waren es, in jedem ein Team von Ärzten und Krankenschwestern. Gouverneur Colby und Merrill saßen im Wagen von O'Malley und Wayne Turner. Frank Grimsbo lenkte einen anderen Polizeiwagen, bei ihm war Nancy Gordon. Auf dem Rücksitz des Wagens saß Herb Carstairs, Lakes Anwalt. Das Videoband von Gouverneur Colby, wie er das Abkommen unterzeichnet hatte, und eine Kopie des Abkommens mit der zusätzlichen Unterschrift des Bundesanwalts befand sich in Carstairs' Safe. Neben Carstairs, in Fußfesseln und Handschellen, saß Peter Lake, den die schnelle Fahrt unbeeindruckt ließ.

Die Kolonne kam um eine Kurve, und Nancy sah den Bauernhof. Er wirkte verlassen. Der Vorgarten war verwildert, und die Farbe blätterte von den Mauern. Rechts neben dem Haus, auf der anderen Seite eines staubigen Hofs, befand sich eine verfallene Scheune.

Sobald der Wagen zum Stehen gekommen war, sprang Nancy heraus und rannte los. Sie lief die Stufen zur Veranda hinauf und trat die Eingangstür ein. Das Krankenwagenpersonal hetzte hinter ihr her. Lake hatte gesagt, daß die Frauen sich im Keller befänden. Nancy fand die Tür zum Keller und riß sie auf. Der Geruch von Urin, Fäkalien und ungewaschenen Körpern brach über sie herein und nahm ihr den Atem. Dann holte sie tief Luft und schrie: »Polizei, Sie sind in Sicherheit!« Zwei Stufen auf einmal nehmend, stürmte sie die Treppe hinunter, blieb aber sofort stehen, als sie sah, was dort war.

Nancy hatte das Gefühl, ihr würde jemand das Herz aus dem Leib reißen. Später überlegte sie sich, daß sie wahrscheinlich genauso reagiert hatte wie die Soldaten, die die Konzentrationslager der Nazis befreit hatten. Die Scheiben der Kellerfenster waren schwarz gestrichen, das einzige Licht kam von ein paar blanken Glühlampen an der Decke. Ein Bereich des Kellers war durch Bohlen in sechs kleine Verschläge unterteilt. Drei davon waren leer. In den anderen lagen Stroh und dreckige Matratzen. Vor jedem der bewohnten Verschläge stand auf einem Stativ eine Videokamera. Neben der Matratze befand sich in jedem Verschlag noch eine billige Uhr, eine Plastikwasserflasche mit einem Strohhalm und ein Hundenapf. Die Wasserflaschen sahen leer aus, in den Hundenäpfen erkannte Nancy Reste von Haferschleim.

Am anderen Ende des Kellers befand sich ein freier Raum. Dort lag eine mit Laken bezogene Matratze und stand ein großer Tisch. Nancy konnte nicht alle Geräte auf dem Tisch erkennen, aber eins davon war eindeutig ein Ochsenziemer.

Nancy trat zur Seite, damit die Ärzte an ihr vorbei konnten. Sie starrte auf die drei überlebenden Frauen. Sie waren nackt, die Füße an die Wand gekettet. Die Kette war gerade lang genug, daß sie die Wasserflasche und den Napf erreichen konnten. Die Frauen in den ersten beiden

Verschlägen lagen auf der Seite auf ihren Matratzen. Ihre Augen schienen in den Höhlen zu verschwinden. Nancy konnte ihre Rippen erkennen; der ganze Körper war mit Brandmalen und Blutergüssen übersät. Die Frau im dritten Verschlag war Samantha Reardon. Sie hatte sich an die Wand gedrängt und starrte ihre Retter mit ausdrucksloser Miene an.

Langsam bewegte sich Nancy zum Fuß der Treppe. Anne Hazelton erkannte sie nur an ihrem roten Haar; sie lag, die Beine angezogen, in fötaler Position und wimmerte entsetzlich. Anns Mann hatte ihnen ein Foto von ihr zur Verfügung gestellt, auf dem sie lächelnd am achtzehnten Loch auf dem Golfplatz stand, ein gelbes Band hielt die langen roten Haare zusammen.

Im zweiten Verschlag befand sich Gloria Escalante. Ihr Gesicht war ausdruckslos, aber Nancy erkannte Tränen in ihren Augen, als der Arzt sich über sie beugte und sie auf Lebenszeichen hin untersuchte, während sich ein Polizist an ihren Ketten zu schaffen machte.

Nancy fing an zu zittern. Wayne Turner trat von hinten an sie heran und legte ihr die Hand auf den Arm.

»Komm«, sagte er leise, »wir sind hier nur im Weg.«

Sie ließ sich die Stufen hinauf ins helle Tageslicht führen. Gouverneur Colby hatte nur einen kurzen Blick in den Keller geworfen und war dann wieder an die frische Luft gegangen. Sein Gesicht war grau, er saß auf einer Verandastufe und sah aus, als ob er sich nicht auf den Füßen halten könne.

Nancy schaute über den Hof und sah den Wagen, in dem Lake saß. Frank Grimsbo hielt davor Wache. Lakes Anwalt war ausgestiegen, um zu rauchen. Nancy ging an dem Gouverneur vorbei, der sie fragte, ob die Frauen in Ordnung seien. Sie antwortete nicht. Wayne Turner ging neben ihr. »Laß es gut sein, Nancy!« riet er ihr. Nancy beachtete ihn nicht.

Frank Grimsbo schaute sie erwartungsvoll an. »Sie sind

alle am Leben«, meinte Turner. Nancy beugte sich hinunter und schaute Lake an. Das hintere Fenster war einen Spalt offen, damit der Gefangene in der drückenden Hitze atmen konnte. Lake drehte sich zu Nancy um. Er war ruhig und zufrieden, denn er wußte, daß er bald frei sein würde.

Lake grinste sie einfältig an, sagte aber nichts. Wenn er erwartet hatte, daß sie ihn beschimpfen würde, dann hatte er sich geirrt. Ihr Gesicht war völlig ausdruckslos, aber der Blick ihrer Augen bohrte sich förmlich in sein Gesicht. »Es ist noch nicht vorbei«, sagte sie. Dann richtete sie sich auf und ging zu einer Baumgruppe neben dem Haus. Mit dem Rücken an die Hauswand gelehnt, sah sie nur schöne Dinge. Unter den Bäumen herrschte kühler Schatten. In der Luft lag der Geruch von Gras und Wildblumen. Ein Vogel sang. Der Schrecken, den Nancy beim Auffinden der Frauen empfunden hatte, war vergangen. Ihre Wut war verflogen. Sie kannte die Zukunft und hatte keine Angst davor. Keine Frau würde sich je wieder vor Peter Lake fürchten müssen, denn Peter Lake war ein toter Mann.

4

Nancy Gordon trug einen schwarzen Jogginganzug, ihre weißen Turnschuhe waren mit schwarzer Schuhcreme dunkel gefärbt, und ihr kurzes Haar wurde von einem dunkelblauen Haarband gehalten. Im schwachen Licht des Viertelmondes, der über The Meadows hing, war sie kaum zu sehen. Ihren Wagen hatte sie in einer stillen Seitenstraße geparkt. Nancy sah sich um und rannte durch einen Hinterhof. Sie war angespannt und achtete auf jedes Geräusch. Ein Hund bellte, doch die Häuser auf beiden Seiten der Straße blieben dunkel.

Bis Peter Lake in ihr Leben getreten war, hatte Nancy

Gordon noch nie einen Menschen gehaßt. Sie war sich noch nicht einmal sicher, ob sie Peter Lake haßte. Was sie empfand, ging viel weiter als Haß. Von dem Augenblick an, als sie die Frauen im Keller des Bauernhofs gesehen hatte, hatte sie gewußt, daß Lake vernichtet werden mußte, auf die gleiche Art, wie man Ungeziefer vernichtete.

Nancy war Polizeibeamtin, sie hatte geschworen, das Gesetz zu schützen. Sie achtete das Gesetz, doch das hier war so weit jenseits menschlicher Erfahrung, daß sie nicht glaubte, die alltäglichen Gesetze seien darauf anzuwenden. Niemand, der diesen Frauen das angetan hatte, was Peter Lake ihnen zugefügt hatte, durfte davonkommen. Man konnte von ihr nicht erwarten, daß sie Tag für Tag darauf wartete, daß die Zeitungen über eine neue Serie von vermißten Frauen berichteten. Ihr war klar, in dem Moment, in dem man Lakes Leiche finden würde, war sie eine der Hauptverdächtigen. Weiß Gott, sie wollte nicht den Rest ihres Lebens im Gefängnis zubringen, aber es gab keine andere Alternative. Wenn man sie fassen würde, sollte es wohl so sein. Wenn sie Lake tötete und davonkam, dann war es Gottes Wille. Damit konnte sie leben. Aber Sie konnte nicht damit leben, daß Peter Lake davongekommen war.

Nancy schlich sich um das Ufer des Sees herum und näherte sich Peter Lakes zweistöckigem Haus. Die Nachbargebäude links und rechts davon waren dunkel, doch in Lakes Wohnzimmer brannte Licht. Nancy blickte auf ihre Digitaluhr. Es war 3:30 Uhr morgens. Lake sollte eigentlich schlafen. Nancy wußte, daß das Sicherheitssystem im Haus mit einer automatischen Zeitschaltuhr für die Beleuchtung ausgestattet war, und setzte darauf, daß dies der Grund für das Licht im Wohnzimmer sei.

Sie rannte gebückt durch den Garten. Als sie das Haus erreicht hatte, drückte sie sich gegen die Hauswand. Sie hielt eine .38er in der Hand, die Ed vor zwei Jahren einem Drogendealer abgenommen hatte. Ed hatte das nie gemeldet, und so konnte sie mit der Waffe nicht in Verbindung gebracht werden.

Nancy kroch um das Haus herum zur Eingangstür. Schon früher am Abend hatte sie sich die Bilder vom Tatort noch einmal angesehen. Im Geiste bewegte sie sich schon durch Lakes Haus. Sie versuchte, sich an so viele Einzelheiten wie möglich zu erinnern. Die Alarmanlage befand sich rechts neben der Tür, sie würde sie schnell ausschalten müssen. Den Code dafür kannte sie noch von der Morduntersuchung her.

Die Straße vor Lakes Haus lag verlassen. Nancy hatte Sandra Lakes Schlüssel aus dem Schrank mit Beweisstücken auf der Polizeistation genommen. Sie drehte den Schlüssel im Schloß und knipste eine kleine Taschenlampe an. Mit ihrer freien Hand drehte sie den Türgriff, holte tief Luft und drückte die Tür auf. Der Alarm meldete sich mit einem quäkenden Laut. Sie richtete den Strahl der Taschenlampe auf die Tastatur und tippte den Code ein. Das Geräusch erstarb. Nancy drehte sich um und zog die Waffe. Nichts. Sie stieß die Luft aus, schaltete die Taschenlampe aus und richtete sich auf.

Ein kurzer Gang durch das Erdgeschoß bestätigte Nancys Vermutung bezüglich des Lichtes im Wohnzimmer. Nachdem sie sicher war, daß sich niemand im Erdgeschoß befand, stieg sie die Treppe hinauf, die Waffe immer schußbereit. Im Obergeschoß war es dunkel. Der erste Raum auf der linken Seite war Lakes Schlafzimmer. Erst als sie auf gleicher Höhe mit der Tür war, bemerkte sie, daß sie geschlossen war.

Nancy näherte sich langsam. Sie bewegte sich ganz vorsichtig, obwohl der Teppich ihre Schritte dämpfte. Vor der Tür blieb sie stehen und ging die ganze Aktion noch einmal im Geiste durch. Die Tür öffnen, Licht anschalten, dann auf Lake feuern, bis das Magazin leer ist. Sie atmete schwer, als sie die Tür zentimeterweise aufschob.

Ihre Augen gewöhnten sich rasch an die Dunkelheit, und

sie konnte die Umrisse des großen Bettes erkennen, das den Raum beherrschte. In diesem Moment machte Nancy ihren Kopf frei von Haß und anderen Gefühlen. Sie suchte Abstand zu dem, was sie jetzt tat. Sie brachte keinen Menschen um. Sie schoß auf eine Zielscheibe, wie beim Übungsschießen. Nancy glitt in den Raum, schlug auf den Lichtschalter und zielte.

Teil 6

Der Racheengel

KAPITEL NEUNZEHN

»Das Bett war leer«, erzählte Wayne Turner Betsy. »Lake war weg. Er hatte sein Verschwinden seit dem Tag geplant, an dem er seine Frau und seine Tochter umgebracht hatte. Bis auf eins hat er all seine Bankkonten am Tag nach dem Mord aufgelöst und eine Reihe von Immobilien verkauft. Sein Anwalt wickelte den Verkauf seines Hauses ab. Carstairs behauptete, er wüßte nicht, wo Lake sich aufhielt. Außerdem hätte niemand ihn zwingen können, es zu sagen. Sie wissen, die anwaltliche Schweigepflicht. Wir haben angenommen, daß Carstairs den Auftrag hatte, das Geld auf Konten in der Schweiz oder auf Grand Caymans zu transferieren.«

»Polizeichef O'Malley hat mich sofort angerufen«, erzählte Senator Colby. »Ich war krank. Das Abkommen mit Lake zu unterzeichnen war das Schwerste, was ich in meinem Leben getan habe, aber ich wußte keinen anderen Ausweg. Ich konnte diese Frauen doch nicht sterben lassen. Als O'Malley mir berichtete, daß Lake geflohen war, galt mein einziger Gedanke den unschuldigen Menschen, die ihm jetzt meinetwegen zum Opfer fallen könnten.«

»Warum haben Sie sich nicht an die Öffentlichkeit gewandt?« fragte Betsy. »Sie hätten allen erzählen können, wer Lake war und was er getan hatte.«

»Nur ein paar Leute wußten, daß Lake der Rosenmörder war, und wir mußten aufgrund der Abmachung schweigen.«

»Als die Frauen befreit waren, warum haben Sie nicht gesagt, zum Teufel mit ihm, und sind nicht trotzdem an die Öffentlichkeit gegangen?«

Colby schaute ins Feuer, seine Stimme klang hohl, als er antwortete.

»Wir haben darüber gesprochen, doch wir hatten Angst. Lake hatte gesagt, wenn wir unser Schweigen brechen würden, werde er aus Rache jemanden umbringen.«

»An die Öffentlichkeit zu treten hätte die Karriere des Senators zerstört«, ergänzte Wayne Turner, »und keiner von uns wollte das. Nur eine Handvoll Personen wußte von der Abmachung und von Lakes Schuld. O'Malley, Gordon, Grimsbo, ich, der Bundesanwalt, der Generalbundesanwalt, Carstairs, Merrill und der Senator. Wir haben selbst dem Bürgermeister nie etwas davon gesagt. Wir wußten, wie couragiert Ray gehandelt hatte, als er die Abmachung unterzeichnete. Wir wollten nicht, daß er deswegen Nachteile hatte. So legten wir den Schwur ab, Ray zu schützen, und den haben wir gehalten.«

»Und Lake haben sie einfach vergessen?«

»Wir haben ihn nie vergessen, Mrs. Tanenbaum«, entgegnete ihr Colby. »Ich habe meine Kontakte zur Polizei von Albany und dem FBI dazu benutzt, nach Lake zu suchen. Nancy Gordons Lebensinhalt ist es, ihn zu finden. Er war zu gerissen für uns.«

»Was haben Sie vor, jetzt, da Sie von dieser Abmachung wissen?« fragte Turner.

»Ich weiß es nicht.«

»Wenn dieses Abkommen und die neuen Morde an die Öffentlichkeit dringen, dann wird Senator Colby nicht bestätigt. Er verliert die Unterstützung der Law-and-Order-Fraktion der Richtervereinigung, und die Liberalen werden ihn kreuzigen. Das wäre dann die Antwort auf ihre Gebete.«

»Das sehe ich ein.«

»An die Öffentlichkeit zu gehen hilft auch ihrem Klienten nicht.«

»Wayne«, warf Colby ein, »Mrs Tanenbaum muß selbst wissen, was sie mit dem macht, was sie jetzt weiß. Wir können sie nicht unter Druck setzen. Weiß Gott, wie die Dinge liegen, steht sie schon genug unter Druck.«

»Aber«, sagte Colby und wandte sich an Betsy, »ich möchte Ihnen eine Frage stellen. Ich habe das Gefühl, daß sie die Existenz einer Abmachung vermutet haben?«

»Das stimmt. Ich habe mich gefragt, wie Lake es geschafft hat, in Hunters Point ungeschoren davonzukommen. Eine Zusicherung von Straffreiheit war die einzige Antwort, und nur der Gouverneur von New York kann so etwas genehmigen. Sie konnten die Existenz dieser Abmachung vor der Öffentlichkeit geheimhalten, aber die Mitglieder der Sonderkommission mußten davon gewußt haben, und sie waren es, die ihre Belohnung erhielten. Es war die einzige Antwort, die Sinn ergab.«

»Lake weiß nicht, daß Sie hier sind, stimmt's?«

Betsy zögerte einen Moment: »Nein.«

»Und Sie haben ihn auch nicht gefragt, ob er Ihre Vermutung bestätigen kann?«

Betsy schüttelte den Kopf.

»Warum?«

»Erinnern Sie sich an ihre widerstreitenden Gefühle, als Lake Sie um Straffreiheit bat? Stellen Sie sich vor, wie ich mich fühle, Senator. Ich bin eine sehr gute Anwältin. Ich schaffe es, meinen Klienten freizubekommen. Er behauptet, unschuldig zu sein, doch meine Nachforschungen führen dazu, daß ich an seinen Worten zweifle. Bis heute habe ich nicht sicher gewußt, daß Martin lügt. Ich wollte ihn nicht damit konfrontieren, bis ich die Wahrheit kannte.«

»Nun kennen Sie sie, was werden Sie unternehmen?«

»Darüber habe ich mir noch keine Gedanken gemacht.

Wenn es irgendein anderer Fall wäre, würde es mich nicht kümmern. Ich erledige meine Arbeit und verteidige meinen Klienten. Aber das ist kein Fall. Das ist ...«

Betsy verstummte. Was konnte sie sagen, was nicht jeder hier in diesem Raum besser wußte als sie.

»Ich beneide Sie nicht, Mrs. Tanenbaum«, meinte der Senator. »Ich hatte damals keine Wahl, da bin ich mir sicher. Nur aus diesem Grund ist es mir überhaupt möglich, damit zu leben. Und trotzdem bereue ich jedesmal, wenn ich an die Abmachung denke, was ich getan habe. Sie aber können vor Lake davonlaufen.«

»Dann laufe ich aber auch vor meiner Verantwortung davon, ist es nicht so?«

»Verantwortung«, wiederholte Colby. »Warum bürden wir sie uns auf? Warum laden wir uns Probleme auf, die uns niederdrücken? Wann immer ich an Lake denke, wünsche ich mir, nie ins öffentliche Leben gegangen zu sein. Aber dann denke ich wieder an die guten Seiten und kann weitermachen.«

Der Senator machte eine Pause. Nach einem Moment stand er auf und streckte seine Hand aus. »Es war schön, Sie getroffen zu haben, Mrs. Tanenbaum. Und das meine ich ehrlich.«

»Danke für Ihre Offenheit, Senator.«

»Wayne wird Sie ins Hotel zurückbringen.«

Wayne Turner begleitete Betsy aus dem Raum. Colby sank zurück in seinen Sessel. Er fühlte sich alt und verbraucht. Er wünschte sich, für immer hier vor dem Feuer zu sitzen und all die Verantwortung zu vergessen, von der er gerade gesprochen hatte. Er dachte über Betsy Tanenbaums Verantwortung für ihren Klienten und ihre Verantwortung gegenüber der menschlichen Rasse nach. Wie würde sie damit fertig werden, wenn Lake davonkam? Er würde sie für den Rest ihres Lebens in ihren Träumen verfolgen, so wie ihn diese Sache seit damals verfolgte.

Colby fragte sich, ob die Abmachung an die Öffentlichkeit dringen würde. Wenn, dann war es mit seiner Karriere vorbei. Der Präsident würde seine Nominierung zurückziehen, und er würde nie wiedergewählt werden. Seltsamerweise berührte ihn das nicht. Er hatte keinen Einfluß auf Betsy Tanenbaum. Sein Schicksal hing von den Entscheidungen ab, die sie traf.

Kapitel zwanzig

1

»Dr. Simon Reardon?«

»Ja.«

»Mein Name ist Reginald Stewart. Ich bin Privatdetektiv und arbeite für Betsy Tanenbaum, eine Anwältin in Portland, Oregon.«

»Ich kenne niemanden in Portland.«

Dr. Reardons Stimme klang ärgerlich, und Stewart glaubte, einen leichten britischen Akzent herauszuhören.

»Es handelt sich um Hunters Point und Ihre Exfrau, Dr. Reardon. Deswegen rufe ich an. Ich hoffe, Sie geben mir ein paar Minuten, damit ich die Sache erklären kann.«

»Ich habe kein Interesse, über Samantha zu sprechen.«

»Bitte lassen Sie mich ausreden! Erinnern Sie sich an Peter Lake?«

»Mr. Stewart, es gibt nichts aus dieser Zeit, was ich jemals vergessen werde.«

»Vor kurzem sind in Portland drei Frauen entführt worden. Jedesmal wurden eine schwarze Rose und ein Zettel mit der Aufschrift Auf Ewig Unvergessen zurückgelassen. Die Leichen der Frauen waren auf einem Gelände vergraben, das Peter Lake gehört. Er wird wegen dieser Morde angeklagt.«

»Ich dachte, die Polizei in Hunters Point hätte den Mörder gefaßt. War es nicht ein geistig zurückgebliebener Mann? Ein Triebtäter?«

»Der Bezirksstaatsanwalt von Multnomah County glaubt, daß der Polizei von Hunters Point ein Fehler unterlaufen ist. Ich versuche nun, die überlebenden Frauen aus Hunters Point zu finden. Ann Hazelton ist tot. Gloria Escalante ist nicht bereit, mit mir zu sprechen. Ihre Frau ist meine letzte Hoffnung.«

»Sie ist nicht mehr meine Frau, und das schon eine ganze Weile nicht mehr«, warf Dr. Reardon ärgerlich ein, »und ich habe keine Ahnung, wo Sie Samantha finden können. Ich bin nach Minneapolis gezogen, um von ihr wegzukommen. Wir haben schon seit Jahren keinen Kontakt mehr miteinander. Das letzte, was ich von ihr weiß, ist, daß sie immer noch in Hunters Point lebt.«

»Sie sind geschieden?«

Reardon lachte rauh auf. »Mr. Stewart, das war mehr als eine einfache Scheidung. Samantha hat versucht, mich umzubringen.«

»Wie bitte?«

»Sie ist krank. Ich würde meine Zeit nicht an ihr verschwenden. Sie können nichts von dem glauben, was sie sagt.«

»Ist das alles auf die Entführungsgeschichte zurückzuführen?«

»Ohne Zweifel haben die Folterungen und die Gefangenschaft die Sache noch verstärkt, aber meine Frau war schon immer etwas aus dem Gleichgewicht. Unglücklicherweise war ich zu sehr in sie verliebt und habe es erst nach der Hochzeit bemerkt. Ich habe mir Vorwürfe gemacht und Entschuldigungen gesucht ...« Reardon holte tief Luft. »Tut mir leid. Es liegt an ihr. Selbst nach all den Jahren bin ich noch nicht darüber hinweg.«

»Dr. Reardon, ich möchte Sie nicht verletzen, aber Mr. Lake muß mit der Todesstrafe rechnen. Ich muß soviel wie möglich über die Hunters-Point-Geschichte erfahren.«

»Kann Ihnen die Polizei keine Auskunft geben?«

»Nein, Sir. Die Akten sind verlorengegangen.«

»Das ist seltsam.«

»Das stimmt. Glauben Sie mir, wenn ich die Akten hätte, würde ich Sie nicht belästigen. Ich weiß, daß es schmerzhaft ist, sich wieder an diese Zeit Ihres Lebens zurückzuerinnern, aber es geht hier buchstäblich um Leben und Tod. Der Staatsanwalt hat sich an Lake festgebissen. Peter war aber auch ein Opfer, wie Sie, und er braucht jetzt Ihre Hilfe.«

Reardon seufzte. »Fahren Sie fort. Stellen Sie Ihre Fragen.«

»Danke, Sir. Was können Sie mir von Mrs. Reardon, oder wie immer sie sich jetzt nennt, erzählen?«

»Ich habe keine Ahnung, wie sie sich jetzt nennt. Als ich aus Hunters Point wegzog, benutzte sie immer noch den Namen Reardon.«

»Wann war das?«

»Vor ungefähr acht Jahren. Sobald die Scheidung durch war.«

»Was ist zwischen Ihnen und Ihrer Frau vorgefallen?«

»Sie war OP-Schwester an der Universitätsklinik. Sie sah sehr gut aus und war ziemlich lebenslustig. Im Bett war sie eine Kanone«, sagte Reardon bitter. »Ich war so von ihrem Körper fasziniert, daß ich nicht bemerkte, was um mich herum vorging. Das größte Problem waren ihre Diebstähle. Sie wurde zweimal wegen Ladendiebstahls festgenommen. Unser Anwalt konnte die Fälle außergerichtlich bereinigen, und ich habe den Geschäften den Schaden ersetzt. Sie hatte überhaupt keine Gewissensbisse. Wenn sie wieder klar denken konnte, hat sie das alles wie einen Spaß behandelt.

Dazu kam, daß sie das Geld verschleuderte. Ich habe gut verdient, doch wir steckten bis über beide Ohren in Schulden. Sie hat meine Sparkonten geplündert und unsere Kreditkarten bis zum Limit ausgeschöpft. Nach unserer

Scheidung habe ich vier Jahre gebraucht, um wieder auf die Füße zu kommen. Und man konnte nicht vernünftig mit ihr reden. Ich habe ihr die Rechnungen gezeigt und ein Budget aufgestellt. Sie hat mich ins Bett gezogen, und ich habe vergessen, was ich ihr sagen wollte, oder sie wurde wütend und ließ mich nicht ins Schlafzimmer. Es waren die Schlimmsten drei Jahre meines Lebens.

Dann wurde sie entführt und gefoltert, und die Sache wurde noch schlimmer. Wie dünn ihre Verbindung zur Realität auch gewesen sein mag, sie zerbrach während ihrer Gefangenschaft. Ich kann nicht einmal genau sagen, wie sie danach war. Sie war fast ein Jahr in einer geschlossenen Anstalt. Sie sprach kaum und duldete keine Männer in ihrer Nähe.

Ich hätte es besser wissen müssen, doch nach ihrer Entlassung nahm ich sie nach Hause. Ich fühlte mich schuldig an dem, was passiert war. Mir war klar, daß ich sie nicht hätte beschützen können, ich war zu dem Zeitpunkt, als es passierte, im Krankenhaus, und trotzdem ...«

»Dieses Gefühl ist durchaus üblich.«

»Ja, ich weiß. Aber etwas wissen und selbst damit fertig werden zu müssen, sind zwei Paar Stiefel. Wäre ich damals nur klüger gewesen!«

»Was ist passiert, nachdem sie nach Hause gekommen ist?«

»Sie wollte nicht im gleichen Zimmer mit mir schlafen. Wenn ich zu Hause war, blieb sie in ihrem Zimmer. Ich habe keine Ahnung, was sie gemacht hat, während ich im Krankenhaus war. Wenn sie etwas gesagt hat, dann war das total verworren. Sie bestand darauf, daß der Mann, der sie entführt hat, immer noch frei herumlief. Ich zeigte ihr die Zeitungsartikel über Waters, seine Verhaftung und wie er erschossen wurde, doch sie behauptete, das sei der Mann nicht. Sie wollte eine Waffe zu ihrem Schutz. Natürlich habe ich mich geweigert. Sie warf mir vor, mit der Polizei unter einer Decke zu stecken. Dann versuchte sie, mich zu töten.

Sie stürzte sich mit einem Küchenmesser auf mich, als ich aus dem Krankenhaus nach Hause kam. Glücklicherweise war ein Kollege dabei. Sie griff auch ihn an, aber er verpaßte ihr einen Schlag, der sie zurückwarf. Wir haben sie dann zu Boden gerungen. Sie wälzte sich und schrie herum ... Sie behauptete, ich wolle sie umbringen ... Es war sehr schwer für mich. Ich mußte sie einliefern lassen. Dann beschloß ich, der Sache ein Ende zu machen.«

»Ich werfe Ihnen nichts vor. Sie haben bestimmt viel mehr getan, als man von Ihnen erwarten konnte.«

»Ja, das habe ich. Aber ich mache mir immer noch Vorwürfe, daß ich sie verlassen habe, obwohl ich weiß, daß es nicht anders ging.«

»Sie haben gesagt, daß sie eingeliefert worden ist. Welche Anstalt war das?«

»St. Jude. Das ist eine Privatklinik in der Nähe von Hunters Point. Ich bin weggezogen und habe den Kontakt zu ihr ganz abgebrochen. Ich weiß, daß sie einige Jahre dort war, aber ich glaube, sie ist inzwischen entlassen.«

»Hat Samantha versucht, mit Ihnen Kontakt aufzunehmen, nachdem sie draußen war?«

»Nein. Ich habe das befürchtet, aber es ist nie dazu gekommen.«

»Haben Sie zufällig eine Fotografie von Samantha? In den Zeitungen gab es ja keine.«

»Als ich nach Minnesota gezogen bin, habe ich alles, was mich an sie erinnern konnte, weggeworfen.«

»Danke, daß Sie sich die Zeit genommen haben, Doktor. Ich werde es in St. Jude versuchen. Vielleicht haben die noch eine Verbindung zu Ihrer Exfrau.«

»Eins noch, Mr. Stewart. Wenn Sie Samantha finden, dann sagen Sie ihr bitte nicht, daß Sie mit mir gesprochen haben, und erzählen ihr auch nicht, wo ich wohne.«

2

Randy Highsmith fuhr vom Flughafen direkt zum Büro des Bezirksstaatsanwalts. Er fühlte die Auswirkungen des Jetlags und hätte nichts dagegen gehabt, nach Hause zu fahren, doch er wußte, wie sehnsüchtig Page darauf wartete, zu erfahren, was er in Hunters Point herausgefunden hatte.

»Es sieht nicht gut aus, Al«, teilte Highsmith Page mit, sobald sie sich gesetzt hatten. »Ich war einen Tag später dran als der Privatdetektiv von Darius. Also alles, was wir wissen, weiß er auch.«

»Das wäre?«

»Nancy Gordon war Ihnen gegenüber nicht ehrlich. Frank Grimsbo und Wayne Turner sagten mir, daß lediglich Nancy Gordon Lake im Verdacht hatte. Sie war auf ihn als Täter fixiert und hat sich nie, wie alle anderen, damit abgefunden, daß Waters der Rosenmörder war.

Und es gibt noch etwas, was sie uns nicht gesagt hat. Drei von den Frauen in Hunters Point waren nicht tot. Ann Hazelton, Gloria Escalante und Samantha Reardon wurden lebend in einem alten Bauernhof gefunden. Bevor du lange fragst, Ann Hazelton ist tot, und Samantha Reardon und Gloria Escalante habe ich noch nicht ausfindig gemacht. Sie alle haben das Gesicht des Mannes, der sie mißhandelt hat, nie gesehen.«

»Warum ließ Nancy mich dann in dem Glauben, daß alle Frauen in Hunters Point ermordet wurden?«

»Keine Ahnung. Alles, was ich weiß, ist, daß unser Fall gegen Martin Darius den Bach hinuntergeht.«

»Das ergibt keinen Sinn«, murmelte Page, mehr zu sich selbst. »Waters ist tot. Wenn er der Rosenmörder war, wer hat dann die Frauen umgebracht, die wir auf dem Baugelände gefunden haben? Es muß jemand sein, der Einzelheiten über die Sache in Hunters Point weiß, die nur der Polizei bekannt sind. Das alles paßt nur auf eine Person: Martin Darius.«

»Es gibt noch eine Person, auf die das zutrifft, Al«, entgegnete Highsmith.

»Wen?«

»Nancy Gordon.«

»Sie sind verrückt. Sie ist bei der Polizei.«

»Was ist, wenn sie verrückt ist? Was ist, wenn sie es gemacht hat, um Darius ans Messer zu liefern? Denken Sie darüber nach! Hätten Sie Darius verdächtigt, wenn sie Ihnen nicht mitgeteilt hätte, daß er Peter Lake ist?«

»Sie vergessen den anonymen Brief, in dem mitgeteilt wurde, daß der Mörder in Portland ist.«

»Woher wissen wir, daß sie ihn nicht selbst geschrieben hat?«

»Das glaube ich nicht.«

»Nun, glauben Sie es oder nicht, unser Fall löst sich in Rauch auf. Ach ja, da gibt es noch einen neuen Aspekt. Ein Privatdetektiv aus Portland mit Namen Sam Oberhurst hat sich nach der Geschichte in Hunters Point erkundigt, ungefähr einen Monat, bevor es hier zu der ersten Entführung kam.«

»Für wen hat er gearbeitet?«

»Das hat er keinem gesagt, und er hat auch nicht gesagt, warum er sich dafür interessiert. Aber ich werde ihn fragen. Ich habe seine Telefonnummer, und die Adresse bekomme ich über die Telefongesellschaft.«

»Haben Sie bei der Suche nach den Akten Erfolg gehabt?«

»Nein, kein Stück.«

Page schloß die Augen und legte den Kopf an die Lehne seines Stuhls.

»Ich stehe wie ein Idiot da, Randy. Wir müssen die Anklage zurückziehen. Ich hätte auf Sie und Ross hören sollen. Es gab keinen Fall. Ich habe mir das alles nur eingebildet.«

»Geben Sie nicht auf, Al! Dieser Privatdetektiv weiß vielleicht etwas.«

Page schüttelte den Kopf. Seit seiner Scheidung war er alt

geworden, seine Kraft war verschwunden. Für einige Zeit hatte ihn dieser Fall wieder aufgerüttelt, doch Darius glitt ihm aus den Händen, und schon bald würde er am Gericht zu einer Lachnummer werden.

»Diesmal werden wir verlieren, Randy. Das fühle ich. Nancy Gordon war alles, was wir hatten, und jetzt sieht es so aus, als ob wir nie etwas gehabt haben.«

3

»Hallo, Mutter«, sagte Betsy, stellte den Koffer ab und umarmte Rita Cohen.

»Wie war der Flug? Hast du etwas zu essen bekommen?«

»Der Flug verlief ruhig, und ich habe etwas im Flugzeug gegessen.«

»Das ist doch nichts Richtiges. Soll ich dir was machen?«

»Danke, aber ich bin nicht hungrig«, erwiderte Betsy, als sie ihren Mantel aufhängte. »Wie geht's Kathy?«

»So la la. Rick ist am Samstag mit ihr im Kino gewesen.«

»Wie geht's ihm?« fragte Betsy, und hoffte, daß es beiläufig klang.

»Diese Laus schaute mir die ganze Zeit, während er hier war, nicht in die Augen. Er konnte es kaum erwarten, wieder wegzukommen.«

»Du warst doch nicht unhöflich zu ihm?«

»Ich habe ihm nicht ›Guten Tag‹ gewünscht«, antwortete Rita und streckte ihre Nase in die Luft. Dann schüttelte sie den Kopf. »Armes Kind. Kathy war so aufgeregt, als sie mit ihm wegging, aber als er sie wieder ablieferte, war sie am Boden zerstört. Sie quengelte herum und stocherte nur im Abendessen.«

»War sonst noch was, während ich weg war?« wollte Betsy hoffnungsvoll wissen.

»Nora Sloane war am Sonntagabend hier«, erklärte Rita, wobei sie boshaft lächelte. »Ich habe ihr alles gesagt.«

»Was wollte sie wissen?«

»Etwas über deine Kindheit, deine Fälle. Sie kam gut mit Kathy zurecht.«

»Ich halte sie für eine nette Frau und hoffe, daß ihr Artikel angenommen wird. Sie arbeitet ganz bestimmt hart daran.«

»Ach ja, bevor ich es vergesse, wenn du in die Schule gehst, dann rede mit Mrs. Kramer. Kathy hat sich mit einem anderen kleinen Mädchen geprügelt und stört in der Klasse.«

»Ich gehe gleich heute nachmittag zu ihr«, versicherte Betsy niedergeschlagen. Normalerweise war Kathy ein Engel in der Schule. Man mußte nicht Sigmund Freud sein, um zu begreifen, was da los war.

»Laß den Kopf nicht hängen!« meinte Rita. »Sie ist ein gutes Kind. Sie macht halt harte Zeiten durch. Hör zu, du hast noch eine Stunde, bevor die Schule aus ist. Iß ein Stück Kuchen! Ich mach' dir eine Tasse Kaffee, und dann kannst du mir von deiner Reise erzählen.«

Betsy schaute auf ihre Uhr und beschloß nachzugeben. Kuchen zu essen war ein guter Weg, mit Depressionen fertig zu werden.

»In Ordnung. Ich glaube, ich könnte wirklich etwas essen. Mach alles fertig, ich geh' mich umziehen.«

»Das ist vernünftig«, erklärte Rita mit einem Lächeln. »Und zu deiner Information, Kathy hat den Kampf gewonnen. Hat sie mir gesagt.«

Kapitel einundzwanzig

Als Betsy Tanenbaum noch ein kleines Mädchen gewesen war, hatte sie nie ins Bett gehen wollen, bevor ihre Mutter ihr nicht bewiesen hatte, daß sich im Wandschrank und unter ihrem Bett keine Monster befanden. Doch diese Phase ging schnell vorbei. Betsy hatte aufgehört, an Monster zu glauben. Dann hatte sie Martin Darius getroffen. Was Darius so schrecklich erscheinen ließ, war seine nicht vorhandene Ähnlichkeit mit den geifernden, reißzahnbewehrten Gestalten, die in den dunklen Ecken ihres Zimmers lauerten. Hätte man hundert verschiedenen Personen die Autopsiebilder gezeigt, nicht eine hätte geglaubt, daß dieser elegant gekleidete Herr, der in der Tür zu Betsys Büro stand, in der Lage sein konnte, einer Frau die Brustwarzen abzuschneiden oder einen Ochsenziemer zu benutzen, um sie zu quälen. Selbst mit dem, was sie wußte, mußte sich Betsy dazu zwingen, diese Verbindung herzustellen. Doch Betsy wußte Bescheid, und die strahlende Wintersonne konnte nichts daran ändern, daß sie sich jetzt genauso fürchtete wie damals als kleines Mädchen vor den Monstern im Dunkeln.

»Setzen Sie sich, Mr. Darius!« begrüßte sie ihn.

»Sind wir wieder bei Mr. Darius? Dann muß es ja etwas Ernstes sein.«

Betsy lächelte nicht. Darius schaute sie fragend an, nahm aber ohne weitere Bemerkung Platz.

»Ich lege das Mandat nieder.«

»Ich dachte, das würden Sie nur tun, wenn Sie davon überzeugt sind, daß ich Laura Farrar, Wendy Reiser und Victoria Miller umgebracht habe.«

»Ich bin hundertprozentig davon überzeugt. Ich weiß alles über Hunters Point.«

»Was heißt das, alles?«

»Ich habe das Wochenende in Washington verbracht und mit Senator Colby gesprochen.«

Darius nickte anerkennend. »Ich bin beeindruckt. Sie sind in kürzester Zeit hinter die ganze Hunters-Point-Geschichte gekommen.«

»Ich lege keinen Wert auf ihre Komplimente, Darius. Sie haben mich von Anfang an belogen. Es gibt Anwälte, denen ist es egal, wen sie vertreten, solange das Honorar stimmt. Zu dieser Kategorie gehöre ich nicht. Sagen Sie Ihrem neuen Anwalt, er soll mich anrufen, damit ich ihre Akte loswerde. Ich will hier nichts in meinem Büro haben, was mich an Sie erinnert.«

»Na, wir sind aber konsequent. Sie sind sicher, daß Sie alles wissen, nicht wahr?«

»Ich weiß genug, um nichts mehr von dem zu glauben, was Sie mir sagen.«

»Ich bin ein bißchen enttäuscht, Mrs. Tanenbaum. Sie haben sich durch dieses Puzzle gekämpft und geben ausgerechnet in dem Moment auf, wo wir bei dem Teil sind, das noch fehlt.«

»Wovon reden Sie?«

»Ich spreche vom Vertrauen in den Klienten. Ich spreche davon, nicht wegzurennen, wenn jemand verzweifelt Ihre Hilfe braucht. Ich habe Wendy Reiser, Victoria Miller und Laura Farrar nicht umgebracht. Wenn Sie nicht beweisen, daß ich unschuldig bin, dann kommt der wirkliche Mörder davon, so wie ich in Hunters Point.«

»Sie geben zu, daß Sie für die Scheußlichkeiten in Hunters Point verantwortlich sind?«

Darius zuckte mit den Achseln. »Wie kann ich das abstreiten, jetzt, da Sie mit Colby gesprochen haben?«

»Wie konnten Sie das tun? Nicht einmal Tiere behandeln ihre Artgenossen so.«

Darius sah amüsiert aus. »Fasziniere ich Sie, Mrs. Tanenbaum?«

»Nein, Mr. Darius, Sie stoßen mich ab.«

»Warum haben Sie mich dann nach Hunters Point gefragt?«

»Weil ich wissen will, woher Sie sich das Recht nehmen, in das Leben eines Menschen zu treten und seine letzten Tage auf Erden in eine Hölle zu verwandeln. Ich möchte verstehen, wie Sie so nebenbei das Leben dieser unglücklichen Frauen zerstören konnten.«

Darius' Lächeln erstarb. »Ich habe das nicht nebenbei getan.«

»Ich verstehe nicht, was in einem Kopf wie Ihrem oder Specks oder Bundys vorgeht. Was vermittelt Ihnen ein so schlechtes Gefühl, daß Sie nur weiterleben können, wenn Sie Frauen mißhandeln.«

»Vergleichen Sie mich nicht mit Bundy oder Speck. Die waren pathetische Versager. Eindeutig schwache Persönlichkeiten. Ich bin weder krank noch schwach. Ich war in Hunters Point ein erfolgreicher Anwalt und bin hier ein erfolgreicher Geschäftsmann.«

»Warum haben Sie es dann getan?«

Darius zögerte. Es sah so aus, als ringe er mit sich selbst. »Stehen Sie immer noch unter der anwaltlichen Schweigepflicht?« Betsy nickte. »Alles, was ich Ihnen jetzt sage, bleibt unter uns?« Betsy nickte wieder. »Ich will es Ihnen wirklich gerne sagen. Sie besitzen einen überlegenen Geist und vertreten den weiblichen Standpunkt. Ihre Reaktionen könnten für mich aufschlußreich sein.«

Betsy wußte, daß sie besser daran tat, wenn sie Darius aus

ihrem Büro und ihrem Leben hinauswarf, doch die Faszination, die er ausübte, lähmte ihr Denkvermögen. Als sie sich weiterhin in Schweigen hüllte, lehnte sich Darius auf dem Stuhl zurück.

»Ich habe ein Experiment durchgeführt, Mrs. Tanenbaum. Ich wollte wissen, wie man sich als Gott fühlt. Ich weiß nicht mehr, wann genau mir die Idee zu diesem Experiment kam. Ich erinnere mich an eine Reise, die ich mit Sandy nach Barbados unternahm. Als ich so am Strand lag, dachte ich darüber nach, wie perfekt mein Leben war. Da war meine Arbeit, die mir mehr Geld einbrachte, als ich mir je erträumt hätte, und da war Sandy, immer noch sehr attraktiv, selbst nach der Geburt meiner geliebten Tochter. Meine Sandy, so davon in Anspruch genommen zu gefallen, so ohne Hirn. Ich habe sie wegen ihres Aussehens geheiratet und nicht unter die Motorhaube gesehen, bis es zu spät war.«

Darius schüttelte nachdenklich den Kopf.

»Das Perfekte langweilt, Mrs. Tanenbaum. Jeden Tag mit derselben Frau zu schlafen, egal wie schön und gut sie im Bett ist, wird langweilig. Ich habe immer eine weitschweifende Phantasie gehabt und mich gefragt, was wäre, wenn meine Phantasien wahr würden. Würde sich mein Leben ändern? Würde ich finden, was ich suche? Ich beschloß herauszufinden, was passierte, wenn meine Phantasiewelt Wirklichkeit würde.

Ich habe Monate gebraucht, um das Bauernhaus auszuwählen. Ich konnte niemandem trauen, also baute ich die Verschläge selbst. Dann wählte ich die Frauen aus. Ich habe wertlose Frauen ausgesucht, Frauen, die wie Parasiten von ihren Ehemännern lebten. Schöne, nutzlose Frauen, die ihr Aussehen dazu benutzt hatten, einen Mann in die Ehe zu treiben, um ihm dann sein Geld und sein Selbstbewußtsein zu nehmen. Diese Frauen wurden in meinem kleinen Verließ wiedergeboren. Der Verschlag wurde zu ihrer Welt, und ich wurde ihre Sonne, ihr Mond, der Wind und der Regen.«

Betsy erinnerte sich an Colbys Beschreibung, wie sie die Frauen vorgefunden hatten. Ihre tiefliegenden Augen, die hervorstehenden Rippen. Sie erinnerte sich an den leeren Blick in den Augen der toten Frauen auf den Fotografien.

»Ich gebe zu, daß ich grausam zu ihnen war, aber ich mußte ihnen alles Menschliche nehmen, damit sie meiner Vorstellung entsprachen. Wenn ich mich ihnen näherte, trug ich eine Maske, und auch sie mußten Ledermasken ohne Augenschlitze tragen. Einmal in der Woche bekamen sie eine Essensration, die wissenschaftlich berechnet war und sie gerade noch vor dem Verhungern bewahrte. Ich begrenzte die Zeit, die sie schlafen konnten.

Hat Colby die Uhren und die Videoausstattung erwähnt? Haben Sie sich gefragt, wofür das war? Das war die Krönung von allem. Ich hatte eine Frau, ein Kind und einen Beruf, also konnte ich immer nur eine kurze Zeit pro Woche bei meinen Gefangenen verbringen. Aber ich wollte totale Kontrolle, Allgegenwart, selbst wenn ich nicht da war. Also stellte ich die Videorecorder an, wenn ich nicht da war, und gab den Frauen Befehle, die sie befolgen sollten. Sie mußten auf die Uhr achten. Jede Stunde, zu genau festgelegten Zeiten, mußten sie sich der Kamera zuwenden und Hundetricks vorführen, sich auf den Rücken rollen, sich hinhocken, masturbieren. Was immer ich auch von ihnen verlangte. Ich habe mir die Bänder angesehen und jeden Ungehorsam hart bestraft.«

Darius hatte einen verzückten Ausdruck im Gesicht. Seine Augen waren offensichtlich auf eine Szene gerichtet, die sich kein normaler Mensch vorstellen konnte. Betsy hatte das Gefühl, zusammenzubrechen, wenn sie sich bewegte.

»Ich habe sie von anspruchsvollen Kühen in gehorsame Puppen verwandelt. Sie gehörten ganz mir. Ich habe sie gebadet. Sie haben wie Hunde aus Näpfen gegessen, sie durften nicht reden, außer wenn ich es ihnen erlaubte, und dann nur, damit sie mich um Bestrafung bitten konnten oder mir für die Schmerzen, die ich ihnen bereitete, dankten. Zum Schluß waren sie bereit, alles zu tun, um Schmerzen zu vermeiden. Sie bettelten darum, meinen Urin trinken zu dürfen oder mir die Füße zu küssen, wenn ich es zuließ.«

Darius Gesicht war so angespannt, daß es schien, als werde die Haut gleich aufplatzen. Eine Welle von Übelkeit stieg in Betsy auf.

»Einige der Frauen widersetzten sich, doch schon bald hatten sie begriffen, daß man mit Gott nicht verhandeln kann. Andere gehorchten sofort. Patricia Cross zum Beispiel. Sie war keine Herausforderung, eine perfekte Kuh. So fügsam und einfallslos wie ein Stück Kreide. Darum habe ich sie geopfert.«

Bevor Darius zu reden begonnen hatte, war Betsy der Ansicht gewesen, er könne nichts sagen, mit dem sie nicht fertig werden würde, doch jetzt wollte sie nichts mehr hören.

»Haben Sie mit dem Experiment erreicht, was Sie wollten?« fragte Betsy, um Darius davon abzuhalten, noch mehr zu erzählen. Ihr Atem ging schnell, sie fühlte sich schwindlig. Darius erwachte aus seiner Trance.

»Das Experiment bereitete mir unwahrscheinliches Vergnügen, Mrs. Tanenbaum. Die Zeit, die ich mit diesen Frauen verbracht habe, war die schönste Zeit meines Lebens. Leider fand Sandy den Zettel, und alles mußte ein Ende haben. Die Gefahr war zu groß, daß ich geschnappt wurde. Dann faßte man mich doch, und danach war ich wieder frei. Diese Freiheit war atemberaubend.«

»Wann haben Sie das Experiment zum erstenmal wiederholt, Darius?« fragte Betsy kalt.

»Niemals. Ich wollte zwar, aber ich habe aus der Erfahrung gelernt. Ich hatte Glück gehabt und wollte nicht riskieren, mein Leben im Gefängnis zu beschließen oder gar hingerichtet zu werden.«

Betsy starrte Darius mit Verachtung an.

»Verlassen Sie mein Büro! Ich möchte Sie niemals wiedersehen.«

»Sie können den Fall nicht abgeben, Mrs. Tanenbaum. Ich brauche Sie.«

»Nehmen Sie sich Oscar Montoya oder Matthew Reynolds.«

»Oscar Montoya und Matthew Reynolds sind gute Anwälte, aber sie sind keine Frauen. Ich wette, daß die Geschworenen auf jeden Fall der Meinung sind, eine erklärte Feministin könne keinen Mann verteidigen, der die Frauen so zugerichtet hat wie der Mörder Wendy Reiser, Laura Farrar und Victoria Miller. Sie sind mein Joker.«

»Dann haben Sie gerade Ihren Joker verspielt, Darius. Sie sind der abscheulichste Mensch, den ich kenne. Ich möchte Sie niemals wiedersehen. Verteidigen Sie sich selbst!«

»Sie vergessen unsere Absprache. Ich habe Ihnen gesagt, daß ich diese drei Frauen nicht umgebracht habe. Jemand legt mich herein. Wenn ich verurteilt werde, dann ist der Fall abgeschlossen, und Sie sind für das nächste Opfer des Mörders verantwortlich und das übernächste.«

»Meinen Sie, daß ich Ihnen noch ein Wort glaube, nach dem, was Sie mir gerade erzählt haben? Nach all den Lügen?«

»Hören Sie, Mrs. Tanenbaum«, sagte Darius, lehnte sich über den Schreibtisch und starrte ihr in die Augen. »Ich habe diese Frauen nicht umgebracht. Jemand hat mich hereingelegt, und ich bin mir ziemlich sicher zu wissen, wer sie ist.«

»Sie?«

»Nur Nancy Gordon weiß genug über diesen Fall, um das zu inszenieren. Wendy Reiser, Vicky Miller, sie wären bei ihr nie mißtrauisch geworden, denn sie ist auch eine Frau. Sie zeigte ihre Polizeimarke, und sie ließen sie einfach herein. Deswegen gab es an den Tatorten auch keine Anzeichen eines Kampfes. Sie sind wahrscheinlich freiwillig mit ihr gegangen und wußten gar nicht, was vorging, bis es zu spät war.«

»Keine Frau würde einer anderen das antun, was diesen Frauen widerfahren ist.«

»Seien Sie doch nicht so naiv. Sie ist seit Hunters Point hinter mir her. Möglicherweise hat sie einen Knacks.«

Betsy erinnerte sich, was sie über Nancy Gordon wußte. Die Frau hatte versucht, Darius in Hunters Point zu ermorden. Sie hatte es sich zur Lebensaufgabe gemacht, ihn zu finden. Aber ihn auf diese Art hereinzulegen? Soweit sie Nancy kannte, hätte es besser zu ihr gepaßt, zu Darius zu gehen und ihn zu erschießen.

»Das kaufe ich Ihnen nicht ab!«

»Sie wissen, daß Vicky das Hacienda Motel um halb drei verlassen hat. Ich war bis fast fünf mit Russell Miller und einigen anderen Leuten in der Werbeagentur zusammen.«

»Welches Alibi haben Sie für die Zeit, nachdem Sie die Agentur verlassen hatten?«

»Unglücklicherweise gar keins.«

»Ich werde es nicht tun. Sie repräsentieren alles das, was ich ablehne. Selbst wenn Sie die Frauen hier in Portland nicht umgebracht haben, haben Sie doch die grausamen Verbrechen in Hunters Point begangen.«

»Und Sie sind für den Tod des nächsten Opfers in Portland verantwortlich. Denken Sie darüber nach, Mrs. Tanenbaum! Der Staatsanwalt hat nichts gegen mich in der Hand. Das heißt, noch eine Frau wird sterben müssen, damit ich verurteilt werde.«

An diesem Abend kuschelte sich Kathy eng an Betsy, während ihre Aufmerksamkeit von einem Zeichentrickfilm in Anspruch genommen wurde. Betsy drückte ihrer Tochter einen Kuß auf den Scheitel und fragte sich, wie diese friedvolle Szene in der gleichen Welt existieren konnte, in der Frauen gefesselt in der Dunkelheit lagen und auf ihren Folterer warteten, der ihnen unerträgliche Schmerzen zufügen würde. Wie konnte sie sich in ihrem Büro mit einem Mann wie Darius zusammensetzen und dann zu Hause mit ihrer Tochter Disney-Filme ansehen, ohne verrückt zu werden? Wie konnte sich Peter Lake morgens in den Horrorgott einer verschrobenen Phantasiewelt verwandeln und abends mit seiner eigenen kleinen Tochter spielen?

Betsy wünschte, es gäbe nur eine Welt. Die, in der Rick und sie mit Kathy in der Mitte Disney-Filme ansahen. Die Welt, die sie für die Wirklichkeit hielt, bevor Rick sie verlassen hatte und Martin Darius in ihr Leben getreten war.

Betsy war immer in der Lage gewesen, ihre Arbeit nach Feierabend zu vergessen. Vor Darius waren ihre kriminellen Klienten immer eher pathetisch als furchterregend gewesen. Sie hatte Ladendiebe verteidigt, betrunkene Autofahrer, unbedeutende Diebe und verängstigte Jugendliche. Mit den beiden Frauen, denen sie in ihren Mordprozessen zu einem Freispruch verholfen hatte, verbanden sie immer noch freundschaftliche Kontakte. Es kam auch nur selten vor, daß sie sich Arbeit mit nach Hause nahm. Darius aber hatte sich in Betsys Seele eingeschlichen. Er hatte sie verändert. Sie fühlte sich nicht länger sicher. Und was noch schlimmer war, auch Kathy war nicht mehr sicher.

Kapitel zweiundzwanzig

1

St. Jude sah mehr aus wie eine Privatschule denn eine psychiatrische Klinik. Eine hohe, efeubewachsene Mauer erstreckte sich bis tief in den Wald. Das Verwaltungsgebäude, früher einmal das Heim des Millionärs Alvin Piercy, war ein roter Ziegelbau mit Fensternischen und gotischen Bögen. Piercy, ein strenger Katholik, starb 1916 als Junggeselle und vermachte sein Vermögen der Kirche. 1923 wurde das Haus zu einem Refugium für Priester, die Erholung brauchten. 1953 wurde ein kleines, modernes psychiatrisches Krankenhaus hinter dem Hauptgebäude errichtet. Vom Tor aus konnte Reggie Stewart das Verwaltungsgebäude durch die Lücken zwischen den schneebedeckten Zweigen der Bäume sehen, die auf dem Gelände verteilt standen. Im Herbst war der Rasen wahrscheinlich wie ein grüner Teppich, und die Zweige waren mit goldenen und roten Blättern bedeckt.

Dr. Margaret Flints Büro befand sich am Ende eines langen Flurs im ersten Stock. Vom Fenster aus sah man in den Wald. Dr. Flint war eine hagere Frau mit Pferdegesicht und schulterlangen grauen Haaren.

»Danke, daß Sie Zeit für mich haben«, begrüßte Stewart sie.

Dr. Flint antwortete mit einem offenen Lächeln, das ihre

harten Züge milderte. Sie umschloß Stewarts Hand mit einem festen Griff und führte ihn dann zu einem der beiden Lehnsessel, die an einem Kaffeetisch standen.

»Ich habe mich oft gefragt, was wohl aus Samantha Reardon geworden ist. Sie war schon ein ungewöhnlicher Fall. Unglücklicherweise gab es keine Nachbetreuung, nachdem sie entlassen wurde.«

»Warum das?«

»Ihr Mann hat sich nach der Scheidung geweigert zu bezahlen, und die Nachbehandlung war nicht durch die Versicherung abgedeckt. Wie dem auch sei, ich bezweifle, daß Samantha zugelassen hätte, daß ich mich in ihre Angelegenheiten mische, nachdem sie ihre Freiheit wiederhatte. Sie hat alles, was mit der Klinik in Verbindung stand, gehaßt.«

»Was können Sie mir über Mrs. Reardon erzählen?«

»Aufgrund der ärztlichen Schweigepflicht würde ich Ihnen normalerweise gar nichts erzählen. Aber bei Ihrem Anruf hat sich ja die Möglichkeit abgezeichnet, daß Samantha vielleicht zu einer Gefahr für andere werden könnte. Da muß unter Umständen die ärztliche Schweigepflicht hintenanstehen.«

»Sie könnte möglicherweise in eine Reihe von Morden in Portland verstrickt sein.«

»Das haben Sie erwähnt. Gibt es eine Verbindung zwischen den Morden und ihrer Gefangenschaft in Hunters Point?« fragte Dr. Flint.

»Ja. Wie kommen Sie darauf?«

»Das sage ich Ihnen gleich. Geben Sie mir noch einen Moment Zeit. Zuerst muß ich den Grund dafür wissen, warum Sie die Informationen haben wollen.«

»Der Ehemann eines der Opfer, gleichzeitig war er der Vater des kleinen Mädchens, das ebenfalls ermordet wurde, hieß Peter Lake. Vor acht Jahren ging er nach Portland, um ein neues Leben zu beginnen. Nun kopiert jemand in Portland die Geschehnisse in Hunters Point.

Wissen Sie, was die entführten Frauen in Hunters Point erdulden mußten?«

»Natürlich. Ich habe Samantha behandelt. Ich hatte Zugang zu allen Polizeiakten.«

»Dr. Flint, wäre Samantha Reardon in der Lage, eine andere Frau so zu foltern, wie sie gefoltert wurde, um meinen Klienten ans Messer zu liefern?«

»Eine gute Frage. Es gibt nicht viele Frauen, die Folterungen erdulden und dann andere Frauen ebenso foltern können, aber Samantha Reardon war in keiner Beziehung normal. Wir alle sind Persönlichkeiten, die sorgfältig abgestimmt sind. Unseren Charakter zu verändern ist normalerweise sehr kompliziert, wenn nicht gar unmöglich. Verwirrte Menschen haben fehlgesteuerte Persönlichkeiten. Die Zeichen, an denen man das erkennt, hängen von der jeweiligen Art der Fehlsteuerung ab.

Vor der schrecklichen Erfahrung hatte Samantha Reardon eine, wie wir es nennen, Grenzpersönlichkeit, die zwischen Neurose und Psychose angesiedelt ist. Manchmal legt eine solche Person psychotisches Verhalten an den Tag, aber im Allgemeinen würde man sie als neurotisch einstufen. Samantha zeigte perverse sexuelle Neigungen, asoziales Verhalten wie Scheckfälschung und Ladendiebstahl, hatte Angstzustände. Ihre Beziehung zu ihrem Exmann beweist dies deutlich. Es gab Perioden von sexueller Gier, und manchmal war sie psychisch so instabil, daß es unmöglich war, vernünftig mit ihr zu reden. Dazu kam noch, daß sie extrem auf sich fixiert war. Wenn sie beim Diebstahl ertappt wurde, waren ihr die Strafen egal, sie hatte keinerlei Gewissensbisse. Sie benutzte den Sex, um ihren Mann zu etwas zu überreden oder Geschenke von ihm zu erhalten. Sie hat ihn finanziell ruiniert, ohne sich Gedanken über die Konsequenzen zu machen. Als Samantha entführt und gefoltert wurde, kippte ihre Persönlichkeit, und sie wurde psychotisch. Wahrscheinlich befindet sie sich auch jetzt noch in diesem Zustand.

Samantha sah ihren Aufenthalt hier in St. Jude als Fortsetzung ihrer Gefangenschaft an. Ich war der einzige Arzt, zu dem sie Vertrauen faßte, wahrscheinlich weil ich die einzige Frau in der Ärzteschaft war. Samantha Reardon haßte alle Männer und mißtraute ihnen. Sie war davon überzeugt, daß der Bürgermeister von Hunters Point, der Polizeichef, der Gouverneur und manchmal sogar der Präsident der Vereinigten Staaten, überhaupt alle Männer, sich verschworen hätten, um den Mann zu schützen, der sie gequält hatte.«

»Also«, warf Stewart ein, »ist es möglich, daß sie ihre Phantasien auslebt, wenn sie den Mann gefunden hat, den sie für ihre Gefangenschaft verantwortlich macht?«

»Ganz sicher. Solange sie hier war, sprach sie von nichts anderem als Rache. Sie hielt sich für einen Racheengel, der gegen die Mächte der Dunkelheit kämpft. Sie haßt ihren Entführer, aber sie ist eine Gefahr für alle Männer, denn sie sieht in ihnen nur Unterdrücker.«

»Aber die Frauen? Wie war sie in der Lage, diese Frauen zu foltern, nach dem, was sie selbst durchgemacht hat?«

»Samantha sieht alles, was sie zum Erfolg führen kann, als notwendiges Übel an, Mr. Stewart. Wenn sie einige Frauen opfern muß, um ihr Ziel zu erreichen, dann ist das in ihren Augen ein kleiner Preis für ihre Rache.«

2

Als Betsy ins Büro kam, saß Rick im Warteraum ihrer Praxis. Er schien niedergeschlagen zu sein.

»Ich weiß, du hast mich nicht erwartet, aber ich muß mit dir reden. Hast du viel zu tun?«

»Komm rein!« forderte ihn Betsy auf. Sie war immer noch böse auf ihn, weil er Kathy erzählt hatte, ihr Beruf sei der Grund für die Trennung.

»Wie geht's Kathy?« fragte Rick, während er ihr ins Büro folgte.

»Es gibt einen einfachen Weg, das herauszufinden.«

»Laß das! Ich bin unter anderem vorbeigekommen, um zu fragen, ob Kathy bei mir übernachten kann. Ich bin in eine neue Wohnung gezogen, die ein Gästezimmer hat.«

Betsy wollte nein sagen, weil sie Rick damit treffen würde, aber sie wußte auch, wie sehr Kathy ihren Vater vermißte.

»Geht in Ordnung.«

»Danke. Ich hole sie morgen nach der Arbeit ab.«

»Worüber wolltest du noch reden?«

Rick fühlte sich offenbar nicht wohl in seiner Haut. Er senkte den Blick auf den Schreibtisch. »Ich ... Betsy, das fällt mir sehr schwer. Die Teilhaberschaft, meine Arbeit ...« Rick brach ab. »Mir geht es nicht sehr gut.« Er holte tief Luft. »Was ich versuche zu sagen, ist, mein Leben ist im Moment ein Chaos. Ich stehe so unter Druck, daß ich keinen klaren Gedanken fassen kann. Jetzt, da ich alleine bin, habe ich etwas Distanz gewonnen. Ich nehme an, ich versuche dir zu sagen, daß du mich nicht aufgeben sollst. Mich nicht ausschließen sollst ...«

»Das habe ich nie vorgehabt. Du bist derjenige, der mich ausgeschlossen hat.«

»Als ich dich verließ, habe ich ein paar Dinge über dich gesagt, die nicht so gemeint waren.«

»Wenn du dir über deine Gefühle im klaren bist, Rick, dann sag mir Bescheid. Aber ich kann dir nicht sagen, wie ich dann fühlen werde. Du hast mich sehr verletzt.«

»Das weiß ich«, bestätigte er leise. »Hör zu, diese Fusionsverhandlungen, die ich führe, beschäftigen mich Tag und Nacht, aber ich glaube, daß in einem Monat alles unter Dach und Fach ist. Ich kann mir im Dezember ein paar Tage Urlaub nehmen, und Kathy hat Weihnachtsferien. Ich dachte, wir drei könnten zusammen irgendwohin fahren.«

Betsy stand das Herz still. Sie wußte nicht, was sie sagen sollte.

Rick stand auf. »Ich weiß, das kommt etwas überraschend. Du sollst mir auch nicht sofort eine Antwort geben. Wir haben Zeit. Versprich mir nur, darüber nachzudenken!«

»Das werde ich.«

»Gut und vielen Dank, daß Kathy mich besuchen darf.«

»Du bist ihr Vater«, meinte Betsy.

Bevor Rick noch etwas sagen konnte, öffnete Betsy die Bürotür. Nora Sloane stand neben Anns Schreibtisch.

»Haben Sie eine Minute Zeit?« fragte Nora.

»Rick wollte gerade gehen«, gab Betsy zurück.

Nora starrte Rick einen Moment an.

»Sind Sie Mr. Tanenbaum?«

»Ja.«

»Das ist Nora Sloane«, stellte Betsy sie vor. »Sie arbeitet an einem Artikel über weibliche Strafverteidiger für das *Pacific West Magazin.*«

»Ihre Frau hilft mir in allen Belangen.«

Rick lächelte höflich. »Ich hole Kathy um sechs ab und gehe mit ihr zum Abendessen«, meinte er zu Betsy. »Vergiß bitte nicht, ihre Schulsachen einzupacken. Nett, Sie kennengelernt zu haben, Mrs. Sloane.«

»Halt!« rief Betsy. »Du hast mir deine neue Adresse und Telefonnummer noch nicht gegeben.«

Rick nannte sie ihr und ging dann.

»Ich bin hier, um einen Termin mit Ihnen auszumachen, an dem wir über den Fall Hammermill und ihre Strategie im Fall Darius reden können«, sagte Nora Sloane.

»Ich hoffe, das bringt ihre Pläne nicht durcheinander, Nora, aber ich gebe Martins Fall ab.«

»Warum?«

»Persönliche Gründe, die ich hier nicht nennen will.«

»Das verstehe ich nicht.«

»Es gibt einen Konflikt, auch ethische Probleme spielen eine Rolle. Mehr kann ich darüber nicht sagen, ohne gegen die Schweigepflicht zwischen Anwalt und Mandant zu verstoßen.«

Nora rieb sich die Stirn, sie machte einen enttäuschten Eindruck.

»Es tut mir leid, wenn das den Artikel beeinflußt«, sagte Betsy. »Aber ich kann nichts dagegen tun.«

Betsy schlug ihren Terminkalender auf. »Sobald ich Martins Fall offiziell abgegeben habe, verfüge ich über viel freie Zeit. Warum treffen wir uns nicht nächsten Mittwoch zum Mittagessen?«

»Gut. Bis dann!«

Die Tür wurde geschlossen, und Betsy schaute auf die Arbeit vor ihr auf dem Schreibtisch. Es gab Fälle, die sie wegen Martin Darius nicht übernommen hatte. Betsy nahm den ersten Ordner vom Stapel, öffnete ihn aber nicht. Sie dachte an Rick. Er war verändert, nicht mehr so selbstsicher. Würde sie es akzeptieren, wenn er zu ihr zurückkommen wollte?

Der Summer erklang. Reggie Stewart rief aus Hunters Point an.

»Wie geht's?« fragte Stewart.

»Nicht so gut, Reg. Ich habe den Fall abgegeben.«

»Hat Darius dich rausgeworfen?«

»Nein, andersherum.«

»Warum?«

»Ich habe herausgefunden, daß Darius die Frauen in Hunters Point umgebracht hat.«

»Wie?«

»Das kann ich dir nicht sagen.«

»Mein Gott, Betsy, du kannst mir vertrauen.«

»Das weiß ich, aber ich bin nicht bereit, dazu etwas zu sagen, also setze mich nicht unter Druck.«

»Nun, ich bin etwas durcheinander. Es besteht die Möglichkeit, daß Darius hereingelegt wird. Samantha Reardon ist offenbar eine ziemlich seltsame Dame. Ich habe mit Simon Reardon, ihrem Exmann, gesprochen. Er ist Neurochirurg, sie war eine seiner OP-Schwestern. Er hat sich mit ihr eingelassen, und dann war er plötzlich mit ihr verheiratet und stand am Rande des Bankrotts. Sie hat Ladendiebstähle in rauhen Mengen begangen, seine Kreditkarten bis zum Limit überzogen, und seine Anwälte waren stets damit beschäftigt, die Schandtaten der Frau zu vertuschen. Dann hat Darius sie entführt und gefoltert, und da ist sie wirklich verrückt geworden. Ich habe mich mit Dr. Flint getroffen, ihrer Ärztin am St. Jude. Das ist eine psychiatrische Anstalt. Dorthin ist sie eingeliefert worden, nachdem sie versucht hatte, ihren Mann umzubringen.«

»Wie bitte?«

»Sie hat ihn und einen Freund, der mit ihm nach Hause kam, mit dem Messer angegriffen. Sie haben sie überwältigt, und Samantha verbrachte die nächsten paar Jahre in einer Gummizelle. Sie war davon überzeugt, daß der Mann, der sie entführt hat, noch auf freiem Fuß und sie das Opfer einer Verschwörung war.«

»Das war sie, Reg. Die Behörden haben Darius gedeckt. Ich kann dir keine Einzelheiten sagen, aber Samantha war wohl doch nicht völlig verrückt.«

»Vielleicht lag sie mit ihrer Vermutung richtig, aber sie ist auch wirklich krank. Dr. Flint meint, daß Samantha fuchsteufelswild war. Als Kind wurde sie abgelehnt; ihr Vater verschwand, als sie zwei Jahre alt war, ihre Mutter war hoffnungslose Alkoholikerin. Ihre Moral stammt von der Straßenbande, mit der sie herumgezogen ist. Sie bekam Jugendstrafen wegen Raub und Körperverletzung. Auch an einer Messerstecherei war sie beteiligt. Aber sie war clever genug, um durch die High School zu kommen, ohne sich auch nur einmal anzustrengen. Ihr IQ liegt nach einem Test bei 146, also ein ganzes Stück höher als meiner, doch ihre Schulnoten waren schlecht.

In jungen Jahren hat sie Max Felix, den Manager des Kaufhauses, in dem sie arbeitete, geheiratet. Ich habe ihn angerufen. Er erzählt in etwa das gleiche, was auch Dr. Reardon sagt. Sie muß eine tolle Nummer gewesen sein. Ihr erster Mann sagte, daß er sich gar nicht so schnell umdrehen konnte, wie sie seine Bankkonten geplündert hat und ihm Schulden aufhalste. Die Ehe hielt nur ein Jahr.

Die nächste Station war das College, dann die Schwesternschule und danach unser guter Doktor. Dr. Flint meint, daß Samantha Reardon eine gestörte Persönlichkeit ist – ein Mensch, der an der Grenze steht –, und die Belastung durch ihre Gefangenschaft und die Folterungen haben sie psychotisch gemacht. Sie hat es sich in den Kopf gesetzt, ihren Entführer zur Strecke zu bringen.«

Betsy hatte ein dumpfes Gefühl im Magen.

»Hast du Dr. Flint gefragt, ob Samantha Reardon in der Lage wäre, diese Frauen zu foltern, nur um Darius hereinzulegen?«

»Wie Dr. Flint meint, würde es ihr nicht die Bohne ausmachen, diese Frauen in Stücke zu schneiden, wenn sie das bei ihrem Vorhaben weiterbringt.«

»Es fällt mir schwer zu glauben, daß eine Frau anderen Frauen so etwas antut.«

»Aber es ergibt einen Sinn, Betsy. Denk mal nach: Oberhurst spricht mit Samantha und zeigt ihr ein Bild von Darius; Samantha erkennt Darius wieder und folgt Oberhurst nach Portland; sie erfährt aus der Zeitung von dem Ärger, den Darius mit dem Bauprojekt hat und überlegt sich, daß dort der richtige Ort ist, um Oberhurst, nachdem sie ihn getötet hat, zu vergraben. Danach bringt sie auch die anderen Leichen dorthin.«

»Ich weiß nicht, Reg. Es erscheint mir immer noch wahrscheinlicher, daß Darius die Frauen umgebracht hat.«

»Was soll ich jetzt machen?«

»Versuch ein Bild von ihr zu bekommen. In den Zeitungen gab es keine.«

»Das habe ich mir schon gedacht. Ich werde in den Jahrbüchern des College nachsehen. Sie ist hier in Hunters Point auf die Universität gegangen. Das sollte also nicht so schwer sein.«

Als Stewart den Hörer auflegte, blieb Betsy ziemlich verwirrt am Schreibtisch sitzen. Noch vor ein paar Minuten war sie überzeugt gewesen, daß Darius die Frauen in Portland umgebracht hatte. Aber wenn Reggies Vermutung zutraf, dann hatte man Darius hereingelegt, und sie beide waren einer sehr intelligenten und gefährlichen Frau aufgesessen.

3

Randy Highsmith und Ross Barrow nahmen die Interstate 84 die Schlucht des Columbia Rivers hinunter, bis sie zu der Abzweigung des Highways kamen, die man auch die Schöne Strecke nannte. Mächtige Klippen ragten an beiden Seiten des breiten Flusses auf. Durch vereinzelte Lücken zwischen den Bäumen konnte man Wasserfälle sehen. Die Aussicht hier konnte atemberaubend sein, aber jetzt war Barrow zu sehr damit beschäftigt, durch den starken Regen hindurch überhaupt etwas zu erkennen. Die heftigen Windböen, die durch die Schlucht pfiffen, drückten den Wagen zur Seite. Barrow umklammerte das Steuerrad und hielt das Auto in der Spur, als sie abbogen.

Sie befanden sich auf dem Land. Überall waren Nationalparks und landwirtschaftliche Anbauflächen. Die Bäume boten zwar etwas Schutz vor dem Regen, doch Barrow mußte sich immer noch nach vorne beugen, um die seltenen Straßenschilder zu erkennen.

»Dort«, rief Randy Highsmith, auf einen Briefkasten deutend, auf dem mit billigen, reflektierenden Ziffern die Hausnummer angebracht war. Barrow riß den Wagen herum, wobei die Hinterräder über den Randstreifen schleuderten. Das Haus, das Samuel Oberhurst gemietet hatte, befand sich angeblich vierhundert Meter diese ungepflasterte Straße hinauf. Der Angestellte der Immobilienfirma hatte es als Bungalow bezeichnet, aber es war eigentlich nur eine bessere Hütte. Außer der Abgeschiedenheit, die die Gegend bot, gab es nichts, was für das Haus sprach. Es war ein viereckiger Kasten mit spitzem Dach. Möglicherweise war es einmal rot gestrichen gewesen, aber die Witterung hatte der Farbe einen braunen Rostton gegeben. Ein verbeulter Pontiac stand in der Einfahrt. Das Gras war schon seit Wochen nicht mehr gemäht worden. Backsteine dienten als Treppe zur Eingangstür. Zwei leere Bierdosen standen neben der Treppe, und eine leere Zigarettenpackung war in einen Spalt zwischen zwei Steine geschoben.

Barrow lenkte den Wagen so nah wie möglich an die Eingangstür heran, und Highsmith sprang heraus, dabei den Kopf einziehend, als ob ihn dies vor dem Regen schützen konnte. Er klopfte an die Tür, wartete, klopfte dann erneut.

»Ich geh' mal nach hinten!« rief er Barrow zu. Der Detective stellte den Motor ab und folgte Highsmith. Die Vorhänge an den Vorderfenstern waren geschlossen. Highsmith und Barrow liefen durch das nasse Gras an der östlichen Seite des Hauses entlang. An dieser Seite gab es keine Fenster, und bei den Fenstern an der Rückfront waren die Jalousien geschlossen. Barrow spähte durch ein kleines Fenster auf der Westseite.

»Da drinnen sieht es aus wie im Schweinestall«, meinte Barrow.

»Da ist niemand zu Hause. Das ist mal sicher.«

»Was ist mit dem Wagen?«

Highsmith zuckte mit den Achseln. »Versuchen wir es mal mit der Vordertür.«

Das Wasser tropfte von Highsmiths Gesicht, er konnte kaum noch durch seine Brille sehen. Die Eingangstür war nicht verschlossen. Barrow verschaffte ihnen Zugang. Highsmith nahm die Brille ab und putzte sie mit seinem Taschentuch. Barrow machte das Licht an.

»Mein Gott!«

Highsmith setzte seine Brille auf. Ein Fernsehapparat stand auf einem niedrigen Standfuß unter dem vorderen Fenster. Gegenüber befand sich ein altes Sofa. Der Bezug war zerfetzt, und die Polsterung hing heraus. Ein kompletter Satz von männlichen Kleidungsstücken lag auf dem Sofa. Highsmith erkannte ein Jackett, Unterwäsche und eine Hose. In der Ecke neben dem Fernseher befand sich eine alte, graue Kommode. Alle Schubladen waren herausgerissen, Schriftstücke waren im Raum verteilt. Highsmith wurde plötzlich von der Unordnung im Raum abgelenkt. Er sog die Luft durch die Nase ein.

»Was ist das für ein Geruch?«

Barrow antwortete nicht. Er hatte sich auf einen schweren Sessel, der umgekippt in der Mitte des Raumes lag, konzentriert. Als er um ihn herum ging, sah er die Blutflecken auf dem Sessel und dem Boden. Streifen von festem Klebeband, die dazu benutzt sein konnten, die Beine eines Mannes zu fesseln, klebten an den Sesselbeinen. Auf dem Tisch, direkt neben dem Sessel, lag ein blutverschmiertes Küchenmesser.

»Wie geht's deinem Magen?« fragte Barrow. »Dies hier ist ein Tatort, und ich möchte nicht, daß du dein Frühstück im ganzen Raum verteilst.«

»Ich war schon öfters an einem Tatort, Ross. Ich war auch an der Baugrube, wenn du dich erinnerst.«

»Ja, so war's wohl. Wirf einmal einen Blick hierher!«

Neben dem Messer stand eine Plastikschüssel. Highsmith blickte hinein und wurde bleich. In der Schüssel befanden sich drei Finger.

»Mister X«, sagte Barrow langsam.

Highsmith ging um den Sessel herum, damit er einen Blick auf die Sitzfläche werfen konnte. Sie war mit Blut getränkt. Ihm wurde übel. Außer den drei Fingern hatten Mister X auch noch die Genitalien gefehlt, und Randy wollte nicht derjenige sein, der sie fand.

»Ich weiß nicht genau, wer hier zuständig ist«, meinte Barrow, als er um den Sessel herumkam. »Ruf am besten die Staatspolizei an.«

Highsmith nickte und sah sich nach einem Telefon um.

Im vorderen Raum war keines. Nach hinten lagen noch zwei weitere Räume, einer davon war das Badezimmer. Aus Angst vor dem, was er finden würde, öffnete Highsmith nur ganz vorsichtig die andere Tür. Im Zimmer war gerade genug Platz für ein einzelnes Bett, einen Schrank und einen Nachttisch, auf dem das Telefon stand.

»He, Ross, sieh dir das an!«

Barrow kam in den Raum. Highsmith deutete auf einen Anrufbeantworter neben dem Telefon. Das aufleuchtende rote Licht zeigte an, daß sich Nachrichten auf dem Band befanden. Highsmith sondierte einige der Mitteilungen, bevor er bei einer verweilte.

»Mr. Oberhurst, hier spricht Betsy Tanenbaum. Ich rufe nun schon zum dritten Mal an. Würden Sie mich bitte in meinem Büro zurückrufen. Die Nummer ist 555-1763. Sie sollten dringend mit mir Kontakt aufnehmen. Ich habe von Lisa Darius die Einwilligung, daß Sie mir über den Fall Auskunft geben dürfen. Rufen Sie mich bitte zu jeder Zeit an. Mein Telefonservice kann mich auch zu Hause erreichen, wenn Sie nach den Bürostunden oder am Wochenende anrufen.«

Der Anrufbeantworter gab einen Piepston von sich. Barrow und Highsmith sahen sich an.

»Oberhurst wurde von Lisa Darius angeheuert, dann wurde er gefoltert und seine Leiche auf dem Baugelände der Darius-Baugesellschaft gefunden«, zählte Barrow auf.

»Warum hat Lisa Darius ihn angeheuert?«

Barrow blickte durch die Tür auf die durchwühlte Kommode.

»Ich frage mich, ob Darius wirklich nach der Akte über sich gesucht hat.«

»Langsam, Ross. Wir wissen nicht, ob Darius das getan hat.«

»Randy, nimm einmal an, Darius hat herausgefunden, was in dieser Akte stand, und es war etwas, was ihm gefährlich werden konnte. Ich meine, wenn er das hier getan,

Oberhurst gefoltert, ihm die Finger und den Schwanz abgeschnitten hat, dann doch deshalb, weil sich in der Akte etwas befinden muß, was für ihn wahres Dynamit ist. Vielleicht etwas, das beweist, daß Darius der Rosenmörder ist.«

»Was meinst du ... Verdammte Scheiße! Lisa Darius. Er konnte nicht früher an sie heran, weil er, seit wir die Leichen gefunden haben, im Gefängnis war.«

Barrow griff nach dem Telefon und wählte.

4

Der Oberste Gerichtshof von Oregon hat seinen Sitz in der Landeshauptstadt Salem, fünfzig Meilen südlich von Portland. Die Fahrzeit von einer Stunde war das einzige, was Victor Ryder an seinem Beruf nicht gefiel. Nach all den Jahren, in denen er sieben Tage die Woche sechzehn Stunden am Tag in seiner Privatpraxis geschuftet hatte, war die eher ruhige Arbeit am Gericht eine wahre Erholung.

Richter Ryder war Witwer. Er wohnte in einem braunweißen Haus im Tudorstil, das von einer hohen, immergrünen Hecke abgeschirmt wurde. Das Anwesen befand sich in den Portland Hights auf den Westhills. Vom Wintergarten an der Rückseite des Hauses hatte man einen geradezu atemberaubenden Blick auf Portland und Mt. Hood.

Ryder schloß die Eingangstür auf und rief nach Lisa. Die Heizung im Haus war an, und überall brannte Licht. Aus dem Wohnzimmer drangen Stimmen. Er rief noch einmal nach Lisa, aber es kam keine Antwort. Niemand war da, als er ins Wohnzimmer trat. Nur der Fernsehapparat lief. Offenbar kamen die Stimmen, die er gehört hatte, daher. Ryder schaltete das Gerät ab.

Am Fuß der Treppe ins Obergeschoß rief Ryder erneut nach Lisa. Wenn sie ausgegangen war, warum lief dann der Fernsehapparat? Er ging den Flur entlang zur Küche. Lisa wußte, daß sich ihr Vater gewöhnlich, sobald er zu Hause war, eine Kleinigkeit zu essen nahm, also ließ sie Mitteilungen für ihn immer am Kühlschrank zurück. Die Kühlschranktür war übersät mit Rechnungen und Cartoons, die mit Magneten auf der glatten Oberfläche befestigt waren, aber Ryder fand keine Nachricht. Auf dem Küchentisch standen zwei Kaffeetassen und ein angeschnittener Kuchen auf einer Kuchenplatte.

»Muß wohl mit einer Freundin weggegangen sein«, dachte Ryder und wunderte sich über den laufenden Fernsehapparat. Er schnitt sich ein Stück Kuchen ab, biß hinein und ging dann in Lisas Zimmer. Alles befand sich da, wo es hingehörte, es gab nichts, was verdächtig schien. Trotzdem hatte Ryder ein ungutes Gefühl. Er wollte gerade in sein Zimmer gehen, um sich umzuziehen, als die Türglocke läutete. Zwei Männer drängten sich vor der Tür unter einen Schirm zusammen.

»Richter Ryder? Ich bin Randy Highsmith vom Büro des Bezirksstaatsanwalts von Multnomah County. Das ist Detective Ross Barrow von der Polizei in Portland. Ist Ihre Tochter da?«

»Handelt es sich um Martin?«

»Ja, Sir.«

»Lisa wohnt bei mir, aber im Moment ist sie nicht da.«

»Wann haben Sie sie zuletzt gesehen?«

»Beim Frühstück. Warum?«

»Wir wollen ihr ein paar Fragen stellen. Wissen Sie, wo wir sie erreichen können?«

»Leider nein. Sie hat keine Nachricht zurückgelassen, und ich bin gerade erst nach Hause gekommen.«

»Könnte sie bei einer Freundin sein?« fragte Highsmith in beiläufigem Tonfall, um Ryder seine Besorgnis nicht spüren zu lassen.

»Ich weiß es wirklich nicht.« Ryder fiel der Fernsehapparat wieder ein, und er runzelte die Stirn.

»Stimmt etwas nicht, Sir?« wollte Barrow wissen und bemühte sich, seine Stimme ganz normal klingen zu lassen.

»Nein. Nichts Ernstes. Es standen zwei Kaffeetassen auf dem Küchentisch, so daß ich angenommen habe, sie hätte eine Freundin zu Besuch gehabt. Sie haben Kaffee getrunken und Kuchen gegessen, aber gleichzeitig lief im Wohnzimmer der Fernsehapparat.«

»Das verstehe ich nicht«, sagte Barrow.

»Der Apparat lief, als ich nach Hause kam. Ich verstehe nicht, warum sie das Gerät nicht ausschaltet, wenn sie mit einer Freundin in der Küche sitzt oder das Haus verlassen hat.«

»Kommt es häufiger vor, daß Ihre Tochter aus dem Haus geht und keine Nachricht hinterläßt?« wollte Barrow wissen.

»Sie hat ja eigentlich nicht mehr bei mir gewohnt. Erst als Martin ins Gefängnis kam, ist sie wieder bei mir eingezogen. Aber sie weiß, daß ich mir Sorgen um sie mache.«

»Gibt es etwas, was Sie uns bisher verschwiegen haben, Sir?«

Ryder zögerte. »Lisa hat große Angst, seitdem Martin wieder frei ist. Sie hat davon gesprochen, den Staat zu verlassen, bis er wieder hinter Gittern ist.«

»Sie hätte Ihnen aber gesagt, wo sie hingeht?«

»Das nehme ich an.« Ryder schien sich plötzlich an etwas zu erinnern. »Martin hat Lisa an dem Abend, an dem er entlassen wurde, angerufen. Er sagte ihr, in Portland gäbe es keinen Ort, an dem sie sicher sei. Vielleicht hat er wieder angerufen, und sie ist in Panik geraten.«

»Hat er ihre Tochter bedroht?« fragte Barrow.

»Ich glaube das, aber Lisa war sich nicht sicher. Es war ein seltsames Gespräch. Ich weiß nur, was Lisa sagte und was sie mir erzählt hat.«

Highsmith gab dem Richter seine Visitenkarte. »Bitten Sie ihre Tochter, mich gleich anzurufen, wenn sie wieder auftaucht. Es ist wichtig.«

»Ganz bestimmt.«

Barrows und Highsmith gaben dem Richter die Hand und gingen.

»Das gefällt mir nicht«, meinte Barrows, sobald die Tür sich hinter ihnen geschlossen hatte. »Es ähnelt zu sehr den anderen Fällen. Besonders die Sache mit dem Fernseher. Sie hätte ihn ausgemacht, wenn sie mit einer Freundin weggegangen wäre.«

»Es gab keine Rose und keinen Zettel.«

»Ja, aber Darius ist nicht blöd. Wenn er sich seine Frau geschnappt hat, dann wird er das nicht an die große Glocke hängen. Er kann seine Methode geändert haben, um uns auf eine falsche Spur zu lenken. Irgendwelche Vorschläge?«

»Nicht den geringsten. Es sei denn, du bist der Meinung, wir hätten genug in der Hand, um Darius einzulochen.«

»Das haben wir nicht.«

»Dann warten wir ab und hoffen, daß Lisa Darius mit einer Freundin unterwegs ist.«

Teil 7

Auf Ewig Unvergessen

KAPITEL DREIUNDZWANZIG

1

Betsy hörte, wie ein Wagen vorfuhr, und schaute aus dem Küchenfenster.

»Das ist Papi!« rief Kathy begeistert. Sie hatte schon den ganzen Nachmittag im Wohnzimmer gewartet und wollte nicht einmal fernsehen, seit ihr Betsy gesagt hatte, daß sie das Wochenende bei Rick verbringen dürfte.

»Hol deine Sachen!« sagte Betsy zu Kathy, als sie die Tür öffnete.

»Alle schon da, Mama«, antwortete Kathy und deutete auf ihren Rucksack, die Tasche mit den Büchern, die kleine Handtasche und auf Oliver, den Stoffskunk.

Die Tür ging auf, und Kathy sprang Rick in die Arme.

»Wie geht's, mein Tiger?« erkundigte sich Rick lachend.

»Das habe ich alles selbst gepackt«, sagte Kathy und deutete auf ihre Sachen.

»Hast du auch an die Zahnbürste gedacht?« fragte Betsy plötzlich.

»Hm, nö«, antwortete Kathy.

»Das dachte ich mir. Lauf und hol sie sofort her, kleine Lady!«

Rick setzte Kathy ab, die sofort den Flur zum Badezimmer entlanglief.

»Sie ist ganz aufgeregt«, erzählte Betsy Rick. Irgendwie schien er sich nicht wohl in seiner Haut zu fühlen.

»Ich habe mir überlegt, mit ihr in die Spaghetti Factory zu gehen.«

»Das wird ihr gefallen.«

Einen Moment standen sie sich stumm gegenüber.

»Du siehst gut aus, Bets.«

»Du solltest mich einmal sehen, wenn ich nicht den ganzen Tag bei einer Gerichtsverhandlung mit Richter Spencer war«, gab Betsy selbstbewußt zur Antwort, damit das Kompliment zur Seite wischend. Rick wollte noch etwas sagen, aber da kam Kathy schon mit ihrer Zahnbürste zurück, und so ging die Gelegenheit vorbei.

»Bis Montag«, verabschiedete Betsy ihre Tochter und gab ihr einen dicken Kuß. Rick nahm Kathys Sachen, nur den Stoffskunk trug sie selbst. Betsy beobachtete von der Tür, wie sie wegfuhren.

2

Alan Page sah von seinem Schreibtisch auf. Randy Highsmith und Ross Barrow standen in der Tür. Er warf einen Blick auf seine Uhr, es war knapp halb sieben.

»Ich habe gerade mit Richter Ryder telefoniert. Sie ist immer noch nicht zurück«, berichtete Barrow.

Page legte den Stift aus der Hand.

»Was sollen wir tun? Es gibt nicht den geringsten Anhaltspunkt, der auf Darius hindeutet«, entgegnete Page. Er war bleich, und seine Stimme klang erschöpft und niedergeschlagen.

»Wir haben ein Motiv, Al«, gab Barrow zu bedenken. »Lisa Darius ist die einzige Person, über die eine Verbindung zwischen Martin und Sam Oberhurst herzustellen ist. Während er im Gefängnis war, kam er nicht an sie heran.

Ich behaupte, wir haben zumindest einen begründeten Verdacht. Kaum ist er draußen, verschwindet sie.«

»Und da gab es den Telefonanruf«, fügte Highsmith hinzu.

»Ryder ist nicht sicher, daß seine Tochter bedroht wurde. Der Anruf kann sogar als Warnung an Lisa vor jemand anderem angesehen werden.« Page schüttelte den Kopf. »Ich begehe nicht zweimal den gleichen Fehler. Bevor wir nicht klare Beweise haben, werde ich keinen Durchsuchungsbefehl beantragen.«

»Jetzt werde nicht übervorsichtig, Al!« warnte ihn Highsmith. »Jemand schwebt in Lebensgefahr.«

»Das weiß ich«, gab Page wütend zurück. »Aber wo sollen wir suchen? In seinem Haus? Er wird bestimmt nicht so dumm sein, sie dort zu haben. In Häusern, die er besitzt? In welchem? Ich bin genauso frustriert wie ihr, aber wir müssen uns in Geduld fassen.«

Highsmith wollte gerade etwas sagen, als die Sprechanlage sich meldete.

»Ich weiß, daß sie nicht gestört werden wollten«, entschuldigte sich seine Sekretärin, »aber Nancy Gordon ist am Telefon.«

Page lief es kalt den Rücken hinunter. Highsmith und Barrow richteten sich auf. Page stellte den Apparat auf mithören.

»Detective Gordon?«

»Es tut mir leid, daß ich mich abgesetzt habe, Mr. Page«, sagte eine Frauenstimme. Page versuchte sich zu erinnern, wie Nancy Gordons Stimme geklungen hatte. Er erinnerte sich an einen kehligen Klang, doch die Verbindung war schlecht, und die Stimme der Frau klang aufgeregt.

»Wo sind Sie?«

»Das kann ich Ihnen jetzt noch nicht sagen«, meinte Nancy. Page hatte den Eindruck, daß ihre Stimme irgendwie schleppend und unsicher klang.

»Haben Sie die Nachrichten verfolgt? Wissen Sie, daß

Darius draußen ist, weil wir bei der Kautionsanhörung Ihre Zeugenaussage nicht hatten?«

»Das ging nicht anders. Über kurz oder lang werden Sie alles verstehen.«

»Ich will es aber jetzt verstehen, Detective. Wir haben hier ein Problem. Darius' Frau ist verschwunden.«

»Ich weiß. Deshalb rufe ich an. Ich weiß, wo sie ist. Sie müssen sich beeilen.«

3

Die Darius-Baugesellschaft war in Schwierigkeiten. Als Darius in Haft genommen worden war, standen zwei lukrative Aufträge kurz vor dem Abschluß. Beide gingen aber dann an andere Firmen, und solange Darius unter Anklage stand, würden auch keine neuen Aufträge hereinkommen. Darius hatte fest mit dem Geld aus diesen beiden Projekten gerechnet, um damit die finanziellen Probleme der Firma in den Griff zu kriegen. Ohne das Geld war es durchaus möglich, daß er bankrott ging.

Darius verbrachte den Tag mit seinem Buchhalter, seinem Anwalt und seinen Vizepräsidenten, um einen Plan auszuarbeiten, wie man die Firma retten konnte, aber er hatte Schwierigkeiten, sich auf das Geschäftliche zu konzentrieren. Er brauchte Betsy Tanenbaum, und sie hatte ihn fallengelassen. Erstens war ein weiblicher Verteidiger wichtig, damit er einen Vorteil bei den Geschworenen hatte. Zweitens hatte Betsy die Kautionsanhörung gewonnen und ihn davon überzeugt, daß sie die Fähigkeiten hat, ihn zu retten. Ihr letztes Treffen hatte seinen Respekt vor ihr noch vergrößert. Betsy Tanenbaum war stark. Die meisten Frauen wären zu ängstlich gewesen, ihm allein gegenüberzutreten. Sie hätten sich einen Mann zum Schutz geholt. Darius war davon überzeugt, Betsy würde nie unter dem Druck einer Gerichtsverhandlung zusammenbrechen, und er wußte, daß sie bis zum bitteren Ende für einen Klienten, dem sie glaubte, kämpfen würde.

Als das Treffen um sechs Uhr abends zu Ende war, fuhr Darius nach Hause. Er tippte den Code für das Gartentor ein, das mit einem metallischen Geräusch aufschwang. Darius blickte in den Rückspiegel. Er sah die Scheinwerfer eines Wagens, der am Gartentor vorbeifuhr, dann machte die Auffahrt eine Biegung, und er verlor das Tor aus dem Blickfeld.

Darius betrat das Haus durch die Garage und stellte die Alarmanlage ab. Im Haus war es still und kalt. Als Lisa noch hier wohnte, existierten immer irgendwelche Hintergrundgeräusche von Küchengeräten, dem laufenden Fernsehapparat und Lisas Schritten. Darius war gerade dabei, sich an die Stille, die ihn umgab, wenn er nach Hause kam, zu gewöhnen.

Das Wohnzimmer wirkte steril, als er das Licht anschaltete. Darius legte Jackett und Krawatte ab und schenkte sich einen Scotch ein. Er fragte sich, ob es einen Weg gab, Betsy davon zu überzeugen, seinen Fall wieder zu übernehmen. Ihre Wut war deutlich gewesen, aber die konnte wieder abkühlen. Es war ihre Furcht vor ihm, die sie abschreckte. Er konnte ihr keinen Vorwurf machen, wenn sie ihn für ein Monster hielt, nach allem, was ihr Colby erzählt hatte. Normalerweise erregte Darius die Furcht einer Frau, aber Betsys Furcht trieb sie von ihm weg, und er hatte keine Ahnung, wie er sie beschwichtigen könnte.

Darius nahm seine Krawatte und das Jackett über den Arm und ging hinauf ins Schlafzimmer. Er hatte den ganzen Tag kaum etwas gegessen, und sein Magen knurrte. Er schaltete das Licht ein und stellte das Glas auf die Kommode. Als er sich zum Schrank umdrehte, sah er aus dem Augenwinkel einen Farbfleck. Auf seinem Bett lag eine schwarze Rose. Unter der Rose befand sich ein Zettel. Ihm drehte sich der Magen um. Er hetzte in den Flur, aber da war niemand. Er lauschte angestrengt, aber da war nicht das geringste Geräusch.

Darius hatte eine Waffe in der Kommode. Jetzt holte er sie heraus. Sein Herz raste. Wie konnte jemand in sein Haus eindringen, ohne den Alarm auszulösen? Nur er und Lisa kannten den Code und ... Darius erstarrte. Sein Verstand vollzog den einzig logischen Schritt, und er eilte in den Keller, wobei er im Vorbeigehen alle Lichter im Haus anschaltete.

Darius zögerte am oberen Ende der Kellertreppe, er wußte, was er sehen würde, wenn er das Licht anmachte. Er hörte die erste Sirene, als er auf der halben Treppe war. Er überlegte sich umzukehren, aber er mußte Gewißheit haben. Ein Polizeiwagen kam schleudernd vor dem Haus zum Stehen, als Darius am Ende der Treppe angelangt war. Er legte die Waffe weg, weil er das Risiko nicht eingehen wollte, erschossen zu werden. Außerdem würde er sie nicht brauchen. Als er sah, wie der Körper zugerichtet war, wußte er, daß sich außer ihm niemand im Haus befand.

Lisa Darius lag in der Mitte des Kellers auf dem Rücken. Sie war nackt. Ihr Bauch war aufgeschlitzt worden, und durch ein klaffendes, blutiges Loch konnte man ihre Gedärme sehen. In genau dieser Stellung war der Körper von Patricia Cross im Keller von Henry Waters' Haus gefunden worden.

4

Sobald Rick und Kathy außer Sicht waren, ging Betsy zurück in die Küche und machte sich etwas zu essen. Sie hatte mit dem Gedanken gespielt, eine Freundin anzurufen und mit ihr zum Essen zu gehen, doch die Vorstellung, einen ruhigen Abend zu Hause zu verleben, war zu faszinierend gewesen.

Nach dem Essen ging Betsy ins Wohnzimmer und schaute ins Fernsehprogramm. Nichts erweckte ihr Interesse, und so setzte sie sich in einen gemütlichen Sessel und las in einem Roman von John Updike. Sie war gerade dabei, sich in die Handlung des Buches zu verlieren, als das Telefon klingelte. Betsy seufzte und ging in die Küche, um den Anruf entgegenzunehmen.

»Mrs. Tanenbaum?«

»Ja.«

»Hier spricht Alan Page.« Er klang wütend. »Ich bin im Haus von Martin Darius. Wir haben ihn gerade wieder verhaftet.«

»Aus welchem Grund?«

»Er hat seine Frau umgebracht.«

»Mein Gott. Was ist passiert?«

»Ihr Klient hat Lisa Darius im Keller den Bauch aufgeschlitzt.«

»Nein.«

»Sie haben ihr wirklich einen Gefallen getan, als Sie Norwood dazu brachten, Darius gegen Kaution freizulassen«, bemerkte Page bitter. »Ihr Klient will mit Ihnen sprechen.«

»Glauben Sie mir jetzt, Mrs. Tanenbaum?« fragte Darius. »Merken Sie, was hier vorgeht?«

»Sagen Sie nichts! Die Polizei hört zu, Martin. Ich treffe Sie morgen früh.«

»Dann bleiben Sie also mein Anwalt?«

»Das habe ich nicht gesagt.«

»Sie müssen! Fragen Sie sich doch mal, wie die Polizei das mit Lisa herausgefunden hat, dann wissen Sie, daß ich unschuldig bin.«

War Darius wirklich unschuldig? Es ergab keinen Sinn, daß er seine Frau umbrachte und die Leiche dann in seinen Keller legte. Betsy dachte an das, was sie von Hunters Point wußte. Sie stellte sich Henry Waters vor, wie er die Tür aufmachte, Nancy Gordon, wie sie die Treppe in Waters' Keller hinunterstieg, der entsetzte Ausdruck auf Waters' Gesicht, als er Patricia Cross aufgeschlitzt in ihrem eigenen Blut sah. Es war wieder wie bei Patricia Cross. Darius hatte ihr gesagt, sie solle nachfragen, wie die Polizei die Information über Lisas Leiche im Keller erhalten hatte. Sie versuchte, sich daran zu erinnern, wie es damals bei Patricia Cross gewesen war.

»Geben Sie mir noch mal Page«, wies sie Darius an.

»Ich möchte nicht, daß irgend jemand mit Darius spricht«, erklärte sie dem Staatsanwalt.

»Daran würde ich nicht im entferntesten denken«, gab Page grob zurück.

»Sie verschwenden Ihren Ärger an mir, Alan. Ich kannte Lisa Darius besser als Sie. Es tut weh, glauben Sie mir!«

Page war einen Moment still; als er wieder zu sprechen ansetzte, klang er kleinlaut.

»Sie haben recht. Es hat keinen Zweck, Ihnen den Kopf abzureißen. Ich ärgere mich genauso über mich, daß ich die Kautionsanhörung versaut habe, wie über Sie, daß Sie so gut waren. Aber diesmal bleibt er drin. Norwood wird nicht noch mal einen Fehler begehen.«

»Alan, wie haben Sie davon erfahren, daß Lisas Leiche dort im Keller liegt?«

Betsy hielt die Luft an, während Page überlegte, ob er antworten sollte.

»Nun, Sie werden es ja sowieso erfahren. Wir bekamen einen Tip.«

»Von wem?«

»Das kann ich Ihnen jetzt noch nicht sagen.«

Einen Tip, genauso wie der anonyme Anrufer die Polizei in Hunters Point auf die Spur von Waters gebracht hatte. Betsy legte auf. Ihre Zweifel an Darius' Schuld wuchsen. Martin Darius hatte die Frauen in Hunter Point ermordet, aber hatte er auch die Frauen in Portland umgebracht?

Kapitel vierundzwanzig

1

Die Tür zum Verhörzimmer des Gefängnisses ging auf, und Darius trat ein. Er war mit dem Hemd und der Anzughose bekleidet, die er bei seiner Verhaftung getragen hatte. Seine Augen waren blutunterlaufen. Er schien weniger selbstsicher zu sein als bei ihren vorherigen Treffen.

»Ich wußte, daß Sie kommen, Mrs. Tanenbaum«, sagte Darius. Er versuchte, ganz ruhig zu erscheinen, klang aber etwas verzweifelt.

»Ich wollte nicht, aber man hat mich gebeten, Sie noch so lange zu vertreten, bis sie einen anderen Anwalt haben.«

»Sie können mich doch nicht sitzenlassen.«

»Ich habe meine Ansicht nicht geändert, Martin. Ich stehe noch zu dem, was ich gesagt habe.«

»Selbst, da Sie wissen, daß ich unschuldig bin?«

»Da bin ich mir nicht sicher. Und selbst wenn Sie unschuldig sind, ändert das nichts an dem, was Sie in Hunters Point getan haben.«

Darius beugte sich etwas vor und schaute Betsy tief in die Augen.

»Sie wissen, daß ich unschuldig bin. Sie können doch nicht im Ernst annehmen, daß ich blöd genug bin, meine Frau in meinem Keller umzubringen und dann Alan Page anzurufen, um ihm zu sagen, wo er die Leiche finden kann.«

Darius hatte recht, natürlich. Der Fall gegen ihn war zu glatt, und der neue Mord paßte zu gut ins Bild. Die Zweifel hatten Betsy in der vergangenen Nacht nur wenig schlafen lassen, aber ihre Gefühle gegenüber Darius hatten sich nicht geändert. »In ein paar Minuten werden wir vor Gericht treten. Page wird Sie des Mordes an Lisa beschuldigen. Er wird die Aussetzung einer Kaution fordern und Norwood bitten, die Kaution in den anderen Fällen zu widerrufen. Ich sehe keine Möglichkeit, Sie gegen Kaution freizubekommen.«

»Erzählen Sie dem Richter, was wir über Nancy Gordon wissen. Sagen Sie ihm, daß ich hereingelegt worden bin.«

»Wir haben keine Beweise dafür.«

»Das war's also. Ich denke, ich habe Sie falsch eingeschätzt, Mrs. Tanenbaum. Was ist aus Ihren hohen ethischen Ansichten geworden? Ihr Schwur als Anwalt? Sie werfen die Flinte ins Korn, ja, und das nur, weil Sie mich nicht leiden können?«

Betsy lief vor Ärger rot an. »Ich werfe gar nichts ins Korn. Ich sollte nicht einmal hier sein. Ich sage Ihnen nur, wie der Hase läuft. Indem er Sie freigelassen hat, ist Norwood ein großes Risiko eingegangen. Wenn er die Bilder von Lisa sieht, wie sie in Ihrem Keller liegt, den Bauch aufgeschlitzt, die Gedärme herausquellend, wird er keine Lust verspüren, Sie noch einmal auf freien Fuß zu setzen.«

»Die Staatsanwaltschaft ruft Vincent Ryder in den Zeugenstand, Euer Ehren«, sagte Alan Page und drehte sich zum Publikum hin um. Er beobachtete, wie der honorige Richter zwischen den Zuschauern hindurch auf die Balustrade zuging. Ryder war über einen Meter achtzig groß und hatte volles, schneeweißes Haar. Eine Verletzung aus dem Zweiten Weltkrieg ließ ihn ein wenig humpeln. Ryder ging dennoch ganz aufrecht und vermied jeden Blickkontakt mit Martin Darius, so, als habe er Angst, von der Wut übermannt zu werden, wenn er ihm in die Augen sah.

»Für das Protokoll«, hob Page an, sobald Ryder vereidigt war, »Sie sind Richter am Obersten Gerichtshof von Oregon und der Vater von Lisa Darius?«

»Ja«, antwortete Ryder mit leicht belegter Stimme.

»Ihre Tochter war mit dem Angeklagten verheiratet, stimmt das?«

»Ja, Sir.«

»Als Mr. Darius verhaftet wurde, ist da Ihre Tochter zu Ihnen gezogen?«

»Das tat sie.«

»Während Ihre Tochter bei Ihnen wohnte, wurde sie da von ihrem Ehemann angerufen?«

»Mehrfach, Mr. Page. Er hat vom Gefängnis aus mehrmals pro Tag angerufen.«

»Stimmt es, daß Inhaftierte nur R-Gespräche führen dürfen?«

»Ja. Alle seine Anrufe waren R-Gespräche.«

»Hat Ihre Tochter diese Gespräche entgegengenommen?«

»Sie hat mich beauftragt, sie zurückzuweisen.«

»Glauben Sie, daß Ihre Tochter jemals mit dem Angeklagten telefoniert hat, während er inhaftiert war?«

»Möglicherweise ein- oder zweimal, kurz nachdem er in Haft genommen worden war, aber nicht mehr, seitdem sie bei mir wohnte.«

»Welches Verhältnis hatte Ihre Tochter zu ihrem Mann?«

»Sie hatte eine Heidenangst vor ihm.«

»Ist diese Angst größer oder kleiner geworden, nachdem Mr. Darius aus dem Gefängnis entlassen worden ist?«

»Sie wurde größer. Sie befürchtete, er würde sie wieder nach Hause holen.«

»Hat der Angeklagte Lisa Darius angerufen, nachdem er gegen Kaution freigekommen war?«

»Ja, Sir. Gleich am ersten Abend.«

»Haben Sie das Gespräch verfolgen können?«

»Teile davon.«

»Haben Sie gehört, ob der Angeklagte Drohungen ausgestoßen hat.«

»Ich glaube, er hat ihr gesagt, daß sie in Portland nicht mehr sicher sei.«

»Wenn Sie sagen, Sie glauben, was heißt das genau?«

»Lisa hat es mir gesagt. Und ich stand direkt neben ihr und konnte etwas von dem verstehen, was Darius sagte.«

»Wissen Sie, ob Mrs. Darius dies als eine Drohung auffaßte?«

»Sie war verwirrt. Sie hat gesagt, daß sie nicht wüßte, was er meinte. Es sah so aus, als wolle er andeuten, daß Lisa von einer anderen Person Gefahr drohe, aber das ergab keinen Sinn. Ich bin der Ansicht, daß er ihr indirekt drohen wollte, so daß man ihm nichts anhaben konnte.«

»Richter Ryder, wann haben Sie ihre Tochter zum letzten Mal lebend gesehen?«

Für einen kurzen Moment verlor der Richter seine Beherrschung. Er mußte einen Schluck Wasser trinken, bevor er weitersprechen konnte.

»Wir haben zwischen sieben und sieben Uhr dreißig zusammen gefrühstückt, dann bin ich nach Salem gefahren.«

»Wann kamen Sie nach Hause?«

»So gegen sechs Uhr abends.«

»War Ihre Tochter da im Haus?«

»Nein.«

»Ist Ihnen im Haus irgend etwas Befremdliches aufgefallen?«

»Der Fernsehapparat lief, doch niemand war im Haus. Der Ton war so laut, daß Lisa ihn gehört haben muß und das Gerät ausgeschaltet hätte, als sie wegging.«

»Gab es Hinweise darauf, daß sie Besuch hatte?«

»In der Küche standen zwei Kaffeetassen und ein Teller

mit Kuchen, so, als ob sie sich mit jemandem unterhalten hätte.«

»Hat Ihre Tochter eine Nachricht hinterlassen, wo sie hingegangen ist?«

»Nein.«

»Keine weiteren Fragen.«

»Ihr Zeuge, Mrs. Tanenbaum«, bestimmte Richter Norwood.

»Er lügt«, flüsterte Darius. »Ich habe Lisa nicht bedroht. Ich habe sie gewarnt.«

»Er lügt nicht, Martin. Er sagt aufrichtig, wie es seiner Meinung nach war. Wenn ich ihn unter Druck setze, dann beharrt er nur noch mehr auf seiner Ansicht.«

»Blödsinn. Ich habe doch schon gesehen, wie Sie Zeugen auseinandernehmen. Ryder ist ein arrogantes Arschloch. Sie können ihn wie einen Idioten hinstellen.«

Betsy holte tief Luft, um ihre Beherrschung nicht zu verlieren. Dann beugte sie sich zu Darius und sprach leise auf ihn ein.

»Wollen Sie, daß ich Ryder bearbeite, bis er zusammenbricht, Martin? Glauben Sie wirklich, es würde uns helfen, eine Kaution zu bekommen, wenn ich einen der angesehensten Richter des Staates, der zugleich der Vater einer jungen Frau ist, die brutal ermordet wurde, so unter Druck setze, daß er im Gericht, vor den Augen eines seiner Kollegen, zusammenbricht?«

Darius setzte zu einer Erwiderung an, sagte dann aber nichts und drehte sich von Betsy weg.

»Keine Fragen, Euer Ehren«, erklärte Betsy.

»Der nächste Zeuge ist Detective Richard Kassel«, kündigte Page an.

Richard Kassel kam locker den Gang zwischen den Zuschauern nach vorne. Er trug einen braunen Tweedanzug, beige Slipper, ein weißes Hemd und eine hellgelbe Krawatte. Sein Gesicht hatte den selbstgefälligen Ausdruck eines Mannes, der sich selbst zu wichtig nimmt.

»Detective Kassel, bei welcher Dienststelle sind Sie?«

»Ich bin Beamter der Polizei von Portland.«

»Haben Sie den Angeklagten gestern abend festgenommen?«

»Ja, Sir.«

»Erzählen Sie dem Richter, wie es dazu kam.«

Kassel drehte sich zum Richter hin.

»Detective Rittner und ich erhielten über Funk einen Anruf. Daraufhin verschafften wir uns Zutritt zu dem Grundstück. Die Haustür vom Haus des Angeklagten war verschlossen. Wir identifizierten uns als Polizeibeamte und verlangten von dem Angeklagten Einlaß. Er machte auf, und Detective Rittner und ich nahmen ihn fest. Dann warteten wir, wie befohlen, bis die anderen eingetroffen waren.«

»Wann sind die anderen Beamten eingetroffen? Kurz danach?«

Kassel nickte. »Ungefähr eine Viertelstunde nachdem wir dort waren, sind Sie und Detective Barrow sowie mehrere andere Personen eingetroffen.«

Betsy zog die Augenbrauen zusammen. Sie kontrollierte eine Sache, die sie sich bei Ryders Aussage notiert hatte, und machte sich dann ein paar Notizen.

»Haben Sie die Leiche gefunden?« fragte Page.

»Nein, Sir. Uns war befohlen worden, bei dem Angeklagten zu bleiben. Die Leiche wurde von anderen Beamten entdeckt.«

»Haben Sie Mr. Darius seine verfassungsmäßigen Rechte vorgelesen?«

»Ja, Sir.«

»Hat Mr. Darius irgendwelche Aussagen gemacht?«

»Nein, er wollte nur seinen Anwalt anrufen.«

»Ihr Zeuge, Mrs. Tanenbaum.«

Betsy wußte nicht, was sie machen sollte. Sie bat den Richter um einen Moment Bedenkzeit und täuschte vor, in einem Polizeibericht zu lesen, während sie in Wahrheit versuchte, Klarheit in ihre Gedanken zu bringen.

»Detective Kassel«, begann Betsy vorsichtig, »von wem kam der Auftrag, zu Mr. Darius zu fahren und ihn zu verhaften?«

»Von Detective Barrow.«

»Hat er gesagt, warum Mr. Darius zu verhaften sei?«

»Ja, Madam. Er sagte, man hätte einen Hinweis bekommen, daß der Angeklagte seine Frau umgebracht habe und die Leiche im Keller liege.«

»Hat Ihnen Barrow gesagt, von wem er den Hinweis erhalten hat?«

»Danach habe ich nicht gefragt.«

»Was hatte Mr. Darius an, als er Ihnen die Tür öffnete?«

»Er trug ein weißes Hemd und eine Hose.«

»Mr. Darius, würden Sie bitte aufstehen.«

Darius tat es.

»Ist das die Hose?«

Detective Kassel schaute sich Darius noch einmal an. »Ja, das ist die Hose, in der wir ihn festgenommen haben.«

»Und das ist auch das weiße Hemd?«

»Ja.«

»Befindet sich alles im gleichen Zustand wie bei der Verhaftung?«

»Ja.«

»An seinem Hemd sind keine Blutspuren, oder?«

Kassel verharrte einen Moment, bevor er antwortete: »Nein, Madam.«

»Haben Sie die Leiche von Lisa Darius zu irgendeinem Zeitpunkt gesehen?«

»Ja.«

»Als sie noch im Keller lag?«

»Ja.«

»Mrs. Darius war aufgeschlitzt, stimmt das?«

»Ja.«

»Im Keller war überall Blut, stimmt das?«

»Ja«, knurrte Kassel.

»Das Tor zum Anwesen von Darius ist verschlossen. Wie sind Sie hineingekommen?«

»Detective Barrow kannte den Code.«

»Wie kommt es, daß Sie so viel früher als Detective Barrow, Mr. Page und die anderen Beamten am Tatort waren?« fragte Betsy mit einem Lächeln, das die Anspannung, die in ihr herrschte, überdecken sollte. Nach ein paar weiteren Fragen würde sie wissen, ob ihr Verdacht sich bestätigte.

»Wir hatten unseren Wagen vor dem Anwesen abgestellt.«

»War das Zufall?«

»Nein, Madam. Der Angeklagte stand unter Beobachtung.«

»Wie lange schon?«

»Wir beobachten ihn schon eine ganze Weile. Schon vor seiner ersten Verhaftung.«

»Nur Sie und Detective Rittner?«

»Nein, es gab drei Gruppen. Wir haben uns abgelöst; man hält das keine vierundzwanzig Stunden durch.«

»Natürlich nicht. Wann hat ihre Schicht an dem Tag, an dem Sie Darius verhafteten, begonnen?«

»Ungefähr um drei Uhr nachmittags.«

»Wo haben sie übernommen?«

»Vor seinem Büro.«

»Ich nehme an, daß Sie ein anderes Team abgelöst haben?«

»Richtig. Die Detectives Padovici und Kristol.«

»Wann haben die beiden ihre Schicht begonnen?«

»So gegen fünf Uhr morgens.«

»Wo haben sie übernommen?«

»Am Haus des Angeklagten.«

»Warum mußte das andere Team so früh beginnen?«

»Der Angeklagte steht gegen halb sechs auf und begibt sich gegen halb sieben zur Arbeit. Wenn wir um fünf dort sind, dann können wir ihn verfolgen, wenn er sein Haus verläßt.«

»War das so bei Kristol und Padovici?«

»Ja.«

»Ich nehme an, sie folgten Mr. Darius zur Arbeit?«

»Das haben sie gesagt.«

»Ist an diesem Tag, nach Meinung der beiden Beamten, etwas Ungewöhnliches vorgefallen?«

»Nein. Er fuhr direkt ins Büro, und ich glaube nicht, daß er es irgendwann verlassen hat. Detective Padovici sagte, daß Darius zur Mittagszeit wohl Sandwiches hatte holen lassen. Um sechs hat eine Gruppe von Leuten in Anzügen das Gebäude verlassen. Ich glaube, sie hatten dort eine Besprechung.«

»Als Mr. Darius wegging, sind Sie ihm nach Hause gefolgt?«

»Richtig.«

»Haben Sie ihn jemals aus den Augen verloren?«

»Nein, Madam.«

»Nachdem Mr. Darius sein Haus betreten hatte, wieviel Zeit ist da verstrichen, bis Sie den Befehl bekamen, ihn zu verhaften?«

»Nicht viel.«

»Schätzen Sie bitte mal so genau wie möglich.«

»Nun, fünfzehn bis zwanzig Minuten.«

Betsy wartete einen Moment. Bei dem Gedanken an die nächsten Fragen, die sie stellen würde, wurde ihr übel. Doch ihr Pflichtgefühl und die Möglichkeit, daß die Antworten die Unschuld ihres Klienten beweisen konnten, drängten das ungute Gefühl der Vorstellung, daß Martin Darius hier ungeschoren herauskam, zurück.

»Haben Sie an diesem Tag irgendwann einmal Mr. Darius und Mrs. Darius zusammen gesehen?«

»Nein, Madam.«

»Wie steht es mit Padovici und Kristol? Haben sie gesagt, sie hätten Mr. Darius und seine Frau gesehen?«

Kassel runzelte die Stirn, so, als ob ihm plötzlich klar wurde, worauf Betsys Fragen zielten. Betsy warf einen Blick nach rechts und sah Alan Page in heftigem Gespräch mit Randy Highsmith.

»Daran kann ich mich nicht erinnern!« war die zögernde Antwort.

»Ich nehme an, daß Sie ein tägliches Überwachungsprotokoll führen, in dem alle ungewöhnlichen Vorfälle eingetragen werden?«

»Ja.«

»Und die anderen natürlich auch?«

»Ja.«

»Wo sind diese Protokolle?«

»Detective Barrow hat sie.«

Betsy stand auf. »Euer Ehren, ich verlange, daß die Protokolle einsichtig gemacht werden und die Beamten Kristol und Padovici zur Befragung hier erscheinen. Richter Ryder hat ausgesagt, daß er seine Tochter zuletzt um halb acht gesehen hat. Detective Kassel sagt aus, Padovici und Kristol hätten Mr. Darius um halb sieben zur Arbeit fahren sehen. Wenn keins der beiden Teams Mr. Darius den Tag über mit seiner Frau gesehen hat, wann soll er sie dann umgebracht haben? Wir können die Personen benennen, die gestern mit Mr. Darius zusammen waren. Sie sagen aus, daß er von sieben Uhr morgens bis kurz nach sechs Uhr abends in seinem Büro war.«

Richter Norwood sah verwirrt aus. Alan Page sprang auf die Füße.

»Das ist doch Unsinn. Darius ist überwacht worden, nicht seine Frau. Die Leiche lag im Keller, und Mr. Darius war im Haus.«

»Euer Ehren«, warf Betsy ein, »Mr. Darius kann seine Frau nicht getötet haben, bevor er nach Hause kam. Und abends war er nur kurze Zeit allein, bevor Detective Kassel erschien. Die Person, die Lisa Darius aufgeschlitzt hat, muß über und über mit Blut besudelt gewesen sein. Mein Klient wies keine Blutspuren auf. Sehen Sie sich sein weißes Hemd und seine Hose an.

Ich nehme an, daß man Mr. Darius die Sache in die Schuhe schieben will. Jemand war im Haus von Richter Ryder und hat mit Lisa Kaffee getrunken. Das war nicht der Angeklagte.

Lisa Darius hat das Haus verlassen, ohne den Fernsehapparat abzustellen. Wahrscheinlich, weil sie gezwungen wurde, mitzukommen. Diese Person hat sie zu dem Anwesen der Darius' gebracht und sie im Keller umgebracht. Danach hat sie anonym bei der Polizei angerufen und den Hinweis gegeben, der zur Auffindung der Leiche führte.«

»Das ist absurd«, entgegnete Page. »Wer ist diese mysteriöse Person? Ich nehme an, Sie sind auch der Meinung, daß dieser mysteriöse Mann die vier Menschen abgeschlachtet hat, die wir auf dem Baugelände Ihres Klienten gefunden haben?«

»Euer Ehren«, hob Betsy an, »fragen Sie sich doch einmal, wer davon wissen konnte, daß die Leiche von Lisa Darius dort im Keller lag. Nur der Mörder oder jemand, der den Mord beobachtet hat. Will Mr. Page etwa andeuten, daß Mr. Darius seine Frau an dem Abend lebend in seinem Haus vorgefunden hat, sie in den fünfzehn Minuten, die bis zum Eintreffen von Detective Kassel vergingen, abgeschlachtet hat, und, während er sie aufgeschlitzt hat, kein Tropfen Blut auf sein weißes Hemd kam? Danach hat er als guter Staatsbürger die Polizei angerufen, damit sie ihn wegen Mordes verhaften kann?«

Richter Norwoods Gesichtsausdruck spiegelte seine Verwirrung wider. Betsy und Alan Page beobachteten ihn intensiv.

»Mrs. Tanenbaum«, begann der Richter, »Ihre Theorie basiert darauf, daß Mr. Darius sein Haus um halb sieben verlassen hat und den ganzen Tag im Büro war.«

»Ja, Euer Ehren.«

Der Richter wandte sich an Alan Page. »Mr. Darius bleibt über das Wochenende im Gefängnis. Ich wünsche, daß Sie Mrs. Tanenbaum Kopien der Protokolle aushändigen, und ich möchte am Montag morgen diese Beamten hier haben. Ich sage Ihnen, Mr. Page, diese Sache beunruhigt mich wirklich. Sie legen sich besser eine gute Erklärung zurecht. Im Moment jedenfalls kann ich mir nicht vorstellen, wie Mr. Darius seine Frau umgebracht haben soll.«

2

»Verdammt noch mal, Ross, wie konnte Ihnen das passieren?«

»Tut mir leid, Al. Ich sehe mir die Eintragungen in die Protokolle nicht jeden Tag an.«

»Wenn Darius nicht bei Ryder im Haus gewesen ist, dann haben wir ein Problem am Hals«, meinte Randy Highsmith.

»Die Überwachungsteams müssen da etwas vermasselt haben«, insistierte Page. »Lisa war dort. Irgendwie ist sie in den Keller gekommen. Haben Sie mir nicht gesagt, daß es da versteckte Wege durch den Wald gibt? Die Teams haben nicht Lisa überwacht. Sie könnte auf einem solchen Pfad ins Haus geschlichen sein, während die Beamten Darius überwachten.«

»Warum sollte sie zu dem Anwesen gehen, wenn sie sich doch vor Darius fürchtete?« gab Highsmith zu bedenken.

»Er hätte sie am Telefon überreden können«, meinte Page. »Sie waren schließlich verheiratet.«

»Warum sollte sie sich dann hineinschleichen?« entgegnete Highsmith. »Warum ist sie nicht durchs Gartentor vors Haus gefahren? Es ist auch ihr Haus. Sich einzuschleichen, wenn sie freiwillig zurückkommt, das ergibt keinen Sinn.«

»Vielleicht war die Presse hinter ihr her, und sie wollte den Reportern aus dem Weg gehen.«

»Das ist ziemlich dünn.«

»Es muß eine logische Erklärung geben«, beharrte Page, niedergeschlagen durch die aussichtslos erscheinende Situation.

»Es gibt noch ein paar andere Sachen, die mir auf der Seele liegen, Al«, meinte Highsmith zu seinem Chef.

»Heraus damit!« forderte Page ihn auf.

»Woher wußte Nancy Gordon, wo die Leiche war? Betsy Tanenbaum hat recht. Darius hat seine Frau nicht in der Nacht umbringen können, denn am Morgen hat sie noch gelebt. Er hat sie nicht an einem anderen Ort als dem

Anwesen umbringen können. Er stand jede Minute an diesem Tag unter Beobachtung. Wenn Darius es getan hat, dann in seinem Haus. Im Keller sind keine Fenster. Wie konnte irgend jemand sonst wissen, was da passiert ist? Wir haben Probleme mit dem Fall, Al. Und wir müssen uns ihnen stellen.«

3

»Wie war die Besprechung?«

»Frag mich nicht!« stöhnte Raymond Colby in Richtung seiner Frau. »Mir dröhnt der Schädel. Hilf mir bitte, die Krawatte abzubinden!«

»Ja. Ich mach' das schon«, sagte Ellen und löste den Windsorknoten.

»Kannst du mir einen Drink machen? Ich bin drüben im kleinen Zimmer. Ich möchte mir die Spätnachrichten ansehen.«

Ellen strich ihrem Mann über die Wange und entfernte sich in Richtung Hausbar. »Warum gehst du nicht sofort ins Bett?«

»Bruce Smith machte ein paar dumme Bemerkungen bezüglich des Straßengesetzes. Wayne besteht darauf, daß ich mich darüber informiere. Es müßte eine der wichtigsten Meldungen sein. Außerdem bin ich zu aufgekratzt, um gleich schlafen zu gehen.«

Colby ging in das kleine Zimmer und schaltete die Nachrichten an. Ellen kam herein und reichte ihm seinen Drink.

»Wenn dir das keine Entspannung bringt, werden wir uns etwas anderes überlegen müssen«, sagte sie schelmisch.

Colby lächelte. »Wie kommst du darauf, daß ich die Energie für diese Art von Tollerei haben könnte?«

»Ein Mann, der eine Gelegenheit nicht nutzen kann, sollte nicht am Supreme Court sein.«

Colby lachte. »Auf deine alten Tage wirst du doch nicht noch frivol werden?«

»Es ist nie zu spät.«

Beide lachten, doch dann wurde Colby plötzlich ernst. Er richtete die Fernbedienung auf den Fernsehapparat und stellte den Ton lauter.

»... eine überraschend neue Entwicklung im Fall des millionenschweren Bauunternehmers Martin Darius, der angeklagt ist, drei Frauen in Portland, Oregon, zu Tode gefoltert zu haben. Vor einer Woche wurde Darius gegen Kaution auf freien Fuß gesetzt, da Richter Patrick Norwood entschied, daß nicht genügend Beweise vorlägen, um Darius in Haft zu behalten. Gestern abend wurde Darius erneut verhaftet, als die Polizei im Keller seines Hauses die Leiche seiner Frau, Lisa Darius, fand. Ein Polizeisprecher erklärte, daß die Frau in gleicher Weise zu Tode gefoltert worden ist wie die anderen Opfer.

Bei der heutigen Kautionsanhörung erklärte Betsy Tanenbaum, die Verteidigerin von Darius, daß ihr Mandant das Opfer einer Intrige ist. Es stellte sich heraus, daß Martin Darius den ganzen fraglichen Tag von der Polizei überwacht worden war und keinen Kontakt zu seiner Frau hatte. Die Anhörung wird am Montag fortgesetzt.

Von Bürgermeister Clinton Vance wird berichtet ...«

Colby stellte den Fernseher ab und schloß die Augen.

»Was ist los?« wollte Ellen wissen.

»Was würdest du machen, wenn ich nicht vom Senat bestätigt würde?«

»Das ist unmöglich.«

Colby fiel die Unsicherheit in der Stimme seiner Frau auf. Er war so müde. »Ich muß eine Entscheidung treffen. Es betrifft eine Sache, die ich noch als Gouverneur von New York gemacht habe. Ein Geheimnis, von dem ich glaubte, es wäre auf immer und ewig begraben.«

»Was für ein Geheimnis?« fragte Ellen zögernd.

Colby öffnete die Augen und bemerkte die Beunruhigung seiner Frau. Er nahm ihre Hand.

»Nichts, was uns betrifft, mein Schatz. Es betrifft etwas, was ich vor zehn Jahren getan habe. Eine Entscheidung, die ich getroffen habe. Eine Entscheidung, die ich wieder so treffen würde.«

»Ich verstehe nicht.«

»Ich erkläre dir alles, und dann sag mir, was ich machen soll.«

KAPITEL FÜNFUNDZWANZIG

1

Als Alan Page im Dunkeln nach dem Telefon griff, sah er automatisch auf die beleuchtete Digitalanzeige seines Wekkers. Es war 5:15 Uhr.

»Ist da Alan Page, der Bezirksstaatsanwalt von Multnomah County?« fragte ein Mann.

»Der ist da, und er ist auch noch Staatsanwalt, wenn die Sonne aufgegangen ist.«

»Tut mir leid, aber wir haben drei Stunden Zeitunterschied, und mein Flug geht in einer halben Stunde.«

»Wer ist da?« fragte Page, inzwischen wach genug, um sich zu ärgern.

»Mein Name ist Wayne Turner. Ich bin Assistent von Senator Raymond Colby. Ich war früher Detective bei der Polizei in Hunters Point. Nancy Gordon und ich sind gute Freunde.«

Page richtete sich auf und setzte die Füße neben das Bett. »Sie machen mich neugierig. Was soll das alles?«

»Ich werde um zehn Uhr Ihrer Zeit im Sheraton Airport Hotel sein. Senator Colby will, daß ich Sie informiere.«

»Betrifft es Darius?«

»Wir kennen ihn als Peter Lake. Der Senator möchte, daß Sie vollständig über gewisse Dinge informiert werden, die Ihnen wahrscheinlich noch unbekannt sind.«

»Zum Beispiel?«

»Nicht am Telefon, Mr. Page.«

»Wird mir das bei meinem Fall gegen Darius helfen?«

»Meine Informationen machen einen Schuldspruch sicher.«

»Können Sie mir nicht einen Hinweis geben, was Sie mir sagen wollen?«

»Nicht am Telefon«, wiederholte Turner, »und auch nur Ihnen allein.«

»Randy Highsmith ist mein erster Stellvertreter. Sie haben schon mit ihm gesprochen. Kann ich ihn mitbringen?«

»Lassen Sie mich etwas klarstellen, Mr. Page. Senator Colby hängt sich für Sie so weit aus dem Fenster, wie es für einen Mann in seiner Position nur möglich ist. Meine Aufgabe ist es, aufzupassen, daß er nicht hinausfällt. Als Mr. Highsmith angerufen hat, habe ich ihm einen allgemeinen Überblick gegeben. Sie werden von mir Dinge hören, von denen ich nicht will, daß Mr. Highsmith sie erfährt. Es war nicht meine Entscheidung, sondern der Senator bestand darauf, daß ich nach Portland fliege. Es gehört zu meinem Beruf, daß ich mache, was er will, aber ich werde ihn, soweit ich kann, schützen. Also, es wird keine Zeugen geben, keine Notizen, und Sie können sicher sein, daß ich Sie auf Abhörgeräte untersuchen werde. Sie können aber ebenso sicher sein, daß das, was Sie erfahren, die Unannehmlichkeit, vor Sonnenaufgang geweckt zu werden, wert ist. Nun muß ich aber zum Flugzeug, wenn Sie jetzt immer noch bereit sind, mich zu treffen.«

»Kommen Sie her, Mr. Turner. Ich akzeptiere Ihre Bedingungen. Wir sehen uns um zehn.«

Page legte auf und saß, jetzt hellwach, in der Dunkelheit. Was würde Turner ihm berichten? Welche Verbindung konnte es zwischen dem Kandidaten des Präsidenten der Vereinigten Staaten für den Supreme Court und Martin Darius geben? Was immer es auch war, Turner glaubte, daß es einen Schuldspruch sicher erscheinen ließ, und nur das zählte. Darius würde bezahlen. Seit der ersten Kautionsanhörung hatte es den Anschein gehabt, als würde ihm, Page, der Fall durch die Finger gleiten. Nicht einmal der tragische Tod von Lisa Darius hatte der Anklage harte Fakten beschert. Vielleicht würden ihn Turners Informationen retten.

Wayne Turner öffnete die Tür und ließ Alan Page in sein Hotelzimmer treten. Turner trug einen makellosen Anzug mit Weste. Pages Anzug dagegen war zerknittert, seine Schuhe nicht geputzt. Wenn jemand so aussah, als sei er gerade fünftausend Kilometer geflogen, dann war es Page.

»Bringen wir den Striptease hinter uns«, meinte Turner, als sich die Tür geschlossen hatte. Page zog sein Jackett aus, und Turner tastete ihn routiniert ab.

»Zufrieden?« fragte Page.

»Überhaupt nicht, Mr. Page. Wenn ich die Wahl hätte, dann wäre ich jetzt in Washington. Möchten Sie Kaffee?«

»Danke, gern.«

Auf dem Tisch standen eine Thermoskanne und die Überreste eines Sandwiches. Turner schenkte Page und sich eine Tasse Kaffee ein.

»Bevor ich Ihnen auch nur das geringste sage, müssen wir einige Grundregeln festlegen. Es ist sehr wahrscheinlich, daß Senator Colby nicht bestätigt wird, wenn etwas von dem, was ich Ihnen sage, an die Öffentlichkeit dringt. Sie müssen mir Ihr Wort geben, daß Sie weder mich noch den Senator in den Zeugenstand rufen. Weiterhin dürfen Sie niemandem sonst, auch nicht Mitgliedern Ihres Stabes, etwas von dem erzählen, was Sie hier erfahren, außer es ist unumgänglich, um die Verurteilung von Martin Darius sicherzustellen.«

»Mr. Turner, ich respektiere den Senator. Ich will, daß er an den Supreme Court kommt. Der Umstand, daß er bereit ist, seine Berufung zu riskieren, um mir Informationen zukommen zu lassen, bestätigt nur meine Einschätzung, wie wichtig er für dieses Land ist. Glauben Sie mir, wenn es nicht sein muß, werde ich nichts unternehmen, was seine Berufung gefährden könnte. Doch Sie sollen von vornherein wissen, daß wir mit dieser Anklage große Schwierigkeiten haben. Wenn ich wetten müßte, würde ich sagen, daß Martin Darius mit dem, was wir bis jetzt gegen ihn haben, freikommt.«

2

Kathy bestand darauf, wieder in der Spaghetti Factory zu essen. Wie üblich mußte man eine Dreiviertelstunde warten, bis man einen Tisch bekam, und dann wurde man auch nur schleppend bedient. Erst kurz nach neun kamen sie wieder in Ricks Wohnung zurück. Kathy war erschöpft, aber gleichzeitig so aufgeregt, daß sie nicht ins Bett wollte. Rick las ihr eine halbe Stunde lang vor. Er war überrascht, wieviel Spaß es ihm machte, seiner Tochter vorzulesen. Das war eins der Dinge, die normalerweise Betsy getan hatte. Auch das Essen hatte ihm Spaß gemacht. Es war eigentlich so, daß ihm die ganze Zeit mit seiner Tochter Freude bereitet hatte.

Es klingelte, und Rick sah auf die Uhr. Wer konnte das sein, um Viertel vor zehn? Rick schaute durch den Spion. Es dauerte einen Augenblick, bis er die Frau, die auf dem Flur stand, erkannte.

»Sie sind Miß Sloane, ja?« fragte Rick, als er die Tür öffnete.

»Sie haben ein gutes Gedächtnis.«

»Was kann ich für Sie tun?«

Nora Sloane schien sehr aufgeregt. »Ich sollte Sie wirklich nicht so überfallen, aber ich habe mich an Ihre Adresse erinnert. Sie haben sie Betsy gegeben, bevor Sie das Büro verließen. Ich war gerade in der Gegend. Ich weiß, es ist spät, aber ich wollte sowieso einen Termin mit Ihnen ausmachen wegen des Hintergrundmaterials für meinen Artikel. Also bin ich auf gut Glück mal vorbeigekommen. Wenn Sie beschäftigt sind, dann komme ich ein anderes Mal wieder.«

»Das wäre wirklich das beste. Ich habe Kathy hier. Sie schläft schon. Ich möchte sie nicht stören, und auch ich selbst bin ziemlich kaputt.«

»Ich verstehe, Mr. Tanenbaum. Können wir uns gegen Ende der Woche treffen?«

»Möchten Sie wirklich mit mir sprechen? Sie wissen, Betsy und ich leben getrennt.«

»Das weiß ich, aber ich möchte mit Ihnen über Betsy sprechen. Sie ist eine bemerkenswerte Frau, und Ihre Einschätzung von Betsy ist bestimmt sehr interessant.«

»Ich glaube nicht, daß ich unsere Ehe in der Öffentlichkeit diskutieren will.«

»Überlegen Sie es sich bitte!«

Rick zögerte und meinte dann: »Sicher. Rufen Sie mich im Büro an.«

»Danke, Mr. Tanenbaum. Haben Sie eine Visitenkarte für mich?«

Rick tastete nach seiner Brieftasche, als ihm einfiel, daß sie im Schlafzimmer war.

»Kommen Sie einen Moment herein. Ich hole eine.«

Rick drehte Nora den Rücken zu und ging in die Wohnung. Nora war größer als er. Sie glitt leise hinter ihn und legte ihren linken Arm um seinen Hals, während sie mit der rechten Hand ein Messer aus der Manteltasche zog. Rick fühlte, wie er auf die Zehenspitzen gezogen wurde, als Nora sich nach hinten beugte und sein Kinn nach oben drückte. Als ihm das Messer in die Kehle fuhr, fühlte er gar nichts, denn sein Körper befand sich schon im Schockzustand. Als das Messer dann in seinen Rücken drang, zuckte er zweimal. Rick versuchte, sich zu wehren, aber er verlor die Kontrolle über seinen Körper. Blut spritzte aus seiner Kehle. Er beobachtete die rote Fontäne wie ein Tourist eine Sehenswürdigkeit. Der Raum drehte sich. Rick fühlte, wie seine Kraft mit dem Blut, das inzwischen den Boden bedeckte, aus ihm herausfloß. Nora Sloane lockerte ihren Griff, und Rick glitt auf den Teppich. Sie schloß leise die Wohnungstür und blickte sich um. Der Flur mündete in ein Wohnzimmer. Nora durchquerte es und kam auf einen weiteren Flur. An der ersten Tür blieb sie stehen. Sie drückte sie vorsichtig auf und starrte auf Kathy. Der kleine Schatz schlief. Im Schlaf sah sie ganz reizend aus.

Kapitel sechsundzwanzig

Betsy war gerade mit dem Frühstück fertig, als es klingelte. Am Morgen hatte leichter Regen eingesetzt. Es war schwer, Nora Sloane durch die beschlagene Scheibe des Küchenfensters zu erkennen. Sie stand auf der Türmatte und hielt einen Schirm in der einen, eine große Einkaufstasche in der anderen Hand. Betsy ging mit ihrer Kaffeetasse in der Hand zur Tür. Nora lächelte sie an, als sie öffnete.

»Kann ich hereinkommen?« fragte Nora.

»Sicher«, antwortete Betsy und trat einen Schritt zur Seite. Nora stellte ihren Schirm im Windfang an die Wand und knöpfte ihren Regenmantel auf. Sie trug eng sitzende Jeans, ein hellblaues Arbeitshemd und einen dunkelblauen Pullover.

»Können wir uns setzen?« fragte sie und deutete ins Wohnzimmer. Dieser morgendliche Besuch verwirrte Betsy, aber sie setzte sich trotzdem auf die Couch. Nora ließ sich in einem Lehnsessel ihr gegenüber nieder und zog eine Waffe aus der Einkaufstasche. Die Kaffeetasse glitt Betsy aus der Hand und zerbrach, als sie auf die Marmorplatte des Tisches schlug. Um die Scherben bildete sich eine kleine braune Pfütze.

»Es tut mir leid, wenn ich Sie erschreckt habe«, sagte Nora leise. »Ich will Ihnen nicht weh tun. Ich habe Sie gern.

Ich bin mir nur nicht sicher, wie Sie reagieren werden, wenn ich Ihnen erklärt habe, warum ich hier bin. Ich will sicher sein, daß Sie keine Dummheiten machen. Sie werden doch nichts Unüberlegtes tun, oder?«

»Nein.«

»Das ist gut. Nun hören Sie mir genau zu. Martin Darius darf nicht freikommen. Am Montag, vor der Kautionsanhörung, werden Sie Richter Norwood bitten, das Geschworenenzimmer für ein privates Gespräch mit Ihrem Klienten benutzen zu dürfen. Es gibt eine Tür, die auf den Flur führt. Wenn ich klopfe, dann öffnen Sie mir.«

»Und dann?«

»Das braucht Sie nicht zu interessieren.«

»Und warum sollte ich das tun?«

Nora griff in die Einkaufstasche und zog Oliver, den Stoffskunk, heraus. Sie reichte Betsy das Stofftier.

»Ich habe Kathy. Sie ist ein liebes Mädchen. Ihr wird nichts geschehen, wenn Sie tun, was ich Ihnen sage.«

»Wie ... Wie sind Sie an Kathy gekommen? Rick hat mich nicht angerufen.«

»Rick ist tot.« Betsy starrte Nora an, nicht sicher, ob sie richtig gehört hatte. »Er hat Ihnen weh getan, Betsy. So sind Männer nun mal. Martin ist der Schlimmste. Er brachte uns dazu, uns wie Hunde zu benehmen, zwang uns, miteinander zu schlafen, bestieg uns, als hätten wir kein Leben in uns. Frauen aus Comic Strips, mit denen er seine Phantasien ausleben konnte. Doch andere Männer machen das auch, auf andere Art. Wie Rick. Er hat Sie benutzt und dann weggeworfen.«

»Mein Gott.« Betsy weinte erstarrt, unfähig zu glauben, was Nora Sloane sagte. »Er ist nicht tot.«

»Ich habe das für Sie getan, Betsy.«

»Nein, Nora. Das hat er nicht verdient.«

Noras Gesichtszüge verhärteten sich. »Sie alle verdienen den Tod, Betsy. Alle.«

»Sie sind Samantha Reardon, stimmt das?«

Die Frau nickte.

»Ich verstehe nicht, wie Sie nach all dem, was Sie durchgemacht haben, diese Frauen umbringen konnten?«

»Das war hart, Betsy. Ich habe aber dafür gesorgt, daß sie nicht gelitten haben. Ich habe sie erst verstümmelt, als sie narkotisiert waren. Wenn es einen anderen Weg gegeben hätte, hätte ich ihn gewählt.«

Natürlich, dachte Betsy, wenn Samantha Reardon die Frauen entführt hatte, um Martin Darius hereinzulegen, dann war es einfacher mit ihnen umzugehen, wenn sie ohne Bewußtsein waren. Eine OP-Schwester wußte schließlich alles über Narkose und Pentobarbital.

Samantha Reardon lächelte herzlich, sicherte die Waffe und hielt sie Betsy hin.

»Haben Sie keine Angst! Ich habe gesagt, daß ich Ihnen nichts tun werde. Nehmen Sie sie! Ich will Ihnen beweisen, wie sehr ich Ihnen vertraue.«

Betsy hob die Hand zur Waffe, hielt aber dann inne.

»Machen Sie!« forderte Samantha sie auf. »Tun Sie, was ich Ihnen gesagt habe! Ich weiß, daß Sie mich nicht erschießen. Ich bin der einzige Mensch, der weiß, wo Kathy ist. Wenn ich sterbe, wird keiner sie finden. Sie wird verhungern. Das ist eine brutale und schreckliche Art zu sterben. Ich weiß das, ich bin fast verhungert.«

Betsy nahm die Waffe. Sie fühlte sich kalt und schwer an. Es lag jetzt in ihrer Macht, Samantha Reardon umzubringen, doch sie fühlte sich völlig hilflos.

»Wenn ich mache, was Sie wollen, bringen Sie mir Kathy dann unbeschadet zurück?«

»Kathy ist meine Rückversicherung, genau wie ich die von Peter Lake war. Nancy Gordon hat mir alles von dem Straffreiheitsabkommen mit dem Gouverneur erzählt. Ich habe viel von Martin Darius alias Peter Lake gelernt. Ich kann es nicht erwarten, ihm persönlich dafür zu danken.«

Samantha Reardon saß eine Weile stumm da. Sie bewegte sich nicht. Betsy wollte es ihr gleichtun, aber das war unmöglich. Sie rutschte auf der Couch herum, während die Sekunden vergingen. Es schien, als habe Samantha Schwierigkeiten, sich zu konzentrieren. Als sie dann sprach, schaute sie Betsy mit einem Ausdruck tiefster Überzeugung an. Sie redete mit ihr, wie ein Lehrer einen Schüler ansprechen würde, dem er eine Sache ausführlich erklären wollte, damit er sie auch wirklich verstand.

»Damit Sie meine Haltung verstehen, müssen Sie Darius als das sehen, was er wirklich ist. Er ist ein Teufel. Nicht nur ein schlechter Mensch, sondern ein wahrer Teufel. Normale Maßstäbe gelten für ihn nicht. Wer würde mir glauben? Ich wurde zweimal bestraft. Als ich versucht habe, diese Sache in Hunters Point zu erzählen, glaubte mir niemand. Jetzt weiß ich, warum. Ich habe immer vermutet, daß es Leute gab, die mit Martin gemeinsame Sache gemacht haben. Das hat mir Nancy Gordon bestätigt. Sie hat mir alles von der Verschwörung erzählt, die Martin unbelastet ließ und Henry Waters die Schuld zuschob. Nur der Teufel konnte so viel Macht besitzen. Denken Sie darüber nach! Der Gouverneur, der Bürgermeister, Polizeibeamte. Nur Nancy Gordon widersetzte sich. Sie war aber auch die einzige Frau.«

Samantha Reardon beobachtete Betsy genau. »Ich wette, Sie haben vor, sobald ich weg bin, die Polizei anzurufen. Das sollten Sie bleiben lassen! Sie werden mich vielleicht kriegen. Aber wenn ich gefaßt werde, dann gebe ich nie preis, wo Kathy ist. Sie müssen sehr stark sein, wenn die Polizei Ihnen die Nachricht von Ricks Tod und Kathys Entführung bringt. Werden Sie nicht schwach, denn damit verraten sie mich!« Samantha lächelte kalt. »Sie sollten sich nicht auf die Polizei verlassen. Sie sollten nicht hoffen, daß sie etwas aus mir herausbekommt. Ich kann Ihnen versichern, daß die Polizei mir nichts antun kann, was vergleichbar wäre mit dem, was Martin mir angetan hat, und auch daran bin ich nicht zerbrochen. Ja, er dachte, er hätte mich gebrochen. Er dachte, ich hätte mich unterworfen, aber das war nur mein Körper, mein Geist blieb ungebrochen.

Nachts konnte ich die anderen Frauen wimmern hören. Ich habe nie gewimmert. Ich habe meinen Haß in mir vergraben und dort sicher verwahrt. Dann habe ich abgewartet. Als sie mir sagten, daß Waters der Täter war, wußte ich, daß sie lügen. Ich wußte, daß Martin sie dazu gebracht hatte zu lügen. Der Teufel kann das: Leute zerbrechen, sie hin- und herschieben wie Schachfiguren, aber mich hat er nicht gekriegt.«

»Hat Kathy es warm?« fragte Betsy. »Wenn sie an einem feuchten Ort ist, wird sie krank werden.«

»Kathy hat es warm. Ich bin kein Scheusal wie Darius. Ich bin nicht unmenschlich oder gefühllos. Ich brauche Kathy für meine Sicherheit. Ich will ihr nicht weh tun.«

Betsy haßte Samantha Reardon nicht. Sie war offensichtlich krank, und sie haßte Martin Darius. Darius hatte genau gewußt, was er in Hunters Point tat, als er Samantha Stück für Stück ihre Menschlichkeit nahm. Betsy gab ihr die Waffe zurück.

»Nehmen Sie sie. Ich will sie nicht.«

»Danke, Betsy. Es freut mich, daß Sie mir genauso vertrauen wie ich Ihnen.«

»Sie begehen einen Fehler. Kathy ist ein Kind. Sie hat Ihnen nie etwas angetan.«

»Ich weiß. Es ist mir schwergefallen, sie Ihnen wegzunehmen, aber es gab keinen anderen Weg, Sie dazu zu bringen, mir zu helfen. Sie haben so feste Prinzipien. Ich war entsetzt, als Sie mir sagten, Sie würden das Mandat niederlegen. Ich habe auf Sie gezählt, Sie boten mir die Möglichkeit, an ihn heranzukommen. Aber ich bewundere es, daß Sie abgelehnt haben, ihn zu vertreten. Viele Anwälte hätten wegen des Geldes weitergemacht. Ich habe Ihnen bei Ihren Eheproblemen geholfen, damit Sie wissen, wie sehr ich Sie verehre.«

Samantha stand auf. »Ich muß jetzt gehen. Machen Sie

sich keine Sorgen. Kathy ist gut aufgehoben. Tun Sie, was ich Ihnen gesagt habe, und sie wird schon bald wieder bei Ihnen sein.«

»Kann Kathy mich anrufen? Sie hat sicher Angst. Es würde ihr helfen, wenn sie meine Stimme hört.«

»Ich bin sicher, daß Sie es ernst meinen, Betsy, aber Sie könnten versuchen, meinen Anruf zurückzuverfolgen. Dieses Risiko kann ich nicht eingehen.«

»Dann geben Sie ihr das hier«, sagte Betsy und reichte Samantha den Stoffskunk. »Damit wird sie sich geborgen fühlen.«

Samantha nahm das Stofftier. Tränen liefen über Betsys Gesicht.

»Sie ist alles, was ich habe. Bitte tun Sie ihr nichts.«

Samantha Reardon schloß wortlos die Tür hinter sich. Betsy rannte in die Küche und beobachtete, wie sie die Auffahrt hinunterlief, aufrecht und mit festen Schritten. In diesem Moment wußte Betsy plötzlich, wie sich die Ehemänner gefühlt hatten, als sie nach Hause kamen und nur einen Zettel fanden, auf dem stand: AUF EWIG UNVERGESSEN.

Betsy ging zurück ins Wohnzimmer. Es war immer noch dunkel, doch über den Kuppen der Hügel zeigte sich schon ein silberner Streifen. Betsy warf sich auf die Couch; die Anstrengung, ihre Gefühle unter Kontrolle zu halten, hatte sie erschöpft. Sie wollte um Rick trauern, doch sie konnte nur an Kathy denken. Bis Kathy nicht in Sicherheit war, würde in ihrem Herzen kein Platz für die Trauer um Rick sein.

Betsy versuchte, nicht an die Frauen auf den Autopsiefotos zu denken, sie versuchte, die Erinnerung an das, was Darius über seine Gefangenen und ihre verlorene Menschenwürde erzählt hatte, abzublocken, aber sie konnte die Gedanken an ihre kleine Tochter nicht verdrängen, die schwach und hilflos im Dunkeln lag und von jedem Geräusch erschreckt wurde.

Die Zeit quälte sich dahin. Der Regen hörte auf, und der Himmel wurde hell, ohne daß Betsy es bemerkte. Die Pfütze aus kaltem Kaffee hatte sich zwischen den Scherben der zerbrochenen Kaffeetasse auf der Tischplatte ausgebreitet. Betsy ging in die Küche. Unter der Spüle lag eine Rolle mit Papiertüchern. Sie riß ein paar Tücher ab, nahm eine kleine Papiertüte und einen großen Schwamm. Sie mußte einfach etwas tun, mußte sich bewegen.

Betsy hob die Scherben auf und steckte sie in die Papiertüte. Sie wischte die Tischfläche mit dem Schwamm ab und trocknete sie mit den Tüchern. Während sie arbeitete, dachte sie darüber nach, wer ihr helfen konnte. Die Polizei mußte draußenbleiben. Die war unkontrollierbar. Betsy glaubte, was Samantha Reardon gesagt hatte. Wenn sie den Eindruck gewann, Betsy betrüge sie, dann würde sie Kathy töten. Wenn die Polizei sie verhaftete, dann würde sie nie sagen, wo Kathy war.

Betsy steckte die feuchten Tücher in die Tüte, trug sie in die Küche und warf sie in den Müll. Sie konnte einzig und allein daran denken, Kathy zu finden. Reggie Stewart war ein Experte im Auffinden von Leuten, und ihn hatte sie unter Kontrolle, denn er arbeitete für sie. Was noch wichtiger war, er war einfühlsam. Ihm würde es wichtiger sein, Kathy zu finden, als Samantha Reardon zur Strecke zu bringen. Betsy mußte schnell handeln. Es war nur eine Frage der Zeit, bis jemand Ricks Leiche fand und die polizeilichen Untersuchungen begannen.

Reggie Stewarts Flug von Hunters Point war erst nach Mitternacht in Portland gelandet, so riß ihn Betsys Anruf aus tiefem Schlaf. Eigentlich wollte er lieber wieder ins Bett gehen, aber Betsy hatte sich so aufgeregt angehört und war am Telefon so geheimnisvoll gewesen, daß er beunruhigt war. Stewart lächelte, als ihm Betsy die Tür öffnete, doch sein Lächeln verschwand, als er ihr Gesicht sah.

»Was ist los, Chef?«

Betsy antwortete nicht, bis sie im Wohnzimmer saßen. Sie sah aus, als ob sie jeden Moment die Kontrolle über sich verlieren konnte.

»Du hast recht gehabt. Samantha Reardon hat die Personen in der Baugrube umgebracht.«

»Woher weißt du das?«

»Sie hat es mir heute morgen gesagt. Sie ...«

Betsy schloß die Augen und holte tief Luft. Ihre Schultern begannen zu zittern. Sie legte ihre Hand über die Augen. Sie wollte doch nicht weinen. Stewart kniete sich neben sie und berührte sie zärtlich.

»Was ist passiert, Betsy? Sag es mir! Ich bin dein Freund. Wenn ich dir helfen kann, dann tue ich es.«

»Sie hat Rick getötet«, schluchzte Betsy und fiel in Reggies Arme.

Stewart zog sie an sich und ließ sie weinen.

»Hast du die Polizei verständigt?«

»Das kann ich nicht, Reggie. Sie hat Kathy irgendwo versteckt. Die Polizei weiß noch nicht, daß Rick tot ist. Wenn sie Samantha verhaften, dann will sie nicht sagen, wo Kathy ist, und dann wird sie verhungern. Deshalb brauche ich dich. Du mußt Kathy finden.«

»Du brauchst nicht mich, Betsy. Du brauchst die Polizei, das FBI. Die sind viel besser ausgerüstet, um Kathy zu finden, als ich. Die haben Computer, viele Leute ...«

»Ich glaube Samantha. Sie sagt, daß sie Kathy umbringt, wenn ich zur Polizei gehe. Samantha hat schon die vier Menschen in der Baugrube, Lisa Darius und Rick umgebracht.«

»Woher kennst du Samantha Reardon so gut?«

»Einen Tag, nachdem mich Darius angestellt hatte, rief mich eine Frau an, die sich Nora Sloane nannte. Sie sagte, sie wolle mit mir zu Mittag essen und über einen Artikel sprechen, den sie über weibliche Strafverteidiger schreiben wollte. Sie sagte, meine Fälle sollten dabei das Kernstück sein. Ich fühlte mich geschmeichelt. Als Darius verhaftet wurde, war sie schon fast zu einer Freundin geworden. Dann fragte sie mich, ob sie dabeisein könne, wenn ich an Martins Fall arbeite. Ich stimmte zu.«

»Samantha Reardon?«

»Ja.«

»Warum hat sie Rick getötet?«

»Sie sagt, weil er mich verlassen hat.«

»Wenn sie Rick umgebracht hat, weil er dir weh getan hat, warum verletzt sie dich noch mehr, indem sie Kathy entführt?«

Betsy beschloß, Stewart nichts von Samantha Reardons Anweisungen zu sagen. Sie vertraute Stewart, hatte aber Angst, daß er die Polizei warnen könnte, wenn er von Samanthas Plan wußte, in das Geschworenenzimmer zu Darius einzudringen.

»Nachdem ich herausgefunden hatte, daß Martin die Frauen in Hunters Point ermordet hat, sagte ich ihm, daß ich das Mandat niederlege. Ich habe es auch Nora Sloane oder besser Samantha Reardon gesagt. Sie war sehr aufgeregt. Ich denke, sie wollte den Fall unter Kontrolle haben. Mit Kathy in ihrer Gewalt kann sie mich zwingen, Dinge zu tun, die zu seiner Verurteilung führen. Wenn du Kathy nicht findest, muß ich tun, was sie sagt.«

Stewart lief auf und ab und dachte nach. Betsy trocknete sich die Tränen. Es half doch, mit jemandem zu reden.

»Was weißt du von Samantha Reardon?« wollte Stewart wissen. »Kennst du ihr Auto, hat sie mal erwähnt, wo sie wohnt? Als ihr essen wart, hat sie da mit Kreditkarte bezahlt?«

»Ich habe versucht, über diese Dinge nachzudenken, aber ich weiß wirklich nichts über sie. Ich sah sie nie ein Auto fahren, aber ich bin sicher, daß sie einen Wagen hat. Sie muß die Leichen auf das Baugelände geschafft haben, bei mir war sie ja auch, und mein Haus hier liegt ziemlich abseits, und sie war bei allen Gerichtsverhandlungen gegen Darius dabei.«

»Wie steht es mit ihrer Wohnung? Hat sie mal erwähnt, wie lange sie bis in die Stadt braucht, wie schön die Aussicht ist? Hast du ihre Telefonnummer?«

»Jetzt, wo ich darüber nachdenke, fällt mir auf, daß sie nie viel von sich erzählt hat. Wir haben immer von mir gesprochen oder von Darius oder über die Fälle der geprügelten Frauen, aber niemals über sie. Ich glaube, ich habe sie nie gefragt, wo sie wohnt. Einmal habe ich sie nach ihrer Telefonnummer gefragt, da hat sie gesagt, daß sie mich anrufen wird, und ich habe auch nicht nachgehakt. Ich erinnere mich, daß sie im Restaurant bar bezahlt hat. Ich glaube nicht, daß ich jemals einen Ausweis gesehen habe.«

»In Ordnung. Versuchen wir es einmal andersherum. Darius hat sich einen einsamen Bauernhof ausgesucht, damit niemand es bemerkte, als er die Frauen dort hinbrachte, und um die Möglichkeit auszuschließen, daß jemand die Frauen fand, während er nicht dort war. Nora Sloane ist nicht verheiratet und hat keinen Beruf. So hatte sie meist Zeit, bei den Frauen zu bleiben. Sie war aber immer im Gericht, wenn Darius dort antreten mußte, und sie hat sich mehrere Male mit dir getroffen. Ich wette, sie wohnt in einer ländlichen Gegend, die nah genug bei Portland liegt, um leicht in die Stadt und wieder zurück zu kommen. Das Haus ist wahrscheinlich unterkellert, damit sie ihre Gefangenen verstecken kann. Außerdem muß sie Strom haben ...«

»Ich habe gefragt, ob sie Kathy mit mir telefonieren läßt. Sie sagte nein, weil sie Angst habe, daß man den Anruf zurückverfolgen könne. Sie muß also ein Telefon haben«, erklärte Betsy.

»Gut. Genau so müssen wir die Sache angehen. Versorgungseinrichtungen, Telefon, Müllabfuhr. Und sie ist eine alleinstehende Frau. Ich habe Beziehungen zum Elektrizitätswerk und zur Telefongesellschaft. Da können wir feststellen, ob eine Nora Sloane oder Samantha Reardon einen

Telefon- oder Stromanschluß beantragt hat, als sie nach Portland kam. Ich habe einen Kumpel bei der Führerscheinstelle, der ihren Namen überprüfen kann. Vielleicht bekommen wir ihre Adresse von einem Führerscheinantrag.

Sie hat das Haus wahrscheinlich gemietet. Ich wette, sie hat schon alles arrangiert, als sie das erste Mal in Portland war, um alles bereit zu haben, wenn sie zurückkam, aber Telefon und Strom wird sie erst beantragt haben, als sie zum zweiten Mal herkam.

Ich rufe Samantha Reardons Vermieterin in Hunters Point an und versuche, das genaue Datum herauszubekommen, wann sie das erste Mal wegging, und das Datum, wann sie zum zweiten Mal nach Portland kam. Dann überprüfe ich die Immobilienangebote für ländliche Häuser mit Keller im Bereich der drei Countys für den Zeitraum, da sie zum ersten Mal hier war. Wir werden sehen, wie viele von einer alleinstehenden Frau gemietet wurden ...«

»Warum sollte sie nicht ein Haus gekauft haben? Es wäre viel sicherer. Sie müßte sich keine Sorgen machen, daß der Besitzer kommt, um die Miete zu kassieren oder um nach dem Zustand des Hauses zu sehen.«

»Ja. Daran hat sie bestimmt gedacht. Aber ich habe den Eindruck, daß sie nicht viel Geld hat. Sie wohnte in Hunters Point zur Miete, und sie hatte nur eine schlecht bezahlte Arbeit. Ich nehme an, sie hat etwas gemietet. Ich überprüfe das, was wir bezüglich der Versorgungsunternehmen finden, mit den Vermietungen.«

»Wie lange wirst du brauchen?«

Der enthusiastische Ausdruck auf Stewarts Gesicht verschwand.

»Das ist das Problem, wenn du es mich machen läßt und nicht die Polizei, Betsy. Es wird eine Weile dauern. Wir können Leute anstellen, die uns einige Arbeiten abnehmen, wie zum Beispiel die Anzeigen der Immobilienfirmen zu überprüfen, aber das alles ist sehr zeitraubend, und sie kann uns durchaus durch die Lappen gehen. Vielleicht hat sie erzählt, daß sie verheiratet ist und ihr Mann nachkommt. Möglicherweise hat sie auch ein Haus in der Stadt gefunden, das zu ihren Plänen paßte. Vielleicht hat sie unter dem einen Namen den Mietvertrag geschlossen und unter einem anderen das Telefon beantragt. Eine falsche Identität kann man ganz leicht aufbauen.

Selbst wenn meine Vermutungen zutreffen, wir haben Wochenende. Ich weiß nicht, wie viele meiner Verbindungsleute ich erreiche und wann sie wieder in ihren Büros sind, um die Sache in Angriff zu nehmen.«

Betsy war enttäuscht. »Wir haben nicht viel Zeit. Ich weiß nicht, wie gut sie sich um Kathy kümmert oder was sie ihr antut, falls sie zu der Überzeugung kommt, daß sie mich nicht mehr braucht.«

»Vielleicht solltest du doch noch einmal nachdenken. Die Polizei und das FBI können sehr diskret sein.«

»Nein!« widersprach Betsy heftig. »Sie sagte, daß Kathy stirbt, wenn ich ihnen etwas sage. Da wären zu viele Leute informiert. Ich könnte nie sicher sein, daß sie nichts von den Untersuchungen erfährt. Außerdem glaube ich, daß Samantha Reardon mich auf ihre verschrobene Art gern hat. Solange sie in mir keinen Feind sieht, besteht immer die Hoffnung, daß sie Kathy nichts antut.«

Der Rest des Tages ließ sich so schlimm an, daß Betsy keine Vorstellung hatte, wie sie auch nur eine Sekunde davon herumbringen konnte. Es fiel ihr schwer zu glauben, daß seit Samantha Reardons Besuch erst ein paar Stunden vergangen waren. Betsy ging in Kathys Zimmer und setzte sich auf das Bett. *Der Zauberer von Oz* lag auf seinem Platz auf dem Bücherbord. Sie mußte noch vier Kapitel vorlesen. War es möglich, daß Kathy nie von Dorothys sicherer Heimkehr erfahren würde? Betsy rollte sich auf Kathys Bett zusammen, legte den Kopf auf ihr Kissen und umarmte sich selbst. Sie konnte Kathys frischen Geruch auf dem Kissen wahrnehmen, und sie erinnerte sich an ihre weiche Haut. Kathy, die so wertvoll, so gut war, befand sich jetzt an einem Ort, so weit weg wie Oz, wo Betsy sie nicht beschützen konnte.

Im Haus war es kalt. Betsy hatte vergessen, die Heizung anzustellen. Als die Kälte nach einiger Zeit unangenehm wurde, setzte sie sich auf. Sie fühlte sich alt und verbraucht, fror bis auf die Knochen in der kalten Luft und hatte das Gefühl, keinen Tropfen Blut mehr im Körper zu haben. Sie war zu schwach, um dem Schrecken, der in ihr Leben getreten war, Widerstand zu leisten.

Das Thermostat befand sich im Flur. Betsy drehte es hoch und lauschte auf das Rumpeln, mit dem die Heizung anlief. Sie wanderte ziellos durch die Räume. Die Stille übermannte sie plötzlich. Es kam selten vor, daß sie ganz allein war, denn seit Kathys Geburt war sie immer von Geräuschen umgeben gewesen. Jetzt hörte sie jeden Regentropfen, das Knacken des Holzes, den tropfenden Wasserhahn in der Küche und den Wind. Eine solche Stille und so viele Anzeichen der Einsamkeit.

Betsy sah die Hausbar, verwarf aber den Gedanken, einen Schluck zur Beruhigung zu nehmen. Sie mußte nachdenken, selbst wenn jeder Gedanke Schmerzen bereitete. Alkohol war eine Falle. In ihrer Zukunft würde es viel Schmerz geben, und sie mußte sich daran gewöhnen.

Betsy machte sich eine Tasse Tee und stellte den Fernseher an, um nicht so allein zu sein. Sie hatte keine Ahnung, welche Show sie gerade sah, aber das Lachen und der Applaus gaben ihr das Gefühl, weniger einsam zu sein. Wie sollte sie die Nacht hinter sich bringen, wenn schon der Tag so unerträglich war?

Betsy dachte daran, ihre Mutter anzurufen, doch dann verwarf sie den Gedanken wieder. Ricks Leiche würde bald entdeckt werden, und Rita würde erfahren, daß Kathy entführt worden war. Sie entschied, daß sie ihrer Mutter den Schmerz so lange wie möglich ersparen wollte.

Stewart rief um vier Uhr an, um sich nach Betsy zu erkundigen. Er hatte mit seinen Verbindungsleuten bei den Versorgungsunternehmen und der Telefongesellschaft gesprochen, einige Helfer, denen er vertraute, angeheuert, die Immobilienanzeigen der fraglichen Zeit zu überprüfen. Stewart bestand darauf, vorbeizukommen und von einem chinesischen Restaurant etwas zu essen mitzubringen. Betsy wußte, daß er es tat, damit sie nicht allein war. Und sie war zu müde, es ihm abzuschlagen. Als er da war, freute sie sich über seine Gesellschaft.

Stewart ging um halb sieben. Eine Stunde später fuhr ein Wagen auf ihren Parkplatz. Sie rannte zur Tür, in der irrationalen Hoffnung, es könnte Samantha Reardon sein, die Kathy brachte. Ein Polizeiwagen stand auf dem Parkplatz. Ein uniformierter Beamter saß hinter dem Steuer, und Ross Barrows stieg auf der Beifahrerseite aus. Er sah erschöpft aus. Betsys Herz begann wild zu schlagen. Er war bestimmt gekommen, um ihr Ricks Ermordung mitzuteilen.

»Hallo, Detective«, begrüßte sie ihn und versuchte, beiläufig zu klingen.

»Können wir hineingehen, Mrs. Tanenbaum?« bat Barrow.

»Handelt es sich um Martin Darius?«

Barrow seufzte. Er konnte sich nicht mehr erinnern, wie vielen Leuten er schon die Nachricht vom gewaltsamen Tod eines Verwandten überbracht hatte. Aber es wurde nie leichter.

»Warum gehen wir nicht hinein?«

Betsy führte Barrow ins Haus, der andere Beamte folgte ihnen.

»Das ist Greg Saunders«, stellte Barrow ihn vor. Saunders nickte.

»Möchten Sie Kaffee?«

»Im Moment nicht, danke. Dürfen wir uns setzen?«

Betsy ging ins Wohnzimmer. Als sie Platz genommen hatten, fragte Barrow: »Wo waren sie letzte Nacht und heute den Tag über?«

»Warum wollen Sie das wissen?«

»Ich habe einen ernsten Grund, das zu fragen.«

»Ich war zu Hause.«

»Sie waren nicht weg? Niemand hat sie besucht?«

»Nein«, antwortete Betsy. Sie hatte Angst, Reggie Stewart zu erwähnen.

»Sie sind verheiratet, stimmt das?«

Betsy schaute Barrow einen Moment lang an, dann senkte sie den Blick. »Mein Mann und ich leben getrennt. Kathy, unsere Tochter, ist für ein paar Tage bei ihm. Ich habe die Ruhe und den Frieden genossen, lange geschlafen und ein bißchen gelesen. Was soll das alles?«

»Wo halten sich Mr. Tanenbaum und ihre Tochter auf?« wollte Barrow wissen, Betsys Frage übergehend.

»Rick hat gerade eine neue Wohnung gemietet. Ich habe mir die Adresse aufgeschrieben. Aber warum fragen Sie?«

Betsy ließ ihren Blick zwischen Barrow und Saunders hin und her wandern. Saunders sah ihr nicht in die Augen.

»Ist etwas mit Rick und Kathy passiert?«

»Mrs. Tanenbaum, es fällt mir nicht leicht. Besonders seit ich Sie kenne. Die Tür zur Wohnung ihres Mannes war offen. Ein Nachbar hat ihn gefunden.«

»Rick gefunden? Wie? Wovon sprechen Sie?«

Barrow musterte Betsy genau.

»Möchten Sie einen Brandy oder etwas in der Art? Sind Sie in Ordnung?«

»Mein Gott!« rief Betsy aus und ließ den Kopf in die Hände sinken, so daß ihr Gesicht bedeckt war.

»Der Nachbar hat Mr. Tanenbaum schon identifiziert, also können wir Ihnen wenigstens das ersparen.«

»Wie ist es ...?«

»Er wurde ermordet. Wir müssen Sie zu der Wohnung bringen. Es gibt einige Fragen, die nur Sie beantworten können. Sie brauchen sich keine Sorgen zu machen, wir haben die Leiche schon weggebracht.«

Betsy richtete sich plötzlich auf. »Wo ist Kathy?«

»Das wissen wir nicht, Mrs. Tanenbaum. Deshalb müssen Sie ja mit uns kommen.«

Die meisten Beamten von der Spurensicherung waren schon weg, als Betsy in Ricks Wohnung ankam. Zwei Beamte standen im Flur und rauchten. Betsy hörte sie lachen, als die Tür des Lifts aufglitt. Sie blickten schuldbewußt, als sie Betsy aus dem Lift treten sahen. Einer hielt seine Zigarette so, als ob er ein Beweisstück verstecken wollte.

Die Tür zu Ricks Wohnung öffnete sich in einen schmalen Flur. Das Ende des Flurs verbreiterte sich in ein großes Wohnzimmer mit großen Fenstern. Im Flur brannte Licht, und Betsy sah sofort das Blut. Es war zu einem großen braunen Fleck getrocknet. Da ist Rick gestorben. Sie blickte schnell wieder hoch und folgte Barrow, als er über den Fleck schritt.

»Hier herein«, sagte er und deutete auf das Gästezimmer. Betsy betrat den Raum. Sie sah Kathys Büchertasche. Eine dreckige Jeans und ein grüngestreiftes Hemd mit langen Ärmeln lagen zusammengeknüllt in einer Ecke auf dem Boden. Während der Fahrt hierher hatte sich Betsy gefragt, ob sie Tränen würde vortäuschen können, wenn es soweit war. Sie hätte sich keine Sorgen zu machen brauchen.

»Das gehört Kathy«, brachte sie schließlich hervor. »Sie war so stolz, weil sie alles allein gepackt hatte.«

An der Wohnungstür gab es Unruhe. Alan Page drängte in die Wohnung. Er kam direkt auf Betsy zu.

»Ich habe es gerade erfahren. Sind Sie in Ordnung?«

Betsy nickte. Die Selbstsicherheit, die Page aus dem Gerichtssaal kannte, war verschwunden. Betsy machte den Eindruck, als könne sie jeden Moment zusammenbrechen. Er nahm ihre Hände und drückte sie sanft.

»Wir bringen Ihre Tochter zurück. Ich setze jeden Mann, den ich habe, auf diesen Fall an. Ich informiere das FBI. Wir kriegen heraus, wer sie hat.«

»Danke, Alan«, antwortete Betsy dumpf.

»Brauchen Sie sie noch, Ross?«

Barrow schüttelte den Kopf.

Page führte Betsy aus dem Zimmer in ein anderes. Er forderte sie auf, sich zu setzen, und nahm ihr gegenüber Platz.

»Kann ich etwas für Sie tun, Betsy?«

Page war beunruhigt von ihrer Blässe. Betsy holte tief Luft und schloß die Augen. Sie war daran gewöhnt, Alan Page als knallharten Ankläger zu erleben. Pages Mitgefühl entwaffnete sie völlig.

»Es tut mir leid«, erklärte Betsy. »Ich kann mich nicht konzentrieren.«

»Entschuldigen Sie sich nicht. Sie sind doch nicht aus Stein. Wollen Sie sich ausruhen? Wir können auch später über diese Sache sprechen.«

»Nein. Machen Sie weiter.«

»In Ordnung. Hat jemand mit Ihnen in dieser Sache Kontakt aufgenommen?«

Betsy schüttelte den Kopf. Page sah verwirrt aus. Das ergab keinen Sinn. Rick Tanenbaum war wahrscheinlich am Tag zuvor ermordet worden. Wenn die Person, die Kathy entführt hatte, hinter einem Lösegeld her war, dann hätte sie Betsy schon längst angerufen.

»Es war kein Raubüberfall, Betsy. In Ricks Brieftasche war viel Geld; er hatte eine wertvolle Uhr. Fällt Ihnen jemand ein, der einen Grund hatte, Rick etwas anzutun?«

Betsy schüttelte den Kopf. Es fiel ihr schwer, Alan anzulügen, aber es mußte sein.

»Er hatte keine Feinde?« fragte Page. »Persönliche, geschäftliche, jemand aus seiner Firma, jemand, den er vor Gericht ausgestochen hat?«

»Mir fällt niemand ein. Rick ging nicht vor Gericht. Er hat Verträge geschlossen. Ich habe nie von ihm gehört, daß er persönliche Probleme mit jemandem aus der Firma gehabt hätte.«

»Ich will Sie nicht verletzen«, sagte Page, »aber Ross hat mir erzählt, daß Sie und Rick sich getrennt haben. Was ist passiert? Hat er getrunken, Drogen genommen, war da eine andere Frau?«

»Es war nichts in der Art, Alan. Es war ... Er ... er wollte verzweifelt Teilhaber werden bei DONOVAN, CHASTAIN & MILLS, aber es sah so aus, als ob sie ihn nicht hereinlassen wollten. Und er war extrem eifersüchtig auf meinen Erfolg.« Tränen füllten Betsys Augen. »Teilhaber zu werden, das hat ihm alles bedeutet. Er hat nicht gespürt, daß mir das egal war. Ich liebte ihn.«

Betsy konnte nicht weitersprechen. Mit jedem Seufzen zitterten ihre Schultern. Das alles war so blödsinnig. Eine Ehe deswegen aufzugeben. Seine Frau und seine Tochter zu verlassen wegen eines Namens im Briefkopf.

»Ich lasse Sie nach Hause bringen«, sagte Page leise. »Ich möchte einen Beamten in Ihrem Haus postieren. Bis wir etwas anderes wissen, behandeln wir Kathys Verschwinden wie eine Entführung. Ich möchte ihre Einwilligung, daß wir Ihr Privattelefon und das Geschäftstelefon abhören dürfen, für den Fall, daß die Person, die Kathy hat, anruft. Wir schalten uns sofort aus, wenn ein Klient anruft, sobald wir sicher sind, daß es nicht der Entführer ist. Ich werde die Bänder vom Geschäftsapparat löschen.«

»In Ordnung.«

»Wir haben Ricks Namen noch nicht preisgegeben, und wir werden den Medien nicht sagen, daß Kathy verschwunden ist, es sei denn, es muß sein. Aber Ricks Namen müssen wir wahrscheinlich morgen früh weitergeben. Die Presse wird hinter Ihnen her sein.«

»Ich verstehe.«

»Soll ich jemanden anrufen, der bei Ihnen bleibt?«

Es gab keinen Grund mehr, Kathys Verschwinden vor Rita geheim zu halten. Betsy brauchte sie mehr als sonst.

»Ich möchte, daß meine Mutter zu mir kommt.«

»Natürlich. Ein Beamter wird sie zu Ihnen bringen.«

»Das ist nicht nötig. Kann ich telefonieren?«

Page nickte. »Noch eins. Ich erkläre die Sache Richter Norwood. Er wird die Anhörung in der Darius-Sache verschieben.«

Betsys Herz tat einen Sprung. Das hatte sie ganz vergessen. Wie würde Samantha Reardon reagieren, wenn die Anhörung verschoben würde? Sie hatte Kathy ja gerade wegen der Anhörung entführt. Je länger sie ausgesetzt würde, desto größer war die Gefahr, daß Samantha Kathy etwas antat.

»Ich werde arbeiten, Alan. Wenn ich nur zu Hause sitze, werde ich verrückt.«

Page schaute sie verwundert an. »Sie wollen sich doch jetzt nicht mit einer so komplizierten Sache wie dem Fall Darius abgeben? Sie sind viel zu verwirrt, um gute Arbeit zu leisten. Ich will Darius um alles in der Welt drankriegen, aber ich werde niemals aus einer solchen Situation einen Vorteil ziehen. Glauben Sie mir, Betsy! Über seinen Fall sprechen wir nach der Beerdigung.«

Die Beerdigung. Betsy hatte keinen Gedanken an die Beerdigung verschwendet. Ihr Bruder hatte sich um das Begräbnis ihres Vaters gekümmert. Was mußte man machen? Mit wem mußte man Kontakt aufnehmen?

Page sah, wie verwirrt Betsy war, und nahm ihre Hand. Noch nie vorher hatte sie seine Augen bemerkt. Alles an ihm, von seinem schlanken Körperbau bis zu den Linien seines Gesichts, wirkte hart, doch seine Augen strahlten in einem sanften Blau.

»Sie sehen aus, als würden Sie gleich zusammenbrechen«, meinte Page. »Ich schicke Sie jetzt nach Hause.

Versuchen Sie, etwas zu schlafen, auch wenn Sie dazu eine Tablette nehmen müssen. Sie brauchen jetzt Ihre ganze Kraft. Und geben Sie die Hoffnung nicht auf! Sie haben mein Wort. Ich unternehme alles, was in meiner Macht steht, um Ihnen Ihr kleines Mädchen zurückzubringen.«

Kapitel siebenundzwanzig

1

»Tanenbaum ist Freitagabend ermordet worden«, sagte Ross Barrow, während er den Deckel von einem Plastikbecher mit schwarzem Kaffee nahm. Randy Highsmith zog einen mit Creme gefüllten Donut aus der Tüte, die Barrow auf Alan Pages Schreibtisch gestellt hatte. Es war immer noch dunkel draußen. Durch das Fenster hinter Page konnte man einen Strom von Autoscheinwerfern über die Brükken, die den Willamette River überspannten, fließen sehen. Montagmorgen, und die Pendler bewegten sich in die Innenstadt von Portland.

»Drei Tage, ohne daß sich jemand gemeldet hat«, murmelte Page mehr zu sich selbst und sich der Konsequenzen, die sich daraus ergaben, bewußt. »Hat sich gestern nacht in Betsys Haus etwas getan?« fragte er Barrow.

»Eine Menge Beileidsanrufe, aber kein Entführer.«

»Was meinen Sie dazu?« wollte Page von Highsmith wissen.

»Erstens: Es handelt sich um eine Entführung, aber der Entführer hat sich noch nicht mit Betsy in Verbindung gesetzt. Aus Gründen, die nur er kennt.«

»Das Kind könnte bereits tot sein«, meinte Barrow. »Der Entführer wollte ein Lösegeld erpressen, aber die Sache lief schief, und er hat es getötet.«

»Ja«, stimmte Highsmith zu. »Oder, zweitens, er hat Kathy, ist aber nicht an einem Lösegeld interessiert.«

»Das ist die Möglichkeit, die ich gar nicht in Betracht ziehen will«, erklärte Page.

»Gibt es was Neues, Ross?« fragte Highsmith.

Barrow schüttelte den Kopf. »Niemand hat jemanden gesehen, der mit einem kleinen Mädchen das Haus verlassen hat. Wir haben keine Tatwaffe und warten immer noch auf die Ergebnisse der Laboruntersuchung.«

Page seufzte. In den letzten paar Tagen hatte er nur wenig Schlaf bekommen, und er fühlte sich völlig erschöpft.

»Das einzig Gute an dieser verdammten Sache ist der Aufschub, den sie uns im Fall Darius bringt«, bemerkte Page. »Was stand in den Überwachungsprotokollen?«

»Nichts, was uns helfen würde«, gab Barrow zurück. »Padovici und Kristol klebten von dem Moment an, als Darius um 6:43 Uhr morgens sein Anwesen verlassen hat, an ihm. Ich habe noch einmal mit Richter Ryder gesprochen. Er ist sicher, daß er bis halb acht mit Lisa gefrühstückt hat. Unsere Leute waren ohne Unterbrechung an Darius dran. Außerdem war Darius den ganzen Tag in seinem Büro mit Leuten zusammen. Ich habe jeden seiner Angestellten und alle Besucher zweimal befragt. Wenn sie ihm ein Alibi besorgen, dann sind sie verdammt gut.«

»Es muß eine Antwort geben«, stöhnte Page. »Haben die Leute, die Nancy Gordon suchen, etwas herausgefunden?«

»Nein, Al«, antwortete Barrow. »Seit sie in das Motel gezogen ist, hat sie niemand mehr gesehen.«

»Wir wissen, daß sie noch lebt.« In seiner Stimme schwang deutlich seine Enttäuschung mit. »Sie hat, verdammt noch mal, hier angerufen. Warum kommt sie nicht her?«

»Wir müssen langsam in Betracht ziehen, daß sie Sie angelogen hat«, meinte Highsmith. »Darius ist vielleicht doch nur ein Opfer gewesen in Hunters Point. Vielleicht war doch Waters der Mörder.«

Page wünschte sich, er könne Highsmith und Barrow sagen, was Turner ihm mitgeteilt hatte. Dann hätten sie gewußt, daß Nancy Gordon die Wahrheit sagte.

»Erinnern Sie sich, ich habe die Vermutung geäußert, daß Nancy Gordon unser Mörder ist, Al«, fuhr Highsmith fort. »Ich denke, wir sollten sie ernsthaft in Betracht ziehen. Mir fällt keine Begründung ein, warum sie wußte, daß Lisa Darius in dem Keller lag, es sei denn, sie hat sie selbst dort hingebracht.

Was ist, wenn sie Lisa besucht und sie überredet hat, mit ihr zu Martins Haus zu gehen und nach Beweisen zu suchen, damit er verurteilt wird? Sie gingen durch den Wald. Lisa wußte, wie die Alarmanlage ausgeschaltet wird. Martin Darius ist den ganzen Tag im Büro, und das Haus ist leer. Nancy tötet Lisa, um Darius hereinzulegen, wartet, bis er zurückkommt, und ruft dann hier an. Der einzige Makel an dem Plan ist, daß Nancy Gordon nichts von der Polizeiüberwachung wußte.«

»Nancy hat diese Frauen nicht umgebracht«, beharrte Page. »Darius hat sie getötet, und er wird nicht davonkommen.«

»Ich behaupte nicht, daß Darius unschuldig ist. Ich sage, daß dieser Fall immer weniger Sinn ergibt, je länger man darüber nachdenkt.«

Alan Page blickte auf seine Uhr. In Washington war es jetzt halb elf. »Das führt doch zu nichts. Ich will zu Rick Tanenbaums Beerdigung gehen. Und außerdem, ob Sie mir glauben oder nicht, ich habe noch einige Arbeit zu erledigen, die weder mit Martin Darius noch mit Rick Tanenbaums Mörder zu tun hat. Informieren Sie mich sofort, wenn es etwas Neues gibt!«

»Soll ich Ihnen ein Donut hierlassen?« wollte Barrow wissen.

»Sicher, warum nicht? Da ist mir heute wenigstens etwas Gutes widerfahren. Jetzt macht, daß ihr rauskommt, und laßt mich arbeiten!«

Ross Barrow reichte Alan Page ein Donut und folgte Highsmith auf den Flur. Sobald sich die Bürotür geschlossen hatte, wählte Page die Nummer von Senator Colbys Büro und verlangte nach Wayne Turner.

»Mr. Page, was kann ich für Sie tun?« meldete sich Turner. Page bemerkte die Anspannung in der Stimme des Assistenten des Senators.

»Ich habe das ganze Wochenende über die Informationen, die Sie mir gegeben haben, nachgedacht. Die Lage hier ist verzweifelt. Selbst meine eigenen Leute beginnen an Darius' Schuld zu zweifeln. Wir wissen, daß Darius in Hunters Point drei Menschen umgebracht hat, seine Frau und seine Tochter eingeschlossen, aber der Richter hier sieht in ihm ein unschuldiges Opfer und mich als jemanden, der unter Verfolgungswahn leidet. Wenn Darius freikommt, dann wird er ohne Zweifel wieder morden. Ich sehe keine andere Möglichkeit, als den Senator in den Zeugenstand zu rufen.«

Die Leitung blieb einen Moment stumm. Als Wayne Turner zu sprechen begann, klang er niedergeschlagen.

»Ich habe mit Ihrem Anruf gerechnet. Wenn ich an Ihrer Stelle wäre, würde ich das gleiche tun. Darius muß gestoppt werden. Aber vielleicht gibt es eine Möglichkeit, den Senator zu schützen. Betsy Tanenbaum scheint mir ein Mensch mit Verantwortungsgefühl zu sein.«

»Das ist sie, aber ich würde nicht auf sie zählen. Jemand hat am Freitag ihren Mann ermordet und ihre kleine Tochter entführt.«

»Mein Gott! Wie geht es ihr?«

»Sie versucht, damit fertig zu werden. Die Beerdigung ihres Mannes ist heute nachmittag.«

»Das macht die Angelegenheit komplizierter. Ich hatte gehofft, wir könnten sie dazu bringen, Richter Norwood unter Ausschluß der Öffentlichkeit von dem Straffreiheitsabkommen zu berichten. Damit er die Information benutzen kann, um eine Kaution abzulehnen, ohne daß die Öffentlichkeit davon erfährt.«

»Ich weiß nicht«, meinte Page zögernd. »Man halst sich eine Menge Probleme mit der Verfassung auf, wenn man versucht, die Presse zu knebeln. Außerdem müßte Darius sein Einverständnis geben. Ich kann mir vorstellen, daß er versucht, Senator Colby zu Fall zu bringen.«

»Denken Sie mal darüber nach. Der Senator und ich haben darüber gesprochen. Wir sind vielleicht in der Lage, dem Sturm zu trotzen, aber nur, wenn es unbedingt notwendig ist.«

2

Sturmwolken warfen dunkle Schatten auf die Gesichter der Trauergäste, als die Beerdigung begann. Dann setzte leichter Regen ein. Ricks Vater öffnete seinen Schirm für Betsy. Der Wind wehte kalte Tropfen darunter, doch Betsy bemerkte sie nicht. Sie versuchte, sich auf die Choräle zu konzentrieren, aber ihre Gedanken wanderten immer wieder zu Kathy. Sie war dankbar für die Besorgnis, die jeder am Schicksal ihrer Tochter gezeigt hatte, doch jedes Mal, wenn sie erwähnt wurde, war es, als stieße man Betsy ein Messer ins Herz. Als der Rabbi sein Gebetbuch schloß und die Trauergäste langsam weggingen, blieb Betsy am Grab stehen.

»Laßt sie ein paar Minuten mit ihm allein«, hörte Betsy ihre Mutter zu Ricks Eltern sagen. Ricks Vater drückte ihr den Schirm in die Hand.

Der Friedhof erstreckte sich über sanfte Hügel. Die Grabsteine in der Nähe von Ricks Grab waren verwittert, aber die Gräber waren gepflegt. Im Sommer würde eine Eiche Schatten spenden. Betsy starrte auf Ricks Grabstein. Die sterblichen Überreste ihres Ehemannes waren nun von Erde bedeckt. Seine Seele war von ihm gegangen. Ob sie vielleicht zusammen eine Zukunft gehabt hätten, würde für immer ein Geheimnis bleiben. Diese Endgültigkeit machte ihr Angst.

»Betsy.«

Sie blickte auf. Samantha Reardon stand neben ihr. Sie trug einen schwarzen Regenmantel und einen breitkrempigen Hut, der ihr Gesicht verdeckte. Betsy sah sich nach Hilfe um. Die meisten der Trauergäste liefen schnell zu ihren Wagen, um aus dem Regen herauszukommen. Ihr Bruder ging neben dem Rabbi, Rita sprach mit zwei Freundinnen. Ricks Familie stand mit dem Rücken zum Grab eng beieinander.

»Die Kautionsanhörung war für heute angesetzt.«

»Die Beerdigung. Ich konnte doch nicht ...«

»Ich will keine Verzögerung, Betsy. Ich habe auf Sie gezählt, und Sie hintergehen mich. Ich war im Gericht, und Sie waren nicht da.«

»Wegen Ricks Beerdigung.«

»Ihr Mann ist tot, Betsy, aber Ihre Tochter lebt noch.«

Betsy spürte, daß es sinnlos war, vernünftig mit Samantha reden zu wollen. Ihr Gesicht war völlig ausdruckslos. Ihre Augen waren wie tot.

»Ich kann den Richter anrufen«, schlug Betsy vor. »Ja, das werde ich tun.«

»Das wäre gut, Betsy. Ich war so verärgert, als ich erfuhr, daß die Anhörung verschoben wurde, daß ich vergessen habe, Kathy etwas zu essen zu geben.«

»Bitte«, schluchzte Betsy.

»Sie haben mich geärgert, Betsy. Wenn Sie mich ärgern, dann werde ich Kathy bestrafen. Eine Mahlzeit pro Tag, mehr bekommt sie nicht, bis Sie getan haben, was ich Ihnen gesagt habe. Sie bekommt gerade so viel zu trinken und zu essen, daß sie überlebt. Die gleiche Ration, die ich in Hunters Point bekommen habe. Kathy muß leiden, weil Sie nicht gehorchen. Jede Träne, die sie vergießt, vergießt sie wegen Ihnen. Ich werde mich bei Gericht erkundigen, und es ist besser, wenn man mir dann einen Termin für die Anhörung nennen kann.«

Samantha Reardon ging. Betsy folgte ihr ein paar Schritte und blieb dann stehen.

»Sie haben Ihren Schirm vergessen«, meldete sich Alan Page.

Betsy drehte sich um und starrte ihn an. Der Schirm war ihr, während sie mit Samantha gesprochen hatte, aus der Hand gerutscht. Page hielt ihn über sie beide.

»Wie halten Sie das nur durch?« fragte Page.

Betsy schüttelte den Kopf. Sie wagte nicht zu sprechen.

»Sie werden das überwinden. Sie sind stark, Betsy.«

»Danke, Alan. Ich bin Ihnen für alles dankbar, was Sie für mich getan haben.«

Sie dachte an die vergangenen Tage. Es war schwer, mit dem Schmerz fertig zu werden, wenn das Haus voller fremder Leute war. Die FBI-Agenten und die Polizei versuchten, so wenig wie möglich zu stören, aber es gab keine Möglichkeit, allein zu sein, außer in ihrem Schlafzimmer. Page war wunderbar gewesen. Er war mit der ersten Gruppe am Samstagabend gekommen und bis zum Morgengrauen geblieben. Am Sonntag kam er mit belegten Broten wieder. Diese einfache menschliche Geste hatte Betsy zum Weinen gebracht.

»Gehen Sie nach Hause, Betsy. Aus diesem Regen hier heraus«, schlug Page vor.

Sie verließen das Grab. Page hielt den Schirm über sie, während sie den Hügel hinauf zu Rita Cohen gingen.

»Alan«, meinte Betsy und blieb plötzlich stehen, »können wir die Anhörung in der Sache Darius für morgen ansetzen?«

Page war einigermaßen überrascht. »Ich kenne Richter Norwoods Terminkalender nicht, aber warum wollen Sie morgen vor Gericht gehen?«

Betsy suchte nach einer vernünftigen Erklärung für ihre Bitte.

»Ich halte es nicht aus, im Haus herumzusitzen. Ich glaube nicht, daß der Entführer anrufen wird, wenn er schon die ganze Zeit nicht angerufen hat. Wenn ... Wenn das eine Entführung wegen Lösegeld ist, müssen wir dem

Entführer die Möglichkeit geben, mit mir Kontakt aufzunehmen. Er wird wahrscheinlich annehmen, daß meine Telefone abgehört werden. Wenn ich bei Gericht bin, unter Menschen, versucht er vielleicht, an mich heranzukommen.«

Page überlegte, wie er Betsy widersprechen könnte, aber was sie sagte, war nicht von der Hand zu weisen. Der Entführer hatte keinen Versuch gemacht, telefonisch oder brieflich mit Betsy Kontakt aufzunehmen. Page selbst zog deshalb schon die Möglichkeit in Betracht, daß Kathy tot war, aber das wollte er Betsy nicht sagen. Wenn er ihr zustimmte, gab er ihr vielleicht etwas Hoffnung. Und das war alles, was er jetzt für sie tun konnte.

»In Ordnung. Ich setze die Anhörung so schnell wie möglich an. Morgen, wenn der Richter Zeit hat.«

Betsy senkte ihren Blick auf das Gras. Wenn Richter Norwood die Anhörung ansetzte, dann konnte Kathy morgen zu Hause sein. Page legte seinen Arm um ihre Schultern. Er gab Rita den Schirm, die ihnen den Hügel hinab entgegengekommen war.

»Gehen wir nach Hause!« bestimmte Rita. Ricks Familie versammelte sich um Betsy und begleitete sie zum Wagen. Page beobachtete, wie sie wegging, während der Regen auf ihn herabprasselte.

Kapitel achtundzwanzig

1

Reggie Stewart saß in seiner bescheidenen Wohnung und starrte auf die Listen, die auf dem Küchentisch ausgebreitet waren. Stewart war nicht zufrieden mit dem, was er tat. Er war ein hervorragender Privatdetektiv, aber das Überprüfen von Hunderten von Namen in Dutzenden von Listen erforderte mehr Leute und hätte wesentlich effektiver vom FBI oder der Polizei durchgeführt werden können.

Stewart machte sich außerdem Sorgen darüber, weil er das Gesetz brach. Er kannte den Namen von Kathys Entführer und hielt diese Information zurück. Wenn Kathy starb, würde er sich immer fragen, ob die Polizei sie nicht hätte retten können. Stewart respektierte und mochte Betsy, aber in diesem Fall konnte sie einfach nicht klar denken. Zwar verstand er ihre Besorgnis über die Art, wie die Polizei und das FBI vielleicht vorgehen würden, aber er war nicht ihrer Meinung. Er hatte sich schon halb dazu durchgerungen, zu Alan Page zu gehen, wenn nicht bald etwas bei seinen Untersuchungen herauskäme.

Stewart nahm einen Schluck Kaffee und vertiefte sich wieder in die Arbeit. Die Listen kamen von Immobilienmaklern, Versorgungsunternehmen und Telefongesellschaften. Für einige hatte er bezahlen müssen, aber der

Preis war ihm egal gewesen. Bis jetzt gab es keine Hinweise auf Samantha Reardon oder Nora Sloane, doch Stewart war vorher klar gewesen, daß es nicht so einfach werden würde.

Beim zweiten Durchsehen der Liste von Telefonanträgen verharrte er bei dem Namen Dr. Samuel Felix. Samantha Reardons erster Mann hieß Max Felix. Stewart verglich das mit den anderen Listen und stieß auf eine Mrs. Samuel Felix, die in der Woche, als Oberhurst aus Hunters Point zurückgekehrt war, in Washington County ein Haus gemietet hatte. Sobald Pangborn Immobilien ihr Büro geöffnet hatten, rief Stewart dort an. Die Maklerin, die den Handel abgeschlossen hatte, erinnerte sich an Mrs. Felix. Sie sei eine athletische Frau mit kurzem braunem Haar gewesen. Eine nette Frau, die ihr gestanden habe, daß sie nicht ganz glücklich war, aus dem Staat New York, wo ihr Mann als Neurochirurg arbeitete, hierher zu ziehen.

Stewart rief Betsy an. Von Ann erfuhr er, daß sie wegen des Falles Darius auf dem Weg zum Gericht sei. Stewart erkannte sofort, welche Gelegenheit sich ihm hier bot. Samantha Reardon war bei allen Auftritten von Darius vor Gericht dabeigewesen. Wahrscheinlich war sie auch diesmal dort, und Kathy war allein.

Das Haus stand am Ende eines Feldwegs. Es war weiß gestrichen, hatte eine Veranda und eine Wetterfahne auf dem Dach. Ein schönes Haus, von dem man am wenigsten vermuten konnte, welches Leid es beherbergte. Reggie Stewart schlich im Wald um das Haus herum. Im Vorgarten bemerkte er Reifenspuren, aber es stand kein Wagen dort. Das Tor der kleinen Garage war offen; die Garage war leer. Die Vorhänge der meisten Fenster waren zugezogen, nur die vom Vorderfenster waren offen. Drinnen brannte kein Licht. Stewart beobachtete zwanzig Minuten lang das vordere Zimmer, ohne daß er eine Bewegung feststellen konnte.

Wenn Samantha dieses Haus gemietet hatte, jetzt war sie jedenfalls nicht da.

Stewart hetzte über den Hof und duckte sich in einen Betonabgang neben dem Haus. Sechs Stufen führten zu einer Kellertreppe hinunter. Die Kellerfenster waren schwarz gestrichen. Wenn Samantha Darius in allem kopierte, dann mußte Kathy im Keller sein. Die gestrichenen Fenster bestätigten das.

Stewart rüttelte an der Kellertür. Sie war abgeschlossen. Das Schloß sah nicht besonders stabil aus, und Stewart war überzeugt, daß er die Tür eintreten konnte. Er ging zwei Stufen zurück und stemmte seine Arme gegen die Betonwände. Dann holte er aus und trat mit dem Fuß gegen die Tür. Das Holz splitterte, und die Tür gab etwas nach. Stewart holte ein weiteres Mal aus und trat mit dem Fuß gegen den schon beschädigten Teil der Tür. Mit einem lauten Krachen sprang sie auf.

Im Keller herrschte völliges Dunkel, und Stewart konnte nur so weit sehen, wie das Sonnenlicht reichte. Er glitt hinein. Abgestandene Luft und ein fauliger Geruch empfingen ihn. Stewart zog eine Taschenlampe aus seiner Jackentasche und ließ den Strahl durch den Raum wandern. An der Wand rechts neben ihm standen selbstgebastelte Regale aus ungestrichenen Brettern, auf denen ein paar Schläuche, zerbrochene Einmachgläser und abgenutzte Gartengeräte lagen. Ein Schlitten, ein paar beschädigte Möbelstücke und einige Liegestühle waren in der Mitte des Raumes aufgestapelt. Der Geruch schien aus einer der Tür gegenüberliegenden Ecke zu kommen, wo die Dunkelheit am dichtesten war. Vorsichtig an den aufgestapelten Sachen vorbeischleichend und dabei wachsam auf jedes Geräusch lauschend, durchquerte Stewart den Keller.

Der Lichtstrahl seiner Taschenlampe fiel auf einen offenen Schlafsack. Stewart kniete sich hin und sah an der Stelle, wo sich normalerweise der Kopf befand, eingetrocknetes Blut, dann bemerkte er den strengen Geruch von Urin und Fäkalien. Ein weiterer offener Schlafsack lag ein Stück weiter in der Dunkelheit. Stewart war auf dem Weg dorthin, als der den dritten Schlafsack und den Körper darauf sah.

2

In der Nacht vor der Kautionsanhörung war Betsy in Gedanken so mit Kathy beschäftigt, daß sie Martin Darius ganz vergessen hatte. Jetzt dachte sie nur an ihn. Samantha Reardon zwang Betsy dazu, sich zwischen Kathys Leben und dem Leben eines Mannes zu entscheiden, der nicht verdient hatte zu leben. Die Entscheidung war klar, aber sie fiel ihr nicht leicht. So krank und schlecht Darius auch war, er war doch immerhin noch ein menschliches Wesen. Sie machte sich keine Illusionen über das, was passieren würde, wenn sie Samantha Reardon in das Geschworenenzimmer ließ. Wenn Martin Darius starb, wäre das in ihrem Fall Beihilfe zum Mord.

Sowie Betsy aus dem Aufzug trat, wurde sie von Zeitungs- und Fernsehreportern umlagert. Sie wandte den Kopf ab, um den hellen Scheinwerfern und den Mikrofonen der Fernsehleute zu entgehen, und eilte den Korridor zu Richter Norwoods Gerichtssaal hinunter. Die Reporter stellten immer wieder die gleichen Fragen über Ricks Ermordung und Kathys Verschwinden. Betsy beantwortete keine einzige.

Betsy sah Samantha Reardon sofort, als sie den überfüllten Gerichtssaal betrat. Sie ging schnell an ihr vorbei und lief den Gang hinunter zu ihrem Platz. Darius war schon da. Zwei Wachbeamte saßen direkt hinter ihm, einige andere waren im Saal verteilt.

Alan Page legte seine Akten auf den Tisch, als Betsy sich durch die Zuschauer drängte. Er bemerkte sie, als sie durch die Absperrung des Gerichtssaals trat.

»Sind Sie sicher, daß Sie die Sache heute hier durchziehen wollen?«

Betsy nickte.

»In Ordnung. Vorher müssen wir etwas mit Richter Norwood besprechen. Ich habe ihm gesagt, daß wir, bevor die Verhandlung beginnt, in seinem Zimmer mit ihm reden wollen.«

Betsy war verwirrt. »Brauchen wir Darius dazu?«

»Nein. Das geht nur Sie, mich und Richter Norwood etwas an. Auch Randy kommt nicht.«

»Ich verstehe nicht.«

Page beugte sich nah zu Betsy und flüsterte: »Ich weiß, daß Senator Colby Darius Straffreiheit gewährt hat. Der Senator hat seinen Assistenten hergeschickt, um mit mir zu sprechen.«

»Wayne Turner?«

Page nickte. »Sie wissen, wie sich das auf die Nominierung des Senators auswirken wird, wenn von diesem Abkommen etwas an die Öffentlichkeit dringt. Kommen Sie jetzt mit ins Zimmer des Richters, oder bestehen Sie darauf, daß wir es öffentlich bekanntgeben?«

Betsy dachte schnell über die Situation nach. Darius beobachtete sie.

»Ich muß Darius Bescheid sagen. Ich kann ohne seine Zustimmung nichts machen.«

»Können Sie warten, bis wir mit Norwood gesprochen haben?«

»In Ordnung.«

Page ging an seinen Tisch zurück, und Betsy setzte sich neben Darius.

»Was war da los?«

»Page will, daß ich mich mit ihm und dem Richter in dessen Zimmer treffe.«

»Wozu?«

»Er hat ein Geheimnis daraus gemacht.«

»Ich will nicht, daß etwas hinter meinem Rücken geschieht.«

»Überlassen Sie das mir, Martin!«

Darius stutzte für einen Moment. Dann meinte er: »In Ordnung, ich vertraue Ihnen. Bis jetzt haben Sie mich ja noch nicht im Stich gelassen.«

Betsy wollte aufstehen, doch Darius legte ihr seine Hand auf den Arm.

»Ich habe das von Ihrem Mann und Ihrer Tochter gehört. Es tut mir leid.«

»Danke, Martin«, gab Betsy kalt zurück.

»Ich meine es ernst. Ich weiß, wie Sie von mir denken, aber auch ich habe Gefühle, und ich respektiere Sie.«

Betsy wußte nicht, was sie dazu sagen sollte. In weniger als einer Stunde würde sie Schuld am Tod des Mannes sein, der ihr hier sein Mitgefühl aussprach.

»Hören Sie, wenn der Entführer Geld will, ich kann Ihnen helfen«, bot sich Darius an. »Was immer er will, ich trete dafür ein.«

Betsy fühlte, wie sich ihr Herz zusammenzog. Sie brachte es fertig, Darius zu danken, und ging dann davon.

Richter Norwood stand, als Betsy sein Zimmer betrat. Er sah betroffen aus.

»Setzen Sie sich, Mrs. Tanenbaum. Kann ich Ihnen etwas anbieten?«

»Nein, danke, Richter.«

»Wissen Sie etwas Neues von Mrs. Tanenbaums Tochter, Al?«

»Nein.«

Norwood schüttelte den Kopf. »Es tut mir schrecklich leid. Sagen Sie Ihren Leuten, daß sie uns ruhig unterbrechen können, wenn sie Neuigkeiten haben.«

»Das werde ich.«

Der Richter wandte sich an Betsy.

»Und wenn Sie eine Verhandlungspause wünschen, weil Sie sich nicht wohl fühlen, dann sagen Sie es mir. Ich werde die Verhandlung auf meine Art durchführen, so daß Ihr Klient nicht vorverurteilt wird.«

»Danke, Richter. Sie sind alle so verständnisvoll. Aber ich will die Anhörung hinter mich bringen. Mr. Darius ist jetzt schon seit einigen Tagen im Gefängnis, und er muß endlich erfahren, ob er freigelassen wird.«

»Sehr richtig. Und nun, Al, sagen Sie mir, warum Sie dieses Treffen haben wollten?«

»Betsy und ich verfügen über Informationen von den Vorkommnissen in Hunters Point, die nur sehr wenige Personen haben. Eine davon ist Senator Raymond Colby.«

»Der vom Präsidenten vorgeschlagene Kandidat für den Supreme Court?« fragte Norwood ungläubig.

Page nickte. »Als die Morde in Hunters Point geschahen, war er Gouverneur von New York. Was er weiß, kann ihre Entscheidung über eine Kaution beeinflussen, aber es würde die Chancen, daß Senator Colby berufen wird, zunichte machen.«

»Ich verstehe nicht. Wollen Sie damit andeuten, daß Senator Colby etwas mit den Morden in Hunters Point zu tun hat?«

»Ja, Sir«, bestätigte Page.

»Und Sie bestätigen das, Mrs. Tanenbaum?«

»Ja.«

»Was für Informationen sind das?«

»Bevor Ihnen Mr. Page das sagt«, hob Betsy an, »möchte ich Einspruch dagegen erheben, daß Sie sich irgend etwas davon anhören. Wenn diese Informationen in irgendeiner Weise gegen Mr. Darius verwendet werden, dann verstoßen Sie gegen die Verfassung der Vereinigten Staaten und gegen ein Abkommen zwischen Mr. Darius, dem Staat New York und der Bundesregierung. Ich denke, wir sollten diese Angelegenheit genauer besprechen, bevor Sie sich das anhören.«

»Ein Abkommen, das Darius mit diesen Stellen geschlossen hat, hat für Oregon keine Bedeutung«, warf Page ein.

»Das denke ich doch.«

»Sie beide sind mir weit voraus. Von welcher Art Abkommen sprechen wir hier?«

»Ein Abkommen über Straffreiheit«, erklärte Page. »Colby, der damals Gouverneur von New York war, gewährte Darius Straffreiheit.«

»Für was?«

»Ich würde vorziehen, wenn der Inhalt des Abkommens erst dann preisgegeben wird, wenn Sie die grundlegende Frage der Zulässigkeit entschieden haben«, fuhr Betsy dazwischen.

»Das wird ja immer komplizierter«, meinte Norwood. »Mrs. Tanenbaum, wollen wir Mr. Darius nicht wieder ins Gefängnis bringen lassen? Es ist ganz offensichtlich, daß dies hier einige Zeit beanspruchen wird.«

Betsys Magen verkrampfte sich. Sie hatte das Gefühl, zusammenbrechen zu müssen.

»Ich würde gern mit Mr. Darius unter vier Augen sprechen. Kann ich das Geschworenenzimmer benutzen?«

»Natürlich.«

Betsy verließ das Zimmer des Richters. Sie fühlte sich wie auf Wolken, als sie den Wachbeamten mitteilte, daß sie sich mit Darius im Geschworenenzimmer besprechen wolle. Einer der Beamten ging in das Zimmer des Richters, um sich die Sache von Norwood bestätigen zu lassen. Eine Minute später kam er wieder heraus und führte Darius in den besagten Raum. Betsy warf einen Blick auf die Zuschauer und sah, wie Samantha Reardon den Saal verließ.

Der Wachbeamte stellte sich draußen vor die Tür zum Gerichtssaal. Ein weiterer war vor der Tür zum Korridor plaziert. Betsy zog sie hinter sich zu und schloß ab. In der Mitte des großen Raumes befand sich ein Tisch, an dem zwölf Stühle Platz hatten. In der einen Ecke des Raumes führte eine Tür in eine enge Toilette, an der einen Wand befand sich ein Spülbecken sowie eine Anrichte, in der sich Plastiktassen und Teller befanden. An der anderen Wand hing eine Pinwand mit Ankündigungen und Zeichnungen über Richter und Geschworene.

Darius setzte sich an das eine Ende des Tisches. Er trug

immer noch die Kleider, in denen er verhaftet worden war. Die Hose und das Hemd waren verknittert. Er trug keine Krawatte, und seine Füße steckten in Gefängnissandalen.

Betsy stand an der Tischkante und versuchte, nicht zu der Tür, die auf den Korridor führte, zu blicken.

»Was ist los?« wollte Darius wissen.

»Page weiß von dem Abkommen. Colby hat es ihm erzählt.«

»Dieser Scheißkerl.«

»Page will, daß der Richter Colbys Aussage unter Ausschluß der Öffentlichkeit anhört, so daß die Chancen, daß der Senator zum Obersten Richter ernannt wird, nicht beeinflußt werden.«

»Scheiß drauf! Wenn er mich hereinlegen will, dann mache ich ihn kaputt. Sie können dieses Abkommen sowieso nicht benutzen, oder?«

»Das weiß ich nicht. Das ist eine sehr komplizierte Angelegenheit.«

An der Tür zum Korridor wurde geklopft. Darius bemerkte, wie Betsys Kopf herumflog.

»Erwarten Sie jemanden?« fragte Darius mißtrauisch.

Ohne zu antworten, öffnete Betsy die Tür. Samantha Reardon stand hinter dem Wachbeamten. In der Hand hielt sie eine schwarze Einkaufstasche.

»Diese Dame hier behauptet, sie würde von Ihnen erwartet«, sagte der Beamte.

»Das stimmt«, bestätigte Betsy.

Darius stand auf. Er starrte Samantha Reardon an. Seine Augen weiteten sich. Samantha schaute ihm direkt in die Augen.

»Nein ...«, setzte Darius an. Samantha schoß dem Wachbeamten in die Schläfe. Sein Kopf zerbarst, Blut und Knochenteile spritzten dabei über ihren Regenmantel. Betsy war wie erstarrt. Der Beamte fiel zu Boden. Samantha stieß Betsy zur Seite, warf die Tasche weg und verschloß die Tür.

»Hinsetzen!« befahl sie und deutete mit der Waffe auf

Darius. Er machte ein paar Schritte zurück und setzte sich auf einen Stuhl am anderen Ende des Tisches. Samantha wandte sich an Betsy.

»Nehmen Sie sich einen Stuhl, und setzen Sie sich ans andere Ende des Tisches, weg von Darius! Legen Sie ihre Hände auf den Tisch! Wenn Sie eine Bewegung machen, dann stirbt Kathy.«

Darius starrte Betsy an. »Haben Sie das eingefädelt?«

»Halt's Maul, Martin!« schrie Samantha mit weit aufgerissenen Augen. Sie machte den Eindruck einer Verrückten. »Hunde sprechen nicht. Wenn du einen Ton von dir gibst, ohne dazu aufgefordert zu sein, dann wirst du Schmerzen ertragen müssen, die du dir jetzt noch nicht vorstellen kannst.«

Darius hielt den Mund, seine Augen starr auf Samantha gerichtet.

»Du hast mich in puncto Schmerzen zu einer Expertin gemacht. Gleich wirst du sehen, wie gut ich gelernt habe. Der einzige Nachteil ist: Hier ist keine so private Atmosphäre, wie du sie mit mir hattest. Diese Tage, an denen ich vor dir um Schmerzen betteln mußte. Ich erinnere mich an jede Minute, die wir zusammen verbrachten. Wenn wir Zeit hätten, würde ich dich jede einzelne davon wiedererleben lassen.«

Samantha hob die Tasche auf und stellte sie auf den Tisch.

»Ich möchte dich etwas fragen, Martin. Es ist eine ganz einfache Frage. Es sollte dir keine Schwierigkeiten bereiten, sie zu beantworten. Du hast die Erlaubnis zu antworten, wenn du kannst. Wenn man die Zeit bedenkt, die wir zusammen verbrachten, ist es eine Kleinigkeit. Wie heiße ich?«

Jemand donnerte an die Tür. »Aufmachen. Polizei!«

Samantha drehte sich halb zur Tür, ohne Darius aus den Augen zu lassen.

»Hauen Sie ab, oder ich bringe alle hier drin um! Ich

habe Betsy Tanenbaum und Martin Darius in meiner Gewalt. Wenn ich jemanden an der Tür höre, dann sterben sie. Das ist mein völliger Ernst.«

Von der Tür zum Gerichtssaal kam ein Kratzen. Samantha feuerte einen Schuß durch den oberen Teil der Tür. Betsy hörte Schreie.

»Haut von den Türen ab, oder alle sterben!« brüllte Samantha Reardon.

»Wir ziehen uns zurück!« rief jemand im Korridor.

Samantha richtete die Waffe auf Betsy. »Reden Sie mit ihnen. Erzählen Sie denen von Kathy. Sagen Sie ihnen, daß sie sterben wird, wenn sie versuchen, hier hereinzukommen. Sagen Sie ihnen, daß Sie in Sicherheit sind, solange sie das machen, was ich sage.«

Betsy zitterte.

»Kann ich aufstehen?« brachte sie hervor.

Samantha nickte, und Betsy ging zur Tür in den Gerichtssaal.

»Alan!« rief sie und kämpfte darum, ihre Stimme fest klingen zu lassen.

»Sind Sie in Ordnung?« rief Page zurück.

»Bitte, halten Sie jeden von hier weg. Die Frau hier drinnen ist eine derjenigen, die Darius in Hunters Point entführt hat. Sie hat Kathy irgendwo versteckt und gibt ihr nichts zu essen. Wenn Sie sie festnehmen, dann wird sie nicht sagen, wo Kathy ist, und Kathy wird verhungern. Bitte lassen Sie niemanden hierher.«

»In Ordnung. Machen Sie sich keine Sorgen.«

»Auch im Korridor!« kommandierte Samantha.

»Sie will auch alle Leute von der Tür zum Korridor weg haben. Bitte! Tun Sie, was sie verlangt! Sie wird nicht zögern, uns umzubringen.«

Samantha Reardon wandte ihre Aufmerksamkeit wieder Darius zu.

»Du hast Zeit zum Nachdenken gehabt. Beantworte die Frage, wenn du kannst. Wie heiße ich?«

Darius schüttelte den Kopf, und Samantha lächelte auf eine Art, die Betsy erstarren ließ.

»Ich wußte, daß du es nicht wissen würdest, Martin. Für dich waren wir nie Menschen. Wir waren Fleisch, Figuren aus deiner Phantasie.«

Betsy hörte, wie sich im Gerichtssaal und im Korridor Menschen bewegten. Samantha öffnete die Tasche und nahm eine Spritze heraus. Betsy konnte chirurgische Instrumente in der Tasche erkennen.

»Mein Name ist Samantha Reardon, Martin. Wenn ich mit dir fertig bin, dann wirst du dich erinnern. Ich werde dir noch etwas von mir erzählen. Bevor du mich entführt und mein Leben ruiniert hast, war ich OP-Schwester. OP-Schwestern wissen, wie man verletzte Körper behandelt. Sie sehen, wie Teile des Körpers verschoben und verdreht sind und kriegen mit, was der Arzt macht, um die Schmerzen zu lindern. Verstehst du, warum dieses Wissen für einen Menschen wichtig sein kann, der Schmerzen bereiten will?«

Darius machte nicht den Fehler zu antworten. Samantha lächelte.

»Sehr gut, Martin. Du lernst schnell. Du hast nichts gesagt. Natürlich nicht, du hast dieses Spiel ja erfunden. Ich weiß noch, was passiert ist, als du mich zum ersten Mal etwas gefragt hast, nachdem du mir gesagt hattest, daß Hunde nicht sprechen. Ich war dumm genug zu antworten. Es tut mir leid, daß ich keinen Ochsenziemer zur Hand habe, Martin. Der Schmerz, den er bereitet, ist exquisit.«

Samantha legte ein Skalpell auf den Tisch. Betsy wurde übel, sie rang nach Luft. Samantha ignorierte sie völlig. Sie ging am Tisch entlang zu Darius.

»Ich muß anfangen. Ich darf nicht darauf vertrauen, daß diese Dummköpfe ewig abwarten. Nach einer gewisser Zeit werden sie etwas Dummes versuchen.

Du denkst vielleicht, daß ich dich töten will. Da liegst du

falsch. Der Tod ist ein Geschenk, Martin. Er bedeutet das Ende des Leidens. Ich möchte, daß du solange wie möglich leidest. Ich möchte, daß du den Rest deines Lebens leidest.

Zuerst werde ich dir in beide Knie schießen. Die Schmerzen dieser Verletzung werden exorbitant sein, und sie werden dich soweit zum Krüppel machen, daß du keine Gefahr mehr für mich bist. Dann werde ich deine Schmerzen durch ein Betäubungsmittel dämpfen.«

Samantha hielt die Spritze hoch.

»Wenn du ohne Bewußtsein bist, werde ich dich operieren. Ich werde an deinem Rückgrat, den Muskeln und den Sehnen, mit denen du Arme und Beine bewegst, arbeiten. Wenn du aufwachst, kannst du dich nicht mehr bewegen. Aber das ist noch nicht alles, Martin. Das Schlimmste kommt noch.«

Ein verzückter Glanz zog über Samanthas Gesicht.

»Ich werde dir auch die Augen ausstechen, damit du nichts mehr sehen kannst. Ich werde dir die Zunge herausschneiden, damit du nicht mehr sprechen kannst. Ich werde dich taub machen. Das einzige, was gesund bleiben wird, ist dein Gehirn.«

Stell dir deine Zukunft vor, Martin. Du bist relativ jung und in guter Verfassung. Ein gesundes Exemplar Mann. Mit einigen Hilfen wirst du noch dreißig, vierzig Jahre leben können, eingeschlossen in der ewigen Dunkelheit deines Kopfes.

Weißt du, warum man die Gefängnisse auch Besserungsanstalten nennt?

Darius antwortete nicht. Samantha kicherte.

»Ich kann dich nicht überlisten, stimmt's? Es ist ein Ort der Buße. Ein Ort, errichtet für die, die über ihre Sünden nachdenken sollen. Dein Kopf wird deine Besserungsanstalt sein, und du wirst für den Rest deines Lebens darin eingesperrt sein.«

Samantha baute sich vor Darius auf und zielte auf sein rechtes Knie.

»Sie da drin! Ich bin William Tobias, der Polizeichef. Ich will mit Ihnen reden.«

Samantha drehte den Kopf, in diesem Augenblick bewegte sich Darius mit unglaublicher Geschwindigkeit. Sein linker Fuß schoß hoch und traf Samanthas Handgelenk. Die Waffe flog über den Tisch. Betsy sah sie auf sich zukommen, während Samantha Reardon zurückstolperte.

Betsys Hand schloß sich um die Waffe, während Darius nach Samanthas Handgelenk griff, um ihr die Spritze zu entwinden. Samantha holte mit dem Fuß aus und trat Darius gegen das Schienbein. Mit den Fingern ihrer freien Hand stach sie nach Darius' Augen. Darius wich aus, der Stoß traf ihn an der Wange. Samantha sprang vor und schlug ihre Zähne in seinen Hals. Er schrie auf. Sie knallten gegen die Wand, wobei Darius die Hand, in der sie die Spritze hielt, fest umklammerte. Mit der freien Hand griff er nach Samanthas Haaren und versuchte sie wegzuziehen. Betsy bemerkte, wie Darius bleich vor Schmerz wurde. Samantha versuchte verzweifelt, die Hand mit der Spritze freizubekommen. Darius ließ ihr Haar los und schlug ihr mit der Faust einige Male gegen den Kopf. Ihr Griff lockerte sich, und Darius kam frei. Sein Hals war aufgerissen und blutüberströmt. Darius griff wieder Samanthas Haar, hielt ihren Kopf vor sich und schlug mit seiner Stirn gegen ihre Nase. Sie verlor das Bewußtsein und brach zusammen. Darius drehte ihr Handgelenk um, und die Spritze fiel zu Boden. Dann trat er hinter Samantha und legte ihr einen Arm um den Hals.

»Nein!« schrie Betsy. »Bringen Sie sie nicht um. Sie ist die einzige, die weiß, wo Kathy ist.«

Darius hielt inne. Samantha war bewußtlos. Er hielt sie hoch, so daß nur noch ihre Zehen den Boden berührten. Sein fester Griff drückte ihr die Luft ab.

»Bitte, Martin!« bettelte Betsy.

»Warum sollte ich Ihnen helfen?« schrie Darius. »Sie haben mich hereingelegt!«

»Das mußte ich. Sie hätte Kathy sonst umgebracht.«

»Dann wird Kathys Tod die richtige Strafe für Sie sein.«

»Bitte, Martin!« bettelte Betsy wieder. »Sie ist doch meine kleine Tochter.«

»Daran hätten Sie denken sollen, als Sie mich in die Scheiße zogen«, sagte Darius und verstärkte seinen Griff.

Betsy hob die Waffe und zielte auf ihn.

»Martin, ich erschieße Sie, wenn Sie sie nicht loslassen. Das schwöre ich. Ich schieße, bis keine Kugel mehr im Lauf ist.«

Darius blickte über Samanthas Schulter. Sie sahen sich fest in die Augen. Er versuchte, die Lage abzuwägen, dann lockerte er seinen Griff, und Samantha brach auf dem Boden zusammen. Darius trat von ihr weg. Betsy griff hinter sich.

»Ich mache jetzt die Tür auf. Nicht schießen. Alles ist in Ordnung.«

Betsy öffnete die Tür zum Gerichtssaal. Darius setzte sich auf den Tisch, die Hände im Schoß gefaltet. Zuerst kamen zwei bewaffnete Polizisten herein. Einem von ihnen gab Betsy die Waffe, der andere legte Samantha Handschellen an. Betsy brach auf einem der Stühle zusammen. Weitere Polizisten kamen von der Halle her herein. In kürzester Zeit war das Geschworenenzimmer voller Menschen. Zwei Beamte hoben Samantha vom Boden auf und setzten sie auf einen Stuhl, der Betsy gegenüber stand. Sie schnappte immer noch nach Luft. Alan Page setzte sich neben Betsy.

»Sind Sie in Ordnung?« fragte er.

Betsy nickte automatisch. Ihre Aufmerksamkeit galt Samantha.

»Samantha, wo ist Kathy?«

Samantha hob langsam den Kopf. »Kathy ist tot.«

Betsy wurde bleich, ihre Lippen zitterten im verzweifelten Bemühen, nicht die Fassung zu verlieren. Samantha blickte zu Alan Page.

»Wenn Sie nicht genau das machen, was ich sage.«

»Ich höre.«

»Ich will das, was Peter Lake bekommen hat. Ich will Straffreiheit für alles, was ich getan habe. Der Polizeibeamte im Korridor, die Frauen, die Entführungen. Ich will, daß mir der Bundesstaatsanwalt Straffreiheit zusichert. Ich will, daß der Gouverneur hier persönlich erscheint. Wir nehmen die Unterzeichnung auf Video auf. Ich gehe frei aus, genau wie Peter Lake. Völlige Freiheit.«

»Wenn Sie ihre Straffreiheit haben, werden Sie uns dann sagen, wo Sie Kathy Tanenbaum gefangenhalten?«

Samantha nickte. »Und Nancy Gordon.«

»Sie lebt?« fragte Page.

»Natürlich. Nancy war die einzige, die Martin auf der Spur geblieben ist. Sie war die einzige, die mir geglaubt hat. Sie würde ich nicht töten. Und da ist noch etwas.«

»Ich höre.«

»Ich kann Ihnen den Beweis liefern, mit dem Sie Martin Darius wegen Mordes verurteilen können.«

Darius saß bewegungslos am anderen Ende des Tisches.

»Was für ein Beweis soll das sein?« fragte Page.

Samantha drehte sich zu Darius und lächelte.

»Du hast geglaubt, du hättest gewonnen, Martin. Du hast geglaubt, niemand würde mir glauben. Die Geschworenen werden einer verrückten Frau glauben, wenn sie einen Beweis für ihre Aussage hat. Wenn sie Fotografien hat.«

Darius rutschte etwas auf seinem Stuhl nach vorn.

»Fotografien von was?« erkundigte sich Page.

Samantha sprach zu Page, doch ihre Augen blieben auf Darius gerichtet.

»Er hat eine Maske getragen, eine Ledermaske. Wir mußten auch Masken tragen, Ledermasken über unseren Augen. Aber einmal, einen kurzen Moment lang, sah ich sein Gesicht. Nur einen Augenblick, aber lang genug. Letzten Sommer hat mir ein Privatdetektiv namens Samuel Oberhurst Bilder von Martin gezeigt. Als ich die Bilder sah, wußte ich, daß er es ist. Da war der Vollbart, das dunkle Haar, er war älter geworden, aber ich erkannte ihn. Ich flog nach Portland und verfolgte Martin. Ich bin ihm überallhin gefolgt und habe ein Fotoalbum von dem angelegt, was ich gesehen habe.

In der Woche, in der ich ankam, gab Martin eine Feier zur Eröffnung eines neuen Einkaufszentrums. Ich mischte mich unter die Gäste und wählte einige Frauen aus, die ich als Beweise gegen Martin verwenden wollte. Eine davon war seine Geliebte, Victoria Miller. Ich schickte ein Bild, auf dem zu sehen ist, wie Martin das Hacienda Motel verließ, an Nancy Gordon, um sie nach Portland zu kriegen.

Am Abend, nachdem ich Victoria in meine Gewalt gebracht hatte, folgte ich Martin. Er fuhr aufs Land zu Oberhursts Haus. Ich habe Stunden dort zugebracht, während Martin Oberhurst folterte. Als Martin die Leiche zum Baugelände brachte, war ich da und habe Fotos gemacht. Die meisten sind nichts geworden, weil es dunkel war und stark geregnet hat, aber es gibt eine hervorragende Aufnahme, wie Martin die Leiche aus seinem Kofferraum holt. Die Kofferraumlampe beleuchtet alles.«

Page schaute Darius über den Tisch hinweg an. Darius hielt seinem Blick ausdruckslos stand. Page wandte sich wieder zu Samantha.

»Sie bekommen Straffreiheit. Wir gehen in mein Büro. Es wird etwas dauern, bis alles soweit ist. Werden Kathy und Nancy Gordon so lange durchhalten.«

Samantha nickte und lächelte dann Betsy an.

»Sie müssen sich keine Sorgen machen. Daß sie verhungern könnte, war gelogen. Bevor ich hierher gekommen bin, habe ich ihr etwas zu essen gegeben und sie schlafen gelegt. Ich gab ihr auch das Stofftier und habe mich vergewissert, daß sie es warm und gemütlich hat. Ich mag Sie, Betsy. Sie wissen, daß ich Ihnen nicht weh getan hätte, wenn es nicht notwendig gewesen wäre.«

Page wollte gerade zwei Beamte anweisen, Samantha in sein Büro zu bringen, als Ross Barrow in den Raum schoß.

»Wir wissen, wo das Mädchen ist. Sie ist unversehrt. Mrs. Tanenbaums Privatdetektiv hat sie in der Gegend von Washington County gefunden.«

3

Die Frau, die von den Sanitätern aus dem dunklen Keller getragen wurde, hatte keine Ähnlichkeit mehr mit der athletischen Frau, die Alan Page von Hunters Point erzählt hatte. Nancy Gordons Körper war ausgemergelt, die Wangen eingesunken und das Haar verfilzt. Kathy dagegen sah wie ein Engel aus. Als Stewart sie fand, schlief sie unter der Einwirkung eines Mittels auf dem Schlafsack liegend, Oliver im Arm. Die Ärzte erlaubten Betsy, Kathys Stirn zu streicheln, ihr einen Kuß zu geben, und brachten das Mädchen dann ins Krankenhaus.

Im Wohnzimmer des Hauses hörte Ross Barrow der Aussage des aufgeregten Reggie Stewart zu, während Randy Highsmith sich Fotografien von Martin Darius ansah, die bei der Durchsuchung gefunden worden waren. Auf einem der Bilder sah man deutlich, wie Darius im Licht der Kofferraumbeleuchtung die Leiche von Samuel Oberhurst aus dem Kofferraum seines BMW hob.

Alan Page trat auf die Veranda hinaus. Betsy stand am Geländer. Es war kalt, wie Page an ihrem Atem, der kleine Wölkchen bildete, sehen konnte.

»Geht es Ihnen jetzt besser, nachdem Kathy in Sicherheit ist?« fragte Page.

»Die Ärzte meinen, daß Kathy körperlich ganz gesund ist, aber ich mache mir Sorgen um die psychischen Schäden. Sie muß ganz verängstigt sein. Ich habe Angst vor dem, was Samantha Reardon tun wird, wenn sie jemals wieder freikommt.«

»Darüber brauchen Sie sich keine Sorgen zu machen. Sie wird ihr Leben lang hinter Gittern bleiben.«

»Wie können Sie so sicher sein?«

»Ich werde sie zivilrechtlich verurteilen lassen. Ich hätte das auch getan, wenn ich ihr hätte Straffreiheit gewähren müssen. Dieses Abkommen hätte sie nicht davor bewahrt, in eine psychiatrische Anstalt eingewiesen zu werden, weil sie verrückt und gefährlich ist. Samantha Reardon hat eine Krankengeschichte und Beurteilungen von Krankenhäusern. Ich habe mit den Leuten am Staatskrankenhaus gesprochen. Natürlich wird eine Untersuchung stattfinden. Sie wird einen Anwalt bekommen. Bestimmt gibt es da ein paar Klippen. Aber das Endergebnis bleibt das gleiche: Samantha Reardon ist krank und wird nie wieder auf die Menschheit losgelassen.«

»Und Darius?«

»Ich streiche alle Anklagepunkte bis auf den Mord an Mister X. Mit dem Bild von ihm mit der Leiche von Oberhurst im Zusammenhang mit der Sache in Hunters Point, denke ich, daß er zum Tode verurteilt wird.«

Betsy starrte auf den Vorgarten. Die Krankenwagen waren weg, aber es standen immer noch ein paar Polizeifahrzeuge herum. Betsy schlang die Arme um sich und zitterte.

»Etwas in mir kann nicht glauben, daß Sie Darius kriegen. Samantha Reardon schwört, daß er der Teufel ist. Vielleicht ist er es.«

»Selbst der Teufel bräuchte einen guten Anwalt, mit dem, was wir in der Sache jetzt in der Hand haben.«

»Darius wird die Besten haben, Al. Er hat genug Geld, um jeden anzuheuern.«

»Nicht jeden«, gab Page zurück und sah sie an, »und nicht den Besten.«

Betsy errötete.

»Es ist zu kalt, um hier draußen herumzustehen«, bemerkte Page. »Soll ich Sie ins Krankenhaus fahren?«

Betsy folgte Page die Veranda hinunter. Page hielt ihr die

Wagentür auf, und sie stieg ein. Er ließ den Motor an, während Betsy noch einmal zu Kathys Gefängnis zurückblickte. Ein so schöner Ort. Wenn man ihn betrachtete, kam man nie darauf, was sich im Keller abgespielt hatte. Bei Samantha Reardon hätte das auch niemand vermutet. Oder bei Darius. Die wirklichen Monster sahen nicht wie Monster aus, und sie liefen frei herum.

Epilog

An einem schwülen Sommermorgen um halb zwölf legte Raymond Francis Colby seine linke Hand auf die Bibel, die von dem Obergerichtsdiener des Supreme Court der Vereinigten Staaten gehalten wurde. Er hob seine rechte Hand und wiederholte den Schwur, den die Richterin Laura Healy ihm vorsprach.

»Ich, Raymond Francis Colby, versichere feierlich, daß ich das Gesetz ohne Ansehen der Person anwenden werde, gleiches Recht für Reiche und Arme sprechen werde und daß ich gewissenhaft und unparteiisch alle Pflichten erfüllen werde, die sich aus meiner Stellung als Höchster Richter des Supreme Court der Vereinigten Staaten von Amerika ergeben werden, gemäß der Verfassung und den geschriebenen Gesetzen der Vereinigten Staaten von Amerika. So wahr mir Gott helfe.«

»Ist sie auch ein Richter, Mama?« fragte Kathy Tanenbaum.

»Ja«, flüsterte Betsy.

Kathy drehte der Zeremonie den Rücken zu. Sie trug ein neues blaues Kleid, das ihr Betsy extra für die Reise nach Washington gekauft hatte. Ihr Haar roch nach Blumen und Sonne, wie nur das frisch gewaschene Haar eines kleinen Mädchens riechen kann. Niemand, der Kathy sah, konnte die Leiden erahnen, die sie durchgemacht hatte.

Die Einladung zu Colbys Vereidigung war eine Woche, nachdem der Senat ihn bestätigt hatte, eingetroffen. Die Straffreiheit für Lake war wochenlang die wichtigste Meldung im ganzen Land gewesen. Es gab Spekulationen, daß Colby darüber, daß er den Rosenmörder hatte davonkommen lassen, zu Fall käme. Dann dankte Gloria Escalante Colby öffentlich, daß er ihr Leben gerettet hatte, und Alan Page lobte des Senators Mut, diese Sache publik zu machen, obwohl er noch nicht bestätigt war. Die endgültige Abstimmung für die Bestätigung zeigte größere Zustimmung als erwartet.

»Ich denke, er wird ein guter Richter sein«, meinte Alan Page, als sie den Gerichtssaal verließen und zum Konferenzraum gingen, wo der Empfang für die Richter und ihre Gäste stattfand.

»Mir liegt Colbys politische Einstellung nicht«, gab Betsy zurück, »aber ich mag den Mann.«

»Was ist mit seiner Einstellung nicht in Ordnung?« wollte Page wissen. Betsy lächelte.

An einem Ende des Raumes war ein Buffet aufgebaut. Durch die hohen Glastüren kam man auf einen Hof mit einem Springbrunnen. Betsy machte für Kathy einen Teller mit Leckerbissen zurecht. Nahe des Springbrunnens fand sie einen Stuhl, auf den sie sich setzen konnte. Dann ging Betsy noch mal hinein, um sich selbst etwas zu essen zu holen.

»Sie sieht wunderbar aus«, bemerkte Page.

»Kathy ist nicht unterzukriegen«, gab Betsy stolz zurück. »Außerdem kam die Vereidigung genau zum richtigen Zeitpunkt. Kathys Therapeutin meinte, ein Tapetenwechsel täte ihr gut. Und auf der Rückreise schauen wir noch in Disneyland vorbei. Seit ich ihr das gesagt habe, schwebt sie auf Wolke sieben.«

»Gut. Kathy ist glücklich. Und Sie auch, Betsy.«

Betsy nahm sich etwas kalten Braten und frische Früchte auf den Teller und folgte Page auf den Hof hinaus.

»Wie geht es mit Darius?« fragte Betsy.

»Machen Sie sich keine Sorgen. Oscar Montayo wirbelt viel Staub auf wegen der Straffreiheitszusicherung, aber wir werden die Beweise vorlegen.«

»Wie ist Ihre Theorie?«

»Wir glauben, Oberhurst hat Darius mit den Morden in Hunters Point erpreßt.«

»Wenn Sie kein Todesurteil erreichen, Alan, dann müssen Sie Ihr ganzes Leben lang auf der Hut sein. Sie haben keine Vorstellung, was Darius für ein Mensch ist.«

»Doch, ich glaube schon«, antwortete Alan selbstgefällig.

»Nein, das haben Sie nicht. Sie glauben es nur. Ich weiß Dinge von ihm, die er mir unter der Schweigepflicht gesagt hat, die Sie überzeugen würden. Glauben Sie mir, Martin Darius darf nie wieder aus dem Gefängnis kommen! Niemals!«

»In Ordnung, Betsy. Beruhigen Sie sich! Ich werde ihn nicht unterschätzen.«

Betsy war so erregt, daß sie Colby erst bemerkte, als er sie ansprach. Wayne Turner stand neben dem neuen Höchsten Richter.

»Es freut mich, daß Sie gekommen sind«, sagte er zu Betsy.

»Ihre Einladung hat mir geschmeichelt.«

»Sie sind Alan Page?« fragte Colby.

»Ja, Sir.«

»Für Sie und Betsy werde ich immer Ray sein. Sie haben keine Vorstellung, wie sehr mir Ihre Aussage bei meiner Bestätigung geholfen hat. Ich hoffe, Sie kommen zu der Feier, die ich heute abend bei mir zu Hause veranstalte. Da haben wir Gelegenheit, uns zu unterhalten. Ich möchte Sie beide besser kennenlernen.«

Colby und Turner gingen davon, und Betsy führte Page in den Hof, wo sie auf Kathy trafen, die mit einer Frau auf Krücken sprach.

»Nancy«, sagte Page. »Ich wußte gar nicht, daß Sie auch hier sind.«

»Ich werde doch nicht die Vereidigung des Senators verpassen«, antwortete sie mit einem Lächeln.

»Kennen Sie Betsy Tanenbaum schon? Kathys Mutter?«

»Nein«, gab Nancy Gordon zurück und streckte die Hand aus. »Es freut mich. Sie haben ein mutiges Kind«, fügte sie hinzu und strich Kathy durch das Haar.

»Ich bin so froh, Sie zu treffen«, erklärte Betsy. »Ich wollte Sie im Krankenhaus besuchen, aber die Ärzte ließen mich nicht zu Ihnen. Dann sind Sie nach Hunters Point zurückgeflogen. Haben Sie meine Nachricht bekommen?«

»Ja. Tut mir leid, daß ich nicht geantwortet habe. Ich war immer schon sehr schreibfaul. Kathy hat mir gesagt, daß sie nach Disneyland gehen. Da bin ich richtig neidisch.«

»Du kannst auch mitkommen«, meinte Kathy.

Nancy lachte. »Das würde ich gerne, aber ich muß arbeiten. Schreibst du mir und erzählst mir alles von deiner Reise?«

»Sicher«, bestätigte Kathy ganz ernst. »Mama, kann ich noch Kuchen haben?«

»Natürlich. Alan, zeigen Sie Kathy, wo der Kuchen ist?«

Alan und Kathy verschwanden, und Betsy setzte sich neben Nancy.

»Kathy sieht gut aus«, meinte Nancy. »Wie geht es ihr?«

»Die Ärzte meinen, körperlich ist alles okay, und die Therapeutin meint, daß sie auch seelisch in Ordnung kommt.«

»Das freut mich zu hören. Ich habe mir Sorgen um sie gemacht. Samantha Reardon hat sie zwar die meiste Zeit ziemlich gut behandelt, doch es gab auch ein paar schlimme Augenblicke.«

»Kathy hat mir berichtet, wie Sie sie aufgemuntert haben. Die Therapeutin meint, daß Ihre Anwesenheit dort Kathy viel geholfen hat.«

Nancy lächelte. »In Wahrheit hat Kathy mich aufgemuntert. Sie ist ein tapferes kleines Mädchen.«

»Wie fühlen Sie sich?«

»Jeden Tag besser. Ich kann gar nicht erwarten, endlich diese Dinger loszuwerden«, sagte Nancy und deutete auf die Krücken. Dann brach ihr Lächeln ab. »Sie sind die Anwältin von Martin Darius, stimmt das?«

»War. Jetzt vertritt ihn Oscar Montoya.«

»Wie das?«

»Nachdem ich mit Senator Colby gesprochen und erfahren hatte, was er den Frauen in Hunters Point angetan hatte, wollte ich ihn nicht mehr als Klienten haben, und er wollte mich nicht mehr als Anwalt, als er wußte, daß ich Samantha Reardon geholfen hatte, an ihn heranzukommen.«

»Was wird mit Darius passieren?«

»Er hat Oberhurst gefoltert. Ich habe die Autopsiebilder gesehen, da hat sich mir der Magen umgedreht. Alan Page rechnet sicher mit der Todesstrafe, wenn die Geschworenen die Bilder sehen.«

»Was glauben Sie?«

Betsy erinnerte sich an den selbstsicheren Ausdruck auf Alans Gesicht, als er über die Verurteilung von Darius gesprochen hatte, und ihr wurde etwas mulmig.

»Ich bin mir nicht so sicher wie Alan. Er kennt Martin nicht so gut wie wir beide.«

»Mit Ausnahme von Gloria Escalante und Samantha Reardon kennt keiner Darius so gut wie wir.«

Darius hatte zu Betsy gesagt: »Das Experiment hat mir unwahrscheinliches Vergnügen bereitet«, als er sein Reich der Schrecken beschrieb. Es gab kein Anzeichen der Reue oder des Mitgefühls für die Leiden seiner Opfer. Betsy wußte, daß Darius sein Experiment wiederholen würde, wenn er glaubte, es ungestraft tun zu können. Sie fragte sich, ob Darius irgendwelche Pläne gegen sie schmiedete, da er ja wußte, daß sie ihn betrogen hatte.

»Sie machen sich Sorgen, daß er davonkommen könnte, stimmt's?« fragte Nancy.

»Ja.«

»Sie sorgen sich, was er Ihnen und Kathy antun könnte?«
Betsy nickte. Nancy schaute ihr in die Augen.

»Senator Colby hat Beziehungen zum FBI. Sie behalten die Sache im Auge, besonders Darius. Sie werden mich verständigen, wenn auch nur die geringste Möglichkeit besteht, daß Darius aus dem Gefängnis kommt.«

»Wenn das passiert, was würden Sie tun?« wollte Betsy wissen.

Nancys Stimme klang leise, aber fest, als sie zu sprechen begann. Betsy wußte, daß sie auf alles vertrauen konnte, was Nancy versprach.

»Sie brauchen sich über Martin Darius keine Sorgen zu machen, Betsy. Er wird Ihnen und Kathy nichts antun. Wenn Darius nur einen Fuß aus dem Gefängnis setzt, dann werde ich dafür sorgen, daß er niemandem mehr weh tut.«

Kathy kam mit einem Teller voller Kuchen an.

»Alan hat gesagt, ich dürfte mir so viel nehmen, wie ich will«, erzählte sie Betsy.

»Alan ist so schlimm wie die Oma«, entgegnete Betsy ihr.

»Lassen Sie dem Kind mal seinen Willen«, lachte Page und setzte sich neben Betsy. Dann fragte er sie: »Haben Sie jemals davon geträumt, hier einen Prozeß zu führen?«

»Jeder Anwalt träumt davon.«

»Was ist mit dir, Kathy?« fragte Page. »Möchtest du als Anwalt hierherkommen und deinen Fall vor dem Supreme Court der Vereinigten Staaten von Amerika vortragen?«

Kathy blickte zu Nancy. Ihr kleines Gesicht war ganz ernst.

»Ich möchte kein Anwalt werden«, gab sie zurück. »Ich möchte Polizistin werden.«